KB165929

외톨이의

이세계

공략

e. 4
녀여
짜 미궁에서 저물라

고지 쇼지
author — Shoji Goji

일러스트 에노마루 사쿠
illustrator — Saku Enomaru

반장

안젤리카
Angelica

미궁왕은 변환자재에다 초고속으로 내달리면서,
때로는 검을 휘두르고, 때로는 방패로 흘리고,
마법의 폭풍을 두르고, 불꽃으로 변하는 등
천변만화의 공격으로 여자애들을 압도하고 있다.

외톨이의
이세계 공략

life.**4** 왕녀여 가짜 미궁에서 저물라

*Lonely Attack
on the Different World*

life.4 Princess, Go in the False Dungeon

고지 쇼지
author — Shoji Goji

일러스트 – 에노마루 사쿠
illustrator — Saku Enomaru

CHARACTER

반장

하루카네 반 반장. 집단을 이끄는 재능이 있다. 하루카와는 초등학교 때부터 아는 사이.

하루카

이세계에 소환된 고등학생. 반에서 유일하게 신에게 '치트 스킬'을 받지 못했다.

안젤리카

'변경 미궁'의 전직 미궁황. 하루카의 스킬로 '사역'당했다. 별명 : 갑옷 반장.

부반장 A

바보 같은 짓을 하는 남자들을 엄격하게 감독하는 쿨 뷰티.

부반장 B

교내 '좋은 사람 랭킹' 1위의 부드러운 여자. 전투에서는 과격.

부반장 C

어른 여성을 동경하는 기운찬 꼬맹이. 반의 마스코트적 존재.

미행 여자애

조사나 정찰을 가업으로 삼는 시노 일족 수장의 딸. 「인비저블」로 불리는 일류 밀정.

STORY

반 친구들과 함께 이세계로 소환된 '외톨이' 고등학생 하루카는 『사역』한 전직 미궁황 안젤리카와 함께 각지의 던전을 공략하고, 거점 도시 오무이를 미궁산 아이템으로 풍족하게 바꾸는 나날을 보내고 있었다.

그러던 중, 하루카는 이웃 영지 나로기의 악덕 영주가 밀정으로 보낸 미행 여자애와 만난다. 하루카는 적대 세력인 미행 여자애에게 아무것도 강제하지 않고 있는 그대로의 모습을 보여준다. 그의 행동은 사람들을 행복으로 이끈다—— 그걸 깨달은 미행 여자애가 내린 결론은 악덕 영주에 대한 반역이었다. 격노한 영주가 미행 여자애를 처형하려던 때, 하루카가 전이 마법으로 개입해서 구출한다. 그리고 나로기와 그 너머에 있는 왕국의 침공을 내다보고 오무이와 나로기를 연결하는 유일한 길에 '가짜 던전'을 건설한다.

회상, 긴 밤이었다—— 그보다 지금도 밤이고 밤샘 중. 이건 기나긴 이야기—— 그렇다. 뭔가 미행 여자애가 여드름으로 고민하고 영주가 오크였다. 응, 이세계는 참 이상하네?

　그게 기나긴 이야기가 맞는지는 넘어가고, 갈 길이 머니까 길옆으로 치웠다. 뭐, 예로부터 더러운 건 눈에 안 보이는 데로 치우는 법이고, 귀찮은 데다가 돼지(오크)였으니까?

　"역시 여기로 갈 수 있다고 기대하게 하고 떨어뜨리는 게 낫지 않을까?"

　"일부러 그런 분위기를 내고, 여기서부터 여기까지 오게 해서, 이렇게 하죠."

　길이란 사람과 부와 정보를 부르는 동시에, 재앙을 부르는 두려움의 대상이기도 했다. 그래서 방위신을 숭배하고, 방위로 길흉을 점치고, 흉이면 길한 곳에 머물렀다가 가기도 하고, 안 좋은 방위를 피하고자 기도하기도 한다. 응, 구멍 함정도 중요하겠지?

　"서서히, 점점 경사가 빡세지다가 그 기세를 타고 급경사에 돌입해서, 여기서 이렇게?"

　"그렇다면 높낮이, 중요, 해요."

　그래서 사람은 길을 만들고, 숭배하고, 그리고 두려워했다.

단 하나의 길이 누군가의 운명을 바꾸고, 수많은 명운을 바꿀 수도 있으니까.

"뭐, 복은 안으로, 액은 밖으로 보낸다는 차별적 탄압의 상징을 자기 나이에 맞춘 숫자만큼 먹는다는 무시무시한 *인습도 있으니까, 동그란 돌멩이를 뿌려놔서 기세를 탔을 때 미끄러뜨리는 벽도 괜찮을지도?"

이 길이 무엇을 옮길지는 모르겠지만, 미지수니까 미래가 오겠지……. 응, 무사히 지날 수 있을까? 미래 씨는?

내가 혹사하고 내가 착취하는
1인 과중 노동 영구 기관이라니, 노동 착취다.

49일째 심야, 하얀 괴짜 여관

분명——. 그렇다. 지금쯤 미행 여자애는 마스코트 여자애와 얼싸안으면서 그대로 울다 지쳐 잠들었을 거다. 그런데 나는 부업으로 가내 수공업 중.

그렇다. 아직도 일하고 있는 근면한 백수다!

지금은 방패 여자애의 방패를 미스릴로 강화 중. 그런데 방패 여자애를 제외한 학급 임원은 모두가 옷을 주문했다. 검과 마법으로 마물과 싸우는 이세계에서 그렇게 여유로워도 되는 걸까?

---

* 일본의 풍습. 입춘 전에 액을 막기 위해 콩을 뿌리고, 나이에 맞춰 콩을 세서 먹는다.

"응. 전투용 드레스를 주문한 녀석은 대체 누구야?!"

아, 소동물(부반장 C)인가. 무시하자. 몸집이 작으니까 섹시 드레스 같은 건 무리고, 게다가 이렇게 노출이 많은데 대체 어떻게 방어할 생각인 걸까? 보호할 마음이 있긴 한가? 기각이다.

그리고 마석 전지와 마석 배터리 제조와 충전, 아니 충마력을 진행했다.

"새로운 발견이야! 아니, 신제품이야. 대박 상품이 되겠지?!"

마력을 저장해서 필요할 때 쓸 수 있는, 마력 고갈 대책으로 안성맞춤인 일품이다. 후방직만이 아니라 모두가 마력으로 강화하니까 이건 틀림없이 잘 팔릴 거다.

"홋, 떼부자가 되겠어!!"

실제로 던전에서도 마력이 떨어질 것 같아 귀환하는 것이 좀처럼 공략이 진행되지 않는 원인 중 하나였다. 하지만 마력을 저장할 수 있다면 지금보다 훨씬 안전하고 오래 싸울 수 있다. 이건 서둘러 장비하게 해야겠어.

"응. 어쩐지 마력이 줄지 않는다 싶었어."

구조는 간단하다. 마석을 잔뜩 정렬하면 마석에 있는 마력이 순환하면서 활성화한다. 그걸 이용해서 마석을 정렬하고 결합하여 전지와 배터리를 만든다. 그 이론 자체는 『하우 투 마도구!』에 있었지만, 이 세계 사람은 전지나 배터리의 지식이 없으니까 실용화는 이루어지지 않았던 모양이다.

요컨대 마력 저금통. MP를 저장하는 전지와 배터리가 있으면 마력 고갈 대책이 되고, 마력을 많이 소비하는 큰 기술도 쓸 수 있게 된다. 모두에게 필요하겠지. 팔릴 거다. 그러므로 떼돈이 벌린다!

"하지만 이론만 있으니까 실제 검증은 직접 하라는 불친절한 가설이고, 보통 일반적으로 각종 동레벨대 마석을 대량으로 보유하고 있지는 않으니까 실험조차 불가능하단 말이지?"

응, 나는 대량으로 있다. 미궁(던전)은 층마다 동레벨 동종이 우글거리니까, 몰살하면 전부 동일 규격이거든. 그래서 검증하기는 쉽지만, 연결하는 방법이나 마석의 질로 효율이 달라지니까 실험하면서 직접 만드는 중이다. 그 기본 법칙(노하우)을 모르면 대량 생산으로 넘어갈 수 없으니까?

"이거 속간으로 『노 하우 마도구!』 같은 게 발매되지 않았을까? 응, 그 제목만으로도 금서 처분을 받겠지만. 옛날 높으신 학자들의 책 같은 건 안 나왔나?"

일단은 모두의 몫. 내 건 필요 없다. 응. 몰랐지만 이미 가지고 있고 계속 쓰기도 했던 모양이라서?

마석 전지와 마석 배터리 제조법은 마석을 잔뜩 나열해서 연결하고 마력을 주입하는 것이다. 내 아이템 주머니는 대량의 특급 마석이 산더미처럼 있고, 아이템 주머니는 항상 소유자의 마력을 흡수해서 내부로 주입하고 있다. 즉, 초거대 배터리가 되어 있었던 모양이더라고?

"어쩐지 마력을 얼마든지 쓸 수 있다 싶었는데, 나 몰래 마력을 흡수하고 있었고, 그래서 스킬 『마력 회복』이 쭉쭉 올라갔더란 말이지?"

무의식중에 모으고 있었고, 마력이 부족해지면 아이템 주머니 배터리에서 자동으로 흡수했다. 그래서『마력 회복』이『마력 흡수』로 버전업했다.『하우 투 마도구!』를 읽을 때까지는 전혀 눈치채지 못했다……. 역시 책은 중요하다.

　그리고 지금은 마력 흡수 스킬이 있으니까 주위에서 얼마든지 마력을 흡수해서 배터리에 충전할 수 있게 되었단 말이지? 장대한 바위산을 개조했는데도 마력이 충분했다. 잘 생각해 보면 말도 안 되는 마력량이었다니까? 눈치채지 못했었지만?

　한밤중에 혼자서 깨작깨작 부업 중. 갑옷 반장은 녹아웃 상태로 자고 있다. 모포에서 하얗고 길고 성스럽기도 한, 예쁜 다리가 엿보인다. 매력적이고 고혹적인 순백의 허벅지까지 드러났지만, 저건 함정이다! 함정이라고! 저 함정에 몇 번이고 몇 번이고 몇 번이고 걸려서 끔찍한 일을 겪고, 완전 수면 부족 상태에서 아침부터 잔소리를 들어야 하는 함정이라니까!

　"으음. 동굴에 소스 공장을 만들러 돌아가고 싶기도 하고, 양계장도 여전히 손대지 못해서 계획만 해둔 상태고, 정원도 만들고 방치 중이란 말이지. 거품 욕조에서 거품 플레이도 하고 싶고. 집이 있는데 틀어박혀 살 수 없는 건 어째서지?"

　골방지기와 외톨이와 백수 칭호는 대체 뭘 하고 있는 건데!

　"역시 달걀과 닭고기의 안정적 공급이 급하단 말이지……. 특히 오므라이스나 오야코동을 위해서! 아아아아, 김이 필요해. 가다랑어포라든가 파래라든가 해산물이 부족하단 말이야?"

바다는 당장은 무리니까 내륙이라면…… 옥수수다! 그래! 오므라이스는 만들었는데 콘 포타주 수프가 나오지 않았으니까, 옥수수를 찾아보자. 양파도 대파도 있었으니까 이후에는…… 버터가 없나? 아, 치즈도 필요해! 농업 개혁도 필요하겠네. 급해! 나는 영지 주민도 아닌데 왜 농업 개혁 같은 걸 하는 거지? 이건 대체 무슨 부업이야?

——투덜투덜 부업 중.

그래도 잠들지 않고 밤중에 깨작깨작 할 수 있는 건 「외톨이」와 「골방지기」와 「백수」의 능력 덕분일까? 아니, 졸리긴 하거든? 그래도 일을 못 끝내면 영원히 부업에 혹사당해야 하거든?

오늘 던전 회의에서는 각 파티의 문제점도 알았으니까 대책용 장비도 만들고 싶다. 응. 은근히 인원이 많은 만큼 돈도 많이 버는 여자애들을 상대로 한 주문 제작 판매(바가지 상법)가 메인 수입! 그래도 졸려!!

"좋아. 완성되면 오타쿠들에게는 특별 한정 바가지 가격으로 팔아 주자. 그놈들은 지금쯤 행복하게 자고 있을 테니까. 바가지를 왕창 씌우자. 반드시!"

일단 마력 배터리 60개와 후위직용 예비 마력 전지 90개를 만들었으니까 아침부터 팔 수 있다. 이거라면 아침부터 떼부자다!

문제는 여자애들이 옷을 사느라 낭비해서 돈이 없다는 거다. 응. 이미 어제 판 반지로 다들 빚쟁이가 됐는걸? 앗! 팔찌형 마력 배터리로 만들면 팔 수 있겠어! 염주 같긴 하겠지만, 색상을 몇 가지 조합하면 잘 팔릴 거다! 후후후. 이걸로 여자애들은 빚쟁이 확정이다. 나와 함께 가난의 괴로움을 맛보라고.

　그나저나 돈도 없을 텐데 여자애들의 의상 주문 제작 의뢰가 대량으로 들어왔다. 하지만 디자인과 색상만 적고 사이즈 표도 뭐도 없단 말이지? 이건 나보고 치수를 재라는 뜻인가? 너희는 패턴(옷본) 같은 것도 만들어 주지 않는 거야?!

　"건전한 남자 고등학생에게 여고생의 신체 치수를 재라고 할 셈인가……. 그래도 부반장 A가 주문한 길고 타이트하고 슬릿이 들어간 레더 스커트는 만들어 보고 싶네. 지금부터 치수를 재러 가고 싶을 만큼 좋은 물건이야. 다음에 갑옷 반장한테도 만들어 주자!! 어차피 입혀도 금방 벗기겠지만 입혀 보자. 오히려 벗기려고 입히는 거야! 아니, 입고 하는 것도 싫지는 않다고? 진짜로!"

　그리고 내 것도 그렇지만, 갑옷 반장의 장비도 미스릴로 맞추는 게 좋으려나?

　"이미 아이템 치트고, 더는 성능도 안 올라갈 것 같으니까 뒤로 미뤄도 되려나? 그래도 갑옷 반장의 『수납 망토』는 수수하니까 미스릴로 바꿀까?"

　그렇다면 내 장비는 전부 해체해서 강화해야 하려나?

　"으음. 지팡이는 『공간의 지팡이』에 『마력도(魔力刀)』…… 『아마노무라쿠모노츠루기』는 안 올려도 되려나? 신검이니까? 그러면 『엘더 트렌트의 지팡이』인가. 그리고 망토가 『은형의 망토』와 『마법 반사의 망토』와 『회피의 망토』고, 부츠가 『가속의 부츠』, 『절내(絕耐)의 그리브』, 『흡착의 부츠』고, 장갑이 『모순의 건틀릿』에 『매지션즈 글러브』. 반지는 어떨까? 응, 『트랩 링』, 『데몬 링』, 『페어리 링』에 맡기고 온 『골렘 메이커의 반지』에 사용하지 않는 『미궁왕의 반지』도 있고, 옷도 『금강력의 옷』은 강화할 수 있겠지만 『검은 모자』도 괜찮을 것 같기도…….”

이걸 하룻밤에 할 수 있겠냐! 과중 노동이잖아? 과중 부업형 자영업이었나?!

“잠깐, 내가 혹사하고 내가 착취하는 1인 과중 노동 영구 기관이라니, 대체 무슨 부업이야! 뭘 어떻게 해야 부업이 악덕 기업이 되는 건데? 집에서 혼자 악덕 기업이라니 영문을 모르겠잖아?!”

그리고 잡화점에서도 추가 주문이 왕창 들어왔다. 그렇다. 도시가 빠르게 발전하지 않는 현재, 부업으로 도시 경제를 떠받치고 있는 거다!

졸리다……. 2차전이 너무 길어진 탓에 딱따구리 작전까지 가지 못했지만, 영구불침의 미궁황은 침대에서 격침되어 귀엽게 자고 있다. 눈에 X 마크가 보이고 침까지 흘리고 있지만?

그래도 부업을 돌리지 않으면 돈이 없다. 주문은 왕창 들어오지만? 도시 경제를 굴리는 레벨의 부업은 이상하지 않나? 응. 전혀 끝나지 않잖아?

그런데도 하얗고 야릇한 허벅지가 요염하게 이리로 오라고 유혹하고 있단 말이지?

“아앗, 이것도 급하다고 썼네! 그 잡화점 누님, 모든 부분에 급하다고 썼어?! 버섯 영양밥 3인분은 특히 급하다니, 자기들 밥이 잖아! 식당이냐고?! 아침부터 던전에 가야 하는데…… 가격 괜찮네. 떼돈 벌겠어!"

컨베이어 벨트처럼 계속해서 공중에 떠오른 상품들을 조형하고 가공하고 수납했다. 끝이 없다. 끝날 기미도 없다. 주문표가 전혀 줄어들지 않는다. 수주한계는 천원돌파한 끝에 나선이 드릴이 됐고 회전이 라간이라고! 너무 돌파했잖아! 뜻을 세우기도 전에 풍운노도가 밀어닥쳐서 하늘로 돌아가 버리겠어! 승천이라면 가능하겠네?!

"이제 틀렸어. 한계야! 하지만 한계 돌파다! 그래, 3차전이다!"
자자. 그래. 나는 딱따구리가 되겠어!!

【3차전 중. 보여줄 수 없는걸?】

함께 소환된 동급생인 줄 알았는데
아무래도 착각한 모양이다.

50일째 아침, 하얀 괴짜 여관

부업 뛰는 사람의 아침은 일찍 찾아온다. 정말 그런지는 모르지만, 아무튼 이른 시간부터 새벽시장이다.
"오늘의 주목 상품이야~! 마력 배터리 팔찌 판매를 시작했어.

선착순이거든? 응. 60개 수량 한정 상품이야. 실은 평범하게 재고가 있지만 싸워라~. 더 싸워라~ 랄까?"

상쾌한 아침도 울면서 도망칠 정도로 여자애들의 처절한 광란의 지옥도가 펼쳐졌다. 이 서슬 어린 기백이 있다면 던전도 죽일 수 있지 않을까 싶을 만큼 생기발랄? 하지만 노출은 없는 것 같다!

평소에는 전위직에 밀리는 후위직 여자애들도 이번에는 기백이 달랐다. 그야 효과도 모를 파워 스톤이 아니라 효과가 확실한 마력 스톤이니까. 마석이기도 하고.

타입은 두 개. 커다란 마석을 염주처럼 연결한 파워 스톤 팔찌형은 대용량에 순발력이 뛰어나고 한 번의 전투라면 대활약할 테니까. 전위직한테 좋으려나?

그러나 추천 상품인 얇은 5줄 팔찌가 성능은 더 좋다. 한 방짜리 대용량보다는 모아둔 마력이 잘 줄어들지 않는 게 실용성만 따지면 고효율이란 말이지. 디자인은 표절했지만, 이세계라면 본가에서도 눈치채지 못할 거다. 들키면 사과하자. 그리고 여전히 신도몽상류 봉술의 이세계 지점에서도 분노의 편지는 오지 않고 있다. 변경은 가짜 던전으로 봉쇄했으니까 당분간은 괜찮겠지. 분명 다른 이세계 지점도 당분간 깨닫지 못할 거다.

""""꺄아아아아~!""""

"그건 가져가면 안 돼. 그건 내가 살 거야!"

"안 돼, 내 거야! 이건 운명의 만남이니까……. 앗, 이것도 운명!"

"후위한테 양보해! 넌 전위잖아!!"

"맞아맞아, 후위의 화력을 올리는 데 협력해 줘!!"

터질 듯이 건강한 육체가 밀고 당기고, 포동포동하고 부드러운 육체가 일그러져서, 가까이서 봤다간 고소감이겠네…… 밀어닥치고 있어?!

"전위도 마력이 필요하거든!"

"그래도 이 디자인은 이것밖에 없으니까 내 거야!"

"이게 전부터 갖고 싶었어! 뭐, 짝퉁이지만?"

"수량 한정이 문제야. 부족해. 내 몫이 두 개밖에 없잖아?!"

"맞아. 더 많이 만들어 줘~!"

"""응. 반지도 더 만들어 줘!"""

대박―― 떼부자의 부활이다! 아니, 나는 또 일해야 해?

"저기, 팔찌는 한 사람이 두 개나 있으면 보통 남잖아? 팔이 몇 개나 있는데?"

"여자는 몇 개든 된다고!"

그리고 증산한 반지는 어째서 다 팔린 걸까? 뭐, 이만큼 착용하면 당분간 상태이상 걱정은 없겠지만, 예산 걱정은 이미 틀린 모양이다!

"하루카. 이거 보라색은 없어? 보라색과 빨간색 콤비로 5줄!!"

"있으면 줘. 없으면 만들어 줘! 정말이지 뭐냐고!!"

응. 여자애들은 전부 외상이면서 왜 이렇게 압박하는 거야?! 헉.

설마 품귀 상품을 후불로 사는데도 구매자가 갑인가? 그건……
역시 호감도가 없기 때문인가?!

"아니, 팔 전체에 팔찌를 끼고 손가락 전체에 반지라니, 그건 대체 무슨 건틀릿인데?"

호감도가 없으면 시장 원리도 무시되는 모양이다. 보라색과 빨간색 콤비가 없다는 이유로 화내니까 말이지? 보라 빨강 파랑 트리오는 왜 안 되는데? 그러면 파란색 그라데이션이 불쌍하잖아? 응. 나도 불쌍하거든? 은근히 진지하게?!

결국 60개가 전부 팔린 데다 주문 제작이 20개. 떼돈을 벌어 떼부자가 되었지만, 오늘 밤도 끝없는 부업 결정.

"숫자가 이상하네? 왜 오타쿠들도 바보들도 사지 않은 걸까? 응. 벽에서 새하얗게 불타버렸었지……. 뭐, 방해되니까 상관없지만. 게다가 저번의 요청을 받아들여 증산한 상태이상 내성 반지 50개가 다 팔리다니, 대체 한 사람이 몇 개나 산 거야? 대체 얼마나 상태이상에 걸릴 생각이 넘쳐나는 건데?"

뭐, 돈은 많이 벌었으니까 상관없지만, 현금은 얼마 안 된다. 실질적으로 재료비는 0이니까 후불이라도 전혀 곤란하지 않지만, 다 써버려서 현금이 없다. 그래—— 던전에 가자!

"그나저나 요즘은 던전에서 제일 느긋하게 보낼 수 있는 것 같은데 어째서일까. 응. 조용함과 편안함을 찾아 던전에 정착해 볼까 하는 마음도 들기 시작했는데, 어쩌지?!"

하지만 이세계에서는 여전히 납득이 가는 구조와 환경을 갖춘

우량 부동산(던전)을 찾지 못하고 있다. 특히 오늘 들어갈 예정인 던전은 최악이라고 해도 좋은 곳이다……. 마물이 전부 곤충 타입이라고 하니까!

재빨리 잡화점에 납품하러 가서 버섯 영양밥 세 개를 주고 누님의 머리에 쥘부채도 먹여줬다. 정말이지, 무지 바쁜데도 영양밥을 짓고 쥘부채까지 만들어야 했다고? 이후에는 팔거나 사거나 교환하는 작업을 끝내고 던전으로 향했다.

그리고── 아아, 우울해. 마물은 곤충, 아군은 바보. 우울하다. 죽이자. 갑옷 반장도 빌려주는 바람에 남자밖에 없다.

"그치만 여자애들이 벌레가 싫다고 떠넘겼단 말이야! 가뜩이나 벌레라서 날아다니고, 숫자도 많은데, 도망치는 벌레를 좇아가서 접근전이라니 진짜로 바보잖아!"

""아니, 날고, 도망치니까?""

"도망치면 좇아가야지?"

응. 상성과 뇌가 최악이다. 원거리 공격이 거의 없는 접근전 검술 전문이라 머리가 바보다. 게다가 대인전과 대형 마물, 그리고 짐승에는 강하지만 바보. 그러니까 반대로 벌레나 영혼처럼 도망치는 마법 타입의 적에는 약하다고나 할까, 상성이 안 좋아서 시간이 걸린다. 그리고 학습하지 않으니까 매번 벌레와 술래잡기를 시작한다……. 그렇다. 도망치는 만큼 벌레가 더 똑똑해!

"초등학생이라도 곤충망 같은 걸 준비하겠지? 왜 검이라서 고생한다고 말하면서 또 검을 들고 온 거야? 왜 나방보다 머리가 딸려? 어째서 도구나 마법을 쓰자고 생각하지 못하는 건데?"

일단 39층부터다. 「패럴라이즈 모스 Lv39」니까 마비 공격을 쓰는 나방이겠지. 상태이상 내성 반지는 아침부터 팔았다. 그런데도 고생하는 이유는 날아서 도망치기 때문이라고 한다. 응. 오늘도 평범하게 검과 창을 장비했으니까!

"""오오~! 그런 꼼수가!"""

이젠 싫어. 진짜 바보잖아!

"벌레 잡는 데 곤충망을 쓰는 게 뭐가 꼼수야! 다섯 명이 모두 '오오~!'라고 감탄사까지 붙이면서 전혀 생각하지 않았다니, 생각조차 하지 못했다니, 너희는 아무 생각도 없는 거지!"

"""베는 게 빠르잖아?"""

"시간이 걸리고 있잖아. 바로 지금!!"

잡화점 누님이 추천한 수상한 풀을 태웠다. '벌레에는 이거!'라고 할 만큼 추천하는 물건이라고 한다. 그래서 일단 모조리 사들이고 대량 발주까지 했다.

그리고—— 픽픽 떨어지는 패럴라이즈 모스들. 아니, 혹시나 해서 기대하긴 했지만, 던전의 마물이 잡화점에서 파는 살충용 풀에 즉사하다니! 이건 그냥 벌레잖아? 이 던전은 1층부터 이걸 천천히 피웠다면 하루 만에 공략이 끝나지 않았을까?

그리고 "굉장해! 참신한 아이디어야!"라고 말하는 바보들. 진짜 싫다.

"너희는 살충제를 본 적이 없어? 대미궁에서 피웠다는 이야기도 들었잖아? 어째서 현대인이 검을 들고 벌레를 쫓아다니는 거야? 오히려 내가 더 놀랍네. 원시인 조상님들도 너희보다는 똑똑했을걸? 대체 어디까지 회귀했길래 이토록 바보인 거야?"

생각해도 알 수 없는 건 어쩔 수 없지만, 생각도 안 했다니…….

이 녀석들은 지적 생명체조차도 아닌 거냐! 이 바보들은 대체 뭐야? 왜 이런 생물인 거야? 구워도 되나?

"굽지 마! 상공 10미터를 나는 거대한 나방을, 벽을 타고 올라서 불을 두른 검으로 베어서 격추하고 다녔잖아!"

"아까도 초고속으로 무궤도로 순간 이동하는 거대한 파리를 도망칠 곳이 없을 만큼 참격을 날려서 썰어버렸지?"

"그래. 거대한 갑충을 연격에 이은 연격으로 압도해서 짓뭉개고 꿰뚫으면서 싸웠지?"

어라? 그렇게 들으면 왠지 왕도 판타지 같은 느낌도 든다.

어라? 올바른 건가? 아니, 아니야. 그냥 멋있게 말했을 뿐이야!

위험했다……. 하마터면 말장난에 속아 넘어갈 뻔했어. 그래. 말은 하기 나름이지!

요컨대 나방을 벽까지 타고 달려가며 쫓아다녔고, 파리가 피하니까 맞을 때까지 검을 미친 듯이 휘둘렀고, 갑충이 단단하니까 무턱대고 죽을 때까지 찔렀다는 거잖아? 발상이 완전 야만인이다. 역시 아무 생각도 없는 거야!

"어라? 너희 정말로 현대에 살았어? 동급생인 줄 알았는데 모르는 사람이었을지도?"

"""있었어! 같은 반이었어! 모르는 사람 아니야!!"""

유감스럽게도 현대인이 맞는 듯하다. 이 이야기를 원래 세계의 현대인들이 들었다면 분명 무척 한탄하며 슬퍼했을 거다. 저게 우리와 동류였냐면서……. 응, 나도 슬프거든? 진짜로.

바보들을 계속 바보 취급하면서 살충용 풀을 피워 바람 마법으로 연기를 계속 보냈다. 어라? 뭔가 이쪽이 악당 같은 느낌이 드는데?! 신기하네?

"좋아. 내려갈까. 안 죽었으면 또 피우면 되고? 멍청하게? 살아 있으면 물을 퍼부으면 죽을지도 모르고? 뭐, 내려가면서 생각하자."

"우리가 지금까지 한 고생은 대체 뭐였던 거야? 저 벌레 대군과의 싸움은?"

"나, 사마귀와 맞붙으면서 칼날 폭풍 같은 사투를 펼쳤는데?"

"그 돌진해서 날아오는 창 메뚜기 무리도 힘들었지~?"

"점액을 토해내는 애벌레도 점액을 피하면서 온 던전을 돌아다니며 해치웠잖아?"

"""피우면 끝이었네? 그 수많은 격전이?"""

이 녀석들은 정말로 현대 사회에서 생활했었나? 반대로 오타쿠들은 현대 사회에 너무 침식당했고?

"아니, 보통 현대인이 거대 곤충을 상대로 검을 들고 싸워? 살충제는 중세 정도에서는 이미 나왔었고, 석탄이나 유황을 쓴 살충제는 고대부터 있지 않았던가? 제충국분도 상당히 옛날부터 있었을 텐데? 너희는 대체 몇 세기에서 소환된 거야? 쥐라기?"

정말이지, 평범한 사람은 나밖에 없나? 한탄이 절로 나오네.

50일째 밤, 하얀 괴짜 여관

미궁왕이 남긴 『공각충의 갑옷』. 뭐, 남겼다기보다는 살충당해서 갑옷과 마석만 떨어져 있었지만?

"""통하는구나? 살충제?!"""

"그런데 꽤 비싸게 들었다면서?"

그 무척 벌레 같은 디자인의 흉흉한 갑옷을 카키자키 그룹과 하루카가 서로 양보한다면서 억지로 떠넘기고 있었다. 응, 징그러우니까!

그리고 억지로 입기 직전이 된 카키자키가 기어서 도망치는 모습을 보니 진짜 싫었던 모양이다. 여자애들도 기겁하고 있다. 다른 던전 장비도 미묘했다고 한다.

"설마 전부 벌레 디자인?"

"와, 그로테스크한 창이 나왔어!"

모두 기겁하는 중이다. 그야 벌레 다리 같은 창이었으니까? 응. 식당에서 꺼내지 마시죠? 그리고 보고한다.

"웜 말고는 전멸했으니까, 47층 미궁왕이 뭔지는 모르겠어."

"그리고, 그 위였던 46층은 벌레 던전이었는데 마석과 함께 무기가 떨어져 있었지?"

"뭔가 거미집이 있었으니까 거미 같지만, 전멸해서 몰라."

"그래, 사기야! 벌레 던전에서 지렁이라니 지렁이목에 대한 모멸 행위잖아? 진짜로. 그래도 잡화점의 살충용 풀은 굉장히 잘 통하더라? 중층까지라면 바퀴 말고는 해치울 수 있을지도? 랄까? 그리고 거대 바퀴가 나오면 난 도망칠 거야! 무조건!!"

또 저지른 모양이다. 던전을 죽이러 갔지만 미궁왕은 불명. 마물의 종류도 분포도 전혀 모르는 미제 사건이 양산되었다. 저번에는 익사, 이번에는 약살? 애초에 대미궁에서는 미궁황을 납치 유괴했으니까!

"""46층에 무기가 떨어져 있었다니, 무기밖에 없었나요!"""

"얇은 가슴 보호대밖에 없어. 가죽이던데?"

"""정말로 다리 갑옷이나 신발은 없었던 건가요!"""

오다 그룹이 이상한 곳에서 굉장한 표정으로 물고 늘어졌다. 평소에는 보여주지 않는 진지한 표정으로 심각하게 뭔가 고민하고 있다.

"그거, 뭔가 중대한 일이야?"

"가슴 보호대도 폭이 넓은 가죽끈이었다지?"

눈동자에 경악이 떠올랐다. 이세계에 관한 건 오다 그룹이 제일 잘 안다. 그러니까 오다 그룹밖에 모르는 뭔가 심각한 의미가 있을 수도 있다……. 그래서 다들 숨을 삼켰다.

"떨어져 있던 무기의 사이즈는?"

"아, 표준 사이즈의 검과 창하고, 그리고 방패였지? 그보다, 뭔가 곤란했나?"

수그린 어깨가 떨리고 있다…….

"""거미에 무기를 장비했다면 아라크네였을지도 모르는데, 전멸했다니!"""

"보기도 전에 죽다니……."

오다 그룹이 한탄했다. 아라크네? 희귀하거나, 착한 마물인가? 뭐지? 하루카까지 눈을 크게 뜨고 무척 동요하고 있네?!

"아라크네라니…… 그 아라크네?!"

"가, 갑옷이 없었어. 없었다고…… 게다가 벨트."

"하루카아! 너의 피는 무슨 색이냐!!"

"진짜로? 그치만 아라크네한테…… 살충제가 통했어?! 아니, 곤충 던전에 거미가 있어도 되는 거야? 아니…… 갑옷이 없다고! 게다가 벨트였다고오오오오! 랄까!!"

남자 모두가 일제히 동요했다. 사건이야?! 아, 안젤리카 씨는 눈을 흘기고 있다. 알고 있는 건가? 물어볼까?

"으~음…… 거미녀?"

"상반신이 여성이고…… 벨트?"

유죄 확정이네. (잔소리 중입니다. 잠시 기다려 주세요.)

"""저질! 곤충한테 뭘 기대하는 거야?!"""

응, 최악이었다. 아라크네 씨는 '거미녀'. 일반적으로는 상반신이 여성이고, 하반신은 거미인 마물. 그리고 무기밖에 없고 갑옷은 입지 않았다. 즉, 상반신 노출 상태거나 벨트 브래지어를 찬섹시계 몬스터 아가씨였을 가능성이 있다고 한다.

"""하아…… 남자란."""

하지만 하루카만큼은 여전히 죄를 인정하지 않았다. 말하기를, 아라크네란 그리스 신화에 등장하는 인간 여성으로, 옷감을 관장하는 아테나조차 능가하는 기술을 가졌다고 불린 옷감 제조 기술자라고 한다.

"아니, 다들 주문 제작을 요구했잖아? 응. 일손이 부족하단 말이지? 게다가 아라크네라면 옷감을 짤 수 있으니까, 옷감 단계에서 주문할 수 있는데?"

"""진짜로?!"""

"진짜진짜 완전 진짜야. 게다가 아라크네는 실부터 만들 수 있으니까 섬유 단계에서 전부 주문 제작이 가능하고, 거미니까 손이 부족하기는커녕 손이 두 개에 거미 다리도 여덟 개잖아! 봐봐. 중요한 일이지? 의류업계의 손실에 놀라고 한탄했을 뿐이야! 그야 나는 매일 밤 의류업 종사자가 되니까, 만약 사역할 수 있다면 옷의 대량 생산도 가능했을지도 몰라! 배리에이션도 늘어나고 가격도 싸지니까 내 잘못은 없잖아?"

그 말에 여자애들이 몹시 동요했고, 잔소리는 멎었다. 그야 옷이 다양해지고, 가격도 싸진다는 건 킬러 워드니까. 훌륭한 변론이다. 상대의 약점을 찌르고 자신의 주장을 정당화하는 필살의 킬러 워드다. 이론도 파탄 나지 않은, 파고들 빈틈이 없는 변호.

하지만 말이지. '갑옷이 없다고!' 라고 외쳤잖아? 의류업계는 갑옷이 있든 없든 상관없는걸? 실은 자백했잖아. 몬스터 아가씨 엿보기 미수범 결정 아닐까? 유죄!

(계속 잔소리 중입니다. 조금만 더 기다려 주세요.)

잔소리를 빼면 순조롭게 회의가 진행되었지만, 49층까지 갔다가 계층주는 위험하다고 판단해서 돌아온 그룹이 둘. 우리도 그러니까 합계 세 그룹이 계층주전에 임해야 한다. 내일은 모두 함께 계층주와 연전을 벌이고, 하루카에게 비밀 방을 찾아달라고 해야 하니까 무척 바쁘다. 특히 하루카가.

하루카는 영주님에게 보고하는 것도 귀찮아서 미행 여자애를 과자로 매수해 대신 보고하러 보내는 등 땡땡이치고 있지만, 그래도 바쁘다.

생산 보조가 필요하지만, 연금술을 보유한 사람은 있어도 실전에서 쓸 수 있는 사람은 하루카밖에 없다. 다른 사람은 거들 수도 없다. 아니, 직업의 마이너스 보정으로 불가능하다. 게다가 어째서인지 옷 만들기도 하루카가 가장 능숙하고 묘하게 센스도 좋은데다, 섣불리 도와주려고 해도 평범한 바느질이 아니라 마법으로 재봉하고 양산하는 건 아무도 할 수 없다.

밥도 하루카처럼 식재료를 찾아서 감정하거나, 독을 빼면서 가공할 수 없다. 그리고 근본적으로 요리를 할 수 있더라도 케첩 만드는 방법 같은 건 모른다. 하물며 마법으로 조리하는 방법은 전혀 모른다. ──그야 마법은 공격용이니까?

"여자의 자존심이."

"나, 요리부였는데……."

"""아니, 마법으로 마물 요리를 하는 건 말이지~?"""

"우선 재료를 알 수 없고, 조미료가 없어서 너무 힘들어!"

그건 그렇고, 간단하게 직접 만드는 거라면 그나마…… 간신히 어떻게든……? 하지만 공사 의뢰도 하루카에게 들어오고 있다. 흙 마법이나 4대 마법 보유자는 많지만, 건축 이전에 아무도 측량이나 설계를 할 수 없다. 내 스킬론 부술 줄만 알고 아무것도 만들 수 없다. 게다가 전문 부업으로 경영 지도에 융자나 구매 지시에 판매품 생산 같은 건 무리잖아? 오히려 어째서 되는 거야?

그러니까 하루카는 바쁘다. 전투직이 아니니까 만드는 거라고 말하지만, 결국 던전을 죽이는 건 언제나 하루카다. 그야 살충제나 수공이나 금속 용해 같은 건 다른 사람에게는 무리니까.

그리고 최대 전력 겸 교관인 안젤리카 씨의 사역자. 그리고 사실은 안젤리카 씨도 떨어져서 행동하는 게 싫은 모양이라…… 조금 토라졌나? 응. 미궁황 귀여워!!

이런 상황이라서 하루카는 혼자서 아침부터 전투직으로 던전을 죽이고, 밤은 부업인 생산직으로 도시 경제를 지탱하고 있다. 말도 안 되는 일인데 그걸 매일 하고 있다.

"그런데도…… 이렇게 바쁜데 모두의 장비를 만들어 주고 있는 거구나……."

"반지도 팔찌도, 요전번의 옷도 전부 효과가 붙어있었지?"

"던전 무기도 싸게 바겐세일로 팔았으니까, 혼자서 전부 떠받치고 있는 거구나……."

““"뭐, 꽤 바가지 가격이었지만?!"”"

"그래도 가게에서 사면 엄청나게 비싸니까. 그러고도 파격 특가인데요?"

““"응. 그야 우리 예산을 전부 파악하고 있으니까, 가진 돈을 전부 쓸어담을 작정인 거겠지!!"”"

고마운 마음이 한가득한데 바가지를 씌우고, 교묘한 말 바꾸기와 수상한 세일즈 토크로 돈을 뜯어내고, 그 막대한 이익도 잠깐만 눈만 떼어놓으면 파산한단 말이지? 응. 몰수해서 저금하고 있는데도 안 된다니까?!

그러니까 불만을 늘어놓으면서도 다들 기뻐하고, 고맙다는 말을 전하고 싶은데 어째서인지 잔소리를 하고 말지만, 고마워하고 있다. 그래도—— 아라크네 씨는 안 돼!

응. 안젤리카 씨도 화내고 있고, 시마자키 그룹도 물어뜯을 듯한 표정을 짓고 있으니까, 분명 사역자끼리 복잡한 서열 문제로 발전하지 않을까?

만약, 만약 사역하더라도, 옷은 잘 입혀줘야 해! 으으으, 옷이 다양해지고 가격도 싸진다니——.

생산과 유통 계획에 맞춰서
구획 정리와 치수 공사를 먼저 하면 무척 간단하다고.

50일째 밤, 오무이 영주관

"이것으로 보고를 마칩니다. 그리고 이쪽이 하루카 씨가 보낸 제안서이고, 이쪽이 상업, 유통의 경제 관련. 아래쪽은 주로 인근 농업 정책과 개혁안이고, 가장 가까이 있는 자료가 변경 전역의 정비안, 맨 아래쪽이 도시 개조 제안입니다. 이상입니다."

그리고 여자애는 "이만 가보겠습니다."라는 말을 남기고 나가고 말았다. 수중에는 막대한 자료의 산. 주변에도 제안서의 산.

살짝 훑어보기만 해도 획기적인 제안밖에 없다. 처음에 설명을 들었던 변경 방위계획 시점에서 공전절후의 제안이었다.

변경을 가로막은 험난한 바위산을 역이용해 오무이의 성벽으로 삼고, 거대한 성벽 도시를 건설하여 왕국과의 유통을 제어한다. 이미 산맥의 성벽화와 성문에 해당하는 관리 던전은 건설되었다. 그 출입구에 방위와 유통용 도시를 만들고, 현재의 오무이도 마의 숲에 대한 방위도시로 특화시킨다. 최종적으로는 남북에 있는 두 개의 방위도시와 동서 농업지구의 중심에 해당하는 곳에 새로운 오무이를 건설해서 유사시에 동서남북으로 달려갈 수 있는 주둔지와 변경의 유통을 담당하는 도시로 바꾼다. 그리고 그걸 위한 교통 정비안까지, 세세하게 정비 순서를 곁들인 계획서로 만들어서 제안하고 있다.

"이건······."

"이쪽도 터무니없지만, 그래도······."

이웃 영지 나로기의 일을 들으려고 했는데, 왕국을 상대하는 것까지 시야에 넣은 방위 정비 계획을 듣고 말았다. 게다가 변경을 거대한 하나의 도시, 하나의 성으로 보는 혁신적인 발상이기도 했고, 이미 왕국 방면의 성벽과 성문은 완성되었다.

"이게 예상도와 예정표."

"어째서 지도가 이토록 정밀한 거지?!"

그리고 이 대규모 공공사업조차 파격적으로 싼값에 맡아 준다는 요금표까지 붙었다. 게다가 저렴한 물물교환도 받아준다는 양심적인 가격이다.

"잠깐, 다음 내용은!"

"아니, 이게 더 중요하지!"

이미 각 분야의 문관들은 제안서를 서로 빼앗듯이 읽고는 나란히 신음하며 당혹스러워하고 있다. 그러나 모두의 눈에는 조용히 불타오르는 열기가 있었다.

마치 무언가에 홀린 것처럼 다시 읽고는, 다른 제안서와 견주며 확인했다. 그 얼굴에는 숨길 수 없는 흥분이 선명하게 보였다.

그렇다. 이건 꿈이다. 꿈속에서 보던 평화롭고 풍족한 도시. 변경에선 꿀 수조차 없었던 꿈이다.

있을 수 없는 행복한 꿈을 현실에 실현하기 위한 계획서이고, 믿는 것조차 두려울 정도였던 꿈 같은 미래의 변경을 위한 설계서다.

믿을 수 없어서 아무리 의심하며 확인해 봐도 확실하게 드러나는 꿈의 설계도다.

　모두가 눈물을 흘리며 제안서에 몰두했다. 마치 이 안에 있는 꿈의 세계를 바라보듯이.

　어색하게 웃는 저 얼굴로, 자기 자식이나 손주들이 행복하게 살아가는 미래까지 읽고 있을 거다.

　꿈의 책—— 이 책을 본 사람은 모두가 꿈속으로 빨려든다. 보지 못한 꿈의 저편까지 기록된 이 책에 빠져든다.

　이것은 실현할 수 없는, 꿈같은 이야기를 실현하기 위한 안내서이며, 현실에서는 있을 수 없던 현실을 만들기 위한 설계서다. 그러니까 모두가 미래의 행복한 영지 주민이나 자손을 생각하며 울고 있었다.

　그렇다. 이건 꿈 같은 제안서가 아니다. 꿈을 억지로라도 현실로 만들고자, 다른 요소를 전부 유린하는 공략서다. 몽상이 아닌, 실현할 수 없는 모든 가능성을 섬멸하기 위한 전술서다. 행복한 꿈을 제외한 모든 것을 인정하지 않는 포악한 입안서였다.

　"너희들. 이토록 많은 걸 받고, 게다가 이런 것까지 보게 되었는데, 못 하겠다고 말하는 자는 나와라. 하지 않겠다고 말하는 자는 이름을 대고 나서라!"

　모두가 눈물을 흘리면서 나를 노려봤다. 좋은 자세다. 좋은 각오다.

　이토록 가슴이 벅차오르고 보람이 있는, 목숨이나 인생 등을 아무리 걸어도 부족하지 않은 일이 대체 어디에 있다는 거냐며 눈빛으로 호소하고 있다.

"그럼 각자 시작할 수 있는 일을 시작하고, 가능한 일을 하고, 그때마다 진척도와 문제점의 보고를 올려라. 필요한 건 물자든 인원이든 즉시 요구를 보내라."

""""네. 즉시!""""

다들 앞다투어 위치로 돌아갔다. 전장 같은 기백이다. 아니, 문관들의 전장이다.

지금까지 문관들에게 패전 처리에 급급한 일밖에 맡기지 않았던 우리 영지에서 문관들에게 주는 첫 전장이다.

무관들도 방위계획에 감탄하면서 그에 딸려온 병법, 전술서에 매료되었다.

페이지를 넘겼다. ——대체 얼마나 많은 지혜와 지식과 기술을 가진 걸까?

그 소년은 대체 무엇일까?

그 소년 소녀들은 대체 무엇일까?

가난한 변경이 꾸는 꿈인 걸까?

비참한 변경이 보는 환상인 걸까?

이 변경은 신을 믿지 않는다. 교회 녀석들을 용납한 적이 없다.

그렇듯 아무것도 믿지 않는 변경에서, 꿈꾸는 것조차 용납되지 않던 변경에, 그 소년 소녀들은 무엇을 하러 온 걸까?

어째서 이렇게까지 해주는 걸까. 보답할 재물도 권력도 없는 나에게, 변경 백성들에게.

분명 머지않은 미래에 멸망이 확정된 변경 땅의 백성들에게.

행복을 뿌려 주는 소년소녀들.

마물이라는 이름의 불행을 걷어내 주는 소년소녀들.

어디에서 왔는지도 모르고.

뭘 하러 왔는지도 말하지 않고.

뭘 하는지도 모르고.

무슨 말을 하는 건지도 잘 모르는 소년.

그러나 당연하다는 것처럼 모두에게 행복을 뿌려 주는 흑발흑안의 소년소녀들.

이미 숭배해도 부족할 만큼의 은혜를 받았고, 그저 감사하는 것 말고는 무엇으로도 보답해줄 수 없는 은인들. 그리고 그 중심에 있는, 이 변경의 이름조차 모르면서도 행복을 뿌리는 소년——어째서 이름을 기억해 주지 않는 걸까? 간판도 늘렸는데?

꿈 같은 입안서에는 변경의 무리 어쩌고 도시라고 적혀 있다.

하루카 군. 오무이거든? 오무이라니까?

> ◄── 아직 허둥댈 시간은 아니지만 수면시간은 없는 모양이다. ──►

51일째 아침, 하얀 괴짜 여관

"오늘은 계층주팀과 일반 던전팀으로 나눕니다. 틀리면 안 돼? 특히 선 채로 자고 있는 하루카~? 일어나도 이야기를 안 듣는데 왜 자고 있어~? 어~이, 일어나?"

똑바로 듣고 있는데 말이 참 심하네. 응. 오늘은 3개 던전의 지하 50층 순회다. 응. 듣고 있거든? 눈을 감고 의식을 없앴을 뿐이 거든? 안 잤는데? 쓰러지지 않게 『망석중이』로 몸을 확실하게 지 탱하고 있으니까 괜찮아……. 쿠우울? 쿠우울? 이랄까? 쿠울?

"그게 대체 뭐가 괜찮은 거야?!"

"""응. 잠꼬대로 '쿨쿨' 소리를 내는 사람은 처음 봤거든?!"""

"일어나, 출발할 거야?"

"저기, 안젤리카 씨. 어떻게 해야 일어나?"

(소곤소곤♥)

"에, 에에에에에에에에엑! 무리무리무리, 왜 키스로 깨우는 건 데? 그보다 왜 내가 하는 건데? 어째서 다들 나를 보는 거야? 어 째서 권하는 건데? 무리야, 무리야, 무리야. 다들 보고 있는데 할 수 있을 리가 없잖아! 아니, 다들 뒤돌아보지 마! 그건 하라는 거 야? 무리거든? 난 소심하단 말이야? 무리라고~. 일어나~!"

집중하면 시간 감각이 사라지고, 몰두하면 사고가 날카로워지 는 감각이 들고 있었는데 어느새 아침이잖아? 응. 태양과 반장의 얼굴이 빨갛네?

"으~응. 소란스럽네? 잠든 적은 없었지만, 수면 방해잖아? 거 참. 수면 부족은 피부 관리의 천적인데? 적과는 동침할 수 없다고 할까, 확 덮쳐버린다? 라고 할까?"

"으앙, 덮치면 안 돼! 왜 다들 힐끔힐끔 보는 거야? 그보다 자지 마, 일어나~! 왜 아침부터 이렇게 되는 거야? 으에~엥!"

어라? 반장이 울고 있네. 무슨 일 있었나? 얼굴이 새빨갛고 눈 물이 맺혔는데.

"옳지옳지. 반장도 수면이 부족해서 밤중에 울고 있었어? 훌쩍이고 있었어? 배고파? 아까 아침밥 먹었잖아? 어라? 먹었었나? 진짜로?!"

"왜 내가 배고파서 밤에 훌쩍거리며 울게 된 건데? 그리고 아침밥은 확실히 먹었어! 건망증이 심해진 게 아니야! 애초에 하루카도 먹었잖아!!"

거참, 아침부터 참 소란스럽다. 고요한 아침의 정숙도 만끽할 수 없는 이런 세상이라니?

"""아~아, 소심하네~."""

"배신자! 왜 아무도 도와주지 않는 거야. 왜 다들 뒤돌아서는데! 뭐야, 당연히 무리잖아! 소심할 수밖에 없잖아! 소심하니까!!"

어라? 아침밥은 어딨지? 식당인데 밥이 없다. 웅. 나는 다이어트 같은 건 필요 없고, 오히려 뇌가 영양 부족으로 움직이지 않고 있거든?

그리고 눈을 뜨자 던전이었다?

"낯선 던전이네……. 아니, 그럴 리가 없지? 대체 어떤 전개가 되어야 아침에 일어났더니 낯선 던전에 있는 거야? 그보다 여기는 어디?"

"아~앗. 겨우 눈을 떴네~. 용케 자면서 걷더라~? 만져도 전혀 안 일어나고~?"

흔들리…… 어흠어흠! 아뇨, 아무것도 아닙니다!

"으음, 나는 자면서 걸어온 거야? 그리고 누가 어디를 만진 거야? 아니, 정신이 없는 틈에 뭘 당한 거야? 아니, 왜 다들 눈을 돌리고 있어? 뭘 당한 거야?!"

의혹이 드러났다. 방심도 빈틈도 용납할 수 없는 성희롱 의혹이었다! 응, 뭘 당한 거야? 어딜 만졌어? 범인은 누구야? 어째서 다들 내 눈을 피하고 있어?

"자아~ 던전이야~ 다들 힘내자~. (어색)"

"""오~. (어색)"""

뭔가 구령까지 거짓말 냄새가 나는데?! 의혹이 깊어지는 와중, 던전 한복판이지만 뭔가 던전보다 의혹이 더 깊어 보인다!

"이 층에 비밀 방이 있는데. 그보다 여기 몇 층이야?"

"여기는 아직 1층이야. 이제 막 들어왔는데 비밀 방이 있어? 그건 깊은 곳에 있는 거 아니야?"

지금까지 던전 20층 이하에서 비밀 방을 본 적은 없었다. 하물며 1층이라니…… 그러나 확실히 비밀 방이다. 이상한 곳에 있지만 틀림없다.

던전 입구……의 옆쪽 벽을 눌렀다.

"에엑! 거기는 입구잖아. 갑자기 입구 옆에 비밀 방이 있어?"

안에는 작은 방 하나. 그곳에는 보물상자도 없고, 대신 책이 멀뚱히 놓여있었다.

이, 이 영문 모를 생뚱맞은 느낌은, 그 하천이나 공원 덤불에서 뜬금없이 발견된다는 전설의 야한 책인가?! 이세계라면 던전 안에 있는 거야? 그나저나 이세계 누님의 미인 비율은 굉장히 높으니까 이건 기대할 수 있을지도!

"으음…… 『노 하우 마도구!』. 아니, 정말로 출판했었냐고! 밤중에 한 혼잣말이 복선이었어!!"

아무도 모르던 복선이 회수되었다. 내가 뿌리고 내가 회수해버렸어! 그리고 남자 고등학생의 기대감을 돌려줘!!

그야 있으면 좋겠다고 생각했지만, 어째서 던전의 비밀 방에 있는 거지? 하지만 그 시리즈는 금서가 되었으니까 누군가가 여기에 숨긴 걸지도 모른다. 변경에 도움이 되는 책이니까, 들켜서 불태워지지 않도록 여기에 꼭꼭 숨긴 걸지도 모른다. 여기에 쌓인 먼지의 두께가 오랜 시간이 지났다는 걸 말해 주고 있다.

살짝 훑어본 느낌으로는, 『노 하우 마도구!』는 『하우 투 마도구』의 속편인 모양이다. 다음은 뭘까? 이거 전부 몇 권이야?!

마도구 제작을 위한 더욱 발전된 내용과 마법이나 스킬 이론을 자세하게 설명하고 있다. 제목 말고는 딱딱한 책이다. 빼곡하게 적힌 글에서는 사람들에게 도움이 되는 물건을 만들어서 안전한 생활을 주고 싶다는 마음이 배어 나오고 있다. 이런 훌륭한 책이 금서 처분을 당하다니, 사회적 손실은 헤아릴 수가 없다. 실제로 이 책에 있는 마도구만 가지고도 얼마나 많은 사람의 생활이 편해지고, 군이나 모험가만이 아니라 행상인이나 농가의 안전도가 올라갈지 생각해 보면 추천할지언정 금서로 지정하는 건 너무나도 큰 손실이다. 응. 제목은 좀 어떻게 안 될까?!

"이 책은 내가 챙겨도 될까? 마도구 제작 책이니까 읽고 싶고, 만들어 보고 싶거든?"

"""이의 없음. 응, 그건 하루카에게 필요한 책이야."""

챙겼다. 좋아. 다른 애들의 몫을 놓치지 않게 눈 똑바로 뜨고 비밀 방을 찾자. 보물찾기다.

그러나 상층에 나오는 마물은 참살당해서 마주치기도 전에 마석으로 변해 회수되었다. 왠지 갑옷 반장도 기분이 좋아서 신나게 살육 중이다. 이 전개는 내가 나설 차례가 전혀 없는 패턴이다. 흔한 패턴이네?! 아마 보통은 던전을 탐색하러 가서 최하층까지 그냥 내려갔다가 올라오기만 하는 경험을 좀처럼 할 수 없겠지! 응. 그런데 자주 있어. 진짜로!

"어라? 또 비밀 방……. 여기 아직 5층이잖아? 비밀 방이 많은 건가~? 설마 서점 던전! 좋아. 개조하고 여기서 살자!!"

서점이라면 말할 것도 없고, 어쩌면 만화나 게임이나 피규어 같은 것도 있는 근사한 던전일지도 모르니까 기대감이 크다!

"책이라니, 아직 한 권만 나왔잖아?"

"역시 아직 개조를 포기하지 않았구나~."

"으~음. 입지가 미묘한데~? 여기는 도시에서도 마을에서도 멀잖아~?"

그래. 아직 허둥댈 시간은 아니다.

"그렇지. 차분하게 하나씩 확실하게, 부동산 물건은 하나씩 비교해야겠지."

"""그러니까 던전은 부동산이 아니고, 분양도 안 해!"""

보아하니 리폼은 별로인 모양이다. 신축을 좋아하는 걸까?

"그 마음은 잘 이해하지만, 하나부터 신축하면 땅을 파기가 힘들잖아? 응. 파보지 않으면 기초나 지반이 어떤지 모르니까 구멍 투성이가 되어버리거든? 이세계가?"

"""대체 누가 그런 걱정을 했고, 대체 뭘 이해한 거야?!"""

응. 역시 던전에서 받는 눈흘김은 뭔가 다르단 말이지. 게다가 3개 파티 합동이고 나 말고는 모두 여자. 그래. 압력이 달라! 뭐, 매일 아침 항상 모험가 길드에 들러서 접수처 반장의 눈흘김도 보고 있지만. 왠지 기억에는 없는데 오늘도 확실하게 간 모양이더라고? 응. 몽유병 환자처럼 길드에 들어가서 잠꼬대처럼 의뢰에 불평하다가 눈총만 사고 나왔다고 한다. 진짜로?

"여기네? 으음, 『레츠 고 마도구!』. 아니, 왜 같이 숨기지 않고 층마다 숨긴 거야! 귀찮잖아!! 그보다 다른 책은 없어? 그리고 제목은 여전히 이런 식이야?!"

3권이었다. 이번에는 상급편 느낌이라 죄다 난이도가 높고, 소재도 입수하기 어려운 게 많은 것 같았다. 이건 대체 뭐야……!

"오오, 옷도 있네. 『멀티 컬러 드레스 : 【마력을 써서 원하는 색으로 바꿀 수 있는 드레스】』라니……. 우와~ 이거 번거롭겠는데? 이 제작 방법, 재료는 필요 없어도 마석 가공이 엄청 번거롭 잖아?"

"""살 테니까 만들어 줘! 블라우스하고 스커트도 만들어 줘!"""

"나오는 책 전부 줄 테니까 만들어 줘!"

"이걸로 수수한 천연색이 아닌 옷이!!"

"""응. 대발견이야!"""

책은 받았고, 원하기는 한다. 그런데 이 멀티 컬러로 된 드레스와 블라우스와 스커트를 21인분? 63벌을 만들라고? 잠깐, 누가 만드는데? 그 사람은 언제 자는데?!

　어제도 늦게까지 주문 제작품을 만들어서 아침에는 졸렸지만, 치수를 잴 때는 확실하게 눈이 뜨였다. 응. 특히 부반장 A의 타이트스커트와 부반장 B의 에이프런 드레스는 눈이 번쩍 뜨인 데다 무언가에 눈을 뜰 것처럼 위험해서 그야말로 마음의 눈과 나신안에 단단히 새겼다! 그럴 수밖에…… 줄자가 튕겼다니까! 뿌용, 하고!

　"""뭘 회상하는 거야, 뭘!!"""

　"왜 던전을 개조하다 떨어져 놓고서는 질리지도 않고 회상을."

　"＊계층이니까?"

　""".…………."""

　"무시하지 마!"

**이세계에서는 여친에게 위장을 붙잡히면
폭렬로 폭발하는 모양이다.**

51일째 아침, 던전

　회의 결과, 멀티 컬러 시리즈 옷은 생산이 시작되는 대로 오늘 함께 온 학급 임원+방패 여자애와 여자 운동부+뻐끔뻐끔 여자애까지 10명에게 한 벌씩 우선 판매, 할인 서비스에 세미 오더까지

＊ 원문인 개장. 회상. 계층의 일본어 발음이 똑같은 걸 이용한 아저씨 개그.

받아주는 걸로 해결했다. 응. 한번 만들어 보지 않으면 양산할 수 없으니까. 진짜로.

"플레어스커트로 할까, 원피스로 할까……. 그게 문제니까 문제를 해결하려면 추가 주문?"

"상의 쪽이 이득인 것 같지만, 그건 그것대로 계절을 타니까 아깝다는 느낌도 들어."

"모처럼 색상을 바꿀 수 있다고 하니까 역시 계절을 안 타는 걸로 해야겠지?"

"심플하고 베이직한 것이 오래 입기 좋겠지만, 상하의 중에서 뭐가 더 쓰기 좋으려나? 역시 문제를 해결하려면 추가 주문?"

"제일 많이 입는 건 망토라는 게 현실이고, 망토 색이 바뀐다면 그건 그것대로 기쁘지만…… 망토는 귀엽지 않단 말이지?"

"차라리 티셔츠로 하는 게 편리하겠지만, 아까운 느낌이."

"역시 블라우스가 정석 코디려나?"

"으~음. 하의도 괜찮지만, 문제를 해결하려면 추가 주문?"

"잠깐, 문제를 해결하려면 추가 주문이라니, 그건 문제를 해결할 생각이 없다는 거잖아? 문제를 무시하고 추가 주문할 생각만 있는 거잖아?!"

이세계에서 부업으로 과로하는 남고생 자영업자라니…… 하지만 실제로 지금 제일 돈을 많이 버는 건 여자애들이고, 뭐니 뭐니 해도 쪽수가 많아서 마구 벌고 있다. 응. 어째서인지 써버리면 돈이 사라져서 계속 돈이 없단 말이지?

"정말이지, 생각하고 있는데…… 이얍!"

"맞아. 여자에게 패션은 중대사인데…… 으랴아아압!"

"에~잇♪ 에에~잇♪"

흐, 흔들리고 있어! 앗, 아뇨. 아무것도 아닙니다! 그나저나 이 세계 던전에서 옷 회의에 열을 올리고, 방해되는 마물은 덤이라니, 그래도 되는 건가?

"역시 천 면적으로 어필할 수 있는 스커트……. 아앗, 귀찮아!"

"그래도, 그래도, 제일 시선이 가는 상의가…… 정말, 짜증 나. 으랴아압!"

"소품도 버리기 아까워……. 흐랴아앗!"

나, 오늘은 아직 무기를 꺼내지도 못했거든? 그렇다, 『수목의 지팡이?』는 아침에 나올 때 허리에 찬 이후 한 번도 뽑지 않았고, 만지지도 않았다. 응, 지금까지 신검을 입수한 이후 이렇게까지 싸우지 않은 이세계 모험이 과연 있기는 할까!!

"그나저나, 신병기인 신검하고 『차원도(次元刀)』까지 가져왔는데 나설 차례가 없잖아?"

"그래도 확실히 평소에는 망토…… 흐랴아얏……!"

"""마물에게 꾸민 모습을 보여줘도……. 응, 거들떠보지도 않으니까!"""

"교복 색상을 바꾸는 건 괜찮을까?"

"""괜찮네!"""

"아무도 안 듣고 있네? 응, 신병기라고……."

어젯밤 부업 중에 틈틈이 장비도 손대 봤는데, 『마력도 : 【마력으로 절삭력이 올라가는 도, 요구 Lv30】』을 미스릴로 가공해 보니 『마력도 : 【마력으로 절삭력이 올라가는 도, 요구 Lv50】( )』이라는 공백 괄호가 붙어서, 이것저것 검증해 보자 마력이 담긴 마석을 가공해서 효과를 부여할 수 있다는 걸 알게 되었다. 뭐, 『하우 투 마도구!』에 나온 거지만.

아무튼 그걸로 시험 삼아 전이 마법을 마석에 담아서 가공했더니 『차원도 : 【마력으로 절단력, 절단 거리가 변하는 도, 요구 Lv100】 차원참』이 완성되었고, 오늘이 첫 공개일이었는데 나설 차례가 없다. 드문드문 보이던 마물도 전부 마석이 되어 회수되었다. 물론 갑옷 반장에게!

장비를 갱신해도 별로 의미가 없어 보이고, 주문 제작 생산도 일단락될 것 같고, 오늘 밤은 후다닥 자자. 일찍 잠들려면 그 전에 푹 자야 하니까 일찍 자자.

또 비밀 방이 나왔는데, 이번에는 제대로 된 비밀 방. 이제 그 책 시리즈의 최신간 같은 건 나오더라도 시험해 볼 수가 없다. 한 번에 다 하는 건 무리거든? 적어도 계간으로 발행해 줄래?

"그나저나 10층이니까 5층 내려갈 때마다 비밀 방? 왜 이렇게 숨기려고 하는 거야……. 뭐, 금서니까 숨겨야 하겠지만? 또 금서야? 난 16세인데 괜찮아? 연령 제한 있는데?"

이번 비밀 방도 작은 방. 또 책이야? 역시 서점 던전이야? 잠깐,

개조해 버릴까! 그래도 한 권씩밖에 안 나오니까 재고율은 낮아 보이네?

"여기야…… 이크. 역시 서점인가? 으음, 『요리/조리 전집 –이제 당신도 남친의 위장을 샤이닝 겟 핑거–』. 저기, 남친아 도망쳐! 이거에 붙잡히면 위장이 터져 날아가잖아! 그건 그냥 필살기고, 그냥 직접 공격이고 격투전이니까!"

어째서 이세계에서 샤이닝 겟 핑거? 갓 핑거는 없어?! 아니, 이세계에서 남친의 입맛을 공략하는 행위를 샤이닝 겟 핑거로 표현하고 있을 가능성은 부정할 수 없나. 그러나 책 내용은 평범하게 자세한 요리책이었다. 딱히 남친의 위장을 손으로 쥐어 터뜨리는 기술을 날리는 방법이 실린 건 아니지만―― 응. 이건 금지해야 하는 책이다. 제목이 너무 무섭고, 속간 제목도 수상할 것 같아!!

"요리책이야? 어라? 하루카는 필요 없지 않아? 뭐든 만들 수 있고, 이미 요리사 레벨이고?"

"으~음. 이세계의 식재료라든가, 마법을 사용한 조리법 같은 게 있으니까 조금은 보고 싶지만, 읽기만 해도 되니까 요리하고 싶은 애한테는 양보할게!"

"""됐어. 하루카에게 줄게!"""

그거 나보고 계속 밥을 하라는 거야? 나도 여자가 해주는 요리를 먹어 보고 싶거든? 남자 고등학생다운 의미로도 여자가 직접 해주는 요리 이벤트는 중요하단 말이지? 잘 생각해 보니 지금까지 여자애들은 동굴에서 생선만 구웠잖아? 아니, 맛있긴 했지만,

그건 수제 요리인가?

"수수께끼 식물이잖아……. 앗, 찾아봐야지! 하얗고 녹아내리는 기름이라니 어떤 거지? 이걸 대량으로 만들 수 있다면 기름 문제는 해결할 수 있을지도?! 그나저나 살살 녹는 기름이라는 표현이 신경 쓰이네? 혀가 살살 녹는다는 걸까? 식재료가 녹는다는 걸까? 역시 혀가 녹거나 식재료가 녹으면 요리 자체가 불가능하지 않나? 랄까?"

이전 세계에서는 걸으면서 스마트폰을 쓰는 문제가 발생했지만, 스마트폰은커녕 모바일 기기 자체가 없는 나와는 상관없었다. 그러나 이세계 던전 안을 걸으면서 책을 읽는 문제가 발생하고 있는데 이건 문제없는 모양이다. 아무도 잔소리하지 않고, 마물도 여기까지 올 일이 없다.

그렇다. 여자애들은 다들 의식주 관련으로 무척 협조적이란 말이지.? 그런데도 던전을 개조하려고 하면 화를 내지만, 의식주는 모두 중요하다고. 응. 주(住)만 차별하면 안 되거든?

애초에 동굴 개조와 던전 개조가 뭐가 달라? 던전 차별이야? 전직 미궁황이 화낼걸? 지금은 바쁘게 학살 중이라 돌아오지 않고 있지만.

"오, 수수께끼 과일! 수수께끼의 수수께끼 과일 특집이 실렸네. 이거 전부 수수께끼밖에 없어!!"

""""과일?!""""

"진짜로 이세계 후르츠 축제가 개최되는 거야?"

"한데 모으고 싶어. 모아서 쌓고 싶어!!"

"이거, 메모했다가 모두가 분담해서 찾으러 갈까?"

"오오! 펀치로 만드는 거야?"

"""펀치! 그래. 농가 순회 여행에 나서자!"""

이것으로 식생활이 많이 개선될 것 같지만, 변경에서는 여전히 가축 부족이 심각하다. 마의 숲에서 마물이 격감한 덕분에 동물이 늘어나 어찌어찌 고기는 유통되고 있지만, 언젠가는 부족해지겠지. 사냥해야 하니까 공급도 불안정하고 가격도 비싸서 아직도 고급품이란 말이야.

응. 축산업을 우선해야 하겠지만, 이 책에는 가축을 치는 방법이 없었다. 다음 책을 기대하자! 좋아, 복선은 깔았다!!

"계층주전을 대비해서 멤버를 모았는데 왠지 책을 찾는 탐색이 되어버렸네?"

"""그래도 멀티 컬러 드레스는 중요해!!"""

"맞아. 멀티 컬러 드레스는 중요하지!!"

강요당하고 있잖아?! 두 번 말하고 있어. 너무너무 중요해서 신신당부하고 있어!!

뭐, 그건 유용하니까 만들겠지만, 내가 만들게 할 마음도 가득한 모양이다. 오늘 밤 만들 원피스로 연습해 볼까. 어차피 만들 테니까. 그리고…… 또 치수를 재야 해! 그렇다. 그건 남자 고등학생에게는 자극이 너무 세서 밤에 잠들지 못해 아침까지 힘들어진다. 주체할 수 없는 욕망의 폭주 열차가 일방통행하는 바람에 오늘 아침에도 갑옷 반장의 눈 아래에 다크서클이 생긴 거란 말이지? 응. 큰일이었어!

그렇게 마물의 비명을 멀리서 듣고, 책을 보며 지하 50층 계층 주가 있는 곳으로 향했다. 갑옷 반장이 신났으니까 나는 마물과 마주치지 못할 거다. 뭐, 안전은 확실하니까 괜찮긴 하지만?

그리고…… 지하 15계층에서 『야금/연금의 서』. 이름 그대로 금속 제련의 기본과 연금, 마법 관련인, 멀쩡하고 평범한 제목이 달린 책이다.

"어? 무기와 방어구도 부업을 뛰라는 거야? 함정이야! 이건 이 세계 던전의 함정이라고? 수면 부족 살인 사건이야! 그래도 재미있어 보이네. 그리고 어제 졸린데도 고민하면서 열심히 실험, 시험의 시행착오를 거친 미스릴화 방법도 있잖아……. 아니, 완전히 똑같은 방식이야. 내 수면시간을 돌려줘!"

"""애도를 표합니다?"""

나아가 지하 20층에서는 무척 보탬이 될 듯한 『식물도감』. 이걸로 종류를 알 수 있으니 도움은 되겠지만, 가능하면 약용, 식용 같은 분류 말고 뭘 어떻게 해야 하는지 써 줬다면 굉장히 고마웠을 텐데……. 그래도 품종과 이름, 무엇보다 분포나 대략적인 특징까지 빼곡하게 기록되어 있었다. 단, 육성 방법은 없다……. 아니, 도움은 되거든? 진짜로.

그리고 지하 25층에서는 『스킬 고찰』. 지금까지 발견된 스킬의 능력이 검증되어 있다! 그렇다. 공략본이다!

드디어 의미를 이해할 수 없던 스킬의 효과를 알 수 있다…….

그렇게 만만한 생각은 하지도 않았지만, 역시나 『건강』도 『민감』도 『체조』도 『보행』도 실리지 않았다. 그러니까 당연히 그 상위인 『조신』이나 『보술』도 없다.

게다가 『지고(至考)』는 물론이고 『병행사고』나 『직렬사고』 같은 것도 없고, 『마력흡수』나 『재생』은 마물의 스킬이라고 한다. 응. 내 인간족 표기에 뭔가 하고 싶은 말이라도 있는 건가…… 태워버릴까!

그래서 『질주』도 『공중보행』도 없고, 『나신안』 같은 건 당연하고, 신안, 미래시, 마안, 혜안, 사기(寫技), 동술도 없다. 그리고 『꼭두각시』나 『매료』는 전설 속에는 존재하지만, 『사역』 같은 스킬은 이 세계에는 존재하지 않았다.

◆━ 어떻게 해야 인류의 거주 한계를 넘어선 시골로 갈 수 있어? ━◆

51일째 아침, 던전

그렇게 책을 읽으면서 던전을 내려갔다.

그보다 내려가서 책을 얻고, 또 내려가고, 딱히 아무것도 하지 않았다……. 여전히 활동 중인 던전을 돌파하고 지하 50층의 계층주와 싸우기 위해 편성된 연합 파티는 왁자지껄 옷 이야기에 꽃을 피우느라 바빠 보인다.

그렇다. 확실하게 대학살을 마친 갑옷 반장도 여자애들의 옷 이야기에 참가해서 갑옷도 벗고 즐겁게 이야기하고 있다. 뭐, 기뻐 보이니까 괜찮긴 하지만? 던전 탐험이 이래도 되는 걸까?

그리고 지하 30층, 비밀 방에는 새로운 시리즈 책, 그 이름도 『시골 생활』!

"아니, 하고 있어! 충분히 하고 있다고!! 변경보다 시골이라니, 이후에는 마의 숲? 우리 집이 거기 있단 말이야. 그걸 뛰어넘는 시골은 없어!! 집이 인류의 미개척 지역이라고!!"

그렇다. 타향 레벨의 시골 생활로도 슬로 라이프는 전혀 하지 못했어! 계속 서바이벌이었다고!!

"""워워, 그래도 뭐…… 땅끝의 벽지니까, 이후에는 마경?"""

"응. 인외마경의 비경 생활이니까 시골이라고 해도 말이지?"

시골에서 슬로 라이프라고 해도, 매일 밤 짐말처럼 부업을 뛰고 있거든? 땅끝까지 가야 하는 걸까…… 내 골방지기 생활은.

"아니, 난 이제 은퇴해서 슬로한 라이프를 보내야 해? 잘 생각해 보면 이세계에서 딱히 할 일이 없는데, 나 이제 리타이어하나?"

그러나 내용을 읽어보니 농업과 축산 지도서였다. 이건 교과서라고 해도 좋을 만큼 진지한 학술서 같은 책이었다.

변경의 농업 개혁에 딱 좋은 책이다. 복선을 깐 보람이 있었던 거다! 아니 뭐, 쭉 여기에 있었겠지만, 분명 의미는 있었을 거다!

"이건 돌아가고 나서 내정 치트에도 빠삭한 오타쿠들에게 보여 주고 상담하는 게 낫겠지? 응. 이걸로 농업 개혁에 축산을 도입할 수 있겠어."

"""고기!"""

그나저나 이세계는 책 제목 짓는 방식에 문제가 있어 보인다. 응. 우선『제목 붙이는 법』을 발행해야 한다니까. 특히 '노 하우' 같은 제목을 붙이는 사람은 읽어야 해. 진짜로!

검광이 흩날리고, 백은의 갑주가 춤춘다. ――그렇다. 여느 때처럼 아무런 흥겨움도 나설 차례도 없이 지하 35층까지 내려왔다. 응. 갑옷 반장이 너무 의욕적이라서? 던전 돌파가 완전히 동굴 구경 투어 같은 분위기가 되었다니까?

그리고 비밀 방, 게다가 정확하게 35층. 여기까지 왔다면 5층마다 비밀 방이 있는 거겠지. 그 지하 35층 비밀 방에서는 역시 책이 있었고,『웨폰 스킬 대전』!

"응, 필요 없어."

"""빨라! 아니, 보지도 않았잖아?"""

"웨폰 스킬이라면 진검승부로 맞부딪쳐서 싸우는 기술이잖아? 먼저 쓰러지면 패배하는 격투 같은 걸 할 수 있을 리가 없잖아? 난 허약하니까 죽어버리거든?"

"""아~ 전혀 죽을 것 같지 않아서 잊고 있었어!"""

"응. 누구보다 죽지 않을 것 같아서!"

아마 웨폰 스킬을 쓰는 진검승부가 이 세계의 일반적인 싸움이니까 레벨의 벽이 큰 거다. 웨폰 스킬은 강력하지만, 동작이 너무 커서 발동하면 피하거나 흘려버릴 수가 없다. 그 일격은 빠르고 강하지만, 빈틈도 크다.

그래서 쓰지 않을 거니까 필요 없다. 뭐, 공유 도서로 놔두면 다들 볼 거고, 오타쿠들은 콤보 기술을 연구하기 시작했으니까 딱 좋겠지.

"꼼수 기술 같은 것도 있으니까 익혀도 되겠지만, 레벨 10대는 쓸 수 없으니까 의미가 없단 말이지?"

응. 갑옷 반장도 고개를 끄덕이고 있으니까 아마 그런 거겠지.

기나긴 던전—— 그리고 아직도 이어지고 있는 옷 회의!

"잠깐, 대체 옷을 얼마나 만들게 할 건데? 평소에는 갑옷만 입으면서?"

"""여자한테 옷은 중요한 거야!"""

도시가 근대 공업화에 이를 때까지 부업만 하는 패턴이 이어지는 건가? 좋아. 메리 아버지에게 새로운 계획서를 보내자. 그래. 의식주 중에서 '의' 분야의 성장을 우선하는 거다!

'식'은 농업 개혁으로 잉여분이 나오면 축산으로 돌릴 수 있다. 그렇게 자연스럽게 발전할 거다.

그리고 '주'는 현대 건축의 기초를 서류로 정리해서 제출했다. 그러나 '의'가 뒤처졌다. 그러니까 강요당하고 있는 거다!

우선 방직 산업에서 혁명을 일으키고, 다양한 옷감을 대량으로 유통할 수밖에 없다. 디자인 같은 건 멋대로 보고 익힐 거다. 그러니까 최우선으로 마법으로 돌아가는 대형 방직기 제작이 필요하지만, 대체 어느 세계에서 야간 부업으로 대량 방직기 설계 작업을 강요하는 거야? 응, 부업으로 산업혁명을 일으킬 필요성에 쫓기고 있는 건 조금 이상하지 않나?

민주 정치의 부조리. 그렇다. 여자는 21명이나 있는데 남자는 10명뿐. 게다가 남자 4명은 눈치가 없어서 회의에서 발언권이 없는 오타쿠들이고, 다른 5명은 바보…… 절망적이잖아?!

그렇다. 남자의 발언권은 없다시피 하다. 애초에 세상의 남자 고등학생이라는 존재는 미인에게 거스를 수 없다. 그것이 21명. 지금도 여자가 11명이나 있는데 남자는 나 혼자.

이건 바깥에서는 하렘 파티로 보일지도 모르지만, 실제로는 입지가 좁아진다. 그야 압도당하고 있으니까? 인원으로?

게다가 말발이 좋으니까, 머릿수가 같아도 여자가 남자보다 밀어붙이는 힘이 강한지라 파워 밸런스로도 압도당하고 있다.

그렇다. 갑옷 반장도 완전히 친해져서, 완전히 저쪽 편이 되어 버린지라 고립무원의 부업 폭력! 응. 엄청 폭리를 취하고 있지만, 그 많은 인원으로 돈을 버니까 지불 능력이 굉장하다. 뭐, 눈으로 보면 화사하고, 미인들에게 둘러싸여서 기분이 나쁠 리는 없고, 익숙해졌으니까 이건 이것대로 즐겁지만…… 힘들단 말이지? 진짜로?

"""돈 많이 벌어서 맛있는 밥을 먹자!"""

"""오오!"""

게다가 나는 분위기에 휩쓸리기 쉬운 거겠지. 여자애들이 싱글 벙글 웃으면서 즐거운 분위기를 내니까 과자를 만들고, 밥을 짓고, 옷을 만들고, 액세서리를 만드는 거다.

그러나 마의 숲에서 재회했을 때…… 그때 봤던 공포에 질리고 피로한 얼굴, 슬픔을 못 이기고 일그러진 얼굴, 절망해서 표정이 사라진 얼굴, 마음을 잃고 공허해진 눈으로 포기하던 얼굴. 그 얼굴을 기억하고 있다. 잊을 리가 없다. 그러니까 이제 그런 얼굴은 보고 싶지 않다. 단순히 내가 그걸 보고 싶지 않다.

그래서 싱글벙글 웃었으면 좋겠다…… 웃고, 즐기고, 기쁘고, 행복했으면 한다. 그래. 그래서 강제 무한 잔업인 영구 부업 활동 중인 거다……. 남자 고등학생은 괴롭네!

좋아. 돌아가면 화풀이 겸 도움이 안 되는 오타쿠 바보들을 괴롭히자. 반드시!

"40층에도 비밀 방이 있으니까, 역시 서점 던전인가? 최하층에는 서가라도 있나? 좋아, 오늘 중에 제패하자! 돌파 결정이다!! 수공, 화공 모두 금지합니다. 그건 그렇고, 날뛰면 책이 상하니까 최하층엔 나와 갑옷 반장만 들어갈까? 특히 부반장 B는 절대로 들어가면 안 돼!"

"에엑~?"

흔들리고, 출렁거린다고오오오오?! 앗…… 어흠어흠!

응. 부반장 B는 대현자다. 대마법을 써서 책이 상하면 곤란하지만, 그럴 걱정은 없다.

그렇다. 진정한 문제는, 부반장 B가 싸울 때 파괴왕이라는 거다! 날려버리고, 쓸어버리고, 두들기고, 내려찍고, 주변 일대를 모조리 파괴한단 말이지? 그리고 휘둘리고 만다. 왜냐하면 진정한 파괴왕은 부반장 B의 가슴이고, 그것이 내 집중력을 파괴해서 어째서인지 전투 중에 눈은 정면의 마물을 보고 있는데 나신안에는 부반장 B의 가슴만 들어온단 말이지!

"응. 책이 있으니까 너희에게 맡겨도 되겠지만, 걱정되니까 따라가기는 할게. 그리고 후반부에 이상한 회상이 있지 않았어? 유죄야?"

"아아아아, 이런 곳에 비밀 방이? 정말이네? 『약초학』이네? 대체 뭘까? 랄까?"

""""왜 어색하게 말하는 거야?!""""

"응. 이건 좋은 책이야……. 앗, 설마 이것도 금서인가?"

그렇다면 진짜 최악이다. 이 책은 내용의 약학이다. 약초의 종류와 그 약을 만드는 법. 특히 각종 병에 대응된 약학책이다.

수술이 불가능한 중세에서, 의료라고 하면 약이다. 아무리 마법이나 버섯이 있어도 회복만으로는 근본적으로 고칠 수 없다. 하물며 치료가 가능한 버섯이나 포션은 희귀하고 비싸다던데?

그래서는 충분할 리가 없다. 그러니까 이 책은 서둘러 베껴서 배포할 필요가 있다. 나 혼자 익혀도 의미가 없다. 혼자서는 한계가 있지만, 책은 그 지식을 많은 사람에게 알려줄 수 있으니까. 그리고 많은 사람이 약초를 모으고, 많은 사람이 약을 만들어야 비로소 많은 사람을 구할 수 있다. 응. 그러니까 또 부업이 잔뜩 늘어났다. 오늘 밤엔 책이나 베껴야겠네.

"갑옷 반장도 슬슬 마물이 강해졌으니까 혼자 가면 안 돼. 뭐, 괜찮다는 건 알지만, 위험한 일은 금지라고? 랄까?"

끄덕끄덕 하는 걸 보니 알았다는 것 같다. 벌써 45층이다. 갑옷 반장의 레벨도 30에 도달하기 직전이지만, 스테이터스 자체는 아직 약하다. 전혀 그렇게 안 보이지만, 수치상으로는 일격만 맞아도 위험한 레벨이다. 게다가 던전에는 꼼수가 넘쳐나니까, 그게 떼로 몰려나오면 방심할 수 없다.

비밀 방까지 가는 길에 다섯 마리, 아니 그 앞쪽에 두 마리 더 있으니까 일곱 마리의 마물이 있다.

"이 앞에 마물이 일곱 마리. 45층이니까 『키메라 비스트 Lv45』겠지. 짐승 타입의 키메라 무리니까 귀찮단 말이야. 좀처럼 안 죽으니까 다들 진짜로 조심하라고?"

그리고 49층까지 가는 도중에 나오는 마물 중에서 제일 위험한 게 이 녀석들이다. 뭐니 뭐니 해도 다수의 짐승 타입 마물이 결합해서 머리나 심장이 다수 있고, 마석도 여러 개 나온다. 그래서 일격에 끝낼 수 없는 경우가 많고, 게다가 무리를 지어 나온다. 원래이런 상대에게는 일격 필살의 회피 타입보다는 격투전을 잘하는 터프한 사람이 강하다. 아니, 리스크가 적다.

"방패직, 무리에 휩쓸리지 마!"

""""알았어!"""

그리고 상위종 키메라의 성가신 점은 포식한 상대의 능력을 흡수하는 특성. 그러니까 키메라 비스트라고 해도 마법을 쓰지 않는다고 단정할 수 없다. 모험가가 먹혔을지도 모르고, 어떤 생물이 몸속에 있을지 모르니까.

"으음. 응. 위험해 보이는 건 없지만, 전부 위험하거든?"

"어느 쪽이야!"

"고마워!"

다행히 리스폰된 녀석이라 숫자가 적고, 특수한 스킬도 없어 보인다. 그러니까 안전하기는 하겠지만, 실전에서 혼전이나 내구전이 벌어지면 무슨 일이 일어날지 알 수 없다.

그러니까 허약한 나와 갑옷 반장이 후위, 뒤에서 마법과 일격 이탈 공격을 하는 안전책으로 나섰다. 응. 안전책이지?

"왜 우리가 방어진까지 짜고 안전을 확보하며 전진하고 있는데 맨 뒤에서 속공으로 순살하는 거야!"

"""위험한 일은 금지라는 말은 어디로 갔어!"""

"아니? 잠깐 전투 전에 『차원도』를 시험해 보고 싶었을 뿐이거든? 그러니까 잠깐만 시험해 보고, 피해를 주면 참 좋겠다는 가벼운 마음이었거든? 응, 악의는 없었는데?"

슬쩍 파고들어서 한 대 치고 이탈할 작정이었다. 그래서 차원도로 휘두르고는 바로 방어진 뒤로 돌아가려고 했다. 뭐, 돌진해버렸지만.

"""악의가 없다면서, 벽이 갈라져 버렸잖아!"""

차원참. 첫 일격이라 마력을 너무 많이 주입했을지도 모른다. 응, 던전의 벽까지 베였다. 반경 30미터 정도가 반원 모양으로 절단되면서 파여버렸다.

역시 『전이』는 공간계 아종 마법이고, 그 효과가 어우러져서 공간까지 벤 모양이다. 그건 위험하잖아! 아군이 있는 데서 쓰기 어렵다. 컨트롤하지 못하면 너무 위험하다.

"""위험하잖아! 돌아가!!"""

아직도 능숙하게 쓰지 못하는 『전이』의 허실, 그것은 순간 범위 참격. 성공하면 회피할 수 없는 일격이지만, 마력 소비가 빠세다. 그리고 전이와 차원참의 동시 발동을 제어할 수 없어서…… 돌진해 버렸다. 그렇다. 이유는 모르겠지만, 내 스킬은 모두 돌진하려고 한단 말이지? 진짜로.

하지만 연격할 수 없는 한 방 기술. 이런 걸 연달아 쓰려면 마력을 조금씩 써야지, 안 그러면 단숨에 MP가 고갈된다. 이건 연습하지 않으면 쓸 수 없는 기술인데…… 응, 고갈됐네?!

"아니, 지금 이건 사고 같은 거고, 내 책임은 사실무근이고, 무고한 남고생이거든?"

지금도 마력 제어가 아슬아슬했다. 즉각 『마력 제어』와 『장악』으로 억누르고 『지고』로 제어했는데도 폭주 직전이었고, 억제하고도 이런 위력.

"역시 신검도 같이 들어가서 상호 작용이 위험……. 앗, 『공간의 지팡이』도 있었어! 상호 작용으로 공간을 절단한 건가?"

그리고 공간을 통째로 절단했으니까 당연히 지나가던 길에 있던 키메라들을 『참격 무효』나 『마법 무효』도 무시하고 절단했다. 방어 무시?

응. 이 무기는 팔 수 없다. 이거면 우리도 베이고, 게다가 즉사 위험이 크다. 그러나 너무 위험해서 시험할 수 없다. 갑옷 반장과 대련할 수도 없잖아? 치트 장비도 공간이 베이는 건 막지 못할지도 모르니까…… 성가신데 그냥 봉인할까?

◆ 정말 전혀 완전히 아주 도무지 조금도 하나도 싫지 않습니다. ◆

51일째 오전, 던전

혼나면서 비밀 방으로 갔다.

하지만 그런 건 상상도 하지 못했다. 그렇다. 그저 뭔가 차원참이라는 이름이 멋있으니까 써 봤을 뿐인데, 설마 공간을 절단할 줄은 몰랐거든?

그러나 아슬아슬하게 억눌렀지만 마력이 폭주했다면 정말로 위험했으니까 혼나는 것도 어쩔 수 없다. 그리고 혼난 이유는 키메라들 앞으로 뛰어들었기 때문이고…….

"아니, 그건 위험하지 않았거든? 그야 바로 물러날 생각이었고, 허실로 베고 도망치려고 했단 말이지? 응, 안전했어…… 돌진해 버렸지만?"

""""어째서 참격과 함께 날아가서 돌진하는 게 안전한 건데?!""""

그야 차원참은 거리 무효로 전이하는 참격이니까, 틀림없이 원거리 기술이라고 생각했단 말이지……. 하지만 이건 지근거리에서 쓰지 않으면 제어하지 못하지 않을까?

그렇다. 결국 또 돌진하는 거냐고?! 어째서인지 전이 마법이 특공용 마법이라는 생각마저 들고 있다. 보통 전이라는 건 좀 더 스마트한 이미지였는데……. 돌진하는 모양이네?

"자, 그럼 비밀 방에 도착. 그리고 책은 『진(眞) 약초학』. ……아니, 아까 나온 『약초학』은 진실이 아니었어?! 진지하게 읽고 있었는데 그건 가짜 책이었던 거냐고!"

"""왜 책 제목과 싸우는 거야!"""

그야 이 패턴이라면 극(極) 약초학이라거나 리(裏) 약초학 같은 게 이어지고 마지막에는 절(絕) 약초학 같은 게 나올 것 같잖아! 이거, 여기서 종(終) 약초학 같은 것도 나올 생각이야?!

"적어도 전부 몇 권인지 알려줬으면 하는데. 그리고 이것도 대량으로 베껴야 하니까 부업이 또 늘어나는 패턴이야."

이걸로 지하 45층까지 왔다. 지하 50층 계층주까지는 이제 일직선이다. 마음을 다잡고 전투에 임할 자세는…… 없나 보네?

"그렇지. 역시 팬츠 룩이 더 기능적이야!"

"그래도, 그래도, 왕도로 귀여운 건 스커트잖아. 역시 말이지?"

"그렇게 치면 원피스가 최강이지만, 그것만으론 쓸쓸하잖아?"

"머, 멀티, 컬, 러로, 모자, 만들어 달라고, 할 거예요."

"큭, 소품도 박식했어!"

"""응. 역시 추가 주문이야!"""

아무래도 마음을 다잡지 않고 나를 쥐어짜려는 의상 추가 결의안이 가결된 모양이다. 응. 화려하게 추가 주문 법안이 통과되어버렸잖아?! 뭐, 그래도 거부권은 없겠지. 그러니까 모자는 확실하게 오늘 밤 만들어 주자. 갑옷 반장은 모자를 무척 좋아하는 모양이니까.

　그러니까 뭐, 만드는 건 좋다. 돈도 버니까?
　그러나 진정한 남자 고등학생의 사정상 문제가 되는 건 치수다! 잡화점 누님에게는 여성용 속옷을 최우선으로 부탁했는데 도저히 제때 들어올 것 같지 않다. 응, 주문이 너무 고도여서 이세계의 기술이 따라잡지 못하는 모양이다.
　그런데 말이지……. 남자 고등학생에게 여성용 속옷 제작은 너무 빡세잖아? 디자인이나 옷본을 준 시점에서 체면이나 호감도는 가까스로 치명상에 그칠 정도로 대미지를 입었지만? 그래서 도시의 여자 재봉사들에게는 여성용 속옷 제작을 우선해서 부탁했다. 뭐, 남자 고등학생이 여성용 속옷 디자인표나 옷본을 만들어서 준 시점에서 치명상 수준도 아닌 느낌이 들지만, 신경 쓰면 거기서 시합 종료라고! 종료 휘슬을 무시하면 아직 할 수 있어! 심판만 몰래 쓰러뜨리면 패배 같은 건 존재하지 않는다고!

　지금까지 들은 적도 읽은 적이 없으니까 틀림없다고 생각하지만, 이세계 던전에서 머릿속으로 옷본을 설계하며 탐색하는 사람은 드물지 않을까? 이세계 던전 돌파보다 부업이 바쁜 건 드물겠지? 이제 슬슬 진심으로 깊은 슬픔을 느끼게 되었으니까 궁극 오의 같은 걸 익혀버릴 것 같단 말이지. ──부업의 궁극 오의!

"조심해, 천장!"

"윽, 폭탄 박쥐가 있는 층은 여기였구나."

"하루카. 폭발하니까 물러나 있어…… 어?"

"""으엑!"""

48층의 「봄 배트 Lv48」 대군을 자폭시켜서 일망타진했다. 여자애들은 여기가 힘들다고 했지만, 약점이 뻔히 보이잖아?

깜깜한 곳에서 기척을 죽이고 날아오는 대량의 박쥐 폭탄이라고 친절하게 설명서까지 붙여 줬는데?

"""어째서 폭발한 거야!"""

"친절하게 스킬에 『초음파』라고 적혀 있잖아? 박쥐니까?"

그러니까 던전 안의 공기를 『장악』하고, 진동 마법을 써서 고속으로 『진동』시켰다. 그야말로 초음파가 발생할 때까지 마구마구 초고속으로 진동시키자, 「봄 배트」의 대군은 멋대로 압축되면서 쾅쾅 서로 부딪혀 폭발하고 유폭이 연달아 발생했다. 응. 전멸했는데, 저 마석을 줍는 건 힘들어 보이네?

"역시 진지하게 마석 회수 마법 같은 걸 생각하는 게 좋을지도 모르겠어……. 엄청 귀찮네?"

"""우리는 봄 배트에게서 필사적으로 도망쳤거든? 바람 마법으로 쓸어버리면서."""

"아니, 모처럼 밀집 대형으로 천장에 있는데 날아오는 걸 기다리면 귀찮아지잖아. 폭파당하니까?"

응. 합리적이지?

"""우리. 여기서 대미지를 너무 입어서 이틀이나 걸렸는데……

폭파라니.”””

“그야 평범하게 스킬『초음파』라고 적혀 있잖아?”

“““적혀 있어도 생각나지 않았고, 폭파 같은 건 못 해!”””

“봄 배트들, 자폭 돌격조차 하지 못하고 폭사해버렸네? 상대에게 도착조차 하지 못하고…….”

“““안타까워!”””

어째서인지 다들 불만스러워 보였지만, 일반 상식에 따르면 폭탄 처리의 기본은 안전한 곳에서 폭파하는 거다. 냉동 같은 건 일시적이고, 하물며 보통 폭탄 해체나 분해 같은 건 위험하니까 안 하잖아?

응. 상식적이고 일반적인 폭탄 처리였지? 그야 나는 일반적인 상식인이니까? 진짜로.

이제 다음은 49층, 그리고 지하 50층의 계층주전. 그러나 역시 옷 회의는 재개되었고, 이야기는 어째서인지 부반장 B의 에이프런 드레스에서 메이드복으로 옮겨갔다.

아니, 싫지는 않은걸? 오히려 완전 좋아하는, 호감 가는 옷이라고 말해도 지장이 없지만, 그건 그렇다 치더라도 메이드복을 입은 여자 고등학생을 데리고 걸어가는 모습을 보여주게 되는 사람의 호감도에는 좀 더 우려라든가 배려가 필요하지 않을까? 응. 정말 풍전등화조차도 미적지근할 정도로 덧없는 호감도라니까? 헉. 이미 숨을 쉬고 있지 않을지도?!

"아니, 그게, 그러니까 메이드는 정말 전혀 완전히 아주 도무지 조금도 하나도 싫지 않지만, 그건 바느질하는 게 힘들거든? 응. 가내 수공업으로 만들고 있는데?"

"""에엑~. 귀여운데?"""

"귀여운 건 정의라고 쓰고 저스티스지!"

그렇다. 메이드는 싫지 않지만, 그래도 메이드복을 만드는 건 전혀 좋아하지 않거든? 응. 츤데레도 아닌데요?

그렇다. 결코 싫지는 않지만 귀찮고 힘들고, 무엇보다 남자 고등학생에게는 치수를 재는 게 힘들단 말이야⋯⋯. 응. 특히 치수를 잰 이후도 큰일이라고.

"지하 49층에 도착했어요. 49층은 『테러 나이트 Lv49』가 나와요. 쫓겨 다녀서 굉장히 무서웠어요!"

어째서인지는 몰라도 뻐끔뻐끔 여자애는 무엇과 싸워도 대부분 쫓겨 다니고, 방패 여자애는 무엇과 싸워도 대부분 날아간다. 무슨 전술인가?

어둡고 무거운 공기── 암흑의 기사 「테러 나이트」는 정신이상 타입의 공격 수단을 보유한 기사다. 뭐, 악령이다.

그래서 평범하게 생각하면 신성 마법에 약하겠지만⋯⋯ 대현자는 분명 두들겨 패겠지.

상층에서도 팬텀을 쫓아가서 두들겨 팼으니까 틀림없다!

솟구치는 농밀한 악의── 테러 나이트의 공격은 위압, 공황, 공포, 혼란, 마비 상태이상을 불러온다. 여자애들은 전원이 상태이상 내성 반지를 왕창 착용하고 있으니 거리가 있으면 문제없고, 위험하다면 지근거리에서 눈이 마주쳤을 때다.

뭐, 나는 나신안이 있고, 그 이전에 대미궁 하층에서도 상태이상에 걸린 적이 없다. 게다가 『수목의 지팡이?』는 신성 타입의 공격 같아서 편한 상대니까 전위에 서도 되겠지…….

"으랴아아압! 몰살이다아! 전부 죽이는 것조차 미적지근해! 소멸시키지 않고 희롱하다 죽이겠어. 상태이상 공격이 아니라 역시 나를 향한 정신 공격이었다고!!"

"""테러 나이트가 전력으로 눈을 돌리며 부들부들?!"""

응. 안광으로 공포를 자극하고 위압해서 공황 상태에 빠뜨려 혼란시키고 마비시키는 악령 기사라는 설명을 들은 시점부터 불길한 예감은 들었어!

"잠깐, 왜 공포 기사 테러 나이트가 눈을 돌리고 공황 상태에 빠져서 공포로 혼란스러워하는 건데? 젠장. 내 호감도가! 내 호감도가아아아아아아──!"

악은 멸했다. 내 호감도도 너무 멸해서 멸망했을지도 모른다. 분명 내 마음의 HP는 0이 되었겠지.

"겁먹고 도망치는 테러 나이트를 몰살하다니…… 공포의 대마왕이 세기말에 찾아온 듯한 눈빛이었지?"

"그보다…… 테러 나이트도 비명을 지를 수 있었네~?"

"응. 악령인데도 눈만 마주치고 울부짖었지?!"

"응. 몇몇은 눈이 마주친 시점에서 승천했어."

"""그건 악령에게 자살에 속하는 걸까~?"""

큭. 호감도 게이지가 팍팍 깎이고 있어! 잠깐만. 호감도, 던전에 떨어져 있지 않을까?

"악령 기사가 떨던데?"

"""응. 치와와 같은 눈으로 울면서 떨고 있었지?"""

사라지는 악령 기사와 사라지지 않는 슬픔.

"잠깐, 아직이야. 아직인데? 언제나 데몬이라든가 악령은 내 정신과 호감도를 공격한단 말이야. 그리고 매번 피해가 크거든?!"

응. 지금도 갑옷 반장이 등을 토닥토닥 두드리며 위로해 주고 있다. 그런데 기분 탓일지도 모르지만, 갑옷 반장은 나와 테러 나이트가 눈을 마주치기 전부터 검을 집어넣고 토닥토닥할 준비 중이지 않았나? 기분 탓인가? 응. 왜 눈을 피해?

뭐, 결국 무심코 울컥해서 차원도의 일격을 마구잡이로 발동하고 말았다. 그렇다. 후회는 없지만 충분히 죽이지 못했고, MP도 떨어졌다!

"좋아. 계층주다! 왜냐하면 상사의 책임이니까. 테러 나이트 문제의 책임은 책임자가 지라고 하자. 알기 쉽게 말하면 화풀이야! 계층주로도 직성이 풀리지 않는다면 미궁왕을 화풀살하는 걸로 결정이고, 무조건이야!"

"우와~ 화풀이로 죽일 생각이 넘쳐나서 『화풀살』 같은 새로운 용어까지 만들었네?"

"계층주는 아무것도 안 했는데, 아직 만나지도 않았는데 화풀살해버리는 게 결정됐네?"

"응. 계층주, 불똥이 튀어버렸어!"

어째서인지 괴롭힘당한 나를 향해 눈을 흘기고 있지만, 상처받은 내 마음이 치료되기도 한다고? 그래. 아무래도 이세계에는 눈흘김 중독증이 있는 모양이고, 이건 심각한 금단 증상도 있단 말이지? 응. 아마 낫지는 않을 거다.

> **지금까지의 인생 경험으로 봐도,**
> **이세계 경험으로도 따져보면 생각할 수 있는 건 하나다.**

51일째 낮, 던전

다음은 지하 50층. 이 던전의 계층주가 있는 계층이다. 그러니까 문제를 남긴 채 돌입할 수는 없다. 모두의 의지를 확인할 필요가 있겠지. 왜냐하면 이곳이 마지막으로 상의할 수 있는 곳. 앞으로는 수라장이니까.

"응. 문제는 계층주를 죽이고 점심을 먹을까, 점심을 먹고 계층주를 죽이러 갈까? 뭐가 더 좋아? 뭐든 상관없는데? 뭐, 어느 쪽이든 시간이 미묘하지만, 그래도 계층주를 죽이면서 점심을 먹는 건 소화에 좋지 않으니까 추천할 수 없거든? 이럴까?"

그렇다. 미묘하게 점심시간과 맞물리지 않는다. 규칙적인 식사시간은 중요하지만, 왠지 모르게 전투하면서 식사하는 건 소화에 안 좋은 느낌이 든단 말이지. 그런데 어째서 눈을 흘기는 거야?

"저기, 즉 하루카는 계층주전의 문제점이 점심시간인 거네?"

"그리고 계층주를 죽이면서 점심을 먹는 건 소화에 좋고 안 좋고 문제와는 상관없이 추천할 수 없고, 하지도 마!!"

""우와, 전투 전의 긴박감이 날아가 버렸어?""

정말이지, 성장기 식사의 중요성을 너무 경시하고 있잖아?

"응. 인체는 식사로 섭취하는 영양으로 구성되거든? 밥은 굉장히 중요한데? 그야 영양 부족은 몸을 망가뜨리는 것과 똑같으니까. 전투 전이니만큼 식사 계획을 세우는 건 중요하잖아?"

그렇다. 공복으로 운동하는 건 좋지 않지만, 식사 직후에 하는 것도 좋지 않다.

"게다가 근육을 성장시키려면 운동 후 30분 이내에 식사하는 게 효과적이거든? 봐봐. 중요하잖아? 계층주보다 훨씬 중요한 일이잖아? 이거 봐. 나는 잘못 없지?"

"어라? 멀쩡하고 진지한 이야기로 들리네?!"

"응. 건강 관리 이야기가 되어버렸잖아?"

"그래도 계층주를 죽이면서 점심을 먹는 건 소화에 좋지 않다고 말하는 사람의 건강 관리라니 대체 뭐야?"

""응. 대체 뭘까?""

식후 운동은 소화에 도움을 준다고 믿는 사람도 있지만, 현실은 그 반대다. 가벼운 운동조차도 역류성 식도염의 원인이 되는 위산 역류를 일으키고, 소화 불량의 원인이 된다. 즉, 미궁왕과 싸우면서 식사하는 건 추천할 수 없다고? 응. 넘쳐버리니까?

"진지하게 들으면 안 돼! 하루카는 이렇게 속이고 홀리니까."

"맞아맞아. 납득하면 그때마다 상식이 파괴된다니까."

"응. 어째서인지 하는 말은 올바르지만, 내용은 올발랐던 적이 없어!"

"맞아. 그러니까 진지하게 이야기를 들으면 안 돼!"

"잠깐, 평소 하는 말이 올바르다면, 그 내용은 올바른 거잖아?"

응. 게다가 속이고 홀린다니, 그런 적은 없다고? 속이고 홀리는 사람이 매일 밤 가난하고 검소하게 부업이나 하고 있을 리가 없잖아? 그러니까 속이고 홀리지 않는 성실한 노동 남자 고등학생이라고. 분명, 무조건 진짜다.

결과—— 다수결로 식사하기로 했습니다.

"참고로 점심밥은 *오야코동이니까 계층주를 죽이며 먹거나 부녀 싸움을 하는 건 소화에 좋지 않다고 생각하거든?"

"""왜 미궁왕이 아버지인 거야?!"""

"응. 오야코동을 먹으면서 죽이면 큰 문제잖아?!"

"아니, 그건 됐으니까 빨리 점심밥!"

"""응. 오야코동은 언제나 만나고 싶었으니까!"""

만장일치로 결정이 났습니다. 응. 오야코동을 먹으면서 부녀 싸움으로 살해하는 건 막아낸 모양이네?

"으~ 달걀이 걸쭉하고, 닭고기가 보드라워~."

"으으으, 양파도 질퍽질퍽!"

---

* 오야코동 : 일본의 덮밥 요리. 밥 외의 주요 재료는 닭고기와 달걀로, 이름에 붙은 '오야코'란 일본어로 '부모와 자식'을 의미한다.

"밥이 따끈따끈해서 맛있어!"

"던전에서 점심으로 오야코동을 먹을 수 있다니 행복해. 나 이제 하루카 파티에 들어갈래!"

""배신자! 여자의 우정보다 오야코동을 택할 거야?! 응, 나도 들어갈래!!""

아니, 외톨이 효과로 파티는 짤 수 없는데. 이건 칭호의 효과일까, 원래 그대로의 의미일까…… . 큭, 오야코동이 짭짤해졌어!

"마음에 든 것 같아 다행이네. 점심이라고는 해도 바깥에서 돈가스 덮밥은 좀 부담스러울 것 같아서, 수수께끼의 새고기로 관계가 수상한 덮밥으로 해 봤거든?"

""응. 맛있었지만, 그 이름은 그만둬!""

"응. 부모 자식 관계가 우울해!"

"그래도 돈가스 덮밥 먹고 싶어!"

""아무튼 부모 자식이 맞는지 수상하다는, 우울하고 복잡하게 꼬인 가정 문제를 오야코동에 끼워넣지 말아 줘!""

그렇지만 부모 자식 관계는 고사하고 명확하게는 종족 관계조차 명확하게 밝혀지지 않았단 말이지? 그래. 가정 문제를 넘어서서 이종족 문제로 발전할지도 모른다고. 고기는 수수께끼의 새고기라도 새지만, 알은 뭔지 모르니까. 사실은 살 때마다 색이나 크기가 다른 수수께끼 알이란 말이지?

""잘 먹었습니다~. 굉장히 맛있었어!""

참고로 아침밥은 돈가스 카레였다. 소스도 만들고 튀김옷도 입혀서 그냥 튀기기만 하면 됐다. 수수께끼 채소와 버섯 샐러드도 미리 준비해서 드레싱과 마요네즈도 완벽 세팅! 전부 밤에 재어놨었다.

이렇게 맛있는 걸 내놓으면 여자애들이 주는 밥값이 늘어난다. 사실은 이게 최대 수입이 되고 있다! 이세계에서 살아가긴 참 힘들단 말이지. 진짜로.

""" "맛있었어. 배가 괴로워 ♪ """

""" "그래도 행복해 ♪ """

그나저나 여자애들은 어째서인지 요리를 못 하는 모양인데, 역시 여자력이 전투력이나 마력이나 공격력으로 변해버린 건가? 응. 역시 미궁왕보다 먼저 여자력이 사망했던 걸까?

자, 배도 든든하게 채웠으니 잠시 쉬고 나서 지하 50층의 미궁왕전이다. 완벽하게 마음을 다잡지 않으면 위험하니까 일부러 식사를 먼저 했다. 응. 또 옷 회의가 시작됐지만, 분명 그럴 거다. 아니, 또 뭔가 만들게 할 작정이야?!

아무래도 이세계는 마물보다도, 레벨의 벽보다도 사실 부업에 의한 과로사가 더 위험했던 게 아닐까? 뭐, 돈이 없지만?

"좋아, 가자!"

""" "알았어!" """

놀랐다. 진지한 정통파 미궁왕전이었으니까! 응. 뭔가 평범하게 전투 중?

미궁왕은 변환자재에다 초고속으로 내달리면서, 때로는 검을 휘두르고, 때로는 방패로 흘리고, 마법의 폭풍을 두르고, 불꽃으로 변하는 등, 천변만화의 공격으로 여자애들을 압도하고 있다.

응. 강하고 특별한 약점도 없는, 정통파 미궁왕이다. 동그랗지만?

그보다, 지하 50층의 미궁왕은 「슬라임 엠퍼러 Lv100」! 아니, 초고속으로 달리고, 검과 방패를 다루고, 마법의 폭풍과 번개를 두르고는 있거든?

"강하다고 할까, 예측할 수 없어!"

"움직임도 안 보여?!"

"분산하지 마!"

참격도 타격도 안 통한다. 완전 물리 무효가 있나? 게다가 마법도 전혀 안 통한다. 완전 마법 내성까지 있다면 해치울 방도가 없다. 응, 게다가 난반사하면서 갑옷 반장과 맞부딪치는 검술 실력까지 가진 슬라임.

"이거, 어떻게 해야 해?!"

"아니, 진짜로 슬라임의 약점 같은 건 모르거든? 그야 초대면이니까…… 처음 뵙겠습니다?"

(뽀용뽀용?)

뭔가 뽀용뽀용해서 귀엽다! 그렇다. 걸쭉걸쭉하거나 질척질척한 그로테스크 슬라임이 아니라 동그랗고 탄력 있는 점액이 뽀용뽀용 움직이며 싸우고 있단 말이지? 그런데 화가 났나? 왠지 기분이 안 좋아 보이는걸?

"""왜 마물을 보고 좋아하는 거야!"""

"응. 불타버릴 것 같은데?!"

노랗게 변해서 번개를 두르더니, 이번에는 빨갛게 변해서 불덩이 어택……. 앗, 방패 여자애가 날아갔네?

그렇다. 귀엽고 사랑스럽고 뽀용뽀용하지만—— 무지 강하다.

갑옷 반장과 본가 반장, 게다가 뒤에서 부반장 A도 가세한 4도류로 덤비는데도 검이나 창을 꺼내 맞서고 있다. 달리면서 가속해 습격하는 부반장 C의 속도에도 대항하고 있다. 게다가 변칙적으로 뛰어다니고, 변형해서 공격하니까 궤도를 파악할 수 없다.

"""방패직, 방어 중시! 진형 무너뜨리지 마. 강해!"""

"""알았어!"""

뽀용뽀용하고 동그란 몸에서 수많은 검, 창, 방패를 꺼낸다. 공간 마법이나 무한 수납을 보유한 모양이다. 하지만 어째서인지 마법을 주력으로 쓰지 않는데, 저 마력으로 마법까지 쓰면 무효화할 수 없을 거다. 그런데 검도 마법도 강하다. 그리고 귀엽다!

저 준비 동작 없이 민첩한 움직임에 휘둘리고 있다. 응. 슬라임에게 준비 동작 같은 건 없고, 있어도 모르니까? 뽀용뽀용하고 있을 뿐이니까?

"노리지 말고 범위 공격, 아무튼 방패로 방어 중시!"

"알고는 있지만…… 빨라!"

이건 진짜로 갑옷 반장이 전력을 발휘하지 않으면 힘들지 않을까 싶을 만큼 강하다. 그리고 지금은 연계해서 공격하고 있으니까 갑옷 반장은 전력을 내지 않고 있다.

그러나 11명의 완전한 연속 연계 공격을 뿌리치고 있다. 뽀용뽀용 뿌리치고, 뽀용뽀용 피한다. 그리고 뽀요용 받아내고, B도 뽀요용 흔들리고 있어?!

"""…………."""

그리고 10명이 완전히 연계해서 노려보고 있네? 아니, 사실은 여유로운 거야?

"왜 하루카는 구경만 하는 거야!"

"뽀용뽀용해서 참 귀엽구나~ 싶어서? 뽀요용? 이랄까?"

그치만 뽀용뽀용해서 귀엽잖아? 귀여우니까 정의일지도?

"뽀용뽀용해서 귀엽다니…… 슬라임 이야기인 걸까~ 아니면 다른 뽀요용 이야기인 걸까~?"

어째서일까……. 이세계인데 나찰의 기운과 수라의 살기가 느껴지네?!

"잠깐, 아니, 스스슬라슬라라라슬라이슬라이슬라임이라고? 거참~ 슬라슬라임슬라이인 게 당연하잖아? 랄까?"

"얼마나 발음이 이상해지는 거야?!"

"""응. 슬라슬라임슬라이라는 건 대체 어디 사는 누구야?!"""

이대로 가면 해치우지 못할지도? 뽀용뽀용 돌격하고 있다. 화가 났나?

뭐, 불법 침입이니까 화내더라도 어쩔 수 없지만……. 뽀용뽀용하면서 공격적?

그런데 이 정도의 기술과 마법을 가졌고, 다채로운 변칙적 행동을 할 수 있는데도 접근전? 또 뽀용뽀용 부딪히나? 검도 마법도 쓸 수 있는데? 몸통 박치기를 해?

어째서인지 뽀용뽀용 기특하게 노력하는 것처럼 보인다.

어째서인지 뽀용뽀용 필사적으로 몸통 박치기를 하는 것처럼 보인다.

지금까지의 인생 경험으로 따져보면, 이세계 경험으로도 따져 보면 생각할 수 있는 건 하나다. 그리고 이 대처법에 실패는 없다. 이걸로 해결하지 못하는 문제는 없었다!

"과자 먹을래? 랄까? 응. 맛있거든? 미행 여자애의 말로는 달고 맛있다고 하네?"

(뽀용뽀용!)

응. 먹고 있다. 스위트 포테이토를 가져와서 다행이다. 역시 배 가 고팠던 거구나? 아, 계속 여기에 외톨이였으니까 쓸쓸했겠 지? 어라? 미궁왕도 쓸쓸한 건가?

"""먹이로 길들였어?!"""

"괜찮아?"

"많~이 먹으렴, 인가? 그렇다고나 할까?"

(뽀용뽀용!)

저녁밥으로 준비했던 돈가스를 튀겨서 던지고, 다시 튀겨서 던 졌다.

"응. 빵도 많이 있으니까. 영양 밸런스는 슬라임이니까 잘 모르 겠지만, 끼워서 먹어도 맛있다고?"

(부들부들!)

빵도 뿌용뿌용 먹고, 돈가스도 뿌용뿌용 먹고 있다.

"아, 여기서 혼자 배가 고팠던 거구나?"

(뿌용뿌용)

여기서 혼자 머물며 계속 배가 고팠으니까, 그래서 화가 나서 공격적이었던 거겠지. 그리고 배가 고파서 마법도 많이 쓰지 못한 채 열심히 몸통 박치기를 하던 거다.

(부들부들.)

겨우 배가 꽉 찬 모양인지 기분이 좋아 보였다. 응. 내 머리 위에서 자고 있네? 게다가 놀랍게도 자면서도 뿌용뿌용해서 귀엽다. 작아진 걸 보면 크기도 자유자재?

"""완전히 먹이로 길들었어!"""

"응. 잘 따르고 있네~?"

"""그보다, 왜 그렇게 마음 편히 미궁왕을 머리 위에 올리고 있는 거야!!"""

어? 뿌용뿌용해서 귀엽잖아? 진짜로.

이의도 없고 심의도 없이
전부 만장일치로 가결되는 회의가 필요한가?

51일째 오후, 던전

최하층 막다른 벽을 짚고 꾹 눌렀다. 여기가 마지막 비밀 방이다.

"으음, 비밀 방에는…… 오. 세 권 동시 발매? 특전도 없는데?!"

특전은 없지만, 최하층 비밀 방에는 『무기 기술 고찰』과 『칭호 고찰』과 『마법 고찰』까지 세 권. 응. 이 시리즈는 고찰하는 것치고는 내 스킬이 하나도 실리지 않았단 말이지? 따돌림이야? 외톨이니까?!

"으음, 집주인의 의견에 따르면, 이건 내가 가져도 되는 걸까?"

(뽀용뽀용)

가져도 되는 것 같다.

"""뭔가 미궁왕과 대화가 성립하고 있어?!"""

"그보다, 미궁왕을 집주인으로 봐도 되는 거야?!"

"잘 따르고 있어!"

"그래도 왠지 사랑스럽네. 그렇게 강했는데?"

세 권을 팔랑팔랑 넘겨서 훑어봤다. 역시 실리지 않았네. 예상대로 『온도』나 『이동』이나 『중량』이나 『포장』 같은 웃기는 마법은 없고, 『나무 마법』이나 『진동 마법』조차 없었다. 그러니까 당연히 『전이』나 『중력』이나 『장악』 같은 마법도 있을 리가 없다. 그리고 『골방지기』라거나 『백수』라거나 『외톨이』 같은 칭호도 당연히 없다!

"응. 이건 무조건 없다고 자신하고 있었어! 확신하고 있었어!!"

(부들부들?)

그리고 『봉술』이라는 무기 기술은 없잖아? 응. 부반장 B, 없다는 모양이네? 그러니까 당연히 『봉술의 이치』 같은 무기 기술도 없다. 그리고 『마력 두르기』도 없으니까 『마전』도 없다.

"뭐, 『허실』은 오리지널이니까 없을 것 같았지만?"

(부들부들.)

그러나 창조 마법(오리지널)이라는 것 자체가 존재하지 않았다.

게다가 파생된 『도피』나 『순신(瞬身)』도 말로 전해져 내려오는 취급, 『부신(浮身)』과 『동술(瞳術)』도 전설 취급이고, 나오는 건 전설의 검호나 검신 같은 옛날이야기라고 하네? 아니, 『검신』 소유자도 옆에서 끄덕끄덕하고 있잖아? 응. 있단 말이지?

(뽀용뽀용?)

그리고 「Unknown」에 관해서는 아예 없었다. 없으니 『보고, 연락, 상담』, 『요령부족』, 『망석중이』도 여전히 수수께끼다.

"도움이 안 되는 책이라고 해야 하나, 도움이 안 되니까 존재하지 않는 걸까?"

""우리 건 확실히 실려 있는데?"""

""그렇지~?"""

(부들부들.)

──익숙해졌네?!

"뭐, 그래도 칭호는 분명히 없으리라는 걸 아무런 의심도 없이 확신하고 있었으니까 상관없다고? 그야 없겠지. 『골방지기』, 『백수』, 『외톨이』라니, 이쪽 세계에는 그런 단어 자체가 없으니까!"

그런데 의미만큼은 통한다니까? 이세계 언어로는 어떤 식으로 번역되는 걸까? 응. 알고 싶지는 않지만.

(뽀용뽀용)

"헉. 미궁왕이 뽀용뽀용 달래고 있어?"

"게다가 옆에서는 전직 미궁황이 토닥토닥해 주고 있고, 호화로운 라인업의 위로네."

"기운 내라는 느낌인 걸까?"

"""그렇겠지?"""

"""확실히 이세계 최강의 호화로운 위로 라인업이지만…… 최강을 엄청 낭비하고 있네?!"""

더 찾아봐도 나올 책은 없을 것 같으니까 던전에는 이미 볼일이 없지만——미궁왕도 해치우고 싶지는 않단 말이지? 어쩌지?

그러나 왠지 잘 따르고 있으니 귀여우니까, 지금부터 전투를 다시 시작하긴 어렵다. 그리고 이제는 배도 불러서 화내지 않는 것 같고……. 그건 혹시 여자애들을 먹으려고 했던 건가? 뭐, 귀여우니까 됐다.

(부들부들?)

결국 이 아이도 미궁황과 마찬가지로 외톨이였다. 그리고 아무도 없는 지하 최하층에서 굶주린 채로 계속 있었던 거다.

"너, 우리 가족이 되지 않을래? 랄까?"

(뽀용뽀용~ ♪)

오~ 춤추고 있잖아. 너무 귀엽다! 기뻐하는 건가? 기쁜 느낌의 뽀용뽀용이니까.

"으음, 『스테이터스』. 앗, 사역되었네? 진짜로? 랄까?"

"""응. 왠지 그럴 것 같았어!"""

귀엽게 뽀용뽀용 춤추고 있다. 역시 기쁨의 춤인 것 같다. 데리고 돌아가면 마스코트 여자애와 마음이 맞을 것 같다. 응. 신기한 춤 동료?

(부들부들♪)

우선은 밝은 바깥으로 내보내 주고, 맛있는 걸 잔뜩 먹여주자. 이후에는 여관으로 돌아가면 모두가 있으니 쓸쓸하지 않을 거다. 기뻐하고 있으니까 그거면 되겠지.

"그럼 돌아갈까? 아, 그래도 앞으로 두 집을 더 도는 거였지~ 던전. 응. 시간이 빡빡하고 간당간당하네?"

"두 집이라니, 던전을 한 집이나 두 집으로 세지 마!"

"맞아. 왠지 그러면 미궁 공략인지 가택 방문인지 알 수가 없게 되어버리잖아!"

"그래도~ 오늘 중에 던전을 두 집이나 도는 건 힘들지 않아~? 꽤 하드~?"

""""그러니까 사람 사는 집처럼 두 집이라고 말하지 마!""""

응. 서점 던전은 아니었던 모양이니까 개조 후보에서는 빼도 되겠지. 확실히 입지도 좋지 않고, 공간 배치도 별로다. 응. 개미굴 같단 말이지?

역시 그 대미궁 정도의 근사한 배치를 가진 던전은 좀처럼 안 나오는 모양이다. 그건 꽤 입지가 좋았고, 전체적으로 보면 질감도 좋았다. 그러나 그 대미궁은 쓸데없이 깊고 너무 넓었단 말이지. 100층이라니 생활하기 힘들잖아?

"으음, 여기 있는 갑옷 반장은 선배 사역자고, 전직 미궁황이라서 아마 옛 상사일 테니까 말은 잘 들어야 한다? 그런 느낌?"

(뽀용뽀용)

이해한 모양이다. 응. 상하 관계가 성립된 모양이지만, 이건 경례하고 있는 건가? 뭐, 옛 상사니까 어쩌면 면식이 있는 건가? 앗, 모두 함께 미궁왕 모임 같은 데서 만나기라도 하나? 아니, 두 사람 모두 전직이니까 동창회 중?

"정말이지, 미궁왕을 사역해서 데리고 돌아간다니."

"그렇게 말하고 싶지만, 전직 미궁황이 평범하게 있으니까?"

"응. 뭔가 미궁왕 정도라면 평범하다는 느낌이 들고 있지?!"

입으로는 이것저것 불평을 늘어놓으면서도 다들 전직 미궁왕이 된 슬라임에게 빵이나 과자를 주고 있다. 뽀용뽀용하며 기뻐하면서 잘 따르는 걸 보면, 역시 귀여움은 정의인 모양이다.

그리고 여자애들은 또 옷 회의를 재개했고, 각자 지론을 전개하며 논의가 격화되어…….

"좋아, 추가 주문하자!"

"""이의 없음!"""

그렇게 아무도 내 이의를 들어주지 않는지라 슬라임과 뽀용뽀용하며 밖으로 향했다. 치유되네?!

"응. 이 세계는 너무 가혹해서 힐링이 필요했어! 더 가혹하게 만들기 위한 옷 회의가 뜨겁게 불타올랐고, 왜 다들 만장일치고, 왜 아무도 이의를 제기하지 않는 거냐고?! 추가 주문이 전부 만장일치 가결이라니, 그거 정말로 심의하고 있는 거야? 응. 안건이 그냥 통과해버렸잖아?"

"""여자한테 옷은 필수라고!!"""

이, 이러면 마동(魔動) 방적기와 마동 방직기와 마동 재봉틀의 완성을 서둘러야겠어. 서두르지 않으면 과로사의 위기가 밀려들어서 내 수명이 위험해!

게이트를 열고 지상으로 돌아가자, 슬라임도 기뻐하며 뽀용뽀용했다. 이곳은 여자 운동부 애들이 49층까지 공략을 마쳤던 미궁인데, 비밀 방 탐색을 하지 않았다면 바로 끝났겠지만, 일일이 모든 층을 보고 돌아다녀서 시간이 걸렸다. 더군다나 5층마다 비밀 방이 있어서 특별히 더 오래 걸렸단 말이지? 그러니까 다음은 이만큼 시간이 걸리지는 않겠지만……. 아무래도 두 집은 무리겠지?

"으음, 다음은 학급 임원이 공략 중인 던전이었지? 가까워? 좋은 곳이야? 그 뭐냐, 시내까지 몇 분 거리라거나, 조감도 같은 어필 포인트는 없어?"

"""던전은 부동산이 아니고, 분양도 안 해! 던전과 사람 사는 집은 다르니까 어필도 하지 않아!"""

어필 포인트는 없는 모양이다. 기대하기는 힘들어 보인다.

"그래도 도시에서는 꽤 가까운 편이잖아. 마의 숲에 너무 가깝지만."

이동하면서 나신안의 『지도』로 확인했다. 아아…… 여기인가. 마물이 범람해서 멸망한 마을 옆, 마의 숲에서 나온 오크 킹이 이끈 무리를 해치우기 전에 멸망해버린 두 개의 마을과 가까운 던전.

그렇다. 구하지 못한 마을. 구하지 못한 사람들이 살던 마을이다.

　그러니까 어필 포인트 같은 건 이제 없는 거다. ——멸망해버렸으니까.

　마의 숲 깊숙한 곳에 사는 오크. 그게 근처 숲에 나타났다는 의미를 눈치채지 못했기에 멸망한 마을. 나만이 오크가 근처 숲에 왔다는 걸 알고 있었는데, 대습격의 전조를 놓쳐버린 탓에 멸망한 마을이다.

　응. 뭔가 묘하게 나를 떠받드는 사람도 있지만, 난 결국 구하지 못했어…… 보라고. 마을만 봐도 두 개나 멸망했잖아?

　그리고 동급생은 13명이 죽었고, 그중 한 명은 내가 죽였고, 나머지 12명도 죽게 내버려 뒀으니까. 나는 구하지 못했어. 정말 글러먹었다.

　(뾰옹뾰옹)

　그러니까 아무도 나에게 인근에 있던 마을 이야기는 하지 않는다. 일부러 마을터를 피해서 크게 돌아가는 코스로 안내하고 있다. 나만이 구할 가능성을 가지고 있었는데, 그때 나는 동급생과 사투를 벌이고 있었다. 그래서 멸망했고, 마을에 살던 수많은 사람이 죽었다.

　봐봐, 완전 글러먹었잖아?
　전혀 구하지 못했으니까?

도시를 구했다거나, 변경을 구했다고 말해도 곤란해. 구하지 못했잖아? 마을이 두 개나 사라졌는데 말이지……. 고마워해도 곤란하거든?

내가 판단을 내린 결과, 동급생 12명과 수많은 사람이 살던 마을 두 개를 죽게 내버려 뒀다.

그러니까 이제 와서 어느 마을에 벽을 만들어도, 마의 숲에 사는 마물을 몰살해도, 마의 숲을 벌채해도 늦었어. 이미 멸망해버린 마을도, 그리고 거기 살던 사람들도 구하지 못했으니까.

응. 정말로 곤란해. 이제 와서 뭘 해도 고맙다는 말을 들을 수는 없으니까. 죽은 사람들은 이제 와서 뭘 하든 용서해 주지 않는다. 용서받지 못한 자는 욕을 먹어야 하는데 아무도 그렇게 말해 주지 않는다. 그리고 죽어버린 사람은 이미 아무 말도 할 수 없다.

슬라임은 열심히 머리 위에서 뽀용뽀용하고 있다. 왠지 열심히 머리를 쓰다듬어 주듯이.

진짜로 자비가 없는 귀신이고
데몬보다 악랄하고 격렬하고 통렬하니까 보여주면 잔소리야?

51일째 오후, 던전

겨우 도착한 던전은 50층을 넘을 것 같은, 조금 깊게 느껴지는 던전. 그래도 입구는 초라하네?

"겨우 도착했네. 그나저나 꽤 멀잖아? 응. 역시 하루에 세 곳은 무리였지? 응. 남자 고등학생 학대 아니야?"

"""누가 던전에서 책을 읽으며 놀았으니까 늦어진 거야!!"""

두 번째지만, 오늘은 이 던전에 들어가면 끝일 거다. 아마도. 여기서 저녁까지 시간이 걸릴 테니까. 여기에도 비밀 방이 대량으로 있으면 밤까지는 걸리려나?

"길은 알고 있으니까 안내할게!"

"""리스폰 조심해."""

그런데 이 던전은 조금 쉬운 것 같네. 학급 임원이 중심인 3개 파티로 단시간에 바로 49층까지 왔으니까.

그럼 아마 특수하거나 특화형인 마물은 없을 텐데, 여자애들은 대체로 특수, 특화형을 거북해하더란 말이지. 응. 상대에 맞춘 전법이 서툰 거다. 그러나 자신들의 전법에 알맞은 상대에게는 강하다.

"쓸어버리자!"

"""오오!"""

그보다 빨리 끝내주지 않으면 부업의 턴이 계속 시작되잖아?

응. 어째서인지 이세계에서는 부업의 턴이 엔들리스이고, 부업의 턴만 이어져서 아침이 온단 말이지? 진짜로.

"기대감이 흐릿하고 입구부터 초라한 곳에는 우량 부동산이 없단 말이지. 여기는 못 쓰겠으니까 빨리 없애자. 응. 벽은 얇고, 구조 자체가 일그러졌고, 각 방의 구조에도 통일감이 없잖아?"

"""뭐가 어떻게 다른 건데?!"""

"아니, 그게. 역시 대미궁의 현관을 넘어서는 건 없는 걸까? 대미궁은 최하층 대목욕탕도 호화로웠는데."

"""그러니까 대체 대미궁의 어디에 현관이 있었냐고!!"""

"응. 불법 개조한 건 본인이잖아?"

전직 대미궁 오너가 눈을 흘기고 보네? 역시 무단 개조한 게 곤란했던 걸까? 그래도 대목욕탕은 만들지 않았고, 온천을 파낸 적도 없다고?

그래. 1층만 조금 개조해 봤을 뿐이야……. 그야, 거기서 떨어졌으니까? 아니, 미궁황의 던전이니까 훌륭한 입구는 필요하지 않을까? 뭐, 퇴직해버렸지만?

미로층은 학급 임원과 운동부와 미궁황&미궁왕 콤비가 세 팀으로 갈라져서 다시 생성된 마물을 토벌하며 진행했다. 그보다 갑옷 반장과 슬라임은 뭉치지 않아도 단독으로 충분하잖아? 응. 약한 마물 상대로 쟁탈전을 시작했는데, 갑옷 반장의 가로채기도 어른스럽지 않지만 슬라임 씨도 먹으면 안 되거든? 배탈 나지 않을까?

"역시 평범한 던전 상층에는 비밀 방이 없는 모양이니까, 팍팍 가자. 빨리 돌아가서 슬라임 씨에게 저녁밥을 주고 싶고. 그러니까 너무 군것질하면 안 돼? 랄까?"

(뽀용뽀용!)

응. 알아들은 모양이지만……. 저건 사실 포식 공격이니까 문제 없는 모양이네?

그렇다. 스킬에 『포식』이라고 뜨고, 게다가 『포식』은 『강탈』과 똑같은 효과인 것 같다. 응. 슬라임 씨 치트로 무쌍하고 있었네?!

"뭐, 사역해서 레벨이 1로 변했으니까 위험할 때는 물러나는 게 좋겠지만, 저층 마물 정도라면 괜찮을까?"

"먹는 것이 성장, 빨라지는 것, 같아요."

"응. 싸우기 어려울 정도로 강하니까 괜찮을 것 같네?"

(부들부들!)

──그보다 너무 괜찮았다. 아니, 정통파인 갑옷 반장과 기습하는 슬라임 씨의 콤비가 너무나도 흉악해서 슬쩍 봐도 회피도 방어도 불가능한 연속 연계 공격이었다.

"응. 그거 저레벨 마물에게는 너무 지나치지 않을까? 그리고 역시나 이번에도 내가 나설 차례는 전혀 없네?"

(끄덕끄덕)

(뽀용뽀용)

대답까지 연계하고 있어?! 하지만 아무튼 슬라임의 움직임은 예측불능, 기상천외해서 끼어들 수가 없다. 그러니까 무서워서 차원참 연습은 못 하겠고, 아까 『허실』로 앞으로 나가려고 했더니 슬라임 씨가 뒤에서 돌진해서 혼나버렸단 말이지? 응. 어째서인지 사역주인데 모두에게 혼나고 있네?

(뽀용뽀용♪)

둘이서 즐겁게 날뛰고 있다. 분명 두 사람도 지루한 시간이 너무 길어서 스트레스를 발산하고 싶은 거겠지. 분명 둘이서 싸우는 것조차 기쁜 거다. 그런데 나는 왜 부업만 많고 지루한 시간이 안 생기는 거지? 응. 여자애들에게 부업 일감을 안 받으면 돈이 안 생기니까? 응. 여관비까지 써버렸으니 말이지?

　자, 17층까지 내려왔는데 비밀 방은 없다. 그러니 할 일도 없고, 다시 생성된 약간의 마물을 사냥할 뿐이니까 빠르게 끝났다. 끝나버렸다. 그래서 잔챙이를 슥삭슥삭 베어버리면서 후다닥 나아가고 있다. 나설 차례가 없네?!

　뭐, 걸으면서 『지고(至考)』의 완전 기억과 고속 사고를 구사해 방직기를 설계하고 있으니까 부업 중이라고 말할 수도 있다. 응. 베틀의 북을 개량해서 나는 북(Flying shuttle)을 설계할 수 있다면 목표를 달성할 수 있겠지. 산업혁명의 직물 산업에서 나는 북의 이름은 유명하니까 그림 정도는 본 적이 있다. 응. 구조도 알지만, 방직기를 만들어 본 적은 없으니까 경험이 없으면 설계할 수 없다. 머릿속에서 『지고』가 설계하고 이론적으로 시행을 반복하면서 설계를 채우고 있는데, 결국 직접 만들어 보지 않으면 정보가 치명적으로 부족하다. 즉, 오늘 밤도 부업 결정이다!

　"한가하네?"

　(부들부들?)

　응. 농업 혁명 쪽은 괜찮다. 휴경지를 없애는 4윤작법, 이른바 노퍽 농법은 오타쿠들이 완벽하게 기억하고 있었다. 그 이후에 나오는 암모니아를 사용한 화학 비료 농약 개발 제조법까지 암기하고 있는 데다 벼농사까지 알고 있으니까 딱히 4윤작을 하지 않아도 괜찮겠지만, 이세계라면 역시 4윤작이라고 하네?

"응. 대체 얼마나 이세계에 소환될 마음이 가득했던 걸까? 뭐, 토지의 집약적 이용은 메리 아버지한테 설명했고, 슬라임 씨의 던전에서 나온 농작서 『시골 생활』로 걱정거리였던 축산업의 목표도 세워졌으니까, 가축 증대 효과로 경작 면적을 확장하면 식재료 산업이 비약적으로 성장하겠지?"

(뽀용뽀용)

그리고 증기기관도 강철도 오타쿠 지식에 있었다. 문제는 타타라 제철이나 고로(高爐) 같은 건 건너뛰고 용광로를 안단 말이지? 그 오타쿠들, 타타라 씨도 퍼들 씨도 새파래지겠네? 어쩜 이리도 삶 자체가 현대 사회에 어울리지 않는 녀석들이 있을까?

""""응. 왜 슬라임 씨하고 어우러져서 화기애애한 거야?""""

그래도 마동식 마석 동력이 있으니까 일단은 방직기와 방적기가 최우선이지만, 그 녀석들은 옷에 너무 흥미가 없어서 직물 관련만큼은 전혀 몰랐다! 아니, 산업혁명에 직물이 없는 건 이상하지 않아? 엄청 주역급 아니야?

"애초에 변경에는 바다가 없으니까 증기선을 만들어도 곤란하잖아? 좀 더 실용적인 것에 능력을 쓰라고?"

(부들부들)

응. 어쩜 이리도 삶 자체가 인간 사회에 어울리지 않는 오타쿠들이 있을까?

그리고 오타쿠 최대의 수수께끼는 건축이다. 어째서인지 철근 콘크리트 제조법과 건축 강도 설계만 기억하고 있더라고?

"이세계에서 대체 뭘 하는 건지. 걔들은 대체 어떤 이세계로 날아갈 생각이었던 거야? 응. 느닷없이 철근 콘크리트 주택이라니, 고로로 고층 빌딩용 철근을 만들 생각이었나? 아니면 중세에서 느닷없이 용광로를 만들 생각이었어?"

(뿌용뿌용)

어쩜 이리도 생물로서 어울리는 곳이 없는 오타쿠들이 있을까?

"""응. 대체 왜 하루카는 슬라임 씨하고 오다네 이야기를 하고 있는 거야!!"""

그러나 야금 방면에서는 굉장한 지식을 가졌다. 압도적이다. 이쪽은 제철부터 도검 제조법, 중세에서 현재까지의 일본도를 모두 기억하고 있었다. 영문을 모르겠네. 제조법이 사라져서 전설이 된 가마쿠라 시대의 일본도 제조법을 왜 오타쿠가 알고 있는 거야?! 응. 무기점 아저씨에게 오타쿠들을 만나게 해서 이야기를 듣게 했을 때는 그 대머리 수염 아저씨가 망가진 것처럼 떨면서 듣기만 했다.

뭐, 그래도 그 아저씨 대장장이니까, 곤봉만 닦게 두지 말고 대장간 일을 시키는 게 좋겠지. 왜냐하면 대장장이가 전혀 없으니까? 왜 며칠 동안 곤봉만 닦고 있는 거야?

그리고 결과가 나온다면 변경은 나라에도 대항할 힘을 보유하게 된다. 그때가 되어야지만 나는 부업에서 해방될 거다. 응. 그래도 밥과 과자는 만들 것 같지만?!

그 와중에 벌써 38층. 겨우 비밀 방이 나왔지만, 보물상자의 내용물은 초라한 『호밍 보우 : 자동 추적+ATT』였다. 궁수는 여자애 중에도 몇 명 있지만, 다들 『필중』이나 『궤도 예측』 같은 치트를 보유하고 있고, 없더라도 쉽게 얻는단 말이지? 그렇다. 자동 추적이 없어도 맞는다니까? 좋아. 무기점에 팔자.

그리고 44층도 『세이프 링 : 상태이상 내성 상승(소)』라니…….

"이제 다들 상태이상 내성 상승(대)의 반지를 마구마구 샀고, 게다가 디자인이 중후하잖아. 요즘 여고생이 디자인이 이런 반지를 낄 것 같아?"

(뾰용뾰용?)

투박하달까, 중후하고 흉흉하다. 고리타분해!

"정말이지, 내가 얼마나 퇴짜를 맞아가면서 고생했는지 알기나 해? 퇴짜를 맞아서 고치고 또 고쳤다고? 눈물이 나올 만큼 요구가 세세해서 힘들었거든? 응. 여고생은 진짜로 가차 없어. 귀신이야. 데몬보다 악랄해! 그건 액세서리와 옷과 과자에는 격렬하고 통렬하거든? 이런 걸 보여주면 잔소리가 시작되잖아? 진짜로. 진짜라고!!"

"""저기…… 미안합니다?"""

"응. 그건 양보할 수 없으니까?"

"그러니까 울면서 세이프 링한테 화내지는 말아 줄래?"

(부들부들)

그리고 46층에서 마물과 마주쳤다. 미로 분기가 너무 많아서 갈라졌더니 겨우 마물과 마주쳤다! 빨리 상대하지 않으면 강탈당해!

그보다, 「매드 퍼핏 Lv46」이 셋. 나이프를 든 인형이 춤추며 다가오고 있다. 호러인가? 저기, 현대 사회라면 이 정도는 무서워하지 않는다고? 좀 더 뭐랄까, 음향이나 조명으로 분위기를 만들어야지?

노골적으로 떨어져 있던 인형이 갑자기 덤벼들었지만, 쳐내서 두들겨 팼다.

"요즘 세상에 이렇게 나이프만 들고 덤비는 인형으로 되겠어?"

베려고 달려드는 첫 번째 인형의 옆을 지나가면서 후려치고, 위에서 베려고 달려드는 두 번째 인형은 반전하면서 지팡이 자루로 올려 쳤다. 이것도 진부하네. 오른쪽 발밑이다. 사각에서 오는 세 번째 인형을 쳐내고, 튀어오른 두 번째 인형은 지팡이를 들어 사선으로 베었다.

간단하네. 두 발짝으로 끝났잖아?

"호러인 만큼 연계하고 사각에서 공격하는 걸 중시한 모양이네. 뭐, 나이프도 『맹독』을 바른 모양이지만~? 적어도 BGM으로 공포심 정도는 자극하자고?"

나신안은 사각이 없다. 그러니까 의미가 없는 공격이었다. 그치만 스킬이 『공포』라니, 고작 그걸로는 현대인한테 무리잖아? 응, 반대로 웃음거리라고? 그러나 분명 뻐끔뻐끔 여자애는 도망치고 있겠지. 아까 비명도 들렸고.

"무서웠어요! 인형이 갑자기 움직여서 덮쳐드는 바람에 깜짝 놀라 쫓겨 다녔어요. 그건 나쁜 인형이에요! 태워버렸어요. 무서웠어요!"

응. 쫓겨 다녔던 모양이다. …………울상이다.

"으음, 진부하게 던전 안에 떨어져 있던 인형에게 접근했더니…… 덤벼들어서 도망 다녔다고?"

"네. 무서웠어요!"

"아니…… 눈치채야지?! 엄청 진부했잖아? 그냥 처음부터 태우러 가도 될 만큼 분명히, 확실하게, 의심할 여지 없는 진부한 전개였잖아? 왜 걸리는 거야? 현대인이잖아?"

놀랍게도 뻐끔뻐끔 여자애는 무서워서 호러는 전혀 본 적이 없다고 한다. 응. 호러에 면역이 없는 아이였다. 응. 비명은 뻐끔거리지 않더라?

(뽀용뽀용, 뽀용뽀용!)

슬라임 씨는 즐거웠던 모양이라 아주 신났다. 배고파서 움직이지 않고 가만히 있었으니까, 배도 든든하고 잔뜩 움직일 수 있어 행복한 거겠지.

응. 왜 갑옷 반장은 아무리 지나도 진정하지 않는 걸까? 뭐, 기쁜 것 같으니까 상관없지만?

**스스로 벗는 건 좋은 나체족이고,
옷이 아까운 건 좋지 않은 나체족인 모양이다.**

51일째 오후, 던전

굉음을 일으키며 돌진하는 중량급 마물들에게 역으로 돌진한 방패직 대열이 맞부딪혔다. 실드 배시—— 그리고 막혀버렸다면 끝이지? 봐봐, 옆에서 오잖아? 흔들리고 있네?

"끝났네?"

(뽀용뽀용)

역시 슬라임 씨에게는 '그래.' 라는 말은 무리인 모양이다. 뭐, 멈춘 시점에서 끝이었다. 왜냐하면 약 두 명, 위험한 방패직들이 있으니까.

저건 모르면 당한다. 검으로 받아내고, 방패로 벤다. 검이 흘리고, 방패로 뭉개버린다.

공격이 방어로 변하고, 방어에 공격당하고, 연속되는 연계로 공격한다.

왜냐하면 이세계에 오기 전부터 하던 연계니까. 왜냐하면 고등학교 1학년 때부터 전국에 이름을 떨치던 두 명이니까.

"역시 트윈 전봇대!"

(빠직! 뿌직! 콰직! 콰앙!)

"아니라고 했잖아!"

"트윈 타워였다고!"

"아니었어? 아니, 하지만 TV에서도 『트윈 전봇대!』라고 말하지 않았었나? 그보다 아픈데?"

""말했으면 태웠을 거야. 그딴 방송국!""

아무래도 현대 언론의 편향된 자세에 불만인 모양이다. 분명 기만 보도에 분노한 거겠지? 하지만 학교 응원 현수막에서도 '힘내라 트윈 전봇대!' 라고 나오지 않았었나? 아니었나?

방패 여자애 반장도 그렇지만, 방패직 팀은 검이나 창이나 도끼에 망치까지 상대에 맞춰 무기를 바꾸는데, 최근에는 검이 나설 일이 많다. 다음은 창인가? 응. 도끼나 망치 타입의 좋은 무기가 안 나오고 있으니, 역시 무기 생산에도 손대는 게 나으려나?

"으음. 지금 상대라면 도끼나 해머가 좋을 거고, 사거리가 있는 창이나 할버드가 있다면 거리를 고를 수도 있지 않나?"

"있다면 고맙겠지?"

"활도 필요하지~?"

모처럼 모인 집단인데 모두가 검만 들고 있으면 전투의 폭이 좁아진다.

응. 돌아가면 무기 생산 부업도 생각하는 게 좋겠다. 당장은 못 하지만 서둘러 준비를 시작하자. 끝이 없고 한도 없는 밤의 끝을 향해서—— 알기 쉽게 말하면 부업이 끝나지 않아서 잔업이야! 응. 왜 전부 써버리면 돈이 없는 걸까?!

"""종료!"""

"""수고했어~!"""

(부들부들)

이미 일제히 돌격한 「판처 라이노세로스 Lv49」는 완봉되었고, 전멸했다.

응. 방패 여자애와 배구부 콤비의 대방패에 돌진이 막힌 거대한 라이노세로스. 뭐, 단단한 코뿔소였지만 등과 머리의 장갑이 단단할 뿐이었고, 튼튼한 참격 내성이 있었지만 측면에서 날아온 대현자 어택에 뒤집힌 바람에 배를 보여줘서 단숨에 끝났다. 물론 대현자 어택이 물리 공격이었다는 건 말할 것도 없다.

흔들리기도 했고!

그러니까 이제는 흠씬 두들기기만 하면 된다. 슬라임 씨도 모두와 함께 흠씬 두들겨 패며 즐거워했다. 응. 방패직의 대방패는 최우선으로 미스릴화해서 『충격 내성』과 『반사』를 한껏 올려놨다. 그러니까 돌진하기만 해서는 쉽게 무너뜨릴 수 없단 말이지.

그리고 희소한 『연금』 보유자인 체조계 패브ㅇㅈ 씨의 곤봉 연타에 얻어맞은 코뿔소는 내던져지지 않고 박살이 났다. 응. 리본, 후프, 볼에 곤봉으로 변형하는 수수께끼의 연금 무기를 쓰는데, 여전히 후프가 나서는 걸 본 적이 없다. 그건 쓸 수 있기는 한 건가? 빙글빙글 돌아서 눈을 핑핑 돌게 만든다거나? 최면 타입?

자, 그렇게 비밀 방으로 갔는데, 『파워 글러브』였다. 아마 중복이겠지만, 수요는 많다. 이건 이것대로 미스릴화라도 해두면 상당히 좋은 물건이 되겠지. 아직은 섞기만 하니까 괜찮겠지만, 언젠가 미스릴이 부족해질 거다. 미스릴은 던전 말고 어디서 주울 수 있을까?

"이번에는 그럭저럭이네? 『파워 글러브 : PoW+30%+DeF』. 필요한 사람 있어? 라고나 할까?"

방패 여자애는 중복이라고 해서, 트윈 어쩌고가 가위바위보로 싸웠다. 뭐, 누군가가 쓰겠지. 실은 제일 쓸모가 있어 보이는 대현자는 필요 없다고 한다. 어째서인지 마법 특화 장비란 말이지? 마법은 전혀 안 쓰면서?

"겨우 50층에서 계층주전인가. 또 미궁왕일지도? 그런고로 해치우고 돌아가서 돈가스나 먹을까?"

"""커틀릿 님이네♥"""

"소스는 오로라 소스입니다. 그렇거든?"

"""오로라 소스! 설마 이세계에서 소스와 마요네즈와 케첩이 합체해서 걸쭉걸쭉하게 섞이다니 ♪"""

"응. 간장만 따돌리면 불쌍하니까 살짝 넣었거든? 맛있단 말이지? 진짜로."

"""꺄아아아아아———!"""

사기는 충분한 것 같다. 계층주를 커틀릿으로 만들 기세다. 계층주 커틀릿은 맛있을까?

맛있지는 않아 보인다.

"그거야 그거. 으음. 『패럴라이즈 젤리피시 Lv50』. 그래그래. 해파리, 저릿한 해파리! 미궁왕은 아닌 모양인데?"

"""알았어!"""

공중에 뜬 커다란 해파리. 인테리어라면 좋겠지만, 굉장히 방해될 것 같다. 응. 크다.

"전열 대방패 방어, 2열에서 촉수 절단."

"""OK."""

정확한 방패 대열로 촉수를 쳐내고, 중열의 참격과 타격이 날아갔다. 후위는…… 없다. 응. 역시? 대현자가 맨 앞줄에서 때리고 있다. 때리고 있다. 그런데 안 통하네?

날아다니는 미소녀들과 그걸 요격하는 해파리의 무수한 다리?

아니 촉수? 분명 오타쿠들이 있었다면 촉수와 싸우는 여고생에 환희하며 감격의 눈물을 흘렸겠지. 구경만 하고 싸우지 않아서 혼날 거다. 아니, 그 녀석들이라면 해파리를 응원하지 않을까?

덤으로 잊지 않았다는 어필 겸 「데몬 사이즈」 세 개도 지원과 촉수 사냥을 위해 참가시켰다. 이야~ 떠올려서 다행이야.

"얍, 이크? 아, 이건 안 되는 패턴이네. 참격도 물리도 안 통하나? 그리고 마법 반사도 있으니까 마법도 안 통하는 모양인데?"

"""그럼 어떻게 해?"""

(뽀용뽀용?)

베기 어려운 데다, 설령 베더라도 무한 재생하면서 촉수도 늘어나고 있고, 타격은 무효.

"어떻게 하긴, 참격과 물리와 마법이 아닌 공격이랄까, 해파리 처리 작업? 그걸 하면 되지 않을까?"

"""그걸, 어떻게, 하는데?!"""

응. 그것밖에 없지.

뼈끔뼈끔 여자애가 베면서 도망쳐서 촉수를 끌어들이고, 거기에 나체족 여자애가 뛰어들어 쌍검으로 휩쓸었다. 그러나 안 베이네?

"꺄아아아아아아아——!"

"싫어어어어어어어——!"

네. 잡혔습니다. 응. 오타쿠들이 기뻐할 것 같다. 데려오지 않길 잘했어!

"아니, 독과 일반적인 상태이상은 무효화할 수 있으니까 괜찮지만, 마비에는 조심하면서 잡히라고? 앗, 무기 파괴는 없지만 『용해』는 갖고 있으니까 나체족이 되겠지만, 마침 나체족 여자애니까 괜찮으려나?"

"나체족이 아니고, 괜찮지도 않아!"

"맞아. 전혀 괜찮지 않아!!"

"""응. 그건 조심해서 잡히니 뭐니 할 때가 아니네!"""

(뽀용뽀용)

아닌 모양이네? 스스로 벗는 건 좋은 나체족이고, 녹아버리는 건 좋지 않은 나체족? 그렇구나. 옷이 아깝네! 응. 부업이 늘어나 버려!!

"""그보다 도와줘!"""

"우선 살려줘!"

"아니, 아무것도 안 하는 모양인데, 『장악』으로 해파리의 본체를 붙잡고 있으니까, 저래 봬도 일단은 구속 상태? 뭐, 촉수는 방치했지만?"

"""그 촉수를 어떻게 해줘!"""

도약해서 나체족 여자애를 잡고 있던 촉수들을 『차원참』으로 한꺼번에 잘라냈다. 아, 역시 돌진해서 해파리와 충돌해버렸네? 아니, 딱히 충돌할 생각은 없었지만, 여전히 『마전』도 『허실』도 능숙하게 쓰지 못하고 있는데 『차원참』까지 추가되는 바람에 제어할 수 없었다. 해파리의 무지막지한 숫자의 촉수에게 붙잡혔네? 뭐, 붙잡혔다기보다는 붙잡았다.

"아니, 남자 고등학생을 촉수로 잡아서 어쩔 거야. 수요가 없잖아! 아니, 있다면 싫지! 누구 좋으라고……. 아, 왜 여자애들은 기뻐하는 표정인 거야?!"

(부들부들)

뭐, 붙잡히면 붙잡은 거니까 『장악』으로 조여서 탈수하며 『온도』 상승에 열 『진동』을 더하고 『연금』으로 건조하면서 『물 마법』으로 강제 탈수. 오른손에 있는 『모순의 건틀릿』으로 『물리 마법 방어 무효화』를 걸어 탈수 건조로 말린다!

"말라붙어라~ 말라 비틀어져라~? 뭐, 건조 해파리랄까, 해파리포? 그리고, 구우면………… 이겼네?"

"""으아아아아아아아앗!"""

어라? 조금 다른가? 그래, '으'가 필요 없다. '아'만 있으면 되는데. 왜 아무도 말해 주지 않는 거야?!

"오. 해파리의 마석하고 같이 드롭 아이템이 나왔네……. 앗, 해파리 장비품?"

아무것도 없었을 텐데 『무한의 촉수 : 촉수 제작/조작』이라니……. 이건 인간이 가지면 안 되는 게 아닐까? 아, 그래도 오타쿠들이라면 기뻐하겠네? 비싸게 팔릴 것 같지만, 그렇기에 그놈들에게 줘서는 안 될 것 같은 건 어째서일까?

"해파리 처리가 탈수 건조 후 소각이라니……."

"""이치에 맞는 듯도 하고, 굉장히 부조리한 듯도 하고?"""

(부들부들)

그나저나 이걸로 호감도 최악 아이템 삼신기가 모인 건가? 지금 소지하고 있는 『복종의 목걸이 : 【강제로 무조건 복종하는 목걸이】』와 『프로메테우스의 사슬 : 속박, 모든 능력 무효화』가 있고, 그리고 『무한의 촉수 : 촉수 제작/조작』. 응. 최악인 것 같다!

"잠깐. 왜 나한테만 귀축 능욕 타입의 물건이 모이는 거야? 헉. 이건 내 호감도에 대한 공격인가? 응. 이미 빈사야. 최근 숨을 안 쉬거든? 그보다 본 적조차 없어!!"

어째서 이세계는 이렇게까지 철저하게 내 호감도를 집요하게 노리는 걸까? 이번에는 촉수 조작이라니……. 앗, 갑옷 반장이 여자애들 뒤에 숨었네?

**작업 시간 단축에 지지 않을 만큼
추가 주문 리스트가 늘어나는 것이 문제다.**

51일째 저녁, 던전

어째서인지 여자애들의 만장일치로 『무한의 촉수 : 촉수 제작/조작』은 내가 가지게 되었다.

그 이유는, 이건 여자가 가지면 안 되는 물건이라고 한다. 그런데 이건 여자가 아니더라도 인간이라면 누구든 가지면 안 되는 게 아닐까? 응. 나도 인간이거든? 정말이야. 종족에도 인간족이라 적혀 있다고?

"응. 봐도 되거든? 진짜라니까? 봐도 된다니까? 인간족이잖아? 정말이거든? 진짜로?"

(뽀용뽀용?)

"""무슨 소리를 하는 거야!!"""

게다가 여자는 가지면 안 되고, 남자에게 판매, 양도는 금지.

응. 그렇다면 나밖에 안 남잖아?! 게다가 위험하다면서 일반 판매도 양도도 금지된다면 가질 사람이 나밖에 없잖아. 내 호감도야말로 위험하고, 왠지 멀리서 깜빡이고 있거든? 잠깐, 사라져버릴 것 같은데?!

(부들부들······.)

그런데 어째서인지······ 왜 던전 안에서 갑옷 반장을 둘러싸고 여자 모임을 여는 거야?

"진동 다음에는 촉수라니······ 힘내!"

"다음에는 진동하는 촉수가 나올 가능성이?"

""꺄아아아~!""

"꾸물꾸물 꿈틀꿈틀이던데~?"

"무한히 촉수를 제작하고 조작한다잖아?"

"""꺄아아~♥"""

뭔가 엄청 분위기가 달아오르고 있네? 응. 무슨 이야기를 하는 걸까? 왜 따돌리는 걸까? 여자 11명에 남자 1명 슬라임 1명인데 여자 모임이라니 따돌림이잖아? 따돌림당하고 있잖아? 피아니카를 든 몽구스가 되어버렸잖아? 블루한 광시곡이라고?

(뽀용뽀용)

슬라임 씨와 둘이서 놀았다. 쓸쓸하지 않아. 훌쩍훌쩍.

(부들부들)

응. 슬라임 씨는 쓰담쓰담이 마음에 든 모양이다. 즐거워 보이니 다행이다.

"어~이. 그보다 어쩔 거야? 응. 내려갈까? 돌아갈까? 살까? 개조해버릴까? 자고 갈 거야?"

"""아, 아, 아, 안 돼! 묵는다니!!"""

"안 되잖아. 이런 곳에서 자고 촉수로 진동하는 건 안 되거든?!"

"안 된다고 할까, 가능…… 아니, 절대로 절대로 안 돼! (절규!)"

자고 가지는 않는 모양이다. 개조할 필요도 없어 보인다. 그래도 어째서인지 여자애들의 얼굴이 새빨간데……. 뭐, 귀환하는 것 같네? 응. 대체 뭐였을까……. 여자의 비밀이라고?

그리고 여관에서의 만남? 마스코트 여자애와 슬라임 씨가 서로를 응시했고, 마스코트 여자애가 천천히 손을 내밀자 슬라임 씨도 뽀용뽀용 촉수를 뻗었다. 악수? E.T?

그리고 몸짓 손짓으로 대화하고 있는데 참 수수께끼다. 굳이 따지자면 마스코트 여자애가 수수께끼다. 응. 왜 미궁왕 슬라임 씨와 만나서 로봇 댄스를 시작하는 거야? 아니, 슬라임이잖아?

수수께끼다. 로봇 댄스를 하는 슬라임도 충분히 수수께끼다. 어째서 점액체가 로봇 댄스를 아는 거냐고?! 아니, 뭐, 즐거워 보이니까 상관은 없지만?

"그러니까 두 번째 계층주를 해치우고 끝이라서, 아직 공략 중이야. 그러니까 던전은 한 곳만 죽었다고나 할까, 미궁왕 탈주 중? 이랄까?"

"""아니, 자기가 먹이로 길들였잖아!"""

"납치나 유괴야!"

"게다가 마침내 상습범이 되어버렸고?"

"그래도, 이 귀여움은 저스티스 아닐까? 진짜로?"

(부들부들)

"""귀여워!!"""

"""그래도 범인은 전혀 반성하지 않고 있어!"""

그리고 여자 모임, 아니 정보 교환이 시작되었다. 상황을 확인하고 공유하는 거라고 우기고 있지만—— 뭐, 수다지? 응. 남자는 없어도 되지 않을까?

"""잠깐만, 촉수 이야기를 자세히 좀!!"""

"아니, 거기 오타쿠! 왜 갑자기 존재감을 드러내면서 두근대는 거야? 때가 왔다는 거야? 왜 눈치가 없는 거야? 여자애들 눈빛은 이미 어는점을 돌파 중이라고? 공기도 얼어붙겠어!"

응. 역시 『무한의 촉수』는 이놈들에게 비밀로 하자. 진짜로.

그리고 오타쿠들이 오덕오덕거리는 게 짜증이 나서 걷어차고 짓밟으면서 커틀릿에 오로라 소스를 뿌리고 발꿈치로 내리찍으며 진열했다. 응. 바보들은 말없이 꼬르륵 소리를 내고 있다.

"오로라 소스 커틀릿입니다~. 아, 달걀이 귀해서 돈가스 덮밥이 없으니까 커틀릿을 먹으면 되지 않을까? 라는 발상으로?"

""로즈마리 커틀릿이네~. 잘 먹겠습니다!!""

""잠깐, 하루카. 한 그릇 더!""

뭐, 역시 인원수만큼의 달걀은 없다고나 할까, 달걀은 마요네즈가 되어버렸다. 응. 너무 많이 만들어서 슬슬 판매하지 않으면 위험하다.

"맛있어요. 달고 맵고 마일드해요!"

(뽀용뽀용!)

그리고 저녁밥 때는 언제나 있는 미행 여자애.

응. 정보료가 저녁밥인 첩보원이다. 뭐, 뒷정리는 모두가 해주니까 상관없지만, 완전히 녹아들었다.

그리고 사실은 필사적으로 로봇 댄스에 참가하려고 했지만, 너무 어려웠던 모양이다. 그보다 지금은 커틀릿을 먹느라 바빠 보인다.

(부들부들, 뽀용뽀용!)

응. 슬라임 씨도 커틀릿은 마음에 든 모양이라 낮에도 우물우물 먹었는데 또 먹고 있다. ……뭐, 맛있는 모양이니까 상관없겠지.

식후에는 해산해서 슬라임 씨를 데리고 목욕탕에서 부글부글. 그리고 방으로 돌아가 작업 개시다. 영원히 끝나지 않는 밤의 시작이다. 멋지게 말해 봤지만, 부업이다.

"뭐, 실제 문제로 마석 판매가 따라가지 못해서 부업과 밥값이 최대 수입이란 말이지?"

(부들부들?)

그리고 생각지 못한 서프라이즈. 촉수들, 편리해. 엄청 재주가 많아!

"이거, 장악하고는 다르게 실체화하니까 굉장히 다루기 쉽네. 뭔가 순식간에 책 베끼기 작업이 끝나버렸잖아?"

(뾰용뾰용?)

무수한 손을 동시에 다룬다고나 할까, 『지고』의 컨트롤로 일제히 작업을 시작하는 촉수들……. 응. 바느질도 능숙해!

"이건 생각지 못한 수확이네. 문제는 작업 시간 단축에 지지 않을 만큼 추가 주문 리스트가 늘어난다는 거야. 그리고 남자 고등학생에게 학교 수영복 주문을 한 녀석은 대체 누구야……. 앗, 나체족 여자애잖아?!"

(부들부들?!)

나체족 여자애는 나체족이고, 게다가 수영 선수였지? 경기용 수영복이라면 몰라도 어째서 학교 지정 수영복? 오타쿠들이 몰려들 텐데? 위험하잖아?

"아니, 경기용 수영복을 주문해도 안 만들 거야! 응. 남자 고등학생에게 주문이라니, 그거 치수는 어떻게 하려고?! 게다가 『용해 내성』을 붙여달라니 싸울 셈이야? 학교 수영복으로?!"

(뾰용뾰용?)

응. 반응이 있으니까 즐겁네?!

──시행착오. 아니, 학교 수영복을 만드는 건 아니거든? 응. 왜 남자 고등학생이 밤중에 혼자서 학교 수영복으로 시행착오를 해야 하는 거냐고. 안 해! 멀티 컬러 연구가 중요하다. 아, 그래도

멀티 컬러 학교 수영복이라면 수요가 있을 것 같기도……. 아니, 누구의 수요?!

"좋아. 이러면 멀티 컬러 도료도 가능하겠지. 응, 이제 색상이 다른 걸 잔뜩 만들지 않아도 되겠지만……. 이게 만약 은혜를 갚으러 온 학이라면 머리가 벗겨지기도 전에 과로사할 수주량이란 말이지?"

그렇다. 게다가 학도 베틀 정도는 줬을 텐데, 나는 인력……. 잠깐만, 학 치사하잖아. 나는 방직기 설계부터 해야 하거든?!

마석을 분쇄해서 가루 형태로 빻고, 실이나 천에 바르고는 마력을 주입해 고착시킬 뿐이니까 원리는 간단. 이제는 정착시킬 가장 좋은 숫자를 모색하면 된다. 하지만 가치는 있다. 그보다 멀티 컬러를 특색으로 내세우고 있지만…… 그건 덤이다.

"역시…… 이건 마력이 통하니까 제대로 좋은 마석을 쓰면 전투용으로도 쓸 수 있을 것 같네?"

(뽀용뽀용?!)

문제인 건 마석의 분쇄. 미립자 레벨까지는 아니더라도 균일한 입자 레벨은 필요하고, 알기 쉽게 구체적으로 설명하면 균일하게 미세해질 때까지 부숴서 빻는 게 정말 귀찮단 말이지?

"응. 표면에 부착하기만 하면 그냥 색이 변하고 튼튼해지는 정도지만, 섬유에 침투시켜서 발라 코팅 상태로 만들면…… 가능할 것 같네?"

균일하고 미세하게 분쇄하는 건 진동 마법과 연금술로 양산했다. 그건 굉장히, 상당히 귀찮았지만 한 번에 대량 생산한다면 멀티 컬러 시리즈를 수주해도 문제없어 보인다. 응. 책에서는 하나하나 만들어서 힘들어 보였지만, 마석은 남아돈단 말이지?

"시판 레벨이라면…… 아니, 이거 더러워지지 않고 찢어지지도 않을? 지도?"

공정이 진짜 귀찮지만, 무엇보다 의식하지 않아도 마력을 통하게 하는 건 안전 방면에서도 커다란 발명이다. 그리고 여기서 부여까지 가능하다면, 비싸지만 튼튼하고 더러워지지 않고 오래 버틸 수 있으니 그 이상의 가성비가 나온다.

"으~음. 나머지는 만들어 보지 않으면 문제점을 알 수 없으니까, 여자 모임이 끝나면 반장의 원피스 치수를 재고, 완성하고 나서 시험 삼아 멀티 컬러로 만들어 볼까?"

(부들부들)

그러나 문제는 여자 모임이 끝없이, 한없이 길단 말이지? 응. 내일 여자 모임의 시간을 정하려면 거의 사흘 정도는 걸릴 것 같거든?

그나저나 편리하긴 해도 비주얼적인 문제가 발생할 것 같은 느낌이다. 뭐, 실은 느낌이 드는 수준이 아니라 확신하고 있지만. 겉보기에 문제가 생겼다.

그렇다. 왜냐하면 『무한의 촉수』를 쓰는 법을 조사하다가 『망토?』에 복합되었단 말이지.

즉, 현재 겉보기에는 온몸에서 꾸물꾸물한 촉수가 꿈틀대는 검은 망토 남자 고등학생이고, 이건 이미 신고당하기도 전에 유죄 판정을 받지 않을까?

"으~음. 뭔가 형언할 수 없고 이름을 부르기 힘든 자 같네!!"

(뽀용뽀용!)

일찍이 이토록 이성의 호감도에 적대적인 의상이 존재했을까? 응. 이성의 호감도가 어쩌고 하기 전에 평범하게 이성의 혐오도가 Max로 치솟을 것 같은데?!

"그치만, 이건 뭐라 말하기도 힘들 만큼 극혐이라고! 응. 편리하지만 사악하고 그로테스크해!"

그렇다. 이세계라고 생각했는데 크툴루 신화였나 싶을 만큼 이질적이다. 이런 적이 덤벼들면 나는 무조건 도망칠 거다! 응. 진짜로 무리.

"하지만 굉장히 편리하고 근면하고 좋은 촉수란 말이지? 응. 무척 힘써주는 절친 부업 동료인데?"

(부들부들)

그야 아무도 도와주지 않으니까? 뭐—— 무리겠지만. 그보다 여자 모임 아직도 하고 있어?! 잠깐 보러 갈까?

건전한 남자 고등학생이 여자를 손으로 더듬더듬 만지는 건 불건전하거든?

51일째 밤, 하얀 괴짜 여관에서 여자 모임

목욕탕에서 나와 긴급 여자 모임. 왜냐하면 스탬피드로 멸망한 마을 일로 하루카의 낌새가 이상했던 게 걱정되었기에, 모두 함께 상의하기로 했다.

어떻게 해야 좋을지, 뭔가 해줄 수 없을지, 뭘 말해야 좋을지, 말해줄 수 있을지……. 다들 모른다. 뭘 해줄 수 있을지도 모르겠다.

"그야…… 전혀 상관없잖아."

"오히려 스탬피드를 막았는데, 어째서?"

"자기만 전조를 알았다고 했지만, 오크를 발견했을 뿐이잖아?"

기운을 차리게 해준다거나, 격려하는 건 좀 아닌 것 같았다. 하지만 하루카 탓이 아니라고 몇만 번을 말해도 소용없으니까. 그걸로 구해줄 수 있었다면 모두가 몇억 번이든 몇조 번이든 계속 말했을 테니까! 하지만 그걸로는 안 된다.

"책임이라거나, 그런 게 아니라 그냥 구하고 싶었다니……. 그런 건 무리야."

"""그렇지?"""

하루카의 마음속에서 절충되지 않는 무언가. 그걸 건드려야 하는지, 과연 건드려도 되는지도 알지 못한 채 회의는 공회전했다.

그리고 모두가 책임을 내팽개치고 『무한의 촉수』 이야기로 넘어갔고, 안젤리카 씨는 울상을 지었다. 하지만 그건 하루카 말고는 제어할 수 없어 보이니까……. 앗, 얼굴이 빨갛고 숨소리도 거친데, 상상하고 있나?

"그 수많은 촉수를 조종하는 거지?"

"""그건 위험한 물건이야!"""

응. 요사한 분위기를 흩뿌리고 있어서 다들 얼굴을 붉히게 되었다. 그건 상상하는 것조차 여자에게는 위험하니까?

"""응. 안젤리카 씨, 힘내! 그리고 내일도 여자 모임 하자!"""

응. 들을 마음이 가득하지만, 목욕탕에서 물어볼 때마다 침몰하니까 여자 모임은 방에서 할까?

"역시나~? 그 촉수들이 진동하는 걸까~? 부르부르~ 부르부르~ 하고?"

"""꺄아아아아! 촉수는 위험해!"""

"응. 그랬어. 하루카하고 세트라면 최종병기야!"

"""여자가 멸망해버려!"""

그랬다. 하루카는 쓰레기 스킬밖에 없다고 하면서도 그걸 조합하거나 섞으면서 싸웠다. 그것 때문에 우리는 부업은 물론이고 요리조차 건드릴 수 없는, 제작 과정 자체가 의미불명인 대마술이 되어버렸다.

그렇기에 상상도 할 수 없는 방법으로 쓴다. 촉수는 단독으로도 위험한데, 조합하고 섞어서 엄청난 일을 벌일 거다!

분명 오늘 밤 안젤리카 씨가 굉장한 일을 당할 것 같다! 응, 내일도 여자 모임을 아침부터 개최하는 게——.

(똑똑?)

(뽀용뽀용?)

노크—— 하루카다. 응. 이 세상에 노크 소리가 의문형인 건 하루카 말고는 없을 거다. 대체 어떻게 하는 걸까?

"""네~에?"""

"여자 모임 중인데?"

"끼고 싶어?"

"여장할래?"

"안 해! 그보다 반장. 잠깐 치수 재고 싶은데? 응. 멀티 컬러 원피스의 시제품을 만들려고 하는데, 여자 모임이 안 끝났다면 먼저 치수만 재도 될까?"

문 앞에서 하루카의 목소리…… 여장은 안 하려는 모양이다.

"""들어와도 돼!"""

왜 멋대로 대답하는 거야……. 앗, 다들 옷차림이 너무 무방비하잖아! 하루카도 남자인데……. 뭐, 본인이 먼저 내빼겠지만?

"실례~ 랄까? 아, 치수 재면 바로 돌아갈 거니까. 그리고 이 원피스로 멀티 컬러를 시험해 봐도 될까? 왠지 색상이 고민되니까? 랄까?"

해냈다. 줄곧 하얀색과 물색으로 고민하고 있었는데, 실은 마침 검은색도 원했다. 역시 빨간색은 좀 쑥스럽지만 멀티 컬러라면 문제 해결. 아니, 하루카는 왜 망토를 걸쳤고, 목욕탕을 다녀왔으면서 완전 무장이야?

하지만 장갑도 부츠도 없고, 옷도 러프한 느낌의…… 아아앗! 자기만 청바지 만들었어?!

"치사해! 자기만 데님 만들었어. 추가 주문할래!"

"""이의 없음&이의는 인정하지 않아!"""

"잠깐, 이것도 시제품이거든?"

(부들부들)

가결했습니다. 하지만 여자는 청바지만으로 부족해! 원피스에 맞추고 싶었지만, 이세계니까 포기하고 있었지만, 청바지가 있다면 만들 수 있을 거야!

"그리고 청재킷 개발을 요청합니다! 짧은 기장이 좋으려나~?"

""승인! 추가 제안으로 데님 스커트도 요청합니다!"""

"오오~ 좋은 이야기네!"

"맞아. 데님 숏팬츠는 정의야!"

""오오~ 천재가 나타났어!"""

"응. 정의니까 가결!"

데님이 아니어도 지금 이 방에 있는 애들은 티셔츠나 튜닉, 반바지나 미니스커트였다. 그래서 하루카도 보기가 민망해서 지금도 열세 중! 그래. 여기서 밀어붙여서 주문을 통과시키자!

"추가 지원 물자는 결정됐습니다!"

"맞아. 여자는 귀여운 것 지원이 필수!"

"잠깐만, 그러니까 아직 시제품 단계라니까."

"그치만, 요전에도 자기만 얇은 카고 바지 입었잖아!"

""치사해. 나는 8부 바지가 좋아!"""

바지는 처음에 몇 벌 만들었지만, 이후부터는 치마가 만들기 쉽다며 뒤로 미루고선 자기만 입었으니까 바지파가 불같이 일어나 물고 늘어졌다.

""하루카만 치사해! 나도 갖고 싶어!"""

그도 그럴 것이, 다들 기다렸다. 그런데 자기가 여자의 다리 치

수를 재는 게 부끄럽다면서 뒤로 미뤄왔으니까 그 반동으로 바지
파에 불이 붙어 버린 거다!

"억울하다니까. 그치만 아직 시제품 단계란 말이지? 응. 내 옷
은 전부 시제품이니까 1인 샘플 상태? 랄까?"

"""샘플 세일 초대권도 필요해!"""

"그런 발상은 없었어!!"

(뽀용뽀용!!)

아니…… 아무리 그래도 자기가 만들고 있으니까 샘플은 허락
해 줘야지? 그래도 샘플 세일이라는 이름이 문제다. 뭔가 여자의
본능을 자극하니까?

그리고 하루카는 살색 비율이 높은 여자 고등학생에게 둘러싸
여서 도망칠 곳을 잃었고, 눈이 이리저리 헤엄치다가 원영을 시
작해서 트라이애슬론 상태의 철인이 되어버렸지만……. 왜 테러
나이트를 울려버린 눈이 도망치는 거야? 그래서 다들 더 다가가
는 거잖아?

"""예약, 제대로 부르는 값으로 낼 테니까!"""

"아, 아, 나도! 나도!!"

뒤엉켰다. 우선권과 디자인 희망이 쇄도해서 뭉개지는 바람에
하루카의 눈동자에서 광택이 사라지고 초점이 날아가 공허한 눈
이 되어버렸네?

"부탁해. 대출해서라도 낼 테니까!"

"""부탁해. 데님은 머스트니까!"""

저항도 무색하게 대량의 주문표를 떠안고, 도망도 용납받지 못한 채 납작 뭉개져버린 신세······. 응. 이 장면만 보면 훌륭한 하렘 상태지만, 하루카의 눈은 죽어버렸다. 하루카는 엉큼한 것치고는 소심하니까······. 그렇다. 그러니까 방심하고 있었다. 하루카는 손을 대지 않는다고 믿었다.

"아아아! 이제 끝이 없으니까 모두의 치수를 한 번에 재버려야겠어. 가급적 최대한 너무 움직이지 말라고? 응. 아직 제어가 완전하지 않거든······. 아, 제어는 완전해도 힘 조절이 문제인가? 촉수 조절? 이랄까?"

그렇다. 손은 대지 않지만 촉수가 있었다!!

그로부터는 아비규환이었다······. 그건 정말, 촉수가 꾸물꾸물 움직이면서 온몸의 치수를 자잘하고 면밀하게 재버렸다. 촉수 쪽이 치수를 더 정밀하게 잴 수 있고 한 번에 끝난다면서 전신을 촉수로 유린해버렸다.

그렇다. 하루카는 자기가 재는 건 부끄럽다면서 전신에서 무수한 촉수를 끄집어냈다. 그리고 온몸을 붙잡은 촉수가 몸 구석구석까지 알아보고 재보면서 치수를 알아냈다!

"""잠깐, 이거······ 앗!"""

"이거 구도로도 감각으로도 위험하잖아?!"

"히익, 촉수가······ 옷 안에."

"으으으으, 뭔가 이 세심하고 안전한 소프트 터치가 반대로 위험해······ 으앗♥"

요사한 분위기에 목소리가 사라지고 호흡도 거칠어졌다…….
그런데도 하루카는 방 한가운데에서 고개를 끄덕이며 촉수와 함께 천을 자르고, 그 천을 촉수가 몸에 대러 오고, 몸에 대본 천은 차례차례 하루카와 촉수가 바느질하고, 촉수가 여러 번 사이즈를 확인하고 몸에 대보고 천을 꿰매며 옷을 완성해 나갔다.

"잠깐, 타임! 아니, 안 듣고 있잖아!!"

"""굉장한 집중력, 아니 굉장한 촉수의 집중 공격이…… 으아아앗♥"""

정교하게 계산된 유동 작업처럼 하루카와 촉수에 따라 천이 형태를 바꿔 옷이 되었고, 몸에 대보고는 다시 조정하고 보정하며 고쳐서……. 앗, 이건 촉수로 하는 완전 맞춤 제작&입체 재봉인 거야?!

"이거 뭐가…… 여러 의미로 굉장하지 않아?"

"""응. 의식이…… 이 간지럽히는 감각이…….""

토르소처럼 몸에 닿는 천은 그 형태 그대로 아름다운 곡선으로 재단되고, 봉제되고, 곡면에 꿰매고, 다시 몸에 대고, 자잘하게 계속 조정되었다. ……그리고 차례차례 만들어지는 옷들과 힘이 다한 여자애들. 응, 안젤리카 씨가 한 말의 의미를 잘 알았어!!

"""……."""

(뽀용뽀용?)

마침내 여자애들 모두가 힘을 잃고 쓰러졌을 무렵, 추가 주문 분량의 산더미 같은 옷과 청구서가 당도했다. 응. 상당한 가격이다.

"""귀여워!"""

"예쁘다."

"근사해요."

"그리고 이거 완전 맞춤 제작이지?!"

"""응. 손으로 만든 게 아니라 촉수로 만들긴 했지만?"""

그렇다. 이건 완전 맞춤 제작 의상. 이건 모두 우리를 위해 만든, 우리를 위해 딱 맞게 만든 우리만의 옷. 원래는 너무 비싸서 부탁할 수 없는 최고급 사치품. 우리가 원한 디자인을 우리 몸에 맞춰서 만든 유일무이한 의상.

"으으, 행복해."

"그러게. 굉장하네."

"응. 치수 재는 것도 굉장했지만."

"""응. 입어 보고 싶은데 허리가."""

"저기……. 우선, 목욕탕 다시 가야겠지?"

"""그러게?"""

완전한 자신만의 풀 오더. 이건 나만의 옷. 최고의 사치품이니까…… 청구 금액이 굉장하네?

"""납득은 가는 가격이지만 비싸!"""

"뭐, 그래도…… 이거의 두 배라도 부탁하겠지?"

"그야 내 전용 의상…… 꿈만 같잖아."

"""응. 많이 벌어야겠지!!"""

봐봐. 하루카를 너무 놀리면 안 돼. 모두에게 완벽히 복수하고 활짝 웃으며 쓰러졌잖아. 응. 모두 빚쟁이가 됐네?

그래도 다들 기뻐하면서 옷을 안고 있어서 행복해 보인다. 이건 자신만의 옷. 자신만의 옷을 받는 건 여자애의 꿈. 여자애라면 언제나 꾸는 영원한 꿈이 이루어졌으니까.

응. 촉수가 만든 게 아니었다면 좀 더 솔직하게 기뻐했을 텐데? 이 행복한 추억을 촉수가 만들었다고 하니까, 여자애의 꿈이 악몽으로 변해서 시달릴 것 같단 말이지?

"나만의 옷…… 후후후 ♪"

"그나저나 왜 이렇게 여자 옷에 박식한 걸까!"

"이거, 기술도 굉장하네요?"

"""응. 촉수도 대체 뭐야?!"""

기쁘고 행복으로 가득하지만, 정신적으로, 여자로서도 여러모로 타격이 컸다……. 응. 다들 얼굴이 빨갛고 숨도 거치니까?

""""기쁘긴 하지만, 이제 시집 못 가!""""

촉수는 여자에게 위험하다는 게 판명되었습니다. 응. 여자가 절멸 위기였어!

◀━ 내정은 괜찮지만 부업은 안 된다고 생각한다.

51일째 밤, 하얀 괴짜 여관

"이거야 원. 남자 고등학생에게 그렇게 무방비하게 맨살을 보이거나, 경계심 없이 잡아당기다니 어떻게 된 거야? 여자로서?"

(부들부들?)

뭐, 분명 일부러 그런 거고, 그건 멸망한 마을에 관해서 신경 쓰고 있었기 때문이겠지.

"응, 초조했던 탓에 데님을 제외한 옷을 대부분 멀티 컬러로 만들어버렸네? 응. 가격을 엄청 세게 불렀지만……. 뭐, 그 정도는 괜찮으려나?"

(뽀용뽀용)

딱히 신경 쓰는 것도 아닌데 걱정도 팔자라니까. 지금 와서 신경써도 돌이킬 수 없으니까. 그저…… 잊고 싶지 않았을 뿐이다.

"그곳에도 마을이 있었고, 그곳에 많은 사람이 살았다는 것을. 그게 나 때문에 사라졌다는 책임만큼은 잊고 싶지 않았을 뿐이거든?"

(부들부들?)

그러니까 신경 쓰는 건 아니다. 지금 와서 신경 써도 용서받지 못할 일이라는 건 알고 있으니까.

"하지만 여자애들이 날뛰는 바람에 촉수가 조이거나 어루만지거나 휘감거나 큰일이었다고? 응. 주로 남자 고등학생다운 의미로!"

왜냐하면 촉수는 신경을 동조해서 제어하고 있으니까 감각이 확실하게 있단 말이지? 그러니까 너무 움직이지 말라고 했는데도 마구 날뛰었다니까?

"게다가 도중부터 왠지 얼굴이 빨갛고, 숨도 거칠어져서 왠지 분위기가 야릇했잖아? 응. 남자 고등학생에게는 너무 자극적이었거든?"

(뽀용뽀용)

그것 때문에 초조해져서 서둘러 만들었지만, 완성도는 좋았다. 치수 측정도 그렇고 바느질도 그렇고, 촉수의 정확무비한 정밀 작업은 신의 위업이었지?

"응. 정밀 작업이고 에로하지는 않았지? 그런데도 때때로 이상한 소리를 내서 초조해졌고, 몸을 비틀거나 떨거나 젖히거나 하니까 더더욱 파고들어서 생생한 감촉이 전해졌다니까?"

(부들부들)

응. 또 잠을 못 이루게 됐다.

기나긴 밤── 겨우 추가 주문 제작이 끝났다. 옷은 겨우 끝났다. 응, 액세서리나 장비를 생각하면 지는 거다!

"뭐, 그래도 이것도 촉수와 장악의 콤비네이션 작업이 있으면 어떻게든 되려나?"

마력은 자동 마력 배터리 상태인 아이템 주머니가 있으니까 아무리 속도를 올려서 대량 생산해도 부족할 일은 없다.

슬라임 씨는 잘 자고 있다. 응. 행복해졌으려나?

오늘 하루 즐거웠을까? 좋은 꿈을 꾸고 있을까? 따라오길 잘했다고 생각하고 있을까? 모르겠지만, 슬라임 씨는 잘 자고 있다.

갑옷 반장은 안 자고 안 먹어도 괜찮지만, 슬라임 씨는 자는 모양이다. 그야 갑옷 반장은 안 자고 안 먹어도 괜찮지만, 매일 맛있게 밥을 먹고 행복하게 잔다. 그러니까 슬라임 씨도 행복해지면 좋을 텐데……. 응, 슬라임 키우는 법은 수수께끼란 말이지?

갑옷 반장은 여자애들에게 휘말려서 여자 모임방에서 함께 사이좋게 쓰러졌다. 그래도 옷과 새로운 모자를 행복하게 안고 있었다.

분명 지금쯤 부활해서 시착 대회와 서로 보여주기를 하며 신바람을 내고 있을 테니 돌아오는 건 늦겠지. 그럼 부업이다! 그래. 부업에 끝은 없거든?

"그야 잡화점에서도 주문이 왕창 들어왔으니까! 게다가 그 누님, 역시나 전부 급하다고 적어놨어! 그리고 또 버섯 도시락 주문이 있네. 왜 내가 도시락 가게가 된 거야?"

응. 매일 버섯 도시락이라니까? 대체 얼마나 버섯을 좋아하는 누님인 거야?!

"오오. 역시 촉수 씨로 만들면 빠르고 완성도가 좋네. 이거, 장인 수준이야! 이토록 정밀하게 작업할 수 있다면 근대 기술 수준도 노릴 수 있을까?"

좋게 말하면 소박하고, 솔직하게 말하면 아무것도 없었던 도시. 그곳이 풍족해지기 시작하는 건 좋은 일이지만, 왜 나한테 통이나 접시 주문이 들어오고 있는 걸까? 응. 냄비는 뭐야?!

"우와. 이건 뭔 장작 스토브……. 아니, 이건 다리미잖아!"

이른바 다리미 스토브. 레트로하네?

"대장간에 부탁하라고. 왜 다리미하고 도시락하고 통하고 옷을 같이 요청하는 거야! 그리고 왜 전부 급하다고 적은 건데? 응. 왜 도시락만 매일 제일 급하다고 적는 거야? 왜 과자도 팔기 시작한 건데? 그리고 왜 당연한 듯이 내가 만들게 된 거야?!"

게다가 판매 수량과 재고 수량이 안 맞는다. 즉…… 과자를 먹고 있구나!

"게다가 너무 먹었잖아. 왜 종업원 세 명이 일곱 개나 먹은 거야! 세 개나 먹은 한 명은 누구야?!"

게다가 왜 가게용으로 만든 가구까지 팔고 있어?

"그런데 가격은 괜찮네……. 아니, 엄청 벌리잖아. 양산하자!"

그나저나 계산과 포장용 카운터 테이블을 팔아버렸다니, 지금 어떻게 장사하고 있는 거지?

"혹시 바닥에서 포장하고 있나? 바보야? 왜 만들고 나서 팔지 않는 거야? 그래도 바가지 가격이잖아! 가구도 양산하자. 바가지 씌우자!!"

아무것도 없었던 도시. 가난했으니까 쓸쓸하던 상업. 응. 그 발전의 시작인 공방 설비를 부업 뛰는 사람한테 주문하는 건 조금 이상하지 않나?

"응. 역시 철광석을 파러 가자. 사는 건 아깝고, 도시에도 철이 부족했으니까?"

그런데 휴일은 언제지? 그래. 처음에는 계획성이 있었을 텐데 요즘에는 다들 너무 대충 살지 않나? 응. 전재산을 뜯어냈더니 던전에만 가게 되어서 휴가가 없다.

"거참. 부업에도 예정이라는 게 있고, 예정표에는 미정이라고 적혀 있을 뿐이지 예정표만큼은 확실히 있다고? 응, 아까 만들었거든?"

슬라임 씨는 잘 자고 있어서 혼잣말에 어울려 주지 않았다.

"이세계……. 그래. 왜 나는 이세계에서 나무통을 만들고 있는 거지? 게다가 양산 체제가 갖춰져서 나무통 가게가 돈을 벌면 나도 이득인가? 이거, 나는 아무 이득도 없잖아! 응. 어쩌라고. 왜 나무통 가게만 돈을 버는 거야?!"

심야에 이세계에서 대량의 나무통에 둘러싸인 남자 고등학생이라니 영문을 모르겠지만, 그러면 곤란하거든? 응. 오랜만에 쓰는 나무 마법하고 촉수 씨가 함께 대활약하지만, 왜 나무통 주문이 이렇게 많은 거지? 그리고 바구니 주문까지 있어?

"혹시 그 잡화점 누님은 나를 목수로 생각하는 건가? 그렇다면 왜 목수한테 버섯 도시락을 발주하는 거야?! 게다가 왜 과자를 먹고 또 주문하는 거냐고! 응, 끝없는 부업 이야기가 이어지는 네버엔딩 부업이었어?!"

혼잣말이 늘어나는 건 정신적으로 위험한 신호라고 들은 적이 있는데, 정신적으로 위험한데 입 다물고 있으라니 너무하지 않아?

"응. 투덜대버렸네. 그야 누구와도 연결되지 않으니까 중얼거린 말을 발신할 수 없어서 혼잣말이 되는 거야. 응. 무언으로 작업하는 건 지루하잖아?"

왠지 작업이 고속화되고 촉수 씨도 늘어나서 유동 작업이 빠르다. 계속하고 있는 것 같기는 하지만, 사실 시간적으로는 별로 오래 지나지 않았다.

"대체 얼마나, 바구니에 뭘 이렇게 많이 넣는 거야……. 이게 처음부터 가능했다면 생선도 잡았을 텐데?!"

어느새 이세계에서 수예 공업이 발달했다! 그리고 공업화에 동반하여 대량 생산을 할 수 있게 되었다. 응. 이세계 부업 공장 이야기였다!

"그랬구나. 나무 마법을 익힌 시점에서 바구니에 생선을 담는 복선이 깔렸던 거야……. 물고기를 구경하면서 버섯 먹고 있었는데!"

설마 복선을 놓쳤을 줄이야, 이세계는 심오하네!

그리고 대량의 여성복과 적당한 양의 남성복 주문이다. 이세계에서도 남자의 대우는 이런 수준이다. 잡화점도 남성복 코너만 작고 초라했다고?

"거참. 남성복은 안 팔려? 가게니까 잘 팔리는 곳에 둬야지! 응. 안 팔린다고 자꾸 줄이면 더는 살 것이 없어져!"

그러니까 아무리 학대당해도 남성복도 만든다──. 그래도 카고 바지와 청바지를 만들면 더 필요한 게 없는 건 어째서일까? 어라? 진짜로 수요가 없네! 왠지 나라면 멀티 컬러 팬츠 하나만 있어도 얼마든지 살아갈 수 있을 것 같아……. 빨래는 어쩌지?

"그 밖에는 대량 생산해서 저장할 수 있으니까 넘어가고? 도시의 상공업이 정비될 때까지 부업 정도는 해줘야겠지. 그런데 왜 매일 도시락을 만들어야 하는 거야! 응, 음식점에 부탁하라고! 왜 이렇게 버섯에 집착해서 매일 버섯 요리인 거야? 도시의 음식업이 정비되어도 버섯 요리 전문점 같은 건 너무 마니악해서 영업할 수가 없잖아!"

버섯 도시락을 담으면서 투덜댔다.

불평하고는 있지만, 내가 가진 마을 사람 A 시리즈 아이템 주머니는 알맹이가 유지된다. 아니, 시험해 본 바로는 열화된 적이 없다. 시간이 정지되어 있는지는 모르겠지만 계속 신선도가 유지되니까, 실은 도시락도 대량 생산. 응, 남을 것 같으면 슬라임 씨에게 주자.

"시간 감각이…… 늘어났다고 해야 하나, 불어났나?"

스킬 『지고』의 고속 사고 처리 능력에 병행 사고가 추가되고, 촉수와 『장악』 마법의 보조가 있으니까 순식간에 생산할 수 있다.

"이거, 완전히 개인 공장이 되어버려서 대량 생산이 가능해졌잖아?! 돈을 잔뜩 벌 수 있겠어!!"

그런데 이건 정말로 부업인가?

주문한 가구도 많이 만들었고, 신제품도 잔뜩 만들었다. 이제는 방직기와 방적기? 그러나 4인실 사이즈의 방을 빌리고 있어서 부업 공간이 좁으니까 완성된 물건은 아이템 주머니에 수납하고, 또 만들어서 수납했다……. 그렇다. 실내 마동 컨베이어 벨트의 출입구가 아이템 주머니다. 실내 공업지대에 산업단지란 말이지? 부업인데?

"왠지 갑옷 반장이 돌아올 때까지 끝낼 수 있을 것 같아……. 아니, 작업이 무지막지하게 빨라졌잖아. 응, 이 『무한의 촉수』 씨는 엄청 쓸만해!"

이건 고양이의 손을 빌리는 것보다 고성능이다. 응. 미스릴화해보자.

그리고――『무한의 마수(魔手) : 마수 촉수 제작/조작, 형태 성질 변화, 성질 변화, 경화, 무기화』가 되었다.

"촉수가 손이 되었어? 도와주는 거야?"

촉수 씨도 확실히 도와주고 있었지만, 마수가 된 모양이다. 그나저나 미스릴이 왕창 줄어든 만큼 성능이 몇 단계나 올라가서 변형 자재?

시험해 보지 않으면 모른다……. 아, 갑옷 반장이 돌아온 모양이니까 시험해 보자! 그야말로 마음껏 무한의 마수로 무한히 노력해 보자. 왜냐하면 마의 손이라서 마가 낀 거야! 그래. 끝없이, 한없이 마가 끼었으니까 마수를 써보자!

아니, 그야 여자 고등학생 집단 촉수 신체 치수 측정 사건 때문에 남자 고등학생으로서 쭉 힘들었단 말이지. 그러니까 시험해 본다.

"그래. 이건 실험과 연습이니까 마가 끼었을 뿐 나는 잘못이 없어~! 없어~! 없어~! (메아리 중)"

다음 날 아침에 울면서 엄청 화냈다는 건 말할 필요도 없겠지.

◆━ **각성한 건지, 어느덧 무의식중에 대량 생산되고 있었다.** ━◆

52일째 아침, 하얀 괴짜 여관

오늘은 어제의 해파리 던전을 다시 가니까 예정은 이미 정해져 있는데, 아침밥 먹는 중에 여자 모임이 시작되었다. 뭔가 소곤소곤 재잘재잘 시끄럽다.

하지만, 갑옷 반장이 모두에게 둘러싸여서 또 혀짧배기 말과 몸짓 손짓을 섞으며 열심히 이야기하고 있다.

(((촉수가 손으로!)))

(손가락이 잔뜩?)

(((게다가 진동하는 애무가 온몸을!!)))

(왜 갑자기 진화한 거야!)

(((게다가 에로한 방향으로!!)))

역시 여자는 수다 떨기를 좋아하니까 잔뜩 이야기할 수 있어서 기쁜 거겠지. 땅속 깊은 곳에서 혼자 줄곧 이런 날을 꿈꾸다가 포기했던 걸지도 모른다. 그러니까 즐거워 보여서 좋고, 웃고 있으니 좋았다.

(뿌용뿌용)

슬라임 씨도 아침부터 빵과 스튜를 먹으며 크게 기뻐하면서 뿌용뿌용 만족해하고 있다. 지금도 마스코트 여자애와 미행 여자애 두 사람에게 차례차례 빵을 받아먹으며 부들부들 신바람을 내고 있다.

이쪽도 즐거워 보인다. 분명 땅속 깊은 곳에서 혼자 있는 것보다는 낫겠지. 하지만 계속 엄청나게 먹고 있으니까 식비를 벌지 않으면 곤란해 보인다. 모처럼 든든하게 먹을 수 있게 되었으니까 매일 든든하게 해 주고 싶기도 하고?

"역시 내가 만드는 게 지출이 적다고나 할까, 돈이 벌린단 말이지……. 바가지도 씌울 수 있고? 하지만 식재료가 적으니까 레퍼토리를 넓히기 힘드네?"

깨작깨작 다른 영지에 장을 보러 가는 투어도 계획해야 하고, 그걸 위한 돈도 벌어두고 싶다. 응, 출구는 막았지만 그렇다고 쇄국을 유지하는 건 곤란하다. 지금 상태 그대로 물자 유통이 정체되면 변경의 경제적 쇠약사로 이어지니까.

지금은 미행 여자애 일족이 모험가 호위를 데리고 가짜 던전을 지나갈 수 있게 해뒀으니까 마석이나 버섯 판매나 최소한의 구매는 일단 이어가고 있다. 하지만 소수로는 데려갈 수 있는 숫자와 양도 한정적이다.

그러니까 상인이 지나갈 수 있게 가짜 던전의 통행 허가를 내주면 되겠지만, 그 상인들에게 독점 판매를 시키는 것도 좋지 않단 말이지?

유통을 어떻게 할까……. 모든 건 왕국과의 교섭에 달렸지만, 계속 기다리고만 있을 수도 없다. 왜냐하면 쌀이 떨어지니까! 그래. 간장도!!

그러나 다른 건 자급자족할 수 있는 상태까지 버틴다. 왜냐하면 경제는 무기니까. 밀을 원한다면, 철을 원한다면, 천을 원한다면 등등의 교섭으로 압박할 수 있는 경제 전쟁. 그걸 위해서는 최소한의 자급자족 상태는 필수다. 방적, 방직기는 양산할 수 있지만, 재료인 털을 구할 수 있는 가축은 너무 부족하다.

"철 광맥은 알아봤으니까 터널을 파면 어떻게든 될 거고, 식재료는 종류야 적지만 왠지 발육이 빠르니까 자급 수준이 될 때까지 충분히 버틸 수 있겠지?"

그리고 마석과 버섯은 변경의 독점 물자. 그러니까 자급자족만 가능하면 왕국을 일방적으로 압박할 수 있는 유리한 교섭이 성립된다.

그렇게 되면 남은 건 무력밖에 없다. 하지만 군대로는 가짜 던전을 돌파할 수 없다. 행군을 방해하고 소모를 강요하기 위한 함정을 깔아놨으니까.

이러면 상대도 교섭을 받아들일 수밖에 없고, 그때까지 자급자족과 부족한 품목의 보충만큼은 해두고 싶다.

결국 풍족해지려면 무기가, 약점을 잡히지 않으려면 풍족함이 필요하다. 그리고 가축과 사람만큼은 급격히 늘어나지 않는 게 문제다.

"어이. 하루카~! 외출하는 거지? 왜 투덜거리면서 나무통을 만들고 있어? 부업은 밤에 해야지?"

(부들부들?)

아뿔싸. 나무통 제작에 각성하고 말았나?! 응. 어째서인지 무의식중에 통을 양산하고 있었다. 뭐, 팔면 되겠지만, 신세 지고 있으니까 필요한 만큼 여관에 두자.

왜냐하면 이름 말고는 좋은 여관이니까? 뭐니 뭐니 해도 마물을 속속 데려오는데도 화내지 않는단 말이지……. 그만큼 여관비는 제대로 내고 있지만?

"갑옷 반장의 존재는 극비 사항이고……. 아니, 오히려 미궁황과 미궁왕이 머무는 여관으로 선전하는 방법도……. 안 돼, 마물이 모이게 되잖아! 정말로 마물에게 대인기가 될 것 같은데?!"

"""어이. 왜 이야기도 안 듣고 멋대로 고민하는 거야! 안 갈 거야?"""

"아니, 갈 거거든? 그보다 슬라임 씨도 외출할 거니까, 마스코트 여자애는 들고 가면 안 된다? 응. 내려놔 줄래?"

(뽀용뽀용.)

준비는 된 모양이고, 마스코트 여자애는 내려놓은 뒤 울상이다. 뭐, 마스코트 여자애도 있으니까 슬라임 씨는 대기하게 해도 안심이겠지만 데려가자. 던전에서 치유가 필요하단 말이야.

"""으~음. 어디로 가야 많이 벌 수 있을까!"""

"어제 갔던 곳에서 50층보다 더 아래쪽에 미궁왕이 있을 거고, 60층을 넘으면 계층주도 아직 있을 거고, 중층을 넘어서면 비밀방도 있으니까 시간은 걸리겠지만…… 어쩌지?"

"""팀 분배는?"""

"으음. 이대로 어제 던전을 계속해서 진행할까, 아니면 미리 다른 던전을 공략할까?"

"하루카는 어쩌고 싶어?"

반장과 운동부가 계층주전 팀에 들어간 탓에 다른 팀의 힘이 떨어져 중층 이후의 공략 속도가 떨어졌다. 게다가──.

"그것 말인데. 먼저 다른 던전만 공략하고 어제 던전은 나와 갑옷 반장과 슬라임 씨만 가려고 하거든? 응, 다른 던전 공략 쪽에는 일손이 부족한 모양이고?"

그리고 그 해파리 던전에는 뭔가 불길한 느낌이 있었다.

"그건 상관없지만, 위험하지 않아?"

"아니, 그 근사하고 근면한 해파리가 있었던 던전은 그렇게 깊지는 않아 보였으니까, 이후에는 소수로 돌파해버리는 게 빠를걸?"

그렇다. 우리만이라면 속공전이 가능하다. 그보다 방어력은 약하니까 정면에서 부딪칠 수는 없지만, 흩어져 있는 마물을 급습해서 격파하는 단독 기동 전투가 오히려 더 빠를 거다.

50층보다 아래쪽은 돌파하지 않았으니까 마물도 많아진다. 그러면 전격전이나 기습전이 가능한 쪽이 유리하단 말이지……. 뭐, 그것밖에 할 수 없는 거지만?

"또 위험한 일을 하려는 거 아니야?"

"수상해. 왜 바로 위험한 일을 하려는 거야!"

"소수라니, 왜 위험하다고 말하는데도 말을 안 듣는 거야!!"

"응. 하지만 이래도 매번 아무런 문제도 없었잖아?"

"그러게. 어째서 아직 레벨 19인데 미궁왕이 더 위험해 보이는 걸까?"

어제 힐끔 봤지만 레벨은 아직 오르지 않았다. 10으로 올라갔을 때도 길었으니까, 당분간 20은 되지 못하는 걸지도?

"아니, 일일이 진지하게 싸우면 시간이 걸려서 오히려 위험하다니까. 응. 싸우면 위험하니까 안전하게 급습해서 썰어버리고 도망치고, 약하더라도 전격적인 기습으로 평온하게 유린해버리면 대부분 죽으니까 안심 안전?"

"""어째서일까. 전혀 아무런 안심감도 없는데, 수수께끼의 설득력이!"""

(부들부들!)

오타쿠 바보들은 빨리 나갔고, 아무튼 세 번째 던전으로 가면서 계획을 세우기 위해 우선 도시를 나왔다. 그리고 반장 일행이 미궁 사망 보고를 하러 간 사이 게시판으로 가서 아침의 약속. 응, 어제도 왔다고 하지만 잠에 취해서 아침의 눈흘김 성분을 기억하지 못했었거든!

"아니, 뭐 안 봐도 알고 있지만 게시판 의뢰가 오늘도 전혀 변하지 않았네! 정말이지, 이 게시판은 영구 보존판인가 싶을 만큼 불변이네? 슬슬 의뢰용지가 풍화될 위험이 느껴지는 요즘 이맘때거든? 거참, 왜 매일 보러 오는데 이하동문?"

"또 왔나요. 그러니까 대체 왜 모험가도 아닌데 모험가보다 빈번하게 모험가 길드에 오는 거죠? 그보다 어제는 자면서 왔었죠? '의뢰가 안 변했잖아~zzz'라는 잠꼬대도 하던데, 눈을 안 뜨고 있었잖아요! 그건 대체 뭘 위해 온 건가요!! 의뢰는 모험가밖에 받을 수 없어요. 몰래몰래 하려는 생각도 없는 건 고사하고 위풍당당하게 소란을 부려서 최근에는 게시판의 주인이라고 불리고 있잖아요! 몰래 해주세요!!"

눈흘김에 혼나면서 반장 일행을 기다리는 상쾌한 아침의 눈흘김이었다. 그나저나 게시판의 주인이라니, 법칙으로 생각하면 다음은 게시판왕으로 승진하는 건가? 응, 게시판황으로 가는 여정은 멀어 보인다. 하지만 분명 그날까지 게시판의 의뢰가 언제나 언제나 변하지 않는 게 더 큰 문제라고 생각하거든? 뭘 위한 의뢰 게시판이야?

"""우리 왔어~."""

"보고하러 왔으니까 이제 갈 수 있는데. 또 의뢰에 불평하고 있었어?"

"만약 게시판에 좋은 의뢰가 있더라도 던전에 가야 하니까 못 받지 않아?"

"""대체 왜 그렇게까지 의뢰 게시판을 좋아하는 거야?"""

"원하는 거야? 가지고 돌아가면 안 돼. 혼나니까. 응. 지금도 혼나고 있는 것 같지만?"

게시판과 접수처 눈흘김 반장이 표준 눈흘김 장비라면 조금 원할지도 모르지만, 전혀 변하지 않는 게시판 같은 건 필요 없거든? 게다가 한 달 이상 거의 매일 완전히 똑같은 내용의 게시판을 보다 보니까 기억해버렸어.

그리고 잡화점에 들러 납품을 마치고, 누님에게 쥘부채를 먹여주며 잔소리했다. 그러나 매일 돌아올 때마다 주문하러 오니까 질리지는 않은 거겠지. 쥘부채에 얻어맞으면서도 정신없이 버섯 도시락을 먹고 있었으니까…… 금단 증상이었나?

그렇게 판매 카운터 설치를 끝냈다. 응. 정말로 팔아버렸네?!

"거참. 왜 판매 카운터를 팔아버리고 하루 내내 나무 상자를 쌓아두고 영업한 거야?"

(뽀용뽀용)

도시를 보고 돌아다닌 슬라임 씨도 기분이 좋아 보였다. 판매하는 보존식 육포를 먹고 싶다는 듯 보고 있었기에 사다 주니까 뽀용뽀용 기뻐하며 먹었다. 응. 마음에 든 모양이니까 이것도 사서 모아두자.

(부들부들)

"오. 조심해라."

문지기와 인사하고 밖으로 나왔다. 그나저나 저 문지기들은 미궁황도 미궁왕도 평범하게 통과시켜 주는데, 문지기를 서는 의미가 있나? 응. 저건 대체 뭘 막고 있는 걸까? 그렇게 고민하면서 마침내 던전을 향해 걸어갔다.

그나저나—— 여자애들은 다들 졸려 보이는데, 밤중에 특훈이라도 한 건가? 응. 왠지 눈이 선처럼 변했는데도 기척탐지를 써서 제대로 걷고 있는 모양인데?!

"정말이지, 밤샘은 밤을 새우는 거지 밤을 세우는 게 아니거든?"

"""알고 있어!"""

"아니, 딱히 그런 적 없거든!"

"오히려 잘못 알기가 더 어려워!!"

오늘 아침 이야기로는 마침내 여자 전원이 『기척감지』를 『기척탐지』로 진화시켰고, 진동 마법도 레벨 Max가 속출하고 있다고 한다. 그런데 『색적』은 안 올라갔네? 어째서지. 대체 뭘 탐지하고 진동시키는 거냐고……. 어깨가 결리나?

"""그건 여자의 비밀이니까 깊이 생각하지 않아도 돼!"""

"그보다, 오늘 아침 남자가 입은 그건 제복이야?"

"""아아~ 그 아침에 입었던 그거 말이지!"""

"맞아맞아. 맞춤복으로 했어?"

"아~ 그건 일단 오타쿠들하고 바보들한테도 주문을 받았었는데, 『튼튼하고 더러움이 눈에 안 띄고, 움직이기 편하고 주머니가 잔뜩 필요하다』밖에 요망이 없었거든. 그래서 왠지 밀리터리풍이 되어버렸단 말이지?"

다들 상의는 위장무늬가 있는 M-65 재킷 비스무리하고, 하의는 다크계 카고 바지에 부츠까지 신었지만, 여기는 검과 마법의 이세계인데요? 응. 눈치 좀 있어야지?

"""밀리터리 여고생도 괜찮겠지?"""

"위장무늬, 귀엽잖아."

"응. 은근 갖고 싶을지도!"

"""좋아. 벌자!"""

멀티 컬러로 해결됐다고 생각했는데, 무늬가 있는 옷을 강요당하고 있다──라고?! 뭐, 아침은 여자애들도 저마다 옷을 즐기고 있었으니까, 겉보기에 화사한 건 좋은 일이다. 뭐, 게다가…… 갑옷 입고 밥은 먹기 힘들단 말이지?

"여기가 세 번째 집 맞지?"

"""그러니까 세 번째 집이라고 말하지 마!!"""

"으음. 주로 동물 타입의 마물이 많다고?"

"응. 숫자로 밀리니까 마력 고갈에 주의해야 한다고 했지?"

(부들부들?)

각자 대책과 진형을 상의하고 있지만, 동물 타입 마물이 주류라면 독 먹이라도 뿌리면 빠르지 않나? 뭐, 슬라임 씨가 먹으면 큰일이니까 그만둘 거고, 게다가 계층주전도 포함한 여자애들의 레벨업과 전투 훈련은 중요하니까.

응. 갑옷 반장이 함께 있을 때 지도받으며 싸우면 전투의 흐름이나 힘의 배분도 익힐 수 있을 거다. 전원이 치트 보유자니까 절대적으로 부족한 경험을 배울 기회란 말이지. ……응. 해파리를 상대할 때는 전투가 너무 정직했어.

◀━ 트라우마의 원인은 수면 부족의 원인이고 여자의 위기라고 한다. ━▶

52일째 아침, 던전

여자애들이 무서워하고 있다. 그렇다. 공포로 눈을 부릅뜨고 있다. 마물을 응시하지 않고 나를 보고 있잖아! 응. 왜 마물과는 싸우면서 나는 공포에 질린 눈으로 보고 있는 거야?!

"""촉수 무서워!!"""

"응. 가시 공작이었어?!"

"다른 의미로도 무섭잖아!"

"""응. 꾸물꾸물해서 흉악했어!"""

촉수 씨 인기가 별로네? 아니, 마수 씨로 승진했지만, 어제의 해파리가 심각한 트라우마였던 걸까? 응. 갑옷 반장은 어제의 트라우마 때문인지 순식간에 여자애들 뒤에 숨어서 떨고 있고. 덜덜 부들부들?

"좋아. 항상 주의를 기울이고, 바늘 천 개를 먹는 듯한 마음가짐이 중요한 전장이거든?"

(뽀용뽀용)

지하 18층에서 「그라운드 행어 Lv18」에 기습당해 싸웠는데, 보아하니 촉수 씨의 평가가 영 별로인 모양이네? 그야 팔이 여섯 개 달린 고릴라 같은 게 지면에서 나타나서 끌어안으려고 달려든단 말이지? 싫잖아. 귀엽지도 않고?

"""그 꼬챙이가 무섭고 끔찍하고 잔학한 거야!"""

실제로 나도 갑옷 반장도 슬라임 씨도 눈치채고 있었지만 여자애들의 훈련이라서 무시하고 있었는데, 어째서 하필이면 나를 안으려고 한 걸까? 응. 바위 같은 고릴라 녀석이 말이지?

"아니, 그야 마침 저번 층에서 고슴도치를 보고 나서 『마수』의 무기화로 고슴도치처럼 해 봤는데 끌어안으려고 든 그라운드 행어가 잘못한 거 아니야?"

응. 분위기 좀 파악해라.

"그 마구 찌르기가 비참했다고!"

"""응, 보기만 해도 아파 보였어."""

그리고 촉수 씨가 괴롭힘당하고 있네? 응. 불쌍해.

"무섭다니, 이 촉수 씨는 근면한 좋은 촉수 씨이고, 어제 옷도 촉수 씨가 만든 완전 맞춤 제작이었거든? 친절하고 세심한 촉수 씨가 구석구석 꼼꼼하게 치수를 쟀잖아? 온몸에서 빠짐없이, 여기도 저기도? 랄까?"

"""그거야말로 여자의 트라우마가 생긴 원인이야!"""

"그리고 수면 부족의 원인이야!"

"""응, 여러모로 여자의 위기였어!"""

던전에서 눈물 맺혀 흘기는 눈── 날마다 즐겁고 기쁜 날!

"아니, 불평하는 것치고는 아침부터 패션쇼처럼 형형색색으로 멀티 컬러를 보여주고 있었잖아? 응. 그것도 촉수 씨가 바느질해 준 거니까 괴롭히면 안 되거든? 그래. 나도 바느질했으니까 괴롭히면 안 되고, 불쌍하잖아? 응, 눈물이 날 만큼 진지한데?"

"""그건 자업자득이야!!"""

기척탐지를 할 수 있게 된 여자애들은 정확하게 마물을 발견해서 우위에 서고, 기습해서 사냥해 나갔다. 아까 지면의 마물은 놓쳤지만, 그것 빼고는 견적필살인 여고생들인데, 이것도 여자력인가?

비밀 방도 없어서 사냥하고 내려가고, 내려가서 사냥한다. 딱히 고전하지도 않고 마물을 일방적으로 공격하는 속공전이 진행되었다.

응. 상성이 좋으면 강하단 말이지. 하지만 상성이 안 맞으면 밀리게 된다.

공격과 방어가 너무 극단적이다. 그게 강점이기도 하지만, 임기응변으로 대응할 수 없다. 작전대로, 상정대로 진행하면 강하지만, 상정하지 않거나 예상하지 않은 일에는 약하다. 어영부영 적당히 대충대충 싸우는 남자들과는 대조적이다.

"너무 고지식한 걸까……. 너무 대비하고, 틀에 박힌 걸까?"

(끄덕끄덕)

(부들부들?)

적당히, 적절하게 대응하지 못한다. 그래서 그때그때 맞춰서 조절할 수 없다. 공격과 방어에 틈새가 없으니까, 능숙하게 전환하지 못하면 무너지기 쉽다.

능구렁이처럼 싸우는 오타쿠들이나 상대에 따라 공격하는 방식이 변하는 바보들처럼 밀고 당기기가 없다. 그래서 강할 때는 철저하게 강하지만, 무너져서 약해질 때는 약하다. 자신들의 강점으로 밀어붙이면 무적이지만, 상대에 맞춰서 싸우지는 않으니까…… 밀어붙이지 못하면 무너져버리는 극단적인 강함이다.

"저것이 올바른 강함, 이지만, 위험, 해요."

(뿌용뿌용)

정공법이지만 기책에 약하다. 응, 밀어붙이는 것만이 아니라 갑옷 반장처럼 매끄럽게 흘려내고, 상대의 힘을 이용해서 어루만지듯 베는 싸움법도 필요하다. 밀어붙여서 벨 수 없으면 흘려내서 벤다. 공격하든 방어하든 결국은 베게 되니까 강한 거다. 그러니까 개인이 전술 레벨인 거다. 응. 매일 아침 얻어맞고 있으니까 잘 안다고?

"가르치려고 해도, 숫자와 숫자의 정면 승부라면 여자 무쌍이잖아? 진형전은 교묘하단 말이지? 상당히?"

(끄덕끄덕)

(부들부들)

전술 싸움이라면 강하다. 하지만 전략에서 뒤집혔을 때가 위험하다. 그러니까 기술만이 아니라 싸움법을 훔치지 않으면 안 되겠지만, 이 기술을 훔치는 건 솔직히 무리가 아닐까? 응, 오늘도 아침에 일어나서 마수 씨를 사용한 팔도류로 놀아봤는데 검 한 자루로 받아내더니 베어버렸다고?! 그래. 그냥 받아낸 수준이 아니라 여덟 자루를 전부 받아내서 베고, 받아내서 베어버렸어……. 영문을 모르겠다니까?

"""분위기 좋네~! 다음으로 가자."""

""""오오♪""""

신났네. 49층까지는 도서위원 팀이 먼저 돌파했으니까 마물이 적다. 이거라면 고전할 일은 없겠지.

"""꺄아아~! 살려줘~!"""

그렇게 생각하던 시기가 나에게도 있었습니다. 응. 바로 지금 깔끔하게 시원스럽게 사라졌어……. 붕괴해서 너덜너덜해졌습니다. 흠씬 두들겨 맞고 있습니다.

밀어붙이면서도 공격하지 못하고, 방어하려는 순간 돌파당하고 침입당해서 그대로 난전 상태로……. 응. 각개격파면 충분했을 텐데 진형을 다시 갖추려다가 붕괴. 응, 갑옷 반장도 못 말리겠다는 표정을 짓고 있네?

"응. 하지만 보지만 말고 도와주자? 슬라임 씨도 잘 부탁?"

(뽀용뽀용)

공수가 극단적이고 난전이 서툴다. 그래서 진형이 무너지면 약하다. 특히 반장이 있으면 통솔력이 강화되는 만큼, 그게 무너지고 난전으로 끌려가 지휘가 없는 각개격파 상태가 되면 의사 통일을 하지 못한 채 흐트러지고 만다.

"방어 최우선으로 뭉쳐!"

"중심 어딨어?!"

"""아니, 여기는 어디야!"""

그건 넘어가고, 『무한의 마수』라고 하니까 무한일지도 모르지만, 당연히 제어할 수 있는 숫자에는 한계가 있다.

그리고 적은 「배니시 이글 Lv35」이라는 새다. 이글이라고 하면 멋있긴 하지만, 대머리수리다. 그리고 모습을 감추며 날아다니고, 계속해서 움직인다. 무리하게 추격하면 모습을 감추고, 추격하지 못한 채 반격당한다. 응, 사라지니까 머리가 벗겨진 건가?

그렇다. 쫓아갈 필요가 없다면 제어할 필요도 없으니까 무한히 촉수를 만들 수 있다. 상공에 가늘고 단단한 실을 순간적으로 펼쳐서 굳히자 멈추지 않는 독수리가 차례차례 돌진해서 절단당했고, 그물에 걸려서 썰리고, 멋대로 날아다니다 실에 양단되어 떨어졌다.

"""무슨 일이 일어난 거야?!"""

"아니, 독수리는 공중에서 멈추지 못하니까 추격하지 말고 기다리면 되는 게 아닐까? 응. 새를 함정에 빠뜨리는 사람은 있지만, 날아다니는 새를 뛰어서 쫓아가면 바보들과 똑같은 레벨이잖아?"

"""똑같이 취급하지 말아 줄래?!"""

"갑자기 떠올리지는 못하고, 떠올리더라도 보통은 갑자기 준비할 수 없거든!"

멈출 수 없다. 그러니까 날다가 베일 수밖에 없다. 바닥에 내려오면 살 수 있지만, 지상에서는 싸울 수가 없으니까. 계속 사라질 수 있다면 회피할 수 있지만, 지금까지 봐온 배니시 시리즈는 몇 초밖에 사라질 수 없었다.

"아니, 새는 함정에 엄청 약한데 왜 사라지는 새를 쫓아가고 있어? 바보가 되잖아? 바보들은 진짜로 했었어……. 응. 굉장히 바보였어!"

잠깐의 소실이라도 포착하기는 힘들고, 움직임을 읽기 힘들다. 응. 함정을 쓰는 게 옳겠지?

"""고마워. 살았어~."""

"하늘을 나는 무리는 거북하거든. 못 나니까."

"게다가 빨라서 최악인데, 사라진다니 반칙이잖아!"

"응응. 그 점을 찔려서 아팠어."

그리고 배니시 계열은 한순간이나마 공격이나 방어를 돌파한다. 치사한 짓을 하는 상대와 진지하게 싸우면 안 된다고.

"그러게. 그 대머리 새, 눈을 찌르려고 하더라!"

"맞아맞아. 여자의 동그란 눈을 찌르면 안 되거든!"

"""그러게. 대머리 주제에!"""

응. 그 말을 들으면 무기점 아저씨가 울겠어. 대머리니까.

"그 정도는 꼼수나 마법전을 골라 쓰면서 싸울 수 있어야지. 진형 전술만으로는 무너지잖아? 검과 방패만으로는 싸울 수 없는 상대도 있으니까. 갑옷 반장처럼 전부 맞받아칠 수 있다면야 괜찮지만, 모두가 그 수준이 안 되면 돌파당할 때 위험하거든?"

"응. 요전의 자폭 폭탄 박쥐도 그것 때문에 고전했었어."

"그러게. 상대에 맞춰서 싸우지 않으면 위험하네."

그렇다. 아껴 쓰는 건 중요하지만, 조금만 더 마법을 써도 될 것 같은데……. 문제는 마법전의 스페셜리스트인 대현자는 해머를 휘둘러서 전부 격추하고도 피해가 없다는 점이다. 대현자 직업은 백병전 최강이었어?

"알고는 있었지만, 한쪽에 집중하게 된단 말이지?"

"응. 검으로 싸우면 마법을 못 쓰겠고, 마법전이 되면 검을 못 쓰겠고?"

"게다가 후방직 사람은 최전선에서 육탄전하고 있고?"

"어~? 그 정도는 떨어뜨려야지. 대화력 마법에 의존하다 보면 강해질 수 없잖아~?"

""“으그극!”""

응. 정말 지당하신 말씀이다. 오타쿠들이 그런데, 마법이나 스킬을 능숙하게 조합하니까 전투 자체는 강하지만, 검술이나 체술이 좀처럼 숙달되지 않는다. 원래 오타쿠여서 은근히 심각하다!

갑옷 반장이나 슬라임 씨는 몰라도 부반장 B도 스치지도 않았으니 조금 더 개인기를 연마하는 게 좋을지도 모르지만, 저게 개인전이었다면 조금 더 싸울 수 있었겠지……. 집단전은 어렵다. 뭐, 그래도 평범한 후위직은 무리라고 생각하거든?

"꼼수라니, 아까는 뭘 했어?"

"맞아맞아. 마법의 마력은 느껴지지 않았는데, 새가 조각조각 시체가 되어 떨어졌었지?"

"그건 촉수 씨인데? 아니, 『마수』 씨거든?"

"""에엑?!"""

새 그물—— 뭐, 미스트 넷이 유명한데, 눈에 잘 보이지 않는 그물은 새의 천적이다.

"아니, 마수 씨를 가늘게 고정해서 실 모양으로 친 와이어 커터 그물이라서 날아다니다가 멋대로 죽은 거거든? 응. 노력하고 있으니까 촉수 씨를 괴롭히면 안 돼."

"""그게 촉수 씨들의 함정이었구나!"""

"우리는 도망칠 곳이 없을 만큼 무수한 촉수 씨들에게 뒤덮여 있었어?"

(뽀용뽀용?)

왜 그렇게 촉수 씨를 적대하고 경계하는 걸까? 응. 왜 먼 곳을 보고 있고, 왜 얼굴이 빨개? 그리고 갑옷 반장은 왜 여자애들 뒤에 숨어서 떨고 있지? 마수 씨잖아? 어젯밤 만났잖아? 잔뜩?

사실 마수 씨를 완전히 컨트롤할 수 있다면 더 간단했을 것이다. 그게 가능하다면 강하겠지만, 『지고』로도 제어하는 데 고생하고 있다.

그리고 여기에 나 자신이 고속으로 『전이』까지 써서 이동하면 제어할 수 없다. 그 이전에 『전이』 자체를 제어하지 못하니까 멈추지 않으면 쓸 수 없다. 동작과 이동이 모두 빠른 데다가 순간 이동이 얽히면 제어는 고사하고 예측도 불가능하다……. 응. 움직이는 나도 잘 모르니까 말이지?

"조금 더 던전을 줄이고 훈련일도 늘리는 게 낫거든? 약점 극복과 전투 스타일 증가? 랄까? 그래, 얼차려를 받는 게 좋아! 랄까?"

"""안젤리카 씨의 훈련에 끌어들일 생각이 넘쳐났어!"""

"뭐, 하지만 그것도 괜찮나?"

"으으~음?"

실전이 가장 좋은 훈련이지만, 다양성은 익히더라도 기초는 전투만으로 익힐 수 없다. 게다가 개인기는 집단에서 갈고닦기 힘들고, 적이 있는 실전에서 복잡한 집단전 훈련은 위험하다.

뭐, 반대로 나는 개인기밖에 없고, 집단의 연계에 넣을 수도 없다. 특히 내 경우에는 제어하지 못하면 주변이 말려들 위험이 있다. 갑옷 반장이나 슬라임 씨뿐이라면 알아서 피하지만, 동급생이 함께 있으면 큰 기술을 전혀 쓸 수 없다.

"그래도 조금 더 무기를 다양하게 쓸 수 있게 되어야지?"

"집단전이라면 치명적일지도."

"창은 거북한데~."

"검만으로는 거리가 말이지?"

"방패도 늘리지 않으면 방패 여자애의 부담이 너무 크잖아."

"적어도 한 손 방패만이라도 연습하지 않으면 안 되겠지."

대화를 나누며 연계를 모색하고 있다. 의외로 이런 사이좋은 수다 능력이 강점일지도 모른다. 그렇지만 이 흐름에서 내가 동급생에 맞춰서 싸우면 혼자만 스테이터스가 월등하게 낮으니까 죽어버린다. 그래. 『외톨이』의 효과로 파티도 짤 수 없으니까 연계 스킬도 못 익힌다고.

그러니 단독으로 움직이는 게 효율이 좋고, 여차할 때 주변이 말려들지도 않는다. 이 유니온은 비밀 방 탐색용인 내 호위로 뭉친 거다. 하지만 계층주전에서는 나나 여자애들 중 하나가 제대로 기능하지 않는다. 미궁왕 상대로는 위험하다.

"좋아. 아래로 가자!"

"""오오!"""

(부들부들!)

미궁왕이 던전의 계층과 똑같은 레벨이라면 그나마 낫다. 그러나 슬라임 씨는 레벨 100이었다. 아마 미궁황 후보 클래스. 적이라면 그저 위험하다는 수준이 아닐 만큼 위험했거든?

그건 갑옷 반장이 전력을 내야 하는 레벨이었다. 싸웠다면 나도 봐줄 수 없었을 거다.

그렇게 되었다면 적도 위험하고 내가 아군을 말려들게 할 위험이 있었다. 지금까지 여자애들이 쓰러뜨린 미궁왕은 직접 보지 않아서 모르겠지만, 마석을 보면 레벨은 50 정도였을 거다. 아마 그 레벨까지라면 이 유니온으로도 어찌어찌 싸울 수 있을지도 모른다. 아마도. 어떻게든 되겠지.

그러나 레벨 100 미궁왕은 너무 위험하다. 슬라임 씨는 배고파서 힘을 쓰지 못했을 뿐, 그 전투에서는 에너지 절약을 위해 마력을 거의 쓰지 않았었다……. 만약 전력을 발휘했다면 위험했을 것이다. 응. 지켜내지 못하고 누군가가 죽었을지도 모른다.

배고파서 먹으려고 했으니까 그 정도로 끝난 거거든? 죽이려고 싸웠다면 누군가가 죽어도 이상하지 않았다. 그 정도로 강했다. 응. 장난치는 걸로도 보였지만?

(뽀용뽀용)

그렇다. 즐겁게 뽀용뽀용 춤추고 있지만, 갑옷 반장과 싸울 수 있는 레벨로 강하다. 적이었다면 어마어마하게 위험했다. 뽀용뽀용 춤추고 있지만. 그 밖에도 레벨 100이 있을지도 모른다……. 또 귀여운 녀석이면 어쩌지?

"만약 이 던전의 계층주가 미궁왕이고, 레벨 100이라면 퇴각해야 하거든? 우리가 돌아오지 않더라도 퇴각해야 해. 이건 진지한 말이야."

반장 일행은 울상을 짓고 노려봤지만, 안 된다면 안 돼. 걱정하는 건 이해하지만 너무 위험한 일이다.

"아니, 그게 안전하니까. 응. 상성 문제?"

(부들부들?)

나와 대극을 이루는 것이 방패 여자애다. 내가 한 방에 죽는 공격을 방패 여자애는 100방도 맞을 수 있다. 그러나 내가 한 방 맞기 전에 100방 넘게 맞고 만다. 그리고 방패 여자애가 100방 때리지 않으면 해치우지 못하는 상대라도 나라면 한 방에 해치울 가능성이 있다. 그리고 방패 여자애가 한 방 때리는 사이 나는 100방은 때릴 수 있으니까?

나는 연약하다. ——그건 어쩔 수가 없지만, 내 상대도 연약하다. 나는 상대를 연약하게 만들 수 있다. 이건 어떤 상대에게도 이길 수 있는 무기니까.

"응. 약속할게."

"하지만 무리하지는 마!"

"안젤리카 씨도 부탁해!"

"슬라임 씨도."

"네. 분명, 괜찮을, 거예요."

(뽀용뽀용!)

마전에 허실에 차원참을 쓴다면 상대의 방어력도 생명력도 내구력도 무의미하다. 빠른 놈이 임자이고 죽인 놈이 승자인 승부로 끌고갈 수 있다. 뭐, 먼저 벤 놈이 이긴다면 적어도 기량 승부로 만들 수 있지.

반대로 말하자면, 그걸 빼면 통하지 않는다. 순수한 강함으로는 다른 사람에게 못 미친다. 레벨 100의 미궁왕이란 그런 상대다.

뭐, 대미궁 최하층에 있었던 미궁황은 고작 레벨 100인 미궁왕과는 비교도 안 될 만큼 강했었으니까. 그건 누구도 해치울 수 없다. 미궁황이 그 어둠에 먹혔다면 세계는 멸망했을 거다. 그래. 그건 아무도 해치울 수 없다.

그때, 어둠은 미궁황이 가진 힘의 10%도 끌어내지 못했다. 분명 5%도 안 됐을 거다. 실은 1%였을지도 의심스럽다. 그 정도는 매일 얻어맞고 있어!

그런데도 그렇게 강했다. 완전했다면 아무도 해치울 수 없다. 응. 지금의 갑옷 반장이더라도.

그리고 어둠에 먹힌 레벨 100의 완전한 힘이었다면—— 그건 이미 세계가 멸망하는 정도로는 끝나지 않았겠지.

신 같은 건 가볍게 초월했다. 그 영감이라면 흠씬 두들겨 맞았을 게 분명하다. 거기에 보내줄 수 없으려나?

그리고 레벨 100 미궁왕은 그 후보 클래스. 죽이지 않으면 곤란하다. 그러나 너무 위험하다. 죽일 가능성이 가장 큰 건 나겠지. 그저 죽일 가능성이 가장 클 뿐이지만.

그리고 던전을 방치할 수도 없으니까. 그래서 내려간다…….
응, 돈이 없단 말이지!

두 개가 세 개가 되었다고 해서 강해졌다고 단정할 수는 없다.

52일째 오전, 던전

다들 레벨 90에서 레벨이 좀처럼 오르지 않게 되었다. 아마 레벨 99 기간은 상당히 길어질 거다. 그러나 레벨 100을 넘으면 폭발적으로 강해지겠지.

그리고 사람에게는 레벨 100 이후가 있다. 마물은 레벨 100이 끝이지만, 인간은 넘어설 수 있다. 아마 거기서부터 진정한 의미로 던전과 싸우게 된다. 그러니까 지금 반장 일행은 억지로 싸울 때가 아니다. 앞으로 확실히 강해지는 게 보장되니까. 최강에 도달할 수 있다.

"산개, 바깥에서 포위."

"""알았어!"""

(뽀용뽀용!)

그 점에서 나는 레벨하고 상관없다. 스테이터스적인 강함으로 싸우고 있지 않고, 게다가 레벨 100이 되는 일은 있을 수 없다. 마의 숲에 있는 마물을 마구 사냥해서 전멸시키고 고블린 엠퍼러까지 해치웠는데도 레벨 10을 넘겼을 뿐이다.

평생을 쏟아부어도 레벨 100에 도달할 수는 없다. 시간의 문제도 있지만, 경험치 문제도 있다. 마물의 숲에 사는 마물을 마구 사냥해서 전멸시켰는데도 레벨 10이라면, 레벨 100이 될 만큼 마물이 있을 것 같지 않다. 설령 전 세계의 마물을 혼자 사냥해도 부족할 거다.

"좋아. 섬멸 완료."

"이쪽도 OK!"

"마석 회수하자."

"""오오~!"""

대미궁 하층을 몰살하고 던전을 뭉개고 돌아다녔는데도 레벨 20에 달하지 못했는데, 레벨 100에 달할 막대한 경험치가 있을 리가 없다. 그토록 마물 천지라면 세계는 벌써 멸망했을 거다.

"동물형이라면 괜찮네."

"연계하는 멍멍이들이 말이지~?"

"새보다는 나아."

""""나는 건 치사하니까!""""

(부들부들)

불사의 갑옷 반장이나 수명 불명의 슬라임 씨라면 언젠가 도달하겠지. 그러나 나는 수명이 있고, 한정된 시간에서는 도달할 리가 없다. 인간족이니까! 진짜야. 스테이터스에도 확실히 적혀 있거든?

"뭘 혼자 중얼거리면서 걱정스럽게 스테이터스를 확인하고 있는 거야!"

"아니, 비밀 방이 초라해서 나설 차례가 없으니까 혼잣말이 늘어나는 건데?"

(뽀용뽀용)

뭘 위해 이 세계에 온 건지는 모르겠지만, 의미가 있을지도 모른다. 하얀 방에서 영감이 확실하게 말했으니까…… 영혼의 파장과 총량이 맞았다고. 파장은 모르겠지만 총량은 이 세계에 데려온 43인분의 총량이라고 따지면 이미 30명밖에 없는 데다 한 명(나)은 꽝. 이미 총량의 70%를 밑돌았다. 총량이 필요량이라면 69.76744186%밖에 남지 않았다.

그렇다면 남은 29명만이라도 레벨 100을 넘어야 한다. 충분할지는 모르겠지만 인원이 줄었으면 질로 보충할 수밖에 없다.

"곰 출몰 주의!"

"""아니, 지금 덤비는데 주의하라고 해도 늦었잖아!!"""

뭘 위해 이 세계에 온 건지는 모르겠지만, 의미가 있을지도 모른다. 그렇다면 총량을 올리지 않으면 이뤄낼 수 없는 일이 있을지도 모른다. 그리고 나는 레벨이 올라가지 않으니까 적임자인 거다. ——초반만 최강인 공격력 특화형 엑스트라니까.

"""하루카도, 중얼거리지 말고 좀 도와줘!"""

(쿠오오오오오오——?)

그리고 이 세계에 온 것에 의미가 있을지도 모른다면, 그건 던전과 관계가 있을 가능성이 클 거다. 그럼 던전에서 싸워야 한다. 던전 안에서 싸워야만 한다. 던전 안이라면 층마다 해치울 수 있다. 게다가 한 종류만이라면 대처는 간단하다.

"""하나도 안 듣고 있네?!"""

"응. 곰까지 무시당하고 있어!"

그러나 던전이 범람하고 레벨 100 미궁왕이 다종다양한 마물 무리를 대량으로 이끌고 온다면 대응할 수 없다. 즉, 이길 수 없다. 던전 안에서 각개격파할 수 있는 건 우리에게 엄청나게 유리한 거다. 밖으로 나오게 하면 위험하다.

"응. 혼자 중얼거리면서, 덤벼드는 니들 베어를 보지도 않고 때려눕히고 있어?!"

"""뭔가 진지하게 말하고 있지만, 딱 봐도 장난치고 있잖아!"""

누군가가 위험을 무릅써야 한다면 나밖에 없다. 반장 일행 중 누군가를 잃는 건 하이 리스크, 그리고 이기지 못한다면 노 리턴. 그런 도박은 피해야 한다.

"""혼잣말하면서 화려하게 회피!"""

"어떻게 곰을 상대하고 있는 걸까?!"

"저렇게 열심히 진지하게 온 힘을 다해 덤비는데 완전히 무시하고 때려눕히고 있네?"

"""응. 힘내, 곰들아!"""

(뿌용뿌용!)

그리고 나는 최약이지만, 강운이고 잘 안 죽는다. 그리고 간단히 죽는 대신, 스킬에 따라서 죽일 가능성이 가장 크다. 개인적으로는 하이 리스크지만, 초 하이 리턴이다.

아마 변경이 가장 위험하니까 이곳으로 전이된 거겠지.

위험이란 마물의 숲과 대미궁과 다른 미궁들, 그리고 전쟁이다.

이미 마물의 숲에서 스탬피드가 발생해 마을 두 개가 사라졌다.

마의 숲과 대미궁과 전쟁은 아직 괜찮다. 이후에는 다른 던전들. 이걸 봉쇄하면 전쟁은 회피할 수 있을 거다.

그러나 스탬피드를 허용하면 변경의 피해는 차마 헤아릴 수도 없을 거다. 그리고 무력이 약해지면 단숨에 쳐들어오겠지. 전쟁이다.

아무리 말로 설명해도 알아듣지 않지만, 이건 이 세계에 왔을 때부터 어떻게 할 수 없는 일이다.

"마침내 마지막 곰까지…… 무시당한 채로."

"게다가 아직도 말하고 있네?!"

아무리 생각해도 이세계 전이는 최악이다. 책에서도 이세계에 가서 싸우거나 고생하지 않고 평화롭게 생활하는 이야기는 없다. 이것도 저것도 읽을 때는 즐겁지만, 대부분 변변찮은 일밖에 일어나지 않는다.

"그보다 왜 울상이야? 불길하잖아! 딱히 안 죽었거든?"

"이건 걱정과는 별도로 곰의 심정을 연민하고 있었던 거야!"

"""응. 걱정하고 싶은데 마음고생을 하고 있어!"""

"""응. 그러니까 죽으면 안 돼!"""

그보다 지금까지 죽은 적은 한 번도 없는데? 아마도?

이건 그냥 적재적소를 따지는 이야기다. 나는 반장 일행이 강해질 때까지 열심히 하고 이후에는 편하게 은거하면 되거든?

아마 모두가 레벨 100을 넘어설 무렵에는 내가 걸림돌이 될 거다. 그러니까 지금만 노력하고 나중에 편하게 은거할 거다.

"아니, 왠지 편하게 은거하려면 반장네가 강해질 때까지 깨작깨작 일해야만 하는 모양이더라고. 그러니까 그렇게 대단한 이야기는 아니잖아?"

"""왜 혼자서 노후 걱정을 하고 있어?! 뭘 어떻게 해야 그렇게 되는데!!"""

그렇다. 장래의 안전책이니까 괜찮은 거야!

"응. 다들 미궁왕과의 싸움을 걱정하고 있었는데 혼자서 노후 걱정이나 하고 있잖아!"

"""이제 미궁왕은 만나기도 전에 죽어버렸구나!!"""

"그야 가장 위험하고 괜찮지 않은 건 갑옷 반장이고, 다음이 슬라임 씨잖아? 봐봐, 괜찮지? 애들보다 강한 미궁왕이라니, 그렇게 허들을 무지막지하게 올리면 분명 미궁왕도 굉장히 나오기 힘들어서 도망쳐버릴지도?"

그렇다. 리스크는 있다. 하지만 지금까지와 비교하면 훨씬 낮고, 평범하게 생각한다면 지금까지 죽지 않았으니까 '이제 영원히 안 죽겠네' 라고 말할 만큼 지금까지가 훨씬 위험했다.

"응. 레벨 100 미궁왕은 지금까지와 비교하면 전혀, 완벽하게 안전하지? 그야 위험도 랭킹 1등과 2등이 여기 있으니까? 3등이 하는 감투상을 줘도 좋을 정도잖아? 진짜로 경품은 뭐로 하지?"

""고민하는 게 그거였어?!""

"갑자기 감투상이라니, 아직 보지도 않았는데."

"뭐, 그래도 확실히?"

뭐, 낙관할 수는 없다. 1등과 2등은 현재 레벨이 리셋되어 약해졌으니까. 하지만 나도 조금이나마 강해졌다.

"아무튼 49층에 집중!"

""알았어!""

그렇게 49층의 「아머드 카멜레온 Lv49」를 섬멸하고 50층으로 향했다. 아무래도 지하 50층이 최하층인 것 같다.

참고로 아머드 카멜레온은 여자애들이 모두 『기척탐지』를 보유했는데 보호색으로 가만히 숨어있기만 해서 바로 학살당했습니다. 응. 다 들켰거든?

"약속한 거야!"

"우리도 확실히 퇴각할 테니까, 하루카네도 위험한 짓은 하면 안 돼!"

"맞아. 거짓말하면 용돈은 안젤리카 씨와 슬라임 씨한테만 줄 거야!"

"잠깐, 아니. 실은 그 우리 중에서 내가 제일 낭비하지 않는다고 생각하거든? 응. 그야 쟤들은 탐욕과 폭식의 화신이잖아?"

(뽀용뽀용?)

나는 나태하고 색욕이 왕성할 뿐이니까 낭비는 하지 않는데? 게다가 이세계에서 가장 근면한 나태란 말이지? 주문하고, 옷을 사고, 낸 돈은 몰수해서 용돈도 안 준다니 너무 극악무도한 쇼핑 아니야? 이젠 부업조차 아니게 되는데?

그렇게 지하 50층으로 들어갔다. 불길한 예감만큼 잘 맞는 법이다. 「케르베로스 Lv100」⋯⋯ 레벨 100 미궁왕. 그것은 명계의 문을 지키는 개, 바닥없는 구멍의 영혼을 의미하는 괴물. 그리고 오르트로스의 형이고 머리도 하나 많은 머리 셋 달린 멍멍이?

예전에── 동생 오르트로스는 좌우 앞발로 기특하게 두 개의 머리에 있는 코를 누르며 노력했었다. 죽었지만?

그리고 지금──형 케르베로스는 좌우 앞발로 두 개의 코를 막았지만 하나를 막지 못해서 끔살? 뭐, 죽었지만. 불길한 예감은 아무래도 좋았다.

"저기⋯⋯⋯⋯ 퇴각?"

"""지금부터 퇴각해서 어쩔 거야! 이미 케르베로스는 죽었잖아. 한가운데 머리만 코를 막지 못해서 불쌍했어!"""

"그거 대체 얼마나 강력한 식초인 거야! 정말로 조미료 맞아?!"

""""눈도 코도 엄청 따가워!""""

(부들부들?!)

응. 던전 안이 시큼하네? 눈에도 스며들지만 코도 따갑다. 응. 콧물이 나오네…… 좋아, 돌아가자! 눈도 코도 없는 슬라임 씨까지 싫어하니까?

"슬라임 씨 수준의 마물이 나올 줄 알고 걱정했는데 '깽, 깽'이라니……."

"응. 불쌍하게 울고 있었어."

"응. 그 괴로운 깽깽 소리가 귀에 남아서 떨어지지 않잖아?!"

레벨 100 미궁왕이었지만 멍멍이라서 쉬웠다. 어마어마하게, 무섭도록 강했지만, 그뿐이었다. 응. 아무래도 슬라임 씨만 특별한 미궁왕이었던 모양이다. 뭐, 엠퍼러였고, 부들부들했고?

"무조건 퇴각하라고 말했으면서 갑자기 식초를 던지다니 뭔데? 뭘 한 거야?!"

"응. 깽깽 울고 있었는데, 그건 유명한 케르베로스였지?!"

슬라임 씨는 아무런 약점도 없었다. 스테이터스상으로도 완전 내성을 보유했고 종족 특성상 약점이 보이지 않았다. 그것이야말로 위협적이었던 건데, 약점을 다 아는 멍멍이라면 어떻게든 할수 있잖아? 응, 식초만 있다면.

"그렇게나 굉장한 느낌을 내면서 흉흉하게 등장한 케르베로스의 차례가 깽깽뿐이라니?"

"저승의 파수견이 지옥에 온 듯한 표정이었지?"

미궁왕 케르베로스는 그 거대한 덩치에 『완전 내성』에 『괴력』
이나 『신속』에 『도약』과 『회피』, 그리고 『지옥불마법』을 보유한
고속형 올라운더였다. 그렇다더라고?

"하지만 확실히 그건 우리였다면 전멸했을지도."

"응. 힐끔 보기만 했는데 굉장한 스테이터스였어!"

"해치우지 못했을 거야. 퇴각이 정답이었어. 퇴각 자체는."

"응. 퇴각 지시는 문제없었어. 퇴각이라고 말한 사람이 문제였
던 거야!!"

"아니, 그건 못 이겼을걸? 응. 엄청 무리한 게임이었다니까?"

그렇다. 『참격 무효』나 『마법 회피』와 『물리 회피』에 『작열 마
법』이라든가 『극한 마법』에 『초재생』에 『아참(牙斬)』 같은 스킬
까지 갖고 있었다. 응. 읽기도 힘들었어!!

"응. 알고 있었지만. 그래도 그 깽깽 때문에 퇴각 같은 건 아무래
도 좋아졌잖아? 그 슬픈 깽깽이라니!!"

"""엄청난 위압감을 내면서 나왔는데, 코를 누르고 있는 슬픈
표정밖에는 기억에 안 남았잖아?!"""

아무것도 하지 못하고 죽었지만, 그건 해치울 수 없었을 거다.
뭔가 저질렀다면 전멸할 수도 있을 만큼 강했……겠지? 응. 그렇
게 분명하다! 그러니까 퇴각은 옳았고, 그런고로 나는 잘못 없지?

"아니, 아마도 레벨 100에는 거대한 레벨의 벽이 있는 거야. 그
러니까 그 레벨 100급 미궁왕 클래스는 레벨 100 이상이 안 되
면 해치울 수 없었을 거야. 응. 아마 그 무효화를 넘어서려면 레벨
100 이상의 스테이터스가 필요하지 않을까?"

"""그런데 죽였잖아?"""

"응. 깽깽 울면서 머리를 세 개 모두 떨궜잖아?!"

"으으으, 귀에서 떨어지지 않아~!"

그야 멍멍이 타입하고 벌레 타입은 특기거든. 그런 건 식초하고 살충제면 대부분 해결되니까? 응. 나는 문명인이란 말이지?

그나저나 이번 식초는 굉장했다. 아마 최루탄 수준의 위력은 되었을 거다. 응. 다들 콧물을 질질 흘렸으니까.

(부들~ 부들~.)

응. 식초에 찌든 케르베로스는 식사 중이던 슬라임 씨에게도 시큼한 모양이라 부들부들 떨면서 토라져 있다. 몸이 부드러워지려나……. 슬라임인데?

"뭐, 수고했어? 응. 전혀 하나도 피곤하지는 않겠지만? 단칼이었으니까?"

(끄덕끄덕)

(뽀용뽀용)

초재생 소유자였기에 단숨에 처리했다. 나와 갑옷 반장과 슬라임 씨가 뛰어들어서 단칼에 목을 절단했지만, 바람을 등진 상태로도 고약했는데 케르베로스의 얼굴 주변의 시큼함은 눈이 따가울 만큼 엄청났다! 대체 이런 흉악한 식초를 만든 녀석은 누구야! 무조건 추가 주문이야!! 응. 무기점에서 굉장히 잘 팔릴 것 같다. 너무 흉악해서 잡화점에서는 못 파니까!

"""왜 진범이 화내는 거야?!"""

"응. 딱히 케르베로스가 시큼했던 것도 아닌데 적반하장?!"

"""전혀 반성하지 않고 있──다고?!"""

스테이터스는 단독이라면 미노타우로스가 높았을지도 모르지만, 스킬은 케르베로스의 압승이었다. 압도적이었다.

응. 가능하면 반장에게 『강탈』을 시키고 싶었지만, 그래도 여전히 위험했다. 코를 누르며 날뛰던 발톱이 스치기만 해도 즉사였을 거다. 응. 아마 반장은 뭉개지면 다시 나지는 않을 테니까?

하지만, 그렇기에 여기서 확신했다.

역시 싸우게 둘 수는 없다. 너무 위험하다. 그래. 왜냐하면 반장 일행은 식초를 들고 다니지 않으니까! 응. 부주의하잖아?

"납득하고 싶지는 않지만, 하루카가 무슨 말을 하는지는 잘 알겠어."

"""응. 그건 우리였다면 해치우지 못했을 거야."""

"그보다, 그건 솔직히 레벨 100이 되어도 자신이 없거든?!"

"""그러니까 확실히 퇴각할 거야. 그러니까 하루카도 약속을 지키지 않으면 안 돼!"""

"그래. 위험한 일은 하면 안 돼!"

다른 동급생들도 50층의 금지를 철저하게 지키라고 하자. 바보들 같은 경우는 몇 층인지도 잊어버리고 가버릴 것 같으니까. 응. 그 녀석들 50도 못 세지 않았던가? 걱정된다. 지능이.

피난해서 도망친 49층 계단에서 50층을 들여다보자, 케르베로스는 마석이 되어 있었다.

아무도 가고 싶어 하지 않는 데다 숫자의 폭력으로 "식초를 뿌린 사람의 책임이야!"라며 책임을 떠넘기는 바람에 시큼한 방으로 돌아갔다.

"시큼해! 호흡도 못 하겠고, 눈이 따가워!"

"""누구 탓인데!!"""

마석──크고 색도 투명하다. 등급이 높은 마석이겠지. 그리고 드롭은 『마수의 가죽 갑옷 : SpE 50% 상승, ViT 30% 상승, 참격 무효, 마법 회피, 물리 회피, 분신』. 대박이다. 회피 두 개에 무효 하나에 SpE 50% 상승에 ViT 30% 상승은 어느 것 하나만 붙어도 대박 수준이다. 그리고 스킬은 『분신』이라니 멋있잖아! 하지만 분명 나설 차례는 없어 보이는 기술이다. 응. 지금까지 이런 멋있는 건 대부분 나설 차례가 없더라고. 이젠 복선도 안 깔릴걸? 진짜로.

그리고 공기가 시큼해서 빨리 돌아가고 싶은데 이럴 때만 분위기를 못 읽고 비밀 방까지 있다……. 응, 비밀 방 안까지 시큼하네?!

울상을 지으며 시큼한 비밀 방으로 들어가자, 보물상자 내용물은 『통솔자의 반지 : 지휘, 통솔, 전체 효과 부여』. 이건 반장에게 주는 게 확정이군. 지휘와 통솔도 유효하지만 전체 효과 부여가 초레어다. 응. 통솔하는 아군 전원에게 통솔자가 가진 효과를 부여할 수 있으니까, 아군이 30명이라면 30명 전원에게 치트 반장이 가진 스킬 효과를 부여할 수 있다. 즉, 유니온 전체의 강화로 이어진다. 그런데, 지휘를 받는 전원에게 반장의 『성욕 왕성』과 『절륜』도 부여되는 건가? 치녀 군단?

"후후후후후후후후후후후……."

"""반장, 진정해!"""

"나찰이! 나찰이 보이잖아?!"

(부들부들?!)

뭔가 오한이? 하지만 특수 타입은 무리인가. 유감이다. 반장의 『강탈』이 부여된 상태로 싸우면 전원이 마물의 스킬을 익힐 수 있을 텐데. 응. 『성욕 왕성』이나 『절륜』 같은 것만 모두 동료인 모양이다.

뭐, 아이템이 시큼해지기 전에 들고 돌아가자. 눈이 따갑기도 하고.

──뭔가 혼났잖아?! 뭐, 협의 결과 『마수의 가죽 갑옷』은 받았고, 그 대신 여자 10명이 『던전 아이템 지불』로 샀던 반지 3개 분량의 외상을 처리해 줬다. 반지값 30개는 크지만, 대박 아이템이니까 싼 셈이고 무엇보다 레어한 회피 스킬 효과는 고맙단 말이지. 진짜로.

응. 분신이 궁금해서 혼자 다중 분신술을 써보고 싶은 건 아니라거든? 정말인데 뭐, 하긴 하겠지만?

그리고 상의할 것까지도 없이 『통솔자의 반지』는 만장일치로 반장에게 주는 걸로 결정이 났었다. 응. 나는 지휘 같은 건 못 하고, 내 스킬이 부여되면 다들 곤란하겠지? 그야 『조신』 같은 건 머리로 생각하기만 해도 몸이 멋대로 움직여버리고, 『보술』 같은 건 연습하지 않으면 넘어지니까? 전투 중에 그런 게 부여되면 상당히 곤란하겠지? 진짜로?

> **어느새 조건이 은근슬쩍 늘어난 얄볼 수 없는 교섭 능력은 무시무시한 탐욕의 여자력이었다.**

52일째 낮, 던전

당장 시큼한 던전에서 도망쳐서 밖으로 나와 점심밥. 결국 비밀방도 미묘했던 초라한 던전이었지만, 마지막은 드롭도 아이템도 대박이고 마석도 고급이었다.

그러나 이 패턴은 종종 너무 비싸서 팔리지 않아 내가 매수하게 된단 말이지. 그건 그것대로 마력 배터리가 되어 준다고 생각하면 괜찮지만, 그래도 돈은 필요하거든?

"다 됐어~. 시제품이지만 인체 실험도 했으니 괜찮은, 생파스타라기보다는 수타 파스타 나폴리탄인데 나폴리탄은 나폴리에 가면 없거든~? 랄까? 응. 약간 밀가루 면류에 자신감이 없어서 나폴리탄 우동의 의혹도 있지만 면인 건 틀림없다고?"

"먹을래! 나폴리탄이든 나폴리탄 우동이든 먹을래!"

"""맛있어 보여!"""

"으으, 그리워."

(부들부들?!)

변경에서 입수한 건 굵게 빻은 가루여서 듀럼밀인지 어떤지는 모르겠지만, 빵에 맞지 않은 밀이라니까 시험해 봤는데 괜찮아 보이네? 응. 우동이 되었을지도 모르지만, 나폴리탄 우동도 맛있으니 괜찮겠지?

"""맛있어. 한 그릇 더!"""

"아, 나도!"

"이쪽에 오고 나서는 배가 자주 고파지네?"

"""응. 게다가 밥이 묘하게 맛있으니까!"""

추가 주문이 쇄도해서 삶은 파스타 생면을 토마토와 버섯과 새고기와 함께 살짝 데치고 케첩과 후추를 써서 간단히 완성했다.

"아니, 아침에 잡화점에서 구한 싸구려 밀로 만든 시제품이거든? 응. 파스타에 쓰이는 듀럼밀은 빵에는 안 맞는다고 들은 적이 있어서 파스타로 해 봤는데, 우동이 되어버렸으니까 볶음우동을 만들어볼까?"

"""아, 크림 파스타까지!"""

"하지만 나폴리탄!"

"""꺄아아! 잘 먹겠습니다~!"""

응. 조금 퍼석퍼석한 느낌이 나는 건 반죽이 연했던 게 아니라 밀의 질 때문이겠지. 면 자체의 맛이 약하니까 다음은 달걀을 넣어서 반죽해 보자.

"응. 맛있어!"

"제대로 파스타네?"

"나폴리탄을 또 볼 수 있다니…… 나폴리에서도 볼 수 없는데."

"이거라면 카르보나라도 먹을 수 있을지도!"

"""오오!!"""

"알리오 올리오도 정말 좋아하지만, 다음은 카르보나라를 먹고 싶어!"

(부들부들)

하얗지만 크림이 아니라 밀가루와 우유를 쓰는 화이트 소스다. 이세계에서 여자애들이 잃어버린 추억을 재현하려면 아직은 식재료의 제약이 심하단 말이지.

"응. 유감이지만 카르보나라가 제일 무리야. 아직 달걀이 귀중하고, 치즈와 크림도 손에 넣을 수 없거든?"

"""그렇구나……. 그래도, 나폴리탄 맛있어."""

(뽀용뽀용!)

단, 던전에서 출토된 『시골 생활』에 생산 방법이 있었다. 가축만 갖춰진다면 낙농업도 발달하겠지. 그러나 그건 아직 멀었다.

"오오~! 파스타와 버섯의 맛이 어우러지는 하모니가 맛있어!"

"응. 이세계의 버섯에는 꽝이 없네?!"

"그러게. 별로 좋아하지 않았는데, 이쪽 건 맛있어!"

여자애들의 버섯 애호는 대체 뭘까. 뭘 만들어도 버섯을 넣으라고 말한단 말이지? 응. 중독이 시작되었나? 뭐, 맛있긴 하지만.

"""잘 먹었어~!"""

"""맛있었어~."""

"응. 뒷정리 뒷정리."

"""네~에."""

(부들부들)

뭐, 다들 무사하니까 다행이지만, 역시 레벨 100 미궁왕이 있을 위험성은 항상 존재한다. 응, 50층부터는 위험해 보인다.

50층의 계층주라면 3파티 유니온이라면 괜찮겠지.

50층에서 레벨 50 미궁왕이 나오면 29명의 총력전이 필요하다.

50층에서 레벨 100 미궁왕이 나오면 무리. 만약 이기더라도 피해가 크다. 상성만 나쁘지 않다면 이길 확률이 더 높지만, 그래서는 누군가가 죽을 위험성이 있다.

"그럼 어제 갔던 해파리 미궁? 의 다음 계층은 우리가 갈 테니까. 다른 던전의 49층까지는 도와달라고? 응. 50층은 안 돼? 진짜로 진짜니까. 장난으로 말하는 거 아니거든?"

"""알았어. 알았으니까 하루카도 무리하면 안 돼!"""

"그래그래. 위험한 일도 안 된다고!"

"""약속한 거야!"""

"""맞다. 오늘 저녁은 햄버그야!"""

(부들부들?!)

앗. 어째서인지 어느새 조건에 햄버그가 늘어났다고! 무서운 여자력이다. 역시 탐욕 씨의 친구인 만큼 얕볼 수 없는 교섭 능력이었다. 응. 은근슬쩍 옷 주문표까지 들어왔다니까?

"""다녀오겠습니다~!"""

(뽀용뽀용)

응. 무척 오만한 탐욕 씨 일행이었다. 아무래도 아침에 봤던 M-65 재킷을 원했던 모양이다……. 그런데 왜 이세계인데 다들 밀리터리인 거야?

그나저나, 도시에 왔을 무렵에는 크게 기뻐하면서 헐렁헐렁한 튜닉을 사고 끈으로 묶어서 입는 게 이세계스러웠는데…… 지금은 현대에 그대로 돌아가도 어색하지 않은 사복. 그러나 레벨 무늬 주문은 안 돼. 모노그램 무늬가 되면 레벨하고는 다른 문제가 발생하니까?

"그리고 주문은…… 잠깐, 나일론은 무리거든? 그건 나에게 석유를 파서 정유업계를 만들라는 뜻이야? 가솔린 엔진까지 시킬 셈이냐고? 여자력(탐욕) 무서워!"

뭐, 연금술 계열에서 그럴싸한 게 보이긴 했지만, 그건 수지(樹脂) 코팅 같았지?

"그럼 들어갈까. 응, 슬라임 씨도 확실히 같이 있어야 해. 혼자서 어디 가면 안 되거든. 그럼 출발? 이랄까?"

(뽀용뽀용)

(끄덕끄덕)

아니, 갑옷 반장은 제대로 대답해야지? 요즘 귀찮아서 말하지도 않고 있지? 전부 몸짓으로 끝내고 있잖아? 제일 말을 잘하는 게 아침에 잔소리할 때야!

그리고—— 나설 차례를 받지 못한 채 50층까지 내려왔다. 이세계 던전 모험에서 진짜로 할 일이 없다! 응. 레벨 1에서 다시 올라가는 슬라임 씨가 무쌍!!

아무래도 아까 보여준 마수 와이어 커터가 마음에 들었는지 동그란 몸에서 무수한 촉수를 뻗어서 싸우고 있다……. 능숙하다.

강하다. 귀엽다!

"벌써 신기술 와이어 커터를 표절당했어?! 아니, 게다가 나보다 훨씬 능숙한데? 응. 지금 그거 어떻게 하는 거야?"

방어력도 마법 적성도 어마어마하게 높은데 육탄전도 좋아하고, 포식 공격이 마음에 든 모양이다. 응. 분명 마물은 다른 배로 들어가는 거겠지.

그리고 뭐어, 뭐라고 해야 할까. 어머나, 이게 어찌 된 일인가요. 갑옷 반장은 말할 것도 없이 이번에도 그야말로 백은색으로 반짝반짝 빛나고 있었다. 그러나 공격 올인인데도 어떤 공격도 맞지 않는 회피력, 게다가 적의 공격까지도 베는 슈퍼 공격 특화!

"응. 지루함과 쓸쓸함을 풍기는 나에게도 조금은 마물을 나눠주는 다정한 배려심은 없는 걸까? 아, 전멸?!"

(뽀용뽀용)

이 『사역』이라는 스킬은 마물을 전선에서 싸우게 하고 뒤에서 마법이나 보조 마법으로 싸우는 마물 조련사용이겠지. 역시 나는 마법직인 걸까?

"그런데 우리 전위직은 사역자를 두고 섬멸하러 가잖아? 안 돌아오잖아? 뒤에서 기다리면 적도 아군도 없이 멀뚱하게 남는 외톨이잖아!!"

응. 마물 조련사는 무리다. 아무도 내 말을 듣지 않으니까?

사실 나는 여자애들의 전투 스타일을 궁시렁궁시렁 따질 처지가 아니다. 전투 스타일이 전혀 없으니까. 아니, 그치만 스테이터스가 영문을 모르겠단 말이지?

"으~음. 무기 기술은 전위 유격형이고, 마법은 후위직이 가능할 만큼 충실한데 전이도 해버리고 두르기도 하고, 스킬은 은밀형이고 고속 이동 타입? 응. 이 스테이터스는 나보고 대체 뭘 하라는 걸까?"

아무리 생각해도 깨작깨작 돌격하는 마법사잖아? 전투 스타일이니 뭐니 할 때가 아닌데?!

"아니, 마법을 두르고 돌격하는 스텔스 고속 이동형 근접 전투 특화 마술사의 싸움법이라니 영문도 모르겠고 상상도 안 가거든? 응. 위풍당당한 박살 대현자는 본 적이 있지만?"

(부들부들)

그렇다. 집단전에 어울리지 않는다는 것만큼은 알겠다. 이건 규칙에 따른 연계를 전혀 할 수 없는 싸움법이다. 이런 건 지휘할 수조차 없고, 주변 사람들도 맞출 수가 없다. 응. 혼자 돌격하는 스타일이야. 뭔가 검호도 얻었으니까?

세 명, 아니 세 유닛이라고 해야 하나⋯⋯. 아니, 나는 인간족이거든? 응. 3인 집단인데 전혀 연계해서 싸우고 있지 않다. 응. 내가 불가능하다.

우선 방패직을 맡을 수 있는 건 슬라임 씨뿐. 나와 갑옷 반장은 회피형이고, 갑옷 반장이 하면 방패직인데 몰살해버린다.

그리고 그 방패직 슬라임 씨는 난반사하며 초고속 도약 중?

"참신한 방패직이었어! 응, 방패직이 너무 빨라서 따라갈 수가 없는데?!"

(부들부들~ ♪)

애초에 고속 이동전이 특기인 이상, 이 멤버로 방어진은 무리다. 응, 모두 함께 돌격하는 것밖에는 작전이 없다. 속공 이외의 싸움법이 없다.

그렇다. 여자애들에게 공수의 간격이 없다고 잘난 듯이 말했던 장본인은 사실 간격은 고사하고 공밖에 없다. 임기응변으로 대응하기는커녕 돌격밖에 못 하네?

"응. 이쪽은 상대에 맞춘 싸움 같은 건 상대를 죽인 뒤에 천천히 생각하는 레벨이니까."

(끄덕끄덕)

(뽀용뽀용)

그런고로 돌진해 봤다?

동물형인 「메탈 혼 일런드 Lv51」은 큰영양이라 주장하는 소다. 그렇다. 소목 소과의 큰영양이다. 메탈 혼이니까 찌를 생각이 넘치고, 무리를 지어 돌진하는 것까지는 소 같지만 어마어마한 도약력으로 거구가 하늘을 날아 덮쳐든다. 그렇다. 뿔을 아래로 내밀고 일제히 쏟아진다. 그 도약한 공중을 향해 돌진해서 빠져나간 뒤에 무방비한 등을 두들겨서 격추했다. 그렇다. 아래에선 거대화한 슬라임 씨가 식사 중이다.

지상에 남은 메탈 혼 일런드들은 백은의 갑주가 쓸어버렸고, 게다가 친절하고 세심하게 쓸어버리는 겸사겸사 슬라임 씨 쪽으로 날려버리고 있다.

(뽀용뽀용~ ♪)

맛있는 모양이다. 응. 소니까?

뭐, 폴짝 뛰면서 기뻐하고 있으니까 어쩌면 메탈 혼 일런드의 스킬『도약』을 포식한 걸지도? 맛있고, 먹으면 먹을수록 강해지니까 좋은 일밖에 없다. 자, 내려가자.

그리고 52층에서 기다리던 건 일제 공격이었다. 작열의 마법탄이 쏟아지는 노도의 융단폭격 같은 연옥의 연속 탄환 폭풍——을 식사 중이다.

(부들부들 ♪)

"봐봐. 부족하다는데? 추가로 펑펑 쏴달라고. 좌현, 뭐 하고 있어? 이야~ 식비가 절약되어서 참 좋네?"

갑옷 반장은 가끔 오는 마법탄을 재주 좋게 슬라임 씨한테 튕겨 내주고 있다. 응. 친절하다.

그리고 남은 건 마법이 모조리 흡수당해버린 「마기 맨드릴 Lv52」들. 응. 거대한 점액체의 벽에 그대로 포식당했습니다.

"응. 여태까지 맨드릴을 봐도 아무 느낌도 없었는데, 이렇게 보니 마법직처럼 생겼네? 응. 뭔가 주술사 느낌? 뭐, 원숭이지만?"

숫자는 그런대로 있었지만 레벨 52짜리 불 마법으로는 포식 흡수당해서 끝이었다. 그래도 슬라임 씨는 겨우 레벨 10을 넘었으니까 화염 마법 같은 거였다면 위험했을지도 모른다. 먹을 것에는 주의하자. 조심하지 않으면 뭐든 먹으려고 할 테니까?

(부들부들?)

　맛있어 보이면 슬라임 씨가 먹고, 맛없어 보이면 갑옷 반장이 섬멸한다. 그래…… 나설 차례가 없어!

　57층의 「팬텀 로드 Lv57」은 맛있지 않은 모양이어서 모두 함께 썰어버렸다. 응. 슬라임은 영체를 벨 수 있구나?

　역시 동물 타입을 좋아하는 건가? 하지만 퍼핏도 먹었던 것 같은데, 편식을 하나?

　"한가하지만, 나오는 물건은 좋네? 한가하지만?"

　53층에서는 『굴강의 건틀릿 : PoW 30% 상승, DeF 39% 상승 +ATT』. 여기 57층에서는 『매직 메일 : 마법 내성(대), 물리 내성(중), +DeF』. 내가 입어도 되고, 경매를 개최해도 좋을 만큼 좋은 물건이었다.

　원하는지 아닌지 물어보면 원하지만, 나는 방어력을 올려도 별로 의미가 없다. 공격력 상승은 좋지만, 차원참이 있으니까 소용없기도 하다. 역시 경매에 부쳐서 동급생의 장비 향상을 노리는 게 낫겠지. 여자애들은 돈이 없지만……. 응, 옷을 너무 많이 사고 있으니까? 바가지를 씌우는데 자꾸 주문한단 말이지?

**진동 마법으로 파문의 힘이다~ 라고 외치면서
오버드라이브하며 놀아 봤는데 쓸모가 없네?**

52일째 오후, 던전

그리하여 지하 60층 종점. 그러나 지금까지 왔던 곳 중에서는 대미궁 다음으로 깊다. 즉, 최소 레벨 60 미궁왕이 있을 거다.

깊지 않은 던전은 스탬피드의 위험성이 적어서 뒤로 미루고 있으니까 깊은 던전이 많은 건 당연하겠지만, 생각보다 50층을 넘는 게 많이 있다. 성장——?

"꽤 깊은 것도 있지만, 그 이상으로 뭔가 불길한 느낌? 응, 조심해야겠네?"

처음에는 마을에 너무 가까워서 위험하다는 얕은 던전에 갔었는데, 수몰시키자 끝이었다. 그 이후부터는 50층까지 있는 중층 미궁뿐. 그리고 서서히 전진 속도가 느려지고 있다.

(끄덕끄덕)

(뿌용뿌용)

결국 중층보다 아래쪽은 정공법으로는 거의 무리다. 그러니까 50층부터는 여자애들에게 아직 위험하다. 그 점에서 오타쿠들이나 바보들이라면 위험을 무릅쓰지 않는다. ——응. 그 녀석들은 위험하면 금방 돌아오니까!

뭐, 올바르긴 하지. 위험에 대한 겁쟁이 기질이나 야성적인 감이 여자애들에게도 필요한데, 그래도 오타쿠나 바보가 되어버리면 곤란해. 응. 진짜 싫다.

그리고 지하 60층. 그리고 최하층의 미궁왕 「샌드 자이언트 Lv60」. 거대하지만, 그냥 모래 거인이다.

거대한 몸으로 날뛰기만 하는 거인. 이거라면 반장 일행을 데려

와도 괜찮지 않았을까 생각하기도 했지만 말이지~? 아니……
확실하게 사망자가 나왔을 거다. 농담이 아니라.

굼뜬 모래 거인을 차원참으로 베어버리고, 꿈틀대는 모래를 마법으로 태우고, 적셔서 얼리고 감전시켜서 장악하여 압력을 걸고 중력으로 뭉개고 단숨에 전력을 다한 『허실』로 날려버렸다.

응. 계속 이러고 있거든? 갑옷 반장이 날리는 참격의 폭풍도, 슬라임 씨가 날리는 타격의 폭풍도 흩날리는 모래폭풍이 되어서…… 다시 돌아온다. 아마 이 물량은 슬라임 씨의 포식으로도 다 먹을 수 없고, 맛있지도 않아 보이지?

그러나 죽지는 않지만 『불사』 속성은 없었다. ──즉, 그저 죽이지 못하고 있다.

(뽀용뽀용?!)

아무리 나신안으로 찾아봐도 핵(코어)이 없다. 온 계층을 돌아봐도 비밀 방도, 수상한 곳도 없다. 모래 덩어리다. 마력의 흐름도 없다. 그러니까 죽일 방법을 찾을 수가 없다.

"아니, 돌진하면 안 되잖아? 응. 대체 뭘까?"

이것만이라면 도망쳐도 된다. 일단 뚜껑이라도 덮은 뒤에 대책을 세우는 방법도 있다. 그러나 모래 병사가 차례차례 생성되고 있다. 베든, 무너뜨리든, 불태우든 뭘 해도 차례차례 생겨난다. 뭐, 이 녀석들은 느리고 약하다. 죽지만 않을 뿐인 어중이떠중이 인형이다. 그러나 안 죽는다.

죽일 방법을 모르고, 해치울 방법도 모른 채, 무한정 늘어나는 모래 군대와 그걸 조종하는 모래 거인. 이게 도망치더라도 따라오면 어쩌지? 이게 밖으로 나오면 변경은 괴멸하잖아? 그야 죽일 수 없는 마물이 덮쳐드는 거니까?

무한히 늘어나는 적이라니 밖으로 내보낼 수 없다. 그리고 도망칠 길도 없다. 이미 출구는 모래 벽에 뒤덮여 있다.

"응. 수수께끼 풀이 방은 아닌 모양이네? 그보다 이 녀석이 수수께끼야!"

(끄덕끄덕)

(부들부들)

억지로 돌격해서 모래 벽을 돌파해 도망쳤는데 따라오기라도 하면 최악의 사태다. 갑옷 반장과 슬라임 씨가 참격을 흩뿌려서 주변 일대를 모래로 되돌리고 있지만…… . 모래 마물 무리는 또 부활했다. 코어도 뭐도 없는 그냥 모래인데? 마력을 봐도 무언가가 조종하는 기척이 없다. 원리를 모르니까 결정타가 없다. 그래서 계~속 죽이고만 있다.

"나머지는 뭐가 있지? 물 마법으로 쓸어버려도 의미는 없었고, 불태우려고 해도 전부 불태울 수 없고? 차원째로 베어버려도 원래대로 돌아가잖아? 진동시켜도 무너지기만 할 뿐이고?"

스테이터스를 보면서 생각나는 방법을 닥치는 대로 써봤지만, 여전히 약점을 모르겠다. 어떤 구조인지도 모르겠다. 꽤 위험하지 않나? 왜냐하면, 손쓸 방도가 없으니까. 어, 외통수인가? 이거 무리 아니야? 아니 진짜로 방도가 없으니까. 도박할 수밖에 없나.

"잠깐 시험해 보고 싶은 게 있거든? 응. 하지만 내가 움직이지 못할 것 같은 느낌이 든단 말이지. 아마도? 하지만, 맡겨도 될까?

랄까?"

할 수 있을지 어떨지는 모르겠지만, 그래도 50층까지 성장한 던전은 언제 마물이 범람할지 모른다고 들었다. 그리고 무엇보다 이 녀석만큼은 절대로 밖으로 내보낼 수 없다. 나와버리면 도저히 막을 수가 없으니까.

(뿌용뿌용!)

(끄덕끄덕!!)

"아니, 갑옷 반장은 제대로 말을 좀 해야지?! 뭐, 확실히 투구 쓰고 있으면 말하기 힘들지도 모르지만?"

뭐, 그래도 양해는 받았으니까 괜찮다. 왜냐하면 전직이라고는 해도 미궁황과 미궁왕이 수락했으니까. 그렇다면── 이런 죽지만 않는 모래 장난은 내버려 둬도 되겠지?

그야 무한한 숫자가 무진장 나오더라도 전력 부족이니까. 이세계에서도 최대의 과잉 화력이 뿌용뿌용, 끄덕끄덕 말하고 있으니까. 응. 말로 해 줄래?!

무진장하게 나오는 어중이떠중이 모래 인형 무리 사이에서 앉아서 집중했다. 몰두했다.

그저 『무심』으로 『지고』했다.

저것이 무엇인가……. 그런 건, 이제 생각할 수 있는 건 두 가지뿐이다.

하나는 자력이다. 마력의 흐름이 없다면 자력 생명체 마물이 아닐까? 하지만 번개 마법에 아무런 영향이 없었고, 자력도 느껴지지 않았고, 혈행도 좋아지지 않았다! 그러니까 자력과는 관계가 없는 무언가다. 어깨결림도 좋아지지 않았다!!

그렇다면 나머지 하나. 그건 최악의 예상.

이 계층에 무한하게 깔린 모래 한 알 한 알 모두가 아주 작은 코어 조각. 그게 모이면 하나의 코어가 되는 무한한 분체. 즉, 모래 알 하나하나를 전부 파괴하지 않으면 죽지 않고, 죽일 수 없다. 이제는 그것밖에 생각할 수 없다.

그렇다면 시험하고 뭐고 죽일 방법은 없다. 모래알을 아무리 베고 돌아다녀도 모여서 코어가 될 뿐이지, 모래알을 파괴할 방법이 있을 리가 없다. 실제로 태워봤는데 녹지도 않았으니까 방법은 없다. 없으니까 별수 없다. 선택의 여지조차 없다. ──없으니까 만들자.

약간의 짐작과 미약한 가능성과 막대한 의혹이 있다. 예전부터 줄곧 의심했다. 그리고 겨우 손에 넣은 이세계 공략본 중 하나 『마법 고찰』을 읽고 그 의혹이 확신으로 변했다. 이 세계에 진동 마법 같은 건 없었으니까.

그런데 동급생들은 진동 마법을 익힐 수 있었다. 이 세계에 존재하지 않는 진동 마법을. 그리고 무시무시하게도 바보들도 익혔다! 그래. 바보인데! 바보가 가능하다면 이세계인도, 고블린도, 분명 물고기도 익힐 수 있을 거다. 이 세계에 진동 마법 같은 건 없다. 그런데도 익힐 수 있었다.

그렇다면 이 세계에는 없지만, 그러면서도 바보들도 있는 것.

그렇다. 경악스러운 사실이지만, 바보들에게도 현대 지식이 조금은 있는 거다! 그게 제일 놀라운 일이야!!

그래서 쓸 수 있었다. 진동, 진동 현상을 알고 있으니까 실제로 재현했다. 물리 진동, 진동파를 이해하고 있기 때문이다.

바보들도 오타쿠들도 진동 마법으로 '파문의 힘이다!' 라고 외치면서 오버드라이브하며 놀았으니까. 내가 잔소리 듣는 중에 말이지? 나도 하고 싶었는데? 따돌림당했다니까?!

뭐, 그래도 파문 같은 건 쓸 수 없고 진동도 안 통한다. 그래도 이해할 수 있었다. 불 마법도 있고, 얼음 마법도 있고, 화염이나 빙결도 있는데 『온도』라는 마법은 없었다.

그럼 그건 열 마법이 아닌 마법이다. 열운동의 진동 원리에 대한 지식이 있었으니까 『진동 마법』을 간단히 얻을 수 있었다.

그렇다면 온도 마법은 진동 계통이긴 해도 과열은 아니다. 그야 식힐 수도 있으니까? 분명 번개 마법이 있어도, 전자파 효과로 과열은 시키더라도 온도 마법을 익힐 수는 없겠지.

무진장한 은빛 섬광이 번뜩이고, 끝없는 모래 거인의 공격을 멈추지 않는 연격으로 날려버리며 서 있다. ——포장 마법은 장악 마법이 되었다. 마력 조작의 특수계였다. 그러니까 마력 조작이나 마력 두르기를 간단히 익혔고, 『마전』이라는 기술이 생겼다. 그리고 중량 마법은 중력 마법이 되었고, 중력 조작의 특수계였으니까 『공중보행』이나 『질주』 같은 기술이 생겼다.

그리고 이동 마법은 전이 마법이 되었다. 그건 공간 조작의 특수계였다. 그러니까 『순신』이나 『순속』 같은 기술이 생겼다.

"자자, 가능하겠지? 불가능하다고 말하지는 않겠지?"

그렇다면 온도 마법은—— 뭐가 되지? 저기저기, 무슨 조작의 특수계야?

"진동 마법이 생겼으니까, 이제 와서 분자 진동이 불가능하다고 말하지는 않겠지?"

중력이나 공간의 지식이 있었다. 그래서 이 세계에는 없는 중력 마법이나 전이 마법이 생긴 거라면, 분자 진동의 지식이 있으니까 온도 마법이 생긴 거다.

그렇다면 온도 마법은 진동 조작계 마법이 될 거다. 분자 조작의 특수계겠지. 그렇다면 분자 진동의 증감도 가능할 터. ——분자의 원자핵 운동, 진동 운동의 자유도를 조작할 수 있다면 최종적으로는 원자 붕괴도 시킬 수 있다!

집중—— 몰려오는 모래 병사들을 모조리 무시하고 그저 집중했다. 무한히 변형하면서 날아다니는 점액체가 무한 재생하는 병사들을 날려버렸다. 지켜주고 있다. 그러니 집중. 문제는, 원자핵은 붕괴할 때 방사선을 방출한다는 거다. 그게 방사성 붕괴, 방사성 괴변, 혹은 방사 괴변, 다시 말해 핵반응을 일으키게 된다. 응. 그런 건 무서워서 못 쓰지?!

그러나 쓰지 않는 건 상관없지만, 쓰지 못하는 건 최악이다. 적이 쓸지도 모르는데 쓰지 못한다는 건 광기의 산물이다. 쓰지 못하게 하려면 쓸 수 있어야 한다. 그리고 샌드 자이언트가 밖으로 나가면 변경은 죽는다.

변경을 봉쇄하고 가두는 것 말고는 방도가 없다. 그 정도라면 이 지하에서 핵 공격을 하는 게 낫다. 변경의 토지는 많이 죽겠지만 전멸은 면할 수 있다. 적어도 변경 사람들을 도망치게 할 수는 있겠지.

"후————————————욱."

하지만 그건 최후의 수단이고, 그저 최악의 결과다. 그토록 절박하진 않으니까 느긋하고 차분하게 생각해도 된단 말이지?

(부들부들부들부들!)

그야, 쟤들이 맡겨도 된다고 했으니까, 아무 일도 일어나지 않을 거다. 아무 일도 일으키지 않을 거다. 아무 일도 일어날 수 없다. 그러니 아직 조바심을 낼 시간은 아니다…… 같은 복선도 아니야!

왜냐하면 쟤들은 시합 종료 휘슬이 울릴 때까지 계속 파괴할 테니까, 맡긴 이상 내가 포기할 때까지 영원히 시합이 속행될 거란 말이지? 응. 진지한 말이야.

조각이라도 코어의 일부라면 부술 수 있을 거다. 부술 수 있는 것이다. 그렇다면 붕괴할 거다. 그러니 모래 거인을, 모래라는 모래를 장악해서 온도를 내린다. 원자를 진동시킨다. 열붕괴라든가 열사병에 걸려 주면 좋겠지만……. 최악은 원자 붕괴.

그저 『무심』으로 『지고』했다. 『마력 제어』와 『진동 마법』으로 『온도 마법』을 제어하는 완전한 집중 상태. 지금은 손가락 하나 까딱할 수 없는 상태로 앉아 있어도 무조건 안전 안심이니까. 지면 일대를 덮은 무진장한 마물 대군도 여기까지 올 수 없다. 이곳만큼은 올 수 없다. ──왜냐하면 참격의 선밖에 없으니까.

그렇다. 보이는 범위 전체를 뒤덮는 참격의 선에 뒤이은 참격의 선. 층 전체의 공간을 가득 메우는 무량대수의 참격과 검광. 그렇다. 갑옷 반장에게 적수는 없다고? 그저 죽지만 않을 뿐, 그저 죽일 수 없을 뿐이다. 영원히 죽지 않을 뿐이다. 그러니까 영원히 흩어버리고, 영겁의 시간 동안 날려버리면 된다. 그러니까 이곳은 영구 보존된 안전지대다.

그러니까 조바심 내지 말고 천천히, 천천히 흔들었다. 차분하게, 차분하게 진동시킨다. 그리고 집중하면서 느긋하게 결과를 기다리면 된다. 죽지 않는다면 말이지…… 붕괴시킬 뿐이야.

너무 집중해서 시간 감각이 사라졌다. 『무심』의 부작용일까?

시간의 흐름을 이해할 수 없게 되었다. 사고의 속도와 시간의 흐름이 맞물리지 않게 되었네?

주변은 변함없는 모래폭풍, 형태가 잡히기 전에 썰려서 흩어지는 모래폭풍, 참격의 폭풍 속에서 흩어지기만 하는 모래가 흩날리는 폭풍이다.

무한한 목숨을 가진 무수한 모래 병사들이 무진장 솟아나서 무참하게 베이고, 무정하게 무너지고, 무의미하게 흩어진다. 그야 무한한 목숨이나 무한한 숫자 같은 건 무의미하니까? 무한히 계속 죽을 뿐이니까?

응. 상대가 너무 안 좋았다. 저들은 영원히 죽일 수 있다. 절대적 공격력으로 궁극적 방어선을 그어버렸거든. 그러니까 여기는 절대 영역이다. 앗, 돌아가면 니삭스를 만들자. 만들어서 입히자. 입어달라고 하고 오늘 밤도 힘내자!

——그야, 이제 끝난 모양이니까?

무너지기 시작했다. 그러니까 제어했다. 천천히, 차분히 마력을 제어해서 스킬을 조절했다.

약하게, 느리게, 모으듯이……. 임계점 직전의 아주 미약한 영역을 계속 유지한다.

그렇다. 모든 것이 그저 사막이 될 때까지.

"응. 던전이 죽은 모양인데, 괜찮나? 모래도 일단 전부 붕괴시켰으니까 움직일 기미도 없고? 그보다 배고프니까 돌아갈까. 지금 몇 시 정도일까? 랄까?"

배고프네. 저녁밥 시간이 한참 지난 건지, 마력을 너무 쓴 건지 배가 고파……. 그래도 햄버그를 만들어야 한다고!

응. 잘 생각해 보니 어째서 잔업하는 조건이 햄버그 만들기? 잠깐. 이건 노동의 대가가 노동이고, 노동의 보수도 노동이라는 영구 노동 기관인 건가?!

"그 이전에, 먼저 간 애들이 여관에서 배를 곯으며 기다리고 있어도 이상하지 않나? 아니, 만들 거야……. 돈 벌어야지. 여관비도 써버렸으니까?"

(부들부들?!)

응. 앞으로도 던전을 뭉개버리러 돌아다니자. 여자애들에게 바가지를 씌우지 않으면 내 재정이 붕괴하니까!!

▶ 함정은 매번 걸리지만 함정이니까 이미 늦었다.

52일째 밤, 던전

가장 끔찍한 위협인 대미궁을 죽였다. 가장 큰 공포인 마의 숲도 섬멸하고, 가장 나쁜 전개였던 전쟁도 봉인했다. 그리고 마지막 문제인 던전도 죽이고 돌아다니고 있다. 순조롭다고 생각하고 말았다. 이세계의 위험도 어떻게든 되고 있다고 생각하고 말았다.

방심했다……. 그럴 리가 없는데. 어느샌가 이제는 내가 약하더라도 변경을 안전하게 만들면 그동안 모두가 최강이 될 거라고 대수롭지 않게 보고 있었다. 그러나 만약 이대로 반장 일행을 데리고 60층에 갔다면 누군가는 죽었다. 수세에 몰리면 전멸할 수도 있었다. 이세계는 변함없이 최악이다.

"아~ 피곤하고 머리가 아파!"

(뿌용뿌용)

그렇다. 미궁황과 미궁왕 콤비라서 계속 죽이면서 버텼다. 즉, 지킬 수가 없어서 계속 죽였다. 지킬 대상이 한 명뿐이니까 가능했다.

그건 위험했다. 여전히 원자 붕괴를 제외하면 죽일 방법이 떠오르지 않는다. 즉, 다른 파티였다면 죽었다. 전멸이었다.

"그런 마물이……."

"역시 희귀하구나……. 아니, 그런 게 잔뜩 있다면 변경 망했잖아?!"

(부들부들)

역시 탐색은 49층까지다. 그 이후는 레벨 100을 넘고 나서 가지 않으면 무리다. 모두가 레벨 100이 된다면 급격하게 강해질 테니까, 그래도 레벨 100 미궁왕이라면 전원이 가도 위험할지도 모른다. 그리고…… 샌드 자이언트 같은 특수한 미궁왕도 있을지도 모르니까 너무 무리한 게임이다.

생각해 봐도 지금은 대책이 없다. 그러나 보고 알게 되었다면 반드시 대책은 있다. 그리고 배가 고프다!

"뭔가 이상한 공복감? 시장하네?"

육포를 씹으면서 슬라임 씨에게도 나눠줬다. 응. 있는 걸 몽땅 샀으니까 재고는 잔뜩 있고, 돈이 없다. 아니, 하지만 슬라임 씨가 좋아한단 말이지?

그나저나 이게 마력 고갈 증상이라면 그 원자 진동은 진짜 위험한 거네.

무진장일 줄 알았던 마력 배터리가 있는데도 마력이 다 떨어질 뻔했다면, 폭주 직전이었다는 뜻이다. 제어하지 못하고 폭주 직전이었던 마법을 그저 막대한 마력으로 억지로 억눌러서 제어했기 때문에 마력 고갈……. 그렇다면 다 떨어졌다면 폭주했겠지?

봉인하자. 너무 위험하잖아?!

"고마워. 살았어. 도시로 돌아가면 상을 줘야겠네? 뭐, 옷하고 밥뿐이지만? 그보다 몇 시지? 아직 가게가 영업하고 있을 시간인가? 랄까?"

(뽀용뽀용)

응. 오늘은 용돈과는 별도로 포상이 필요하다. 일방적으로 마물이 득실대는 곳에서 움직이지 않는 건 완전 민폐. 그런데도 지켜준 거니까……. 응, 나였다면 전투 중에 움직이지 않고 앉아 있는 녀석이 있다면 가차 없이 걷어찰 거다. 틀림없이 걷어찬 뒤에 밟을 자신이 있다! 응. 상을 줘야겠어.

"앗, 멀쩡한 마석으로 변했잖아! 다행이네……. 응. 모래알 사이즈의 마석이 바닷물처럼 쏟아지면 어쩌나 했어. 실은 이미 삽도 준비했거든?"

하마터면 남자 고등학생이 삽을 들고 미궁 바닥에서 모래 장난을 시작하다 신고당하는 사건이 발생할 위기였다. 응. 그런 녀석이 있다면 나도 신고했겠지?

레벨 60 미궁왕이 떨군 마석. 그건 특히 크고 투명감이 있었다. 모래였던 주제에?!

분명 너무 비싸서 이것도 매입을 거부할 것 같지만, 마력 배터리가 되어 준다면 상관없겠지. 돈으로 받는 게 고맙긴 하지만, 오늘도 텅텅 빌 때까지 써버렸으니까 있는 게 좋기는 하다.

게다가 마도구 제작에도 마석이 필요하고, 이왕 이렇게 된 김에 장비를 재검토하려고 해도 마석이 필요하다. 적어도 탈출할 수 있는 장비를 만들지 않으면 반장 일행이 위험하다. 진짜로 위험하다. 이대로 함께 왔다면 죽었을 거다. 농담이 아니라 확실하게.

"어라? 드롭 아이템이네?"

샌드 자이언트는 알몸의 모래 거인이었으니까 장비품은 없었다. 노출된 거라면 좀 싫은데?

"응. 그래도 나체족이었지? 나체족 여자애를 놔두고 와서 다행이야. 하마터면 나체족 대결이 시작될 뻔했어."

어라? 나체족 대결이라면 나체족 여자애가 이길 것 같은데! 헉. 샌드 자이언트를 쓰러뜨리려면 나체족 여자애의 나체족력이 필요했던 건가! 아니, 나체족력이라니 무슨 힘이야. 노출력?

보석인가? 보석이라면 탐욕 씨가 원할 것 같은데?

"으음. 『마핵의 보구 : 마핵 제작/조작』이라니……. 왜 굳이 던전에 마물을 죽이러 왔는데 마물을 제작해야 하는 거냐고! 그럼 마물이 안 줄어들잖아! 던전을 죽인 게 무의미하잖아! 뭘 하러 온 건지 영문을 모르게 되잖아!! 잠발라야잖아! 앗, 내일은 잠발라야로 할까?! 응. 모처럼 케첩을 만들었으니까 잠발라야로 하자. 새우는 없지만 잠발라야로 하자."

아무튼 돌아가자. 배가 고프고, 게다가 여관에서는 배를 곯는 애들이 햄버그를 계속 기다리고 있을 테니까.

"다녀왔어~ 그보다 밥이야! 배고프단 말이지. 기다릴 수 없어서 햄버그를 반죽하면서 걸어서 돌아왔는데, 참지 못하고 거리에서 구우면서 돌아왔거든? 응. 진짜로 갓 구운 햄버그라고!"

"""어서 와&잘 먹겠습니다!"""

역시 먹지 않고 배를 곯는 애들이 기다리고 있었다. 어째서 여관 식당에서 배쫄쫄이 상태로 기다리고 있었던 걸까?

"""맛있어!"""

"기다려서 다행이야!"

"응. 최고!"

단숨에 먹어치우고 한 그릇 더 받으려는 줄이 생겼다. 그리고 마스코트 여자애도 접시를 들고 기다렸다. 여관 숙박객한테 노동을 시키는 종업원이다. 그리고 당연한 듯이 미행 여자애도 줄을 서고 있다!

"응. 그래도 실은 여관비 상쇄 서비스고, 밀린 외상이 줄어드니까……. 좋아. 잔뜩 먹여주자!"

(뽀용뽀용?!)

모두 맛있게 햄버그 정식을 먹고 있다. 나는 굽느라 바빠서 햄버거거든? 그런데 왜 그 햄버거조차도 차례차례 빼앗기고 있는 거야?

"햄버거다!"

"으으, 그리웠어~!"

"마지막 군것질이 햄버거였는데."

쌓여가는 추가 요금 덕분에 떼부자로 부활했지만, 내 햄버거가 줄어들잖아?!

"아~ 흰쌀밥도, 빵도 먹고 싶어!"

"""응. 햄버그가 부족해!"""

"빨리 구워줘. 빨리 구워주지 않으면 밥하고 빵에 끼울 수가 없잖아!"

응. 그 발상은 없었네?!

"이것도 맛있어~. 버섯 햄버그는 일품이네~?"

"이거, 대기열 생기는 가게를 열 수 있을지도?"

아니, 줄이 없어지지 않으면 밥을 먹을 수가 없는데, 먹고 있는 햄버거가 점점 팔려나간다!

"그보다 바보면서 대체 줄을 몇 번 서는 거야. 1분마다 오지 마! 잠깐, 너무 헤비 로테이션이라 다섯 명 있으니까 12초당 1바보잖아!"

"""맛있어. 하나 더!"""

저녁밥 정량인 세 접시 이후부터는 유료인데도 회전이 멈추지 않는다! 줄이 사라지지 않고, 돈은 쌓이고——. 아, 내 몫까지 팔려버렸잖아?! 응, 손에 들고 있는 게 마지막 하나였다!!

"어째서 300개 넘게 만들어놨는데 내 햄버그는 하나만 남은 거야? 열심히 고기 다지고 양파를 썰면서 미궁 계단을 올라와 반죽하면서 걸어오고, 구우면서 여관까지 돌아온 건데 안 남았잖아? 진짜냐?"

"""미안해! 잘 먹었습니다!!"""

"그야, 멈출 수가 없었으니까."

"응. 파산의 위기!"

"""맛있었어, 잘 먹었어!"""

(뽀용뽀용)

응. 햄버그가 안 남아서 생선을 구워 먹었거든? 아니, 돈도 벌었고 맛있긴 했지만?

뭐, 슬라임 씨도 햄버그가 마음에 든 모양이라 30개 넘게 부들부들거리며 먹었지만. 뭐, 포상이니까 상관없긴 하지? 응. 이미 300개로는 부족한 모양이다!!

다들 그리운 맛에 배를 가득 채우고, 너무 행복하게 먹어서 다운…… 응, 돈은 벌었지만, 미묘한 기분이네?!

투덜거리면서 슬라임 씨를 데리고 목욕탕이라도 갈까 했는데 놀랍게도 이미 마스코트 여자애와 미행 여자애가 목욕탕으로 데려가 버렸다. 응. 외톨이네? 리얼리?

자, 그럼. 혼자 쓸쓸하게 목욕한 뒤에는 부업이라는 이름의 무간지옥. 응. 사실 지옥은 죄를 청산하고 천국으로 가기 위한 곳인데, 어째서인지 부업이라는 이름의 지옥은 죄가 없는 나에게 영원히 이어지는 주문표를 건네줄 뿐이야!

"그래. 천국에는 갈 수 없으니까 직접 천국을 제작하자! 그래, 니삭스다!"

메리야스뜨기. 요컨대 저지(Jersey) 원단을 만드는 거다. 이 편직물은 신축성이 아주 좋지만, 뜨개질 작업이 걸림돌이었다. 그러나 마수 씨가 있으면 얼마든지 뜨개질할 수 있다! 초고속 정밀 편물기다.

"이세계에서 니삭스를 볼 수 있다니 감회가 깊네……. 아, 니삭스를 제대로 보는 건 처음이었네? 응. 잘 생각해 보니 처음 뵙겠습니다?"

당연히 본 적이야 있지만, 남자 고등학생이 니삭스를 빤히 바라보면 사건 발생이고, 하물며 만지기라도 하면 사건 확정이니까 역시 처음 보는 거다.

"뭐, 그래도 첫 니삭스가 자기 수제인 남자 고등학생이라니 충분히 사건이고, 게다가 조금 슬픈 사건 아닌가?!"

어째서인지 혼자 정신적 대미지를 입으면서 연습 겸 처음으로 학교 체육복을 만들어 봤다. 응. 모두가 맞춤복을 가진 걸 보고 갑옷 반장이 부러워하고 있었단 말이지?

"아마 여자 모임에서 따돌림받는 기분을 느끼고 있겠지만, 그 무지막지한 쭉쭉빵빵 장신 모델 체형에 학교 체육복이 어울리긴 할까?"

의문이 들었지만, 건네줬더니 크게 기뻐하면서 즉시 입고는 룰루랄라 여자 모임을 나갔다. 응. 의외로 꽤 어울렸고, 본인도 기뻐했으니까 상관은 없지만…… 왠지 에로했네?!

게다가 니삭스를 제작하다가 그만 마가 끼어서 스타킹을 양산해버렸다. 이세계는 신기하네?

그리고 눈치챘을 때는 스타킹이 양산 라인에 올라가서 공중을 춤추고 있었다. 니삭스와 스타킹이 대량으로 공중을 춤추는 방에 있는 남자 고등학생이라니 이미 글러버린 게 아닐까? 응. 뭔가 여러모로…… 글러먹은 것 같아! 특히 구도가!!

"잠깐, 이건 함정이야! 응. 어째서인지 매번 걸리지만 함정이란 말이지. 거참,『트랩 링』과『함정 탐지』는 일 좀 해라! 그래도 이미 늦었네? 그야 무심코 저질러서, 만들어서, 잔뜩 완성하고 말았으니까?"

스타킹에 비치는 방의 불빛이 왠지 호감도에 치명적이었다!

"아니, 신길 거거든? 그야 물론 갑옷 반장에게 신길 거라고? 하지만 오늘은 니삭스야!"

아마 이 실패의 원인은 스타킹 뜨개질을 이것저것 바꿔보다가 무늬가 있는 스타킹을 만들었을 때부터 늦었던 거겠지. 뜨개질 코의 명암이나 실의 증감으로 무늬를 만들 수 있어서 그만 시행착오를 거치며 이것저것 만들었단 말이지? 응. 격자 무늬부터 스트라이프 무늬라든가, 체인 무늬라든가, 그리고 아가일 무늬는 꽤 노력했다니까?

"그럼 만들게 되잖아? 응. 그야 남자 고등학생이고, 실도 적게 들어서 친환경적이고? 그래. 갑옷 반장에게 잠깐 신겨보고 싶었을 뿐이야……. 왜 양산하게 된 걸까?"

마수 씨가 공중에서 나선을 그리며 차례차례 뜨개질로 완성되어가는——망사 타이츠들이 내 주변을 돌고 있다. 응. 반성은 하지만 후회는 없다!

> **영향을 걱정해서 나한테 화내기 전에**
> **자중할 필요가 있지 않냐는 말은 무서워서 차마 할 수가 없다.**

52일째 밤, 하얀 괴짜 여관에서 여자 모임

여자 모임에서 내일을 휴일로 결정하려다가 큰 문제가 발생했다. 죽이지 못하는 마물이 나오고, 아무도 해치울 수 없는 마물이 발견되고 말았다. 안젤리카 씨가 해치우지 못한다면 우리가 레벨 100이 되어도 무리일 게 분명하다.

"대미궁의 스핑크스 수준으로 불사신이고, 해치울 방법이 없다니 괴물이잖아!"

"그런 거. 우리는 절대 해치울 수 없지 않아?"

여전히 약점을 모르고, 대책도 없다는 경이.

"마물의 무한 리스폰은 트라우마지!"

"그보다, 그 미라들을 쓸어버리고 스핑크스를 일도양단한 안젤리카 씨가 해치우지 못했다고?"

미궁황이었던 안젤리카 씨가 죽이지 못했다. 간단히 해치웠고, 상처도 전혀 입지 않았지만, 그래도 죽이지는 못했다고 한다. 어째서인지 하루카는 그런 중요한 이야기를 햄버그를 구우면서 겸사겸사라는 듯 말했지만, 60층 미궁왕은 터무니없었던 모양이다. ──최악의 마물이었다.

"그런데 '이야~ 운이 좋았어? 랄까?'는 무슨. 그걸 운으로 넘어가도 되는 거야?!"

"응. 우리가 살아있는 거, 평범하게 기적이잖아?!"

"응. 그대로 따라갔다면…… 틀림없이 죽었을 거야!"

그렇다. 운 좋게 살았다. 그저 운이 좋았을 뿐이다. 이건 하루카의 강운에 기도해도 좋을 정도다. 하지만 기도했다가는 사역당할 것 같단 말이지? 응. 실은 다들 꽤 아슬아슬하고 위험한 것 같다. 진심으로?

"50층 금지인가~."

"""응. 강해져야겠어!"""

그대로 50층을 넘어서 내려갔다면 죽었다. ──우리도, 그리고 하루카도. 그러니까 반대할 수는 없었다. 우리는 약하니까.

우연…… 그것은 기적. 그도 그럴 것이, 그 던전 50층에서 탐색을 멈추고 다음 던전으로 갔으니까── 슬라임 씨가 동료가 되어 줬다. 그리고 거기에 있던 책으로 하루카가 해치울 방법을 떠올렸다. 게다가 그게 가능했던 건 슬라임 씨가 터무니없이 강했기 때문이고, 그래서 결과적으로는 아무도 죽지 않았다. 결과만 좋았을 뿐 최악이다.

"운이네…… 그냥."

"응. 순서가 하나만 어긋났어도 죽었을 거야."

그렇다. 하루카가 위험을 느끼지 않았다면 그 던전에서 전멸했다. 하지만 그렇다고 하루카 일행에게만 그런 위험한 일을 시키는 건 이상하다.

확실히 아무도 레벨 100에 도달하지 못했다. 그리고 모두가 레벨 100에 도달했다고 해도 이기지 못하는 마물이 있다.

레벨 100에서 정말로 강력한 힘을 손에 넣을 수 있을지조차 알 수 없다. 그래도 강해지지 않으면 하루카 일행만 싸우게 된다. 그러니까 지금은 레벨을 올리는 것 말고는 뭔가 할 수 있는 게 없다. 그래도——.

(똑똑)

"""아, 들어오세요~."""

안젤리카 씨가 찾아왔다. 그렇다. 지금부터가 진짜 여자 모임이다. 샌드 자이언트에 대해서도 자세한 이야기를 듣고 싶다. 하루카에게 물어보면 뭐가 뭔지 알 수가 없으니까.

말하기를, '왠지 안 죽어서 흔들어 봤는데?'. 게다가 '아니, 진동으로는 무리? 그게, 원자라든가 분자 같은 무언가? 뭔가 운동 가속 같은 느낌으로 죽었거든? 지나치게 급격한 운동은 위험하단 말이지? 진짜 죽는다니까?' 라고 한다. 응. 아무도 진지하게 듣지 않았지만, 그건 진지하게 들으면 더더욱 이해할 수 없게 된다니까?

그리고 매일 밤 이루어지는 위험하고 급격한 과도의 운동 이야기도 들어야 한다. 그건 위험하다. 여자에게는 여러 가지로 위험하다고!

"""아앗, 깔맞춤이다!"""

어라? 안젤리카 씨가 학교 체육복 차림으로 나타났네? 그 주변을 체육복 여자애들이 둘러싸고 있는데, 나란히 두고 보니 조금 달랐다. 그건 미묘한 광택이나 질감 차이, 무엇보다 미사용 신품. 그렇다면 누군가의 것을 빌려준 게 아니라 안젤리카 씨를 위해 만든 거다. ——그렇다면 하루카의 짓이겠지.

"수수한 체육복이 멋있어?!"

"예쁘다······. 학교 체육복인데!"

"""응. 서양녀는 치사해!"""

그렇구나. 눈치채지 못했네······. 미안해, 안젤리카 씨.

학교 지정 체육복은 다들 가지고 있고 편하니까 밤에는 자주 입는다. 그게 맞춤복으로 보여서 부럽기도 하고 조금은 쓸쓸하기도 했겠지. 모두가 가지고 있으니까 자기만 따돌림을 당하는 것 같고······ 동료가 아닌 것 같아서. 그러니까 하루카가 만들어준 거다. 동료이고, 모두 똑같다는 뜻을 담아 만들어줬다. 응. 눈치채지 못해서 미안해.

"아, 다리 길이가!"

"아니아니, 엉덩이 높이가!!"

"얼굴도 작고 목도 길고!"

"좋겠다~."

그리고 안젤리카 씨의 정보에 따르면 또 뭔가 만들고 있다고 한다. 응. 애초에 어느새 체육복을 만들게 된 걸까?

뜨개질해서 만드는 거니까 뜨개질을 익힌 걸까? 아니, 분명 그 촉수, 마수 씨다. 어째서인지는 몰라도 하루카와 촉수는 상성이 무척 좋아서 의기투합, 일심동체였다. 응. 대체 하루카는 뭘 노리고 있는 걸까······ 촉수를 다루면서?

"긴, 통? 짜고 있었어요."

"그건 타이츠인가~?"

"아니, 하이 삭스 아닐까?"

"짧은 건 없었어?"

"""뭐야뭐야? 신상 정보?!"""

"이번에는 뭘 만들고 있어?"

"""응. 언제부터 판매해?!"""

또 뭘 만들고 있는지 신경 쓰여서 견딜 수가 없다. 하지만……
여자는 다들 파산했으니까 돈이 없단 말이지? 응. 범인은 물론 그
악덕 상인이다.

"검은 거, 많았어요……. 이렇게, 긴 거?"

"""으~음. 타이츠는 아닌가?"""

안젤리카 씨가 몸짓 손짓으로 설명해 줬다. 긴 삭스에 짧은 타
이츠? 안젤리카 씨의 다리가 너무 긴 게 아닐까~? 어, 허벅지라
니…… 길티야!

"""그거. 분명 니삭스야!"""

"앗, 오버 니삭스구나!"

응. 그건 틀림없이 오늘 밤 안젤리카 씨에게 신길 생각이 넘치는
신작이다. 그리고 힘쓸 생각도 넘칠 게 분명하다.

"""니삭스야?!"""

"필요해, 니삭스! 어? 검은색뿐이야?"

"""주문 예약은 아직이야?"""

"""추가 주문이야! 니삭스 발주해!!"""

다들 기뻐하면서 살 생각이 넘쳐나지만, 이제 돈이 없는데…….
응. 빚투성이가 되어버릴걸?

"어, 레이스 뜨기?"

"그보다 저지 소재가 개발되었다니, 스트레치 소재!"

"메리야스뜨기네요!"

"얇고, 비치는, 것도 잔뜩, 있었어요."

저지 소재, 즉 메리야스뜨기로 만든 니삭스, 게다가 레이스 뜨기까지 개발해서 비칠 만큼 얇은 천이라니. 스타킹까지 만들고 있어?!

만드는 건 오로지 한 사람. 그리고 목적은 오로지 하나야! 길티 오브 길티고, 범행 전부터 목적이 확실한 유죄야!

"화학 섬유나 실크도 없는데 가능한가?"

"뭐, 시제품 제작 중?"

"아니, 타이츠라도 기쁜데."

"""응. 무조건 살 거야. 빚을 져서라도 살 거야!!"""

하지만 부끄럽다면서 속옷 주문은 받아주지 않으면서 니삭스를 만들고 있어? 스타킹도 틀림없이 주문이 들어올 텐데? 이거 무조건 자기 목을 스스로 조이는 건데, 목이 뜯기지 않을까?

그리고 안젤리카 씨는 시제품을 받으러 하루카에게 갔다가 돌아오지 않았다. 시착한 걸 보고 그대로 덮쳐버린 건가? 굉장히 굉장히 그럴싸해 보이는데, 하루카는 입히고 싶은 걸까 벗기고 싶은 걸까…… 응, 어느 쪽이든 바빠 보이네!

"""꺄아아아, 어서 와!"""

"""앗. 역시 니삭스네?!"""

안젤리카 씨가 니삭스를 잔뜩 들고 돌아왔다. 이미 양산한 모양이다. 그보다 안젤리카 씨는 체육복에서 새로운 미니 드레스로 갈아입고── 스타킹이야! 게다가 무늬 스타킹을 개발했어?!

"""이거 엄청 귀여워!"""

"스타킹, 게다가 무늬까지!"

"드레스도 귀여워! 야하지만!!"

"""응. 추가 주문하자!!"""

"그런데 너무 많아서 못 고르겠어. 전부 갖고 싶어!"

"""응. 전부 귀엽네?!"""

니삭스도 스타킹도 시제품이 꽤 있어서 다들 시착해 봤는데, 안젤리카 씨가 부반장 A에게 뭔가를 주고 있네? 망사 같은데…….
아니!

"으~음. 이건 신축성이 별로 없어 보이니까 신중하게 신어야겠네. 앗, 이거 멀티 컬러잖아. 마력을 넣을 수 있으니까 겉보기보다 튼튼하고 사이즈도 딱 맞고── 그런데 이거 야하지 않아?"

"""응. 엄청 야해! 데님 핫팬츠가 치명적이야!"""

부반장 A는 즐겨 입는 데님 핫팬츠에 허벅지 한가운데까지 망사 타이츠를 신고 포즈를 잡고 있었다. ……굉장히 요염한 언니 같아서 밤거리를 걸으면 문제가 일어날 것 같다! 그리고…… 어째서 사이즈가 부반장 A에게 이토록 딱 맞는 거야!!

"""그보다, 망사 타이츠!"""

"어른 여자!"

"섹시 노선이네!"

아까까지는 방 전체가 여고생의 맨다리뿐이었는데, 어째서인지 살색 비율이 내려갔는데도 반대로 무지막지하게 요염한 분위기로 변했다. 특히 미니 섹시 드레스에 무늬 스타킹을 신은 안젤리카 씨와 데님 팬츠에 망사 타이츠를 신은 부반장 A 때문에 굉장히 요염하다. 응. 두 사람 다 야하네?

"꺄아아아! 스트라이프의 시스루 느낌이 에로해!!"

"응. 에로 여자애네! 초밥 먹고 싶네?"

"우와~ 완전 레이스 뜨기 스타킹이라니, 예쁘고 호화로워서 고급감이 넘치긴 하지만…… 에로하네!"

시제품이라지만 모두 예쁘고 귀엽고 근사했다. 전부 조금 어른스러웠지만 그게 훌륭한 고급감을 내고 있다.

"이세계에서 니삭스 첫 데뷔!!"

"응. 잘 어울려. 잘 어울려."

"부끄러워서 못 샀는데 말이지~."

"""맞아맞아. 이세계라면 아는 사람도 없으니까?"""

그렇다. 이런 건 이전 세계에서는 절대 신지 않았을 거다. 하지만 부끄러워도, 쑥스러워도 이제는 상관없다. 그야 보여주기 곤란한 지인이나, 눈살을 찌푸릴 귀찮은 사람은 아무도 없으니까.

"""으으, 행복해!"""

그렇다. ──게다가 꾸미는 건, 한 번은 완전히 포기하고 잊어버리려고 했던 것이었으니까. 분명 모두가 옛날에 동경하던 근사한 옷을 두 번 다시 입을 수 없다고 생각했으니, 망사 타이츠나 니삭스 같은 건 생각도 하지 않았다.

그래서 떠올리게 되면 '그때 살 걸 그랬어~.' 이라거나 '이젠 못 신겠네~.' 라면서 포기하고 있었는데……. 전부, 이제 포기하고 있었을 텐데.

"고마워."

"……네."

그렇다. 우리가 안젤리카 씨에게 하루카 이야기를 듣듯이, 하루카에게 우리의 후회를 몰래 전해준 다정한 스파이에게 고마움을 전했다.

이제는 돌아갈 수 없는 세계의 추억, 잊으려고 체념하던 것이 이 세계에……. 그러니까 지금은 정말 신났다. 뭐, 겉보기에는 완전히 야한 여자 모임이고, 남자 출입금지인 제멋대로 시착회다.

그야 이제는 어른처럼 꾸미거나, 언니 느낌이 나는 섹시한 옷은 평생 입을 수 없다고 생각했으니까. 포기하고 잃어버렸던 그 세계의 추억과 동경이었다. 이제는 손에 넣을 수 없는 추억이었는데 이토록 잔뜩……. 응, 전부 야하네!

"""샘플은 1인당 세 개?!"""

"받을 수 있는 거였구나!"

"그래도, 못 고르겠는데?!"

"""응. 우선은 전부 시착해 보자!"""

나도 그때는 어른이 되면 입어 보겠다고 생각했었다. 그 잃어버린 꿈이 이런 중세 레벨의 변경, 하물며 이세계 여관방 한곳에서 눈앞에 나타났으니까—— 그야말로 야단법석. 그야 포기하고 있었으니까. 이제는 사라져버린 추억이었다.

"""함정이야. 더더욱 전부 갖고 싶어져!"""

"응. 세 개만이라니 무리!"

게다가 안젤리카 씨가 드레스나 어른스러운 옷을 빌려줘서 더

더욱 큰일이었다. 드레스와 스타킹을 갈아입는 나체족 무리가 되었다. 이건 여자의 비밀 사항이고, 이 비밀을 본 자는 사라져야만 하는 파렴치한 야단법석.

"""지쳤어~!"""

"그래도 행복해."

""그러게~.""

심야까지 갈아입고 또 갈아입으면서 와글와글 시착해 보며 이러쿵저러쿵 이야기를 나누고, 쟁탈전을 벌이다가 겨우 결정해서 피곤하긴 했지만 행복이 가득했다. 그저…… 이거 어떡하지? 도시에서는 못 입는데. 너무 야하잖아. 응, 추가도 살 거지만?

그도 그럴 것이, 이 변경 도시는 계속 가난하고 위험해서 살아가는 것만으로도 필사적이었다. 그러니까 이 도시에…… 꾸밀 곳은 없었다. 바로 최근까지는 그랬다.

갑자기 평화로워졌다. 갑자기 생활이 편해졌다. 어느새 일상생활에 여유가 생기기 시작했다. 어느덧 조금씩 풍족해졌다.

그리고 도시 가게에는 갑자기 귀여운 옷이나 액세서리가 진열되기 시작했다. 지금까지는 본 적도 없고, 사는 건 꿈도 못 꿨는데 —— 노력하면 살 수 있게 되었다.

그래도 다들 어떻게 해야 좋을지 몰랐다. 그야 꾸미는 게 뭔지도 몰랐으니까.

다들 필사적으로 살아가는 게 고작이었으니까 꿈에서도 나오지 않았던 꿈에 당황했다.

도시 여자애들도, 부인들도 다들 줄곧 있는 걸 고쳐가면서 열심히 꾸며왔지만, 너무 급격한 변화에 지식이 따라가지 못했다.

그야, 변경에서는 새로운 옷이란 꿈같은 거였으니까.

변경에서는 예쁜 옷을 팔지 않았으니까.

그래서 어떻게 해야 좋을지 알지 못해서 그것만으로도 다들 심각하게 고민했는데—— 지금은 완전히 대혼란이다.

그렇다. 누가 중세 시골에 화려한 현대 패션을 대량으로 가져온 거다. 수백 년 차이가 나는 유행을 따라잡아야 한다는 거잖아?!

그리고…… 그것 때문에 다들 쳐다보고 있다. 특히 휴일에는 굉장하다. 그야 시내 여자들이 다 주목하니까.

평범한 여고생이라도 현대인이고, 꾸밀 돈도 없었지만 다들 애썼다. 그래서 이 도시에서는 패션 리더 수준이다.

게다가 시마자키 그룹 다섯 명이 있다. 작은 얼굴, 긴 팔다리에 키도 커서 어른스럽고 예쁜, 게다가 진짜 패션 리더.

귀엽고 예쁘고 몸매도 좋고 뛰어난 센스도 있으니까 독자 모델로 일했던 거다. 게다가 전문가 뺨치는 지식. 지금은 완전히 친해져서, 모두의 스타일리스트를 맡아주고 있다. 옷 전문가에게 매일 코디네이트를 받는 셈이다.

그래서 굉장히 주목받는다.

그리고 영향력도 있는 모양이더라?

길드 언니가 가르쳐 준 이야기에 따르면, 우리가 입은 옷을 흉내 내는 게 유행이라고 한다. 그렇다. 흉내 내는 거다. 도시의 여자들이 열심히 돈을 모아서.

매일 열심히 일하고, 조금씩 돈을 모아서 언젠가 반드시 꿈처럼 예쁜 옷을 입는 거다. 그걸 위해 우리를 주목하고, 지금 열심히 꾸미기 공부 중이다.

응── 망사 타이츠는 좀 아니지!

하루카는 뭐든 파괴하려고 하지만, 원자 붕괴에 이어서 이세계의 도덕도 무너뜨린 모양이다.

> **들키면 은근슬쩍 나오지만,**
> **들킬 때까지는 숨거나 속이니까 추리가 필요한 모양이다.**

52일째 밤, 하얀 괴짜 여관

이건 그저 억측에 불과하지만, 그래도 분명 확실하게 틀림없이 혼날 것 같다.

그래. 니삭스는 좀 위험했을지도 모른다. 스타킹은 가까스로 치명상 정도고, 무늬 스타킹은 약간 오버킬 범위 안이겠지. 그렇다. 역시 망사 타이츠가 치명적이었던 게 아닐까? 뭐, 남자 고등학생이 밤중에 혼자 망사 타이츠를 짜고 있으면 여러 의미로 치명적이라는 느낌은 든다. 응.

"그래도 양산했으니 팔지 않으면 공짜로 일한 셈이잖아? 그리고 분명 팔릴 거야. 언제 입을지는 수수께끼지만, 여자애들도 모두 꽤 몰래몰래 야한 드레스를 주문하고 있었으니까?"

그래서 실은 모두가 야한 드레스를 한 벌씩 가지고 있다. 그러니까 야한 스타킹도 망사 타이츠도 무조건 잘 팔릴 거다! 응. 그리고 어째서인지 혼난단 말이지?

갑옷 반장이 샘플이 필요하다면서 돌아왔기에 이미 니삭스와 함께 스타킹을 줬다. 부반장 A용 망사 타이츠도 줬다. 그렇다. 무심코 만들고 말았다는 건 비밀이다!

단지, 문제는 밤새 방에서 니삭스와 스타킹과 망사 타이츠를 만드는 남자 고등학생이라는 소문이 돌면 위험하다는 거다. 최근에는 미립자 레벨이던 내 호감도의 자그마한 존재 가능성조차도 위태롭다. 아니, 미립자 레벨이라면 그래도 아직은 괜찮을지도?

그러니까 연막 작전이다. 나무를 숨기려면 숲, 많이 만들고 그중 일부가 스타킹이나 망사 타이츠라면 자연스럽다. 그래. 이러면 어디까지나 우연이다. 아마 혼나지 않을 가능성은 전혀 없겠지만, 변명할 순 있다! 그래. 남자라면 혼날 걸 알더라도 만들어야 하는 이유가 있는 거다. 물론 사용 목적도 완벽하게 있다!!

모처럼 저지 원단을 양산하는 데 성공했으니까, 롱스커트를 만들어봤다.

역시 신축성이 있고 차분한 느낌의 실루엣이 예쁘네. 롱 플레어 스커트도 만들어 볼까? 응. 모던하고 스포티해서 귀엽다. 그래서 저지로 롱 타이츠스커트도 만들어봤는데…… 야릇하네?! 물론 갑옷 반장용으로 새로 만들었습니다. 슬릿도 넣었습니다!

"이건 좋은 것이야. ──그래. 분명 입히고 나서 벗기겠지만,

벗기려면 먼저 입혀야 하는 거니까! 응. 너무나도 당연한 일이라 말할 것도 없지만, 미니하고 타이트한 것도 확실하게 만들었어!"

그래…… 당연하지. 그건 필연이라고 해도 좋다. 그야 남자 고등학생이니까?

그리고 파카나 원피스도 만들어봤는데, 원피스 드레스는 굉장했으니까 갑옷 반장 전용이다. 응. 예상은 했지만, 몸의 라인이 너무 드러나고 디자인도 위부터 아래까지 앞단추로 잠그니까 열면 슬릿이 되고, 전부 열면 더 굉장해진단 말이지! 응. 분명 여자애들에게 보여줬다가는 혼날 거다!!

그럼, 여자 모임은 길어질 것 같고, 내일 쉴지 말지 정한다고 하던데 여자 모임에서 나온 결정 사항은 남자에게 발언권이 없단 말이지? 응. 오타쿠들은 오덕오덕한 분위기고, 바보들은 항상 바보니까 어쩔 수 없지만, 식사 중에도 갑옷 반장한테는 물어보러 오면서 나한테는 묻지 않더라니까?

응. 그 후에 슬라임 씨에게도 물어보러 오던데 나한테는 안 물어보더라고? 뭔가 부들부들 떨면서 대답하더라니까?

"자, 그럼. 잡화점 건은 나중에 하자. 절대로 안 끝나니까!"

그래. 아까 힐끔 봤달까 나신안으로 보였는데, 뭔가 주문표에 '집'이라는 게 있더라고?

"대체 뭘 어떻게 해야 잡화점에서 집을 주문받는 건데? 왜 잡화점에 당연하다는 듯이 집을 주문하러 오고, 그리고 잡화점은 왜 그걸 파는 거냐고? 진짜로 가게 안에 납품해 주겠어! 반드시!!"

그렇게 시간이 생겼으니까 봐줘야만 하겠지. 감각적으로는 아마 올라갔을 거다.

"하아…… 스테이터스."

NAME : 하루카, 종족 : 인간족, Lv : 21, Job : ―

HP : 378 MP : 429

ViT : 336 PoW : 339 SpE : 431 DeX : 418 MiN : 428, InT : 459

Luk : MaX(한계돌파)

SP : 2932

무기 기술 : 「봉술의 이치 Lv8」, 「도피 Lv6」, 「마전(魔纏) Lv6」,

「허실 Lv9」, 「순신(瞬身) Lv9」, 「부신(浮身) Lv6」

「동술(瞳術) Lv1」, 「금강권(金剛拳) Lv3」

마법 : 「지괴(止壞) Lv2」, 「전이 Lv7」, 「중력 Lv6」, 「장악 Lv6」

「4대 마술 Lv6」, 「나무 마법 Lv8」, 「번개 마법 Lv9」

「얼음 마법 Lv9」, 「연금술 Lv4」, 「공간 마법 Lv2」

스킬 : 「건강 Lv9」, 「민감 Lv9」, 「조신(操身) Lv8」, 「보술 Lv7」

「사역 Lv9」, 「기척탐지 Lv5」, 「마력제어 Lv8」, 「기척차단 Lv8」

「은밀 Lv9」, 「은폐 LvMaX」, 「무심 Lv7」, 「물리무효 Lv2」

「마력흡수 Lv5」, 「재생 Lv5」, 「지고(至考) Lv6」, 「질주 Lv8」

「공중보행 Lv7」, 「순속 Lv9」, 「나신안 Lv4」, 「성욕 왕성 Lv8」

「절륜 Lv8」

칭호 : 「골방지기 Lv8」, 「백수 Lv8」, 「외톨이 Lv8」, 「대마도사 Lv4」

「검호 Lv3」, 「연금술사 Lv4」

Unknown : 「보고, 연락, 상담 Lv8」, 「요령부족 Lv9」, 「망석중이 Lv9」
장비 : 「수목의 지팡이?」, 「천 옷?」, 「가죽 장갑?」, 「가죽 부츠?」
　　　「망토?」, 「나신안」, 「궁혼의 반지」, 「아이템 주머니」
　　　「마물의 팔찌 PoW+44%, SpE+33%, ViT+24%」, 「검은 모자」

　역시 올라갔지만, 단번에 2가 올라갔다. 확실히 레벨 10이 되었
을 때도 줄곧 올라가지 않다가 단번에 올라갔던 기억이 난다. 역
시 10마다 레벨업하는 건 뭔가 조건이 붙는 건가. 그렇다면 반장
일행의 레벨 100에도 뭔가 조건이 있을지도?

　그리고 역시 달라진 것이 『지괴 Lv2』. 온도 마법의 정체를 간파
했기 때문이겠지. 진동 마법이 사라지면서 합쳐졌으니까.

　그 증거로 『공간 마법 Lv2』가 생겼다.

　"이거, 분명 공간 마법이 들켰으니까 은근슬쩍 생긴 거겠지?
응. 들킬 때까지는 숨어있다니, 대체 내 스테이터스는 뭐야?!"

　이세계 판타지는 내 상상을 초월하고 있다. 응, 스테이터스를
전혀 믿을 수가 없잖아?!

　"잠깐만. 왜 스킬이 숨거나 속이는 거냐고. 자기 스테이터스 상
대로 추리할 필요가 있는 거야?! 소유자를 속이거나, 기만하거
나, 숨기는 스테이터스라니 들어본 적도 없는데. 알아내면 은근
슬쩍 생긴다니 대체 뭐냐고? 남 같은 생각이 안 드는데?!"

　이세계에서 자기 스테이터스에 추리와 태클이 필요한 판타지라
니, 아무리 그래도 너무 판타지 같지 않나?!

그리고── 굉장히 위험했던 거겠지. 『마력 제어』가 Lv8이 되어서 2나 올랐다. 마력 조작의 상위 스킬이 벌써 Lv8. 아무리 그래도 단시간에 너무 많이 올랐다.

그럼 원인은 『전이』, 『중력』, 『장악』, 그리고 이번에 나온 『지괴』. 아슬아슬하게 폭주 직전이었던 걸 전력으로 억눌러서 제어했으니까 이상할 정도로 오른 거겠지.

그도 그럴 것이, 『집중』의 상위 스킬인 『무심』도 이미 Lv7이다. 이것도 2나 올랐다. 꽤 무리하게 마법을 스킬로 억누르며 쓰고 있었다는 뜻이다.

위험한 상태였는데도 운 좋게 어떻게든 된 거지만, 특히 『전이』와 『지괴』가 폭주했다면 좋게 넘어가지 못했을 거다. 아무리 생각해도 '벽 안에 있다' 라든가 '핵폭발이 일어났다' 같은 결말이었을 것 같아 위험하다!

"뭐, 그래도 『중력』도 뭔가의 착오로 중력 붕괴 같은 게 일어났다면 자칫 행성이 멸망했을 거고? 응. 신경 쓰면 패배하는 패턴이야! 그래그래. 이세계 판타지니까 적당히 넘어가도 될 거야!"

이곳이 SF 세계관이었다면 위험했겠지만, 분명 판타지 세계관이니까 어떻게든 될 거다. 그럼 좋겠다. 그리고 이후에는 납득만 하면 된다. 응, 굉장히 납득이 간다니까?

『성욕 왕성』이 Lv8로 3 올랐고, 『절륜』도 Lv8로 3 올랐다. 그야 한계를 넘고 재생하면서 매번 힘쓰고 있으니까. 응. 그래서 『재생』도 Lv5로 2가 올랐다. 진짜 아주 잘 납득이 간다⋯⋯. 그야 한 번도 안 다쳤는데 재생이 계속 올라가고 있으니까? 재생은 굉장히 노력하고 있어. 한밤중에!

뭐, 됐다. 신경 써봤자 모른다. 이세계에 오고 나서 내 스테이터스의 의미를 이해한 적은 한 번도 없다. 『성욕 왕성』와 『절륜』말고는 올라가는 조건조차 모른다.

그리고 끝없는 잡화점 주문을 처리해야 한다. 집 주문은 못 본 걸로 치고…… 애초에 여관방에서 집을 어떻게 만들라는 거야? 응. 잡화점에 집 한 채를 억지로 납품해 주고 싶었는데 유감이다.

"애초에 집 만드는 게 부업에 들어가나? 그건 집 안에서 만들어도 되는 거야?!"

응. 그 잡화점 누님에게는 한번 확실하게 부업과 잡화점의 의미를 알려줄 필요가 있어 보인다! 그 누님은 잡화점 일은 주문을 받아서 나에게 주문표를 넘겨주는 것으로 생각하는 게 분명해! 그리고 주문에 급하다고 쓰면 된다고 생각하는 게 분명하다. 그도 그럴 것이, 전부 급하다고 써놨단 말이지?!

"그 누님의 일은 급하다고 적어서 나한테 주는 게 끝이잖아! 그리고 진짜 급한 도시락 대책으로 만들어둔 버섯 햄버그는 몽땅 먹어버렸으니까 또 밥을 해야 하거든? 응. 왜 점보 햄버그를 1인당 3개 만들었는데도 부족한 거야? 왜 내 햄버거까지 먹는 거냐고? 울면서 그리워하며 먹고 있어서 막기 힘들었다고……. 돈도 엄청 벌었고?"

그리운 맛, 애수와 향수……로 인해 폭주해버린 폭식이었다. 응. 또 만들자.

그리고 『마핵의 보구 : 마핵 제작/조작』도 지고가 조사 중인데, 이게 범인일지도 모른다.

"이 마핵 조작이 그 부술 수 없는 코어를 만든 거라면, 이 『마핵의 보구』를 가지고 있으면 죽일 수 있을지도? 아니, 그런데 죽이지 않으면 입수할 수 없잖아?"

아무튼 해석해보지 않으면 의미를 알 수 없지만, 대책을 세울 가능성 정도는 찾아두고 싶다. 뭐, 『마핵의 보구』가 이거 하나뿐일 가능성이 더 높으니까 쓸데없는 걱정일지도 모르지만, 그건 정말로 위험했다.

"그나저나, 내일이 휴일이라면 예정도 짜고 싶은데, 아직도 여자 모임이 안 끝났잖아. 오늘 중에 끝나면 좋을 텐데, 내일까지 걸리면 여자 모임이 끝나는 것보다 휴일이 먼저 끝나지 않나?"

응. 휴일이 끝나고 나서 휴일이었다고 알려주면 곤란한데?

> 그치만 누군가가 일을 주지 않으면 돈이 없으니까,
> 아무리 지나도 부업에서 해방되지 않는다고.

52일째 밤, 오무이 영주관

"내일 아침 일찍 여관에 심부름꾼을 보내라. 그 소년의 예정이 언제부터 비는지 확인할 필요가 있다. 정중하게 요청해라."

모험가 길드에서는 던전이 속속 죽고 있다는 보고가 매일같이 들어오고 있다. 게다가 범람할 가능성이 큰 중층 이상의 던전뿐이다.

즉, 그 소년 일행이다. 그 소년 일행을 돕기는커녕 방해하는 건 본래 용납할 수 없는 행위지만, 소년의 협력을 꼭 받아야 하는 일이 생기고 말았다. 한심한 일이지만, 자재가 발전 속도를 따라잡지 못하고 있다. 특히 금속 관련은 앞으로 며칠 안에 고갈될 거다. 목재 공급이 너무 빠르다.

마물의 숲이 예정보다 어마어마하게 빠른 속도로 벌채되어 개척이 진행되고 있다.

거대한 낫이 빙빙 돌면서 마물도, 숲도 베어버리고 있다는 보고도 들어왔다.

매일 던전을 죽이고, 마물의 숲까지 벌채하고, 짬짬이 가짜 던전을 관리하며 변경을 지키고 있다.

지금도 몹시 바쁘겠지만, 광산 개발 계획서에는 '갱도 파기 : 1시간 100만 에레' 라는 요금표가 있으니까 괜찮겠지……. 싸게 채굴권을 판매해도 된다고 하던데?

"음. 무척 싸군. 게다가 광산에 갱도를 만드는 예정 시간은 3시간이라고 한다. 300만 에레라면 무척 싼 가격인데……. 하지만 보통 갱도 굴착은 연 단위의 시간이 걸리지 않던가?"

"그래서는 공급이 너무나 부족해집니다. 그러니 소년에게 부탁할 수밖에 없습니다."

그렇다. 다시 소년에게 부담을 끼쳐야 한다. 이제는 뭐라 말하면서 머리를 숙여야 좋을지 할 말조차 없다.

원래는 영주가 짊어져야 하는 고난을 한 몸에 떠안고 있는 소년에게 또 부탁한다는 파렴치한 짓을 해야만 한다. 너무 배은망덕한 행위다.

이 쓸모없는 머리를 몇 번 숙여도 갚을 길이 없는 은혜를 입었는데 여전히 소년에게 부탁하고 있다. 이제는 부탁할 말조차 떠오르지 않는다.

"지나친 생각 아닐까요?"

그래도 영지 주민의 생활과는 바꿀 수 없다. 겨우 찾아온 행복이다. 이 변경에는 찾아올 일이 없었던 행복이다.

그러니 한 명이라도 많이, 하루라도 빨리 행복이란 것을 알려주고 싶다. 이 도시처럼, 이 도시 사람들처럼 웃으며 지냈으면 한다.

이건 영주의 오만이겠지. 그러니 이 몸이 할 수 있는 일은 뭐든지 하겠다. 하지만 그 소년이 아니라면 할 수 없는 일이 너무나도 많다.

이 무거운 짐은 본래 소년과는 아무런 관련이 없는, 원래는 할 필요도 없는 일뿐이건만.

"만족스럽게 보답할 방법조차도 없지 않나? 이래서는 변경 백성의 행복을 위해 소년에게 희생을 강요할 뿐이다. 소년의 행복은 어디에도 없지 않은가!"

"아뇨. 그러니까 본인이 '일 없어? 싸게 해줄게? 진짜로.' 라고 종종 영업하러 오고 있는데요?"

이 변경을 다시 태어나게 만드는 계획서를 쓰고, 게다가 농업 지도서나 약초학 책까지 대량으로 전달해 줬다. 그런데도 진척도가 신경이 쓰였던 거겠지.

대체 그 몸에 어느 정도의 격무를 짊어지고 있는 걸까. 그래도 다른 방법이 없다. 우리는 아무것도 할 수 없으니까.

"멜로트삼 님. 길드에서 사자가 찾아왔습니다. 들여보내도 되겠습니까?"

"음. 들여보내라."

모험가 길드의 사자는 접수원이었다. 그리고 그 내용은── 무시무시했다.

"새로 두 개의 던전이 죽었다고 합니다. 내일부터 길드에서 확인 작업에 들어갑니다. 단지, 그 던전에 있던 미궁왕이 문제였던 모양입니다. 이쪽을."

죽지 않는 모래 거인…… 큰 문제다. 죽일 수 없는 마물이 나온 거다. 「샌드 자이언트」. 죽일 수 없고, 모래 병사를 무한히 만들어내는 마물!

"이, 이, 이건, 시급하게…… 군을 모아라!"

"진정하세요. 이미 해결되었으니까요! 적어둔 대로, '죽일 수 없어서 부쉈다? 랄까? 그래도 보통은 죽일 수 없으니까 조심해?' 라고 합니다. 죽이지 못하는 건 틀림없어 보입니다. 통역하는 사람에게도 확인을 받았습니다."

그 소년만이 부술 수 있었다고 한다. 다른 누구도 지금으로서는 죽일 방법을 모른다. 그러니까 또 소년 한 명에게 위험을 짊어지게 했다. 이제 그 등에 얼마나 무거운 짐이 쌓여있는지 알 수도 없을 정도다.

그러나 소년을 잘 아는 접수원은 태연하게 단언했다.

"그 소년이 일을 원한다고 말하면 정말로 원하는 겁니다. 그저 돈이 없을 뿐이죠. 있어도 금방 없애버립니다. 그러니까 일하게 해주면 됩니다."

어째서 돈이 없는 일이 벌어질 수 있는 건가? 미궁왕을 해치웠다면, 던전을 하나 죽였다면 그것만으로도 막대한 재산을 벌 수 있을 텐데. 하물며 중층 클래스의 던전을 연일 없애고 있다. 애초에 그 대미궁을 죽였으니 나라를 살 수 있을 만큼의 보물을 손에 넣었을 텐데?

소년은 돈과 상품을 도시에 마구 뿌리듯이 전하고 있는데, 설마 본인에게는 아무것도 남지 않은 건가? 전부 도시에 유통하고 있는 건가?

지금 이 오무이는 크게 변했다. 온 거리에 웃음이 넘쳐서, 이제는 그 모습 자체가 풍족함을 상징하고 있다. 특히 거리를 오가는 여성은 왕도에서도 본 적이 없는 고급스러운 옷을 입고 다닐 정도다.

그 출처는, 그 소년이 출자해서 크게 키운 잡화점이다. 가난한 마을들에서 특산품을 몽땅 사들여 풍족하게 해 주고, 본 적도 없는 다채로운 상품을 염가에 제공하는 이 도시의, 변경의 심장이 된 상회. 팔리지 않는 걸 사들이고, 살 수 없었던 걸 싸게 판다. 모든 것을 풍족하게 해주는 기적 같은 상회.

"그 모든 것을 가져다준 소년은 그 막대한 부를 쏟아부어서 변경 전체를 풍족하게 해 주고 있건만, 자신은 가난하게 생활하고 있다니 용납할 수 없는 일이다!"

어째서 그런 일이. 그렇다면 그 막대한 재산이 무일푼으로?!

"착각하시진 마세요. 매일 막대한 돈을 벌어도, 매일 막대하게 써버리니까 없을 뿐이니까요. 아침에 아무리 막대한 돈을 줘도 밤에는 빈털털이예요. 다 쓸 수 없을 정도의 금액이라도 금방 다 써버립니다. 신경 쓰면 지는 거라더군요. 통역하는 사람들도 단언했습니다."

가난한 변경이라도 해도, 이 광대한 토지에는 크고 작은 다양한 마을이 있다. 그 모든 곳에 자금과 물자를 제공하려면 막대한 금액이 필요하다.

"설마, 단 한 명의 재산으로 변경 전체를 부양하고 있다는 건가? 하지만 실제로 변경 전체에 자금과 물자가 유통되고, 물류가 활발해지고 있지. 소년이 건네준 지시서에 있던 '경제 활동의 활성화'라는 게 일어나고 있다는 보고도 들어왔었는데……. 설마, 그걸 혼자서?"

여전히 이해할 수 없는 경제라는 구조. 그것은 모른다는 걸 이해하기 위한 글이라고 할 만큼 난해한 서적이었다.

"문관들도 구조 자체는 이해할 수 있어도 어떤 것인지는 이해할 수 없다고 해서 물어봤습니다만…… '물건이 팔리고, 돈이 들어오면, 뭔가 물건을 살 수 있잖아? 팔리지 않으면 아무것도 살 수가 없어. 그러니까 만들더라도 아무도 사지 못하면 가난해지고,

사거나 팔거나 하면 풍족해진다는 것만 생각해두면 돼.' 라고 말했으니까, 아마 그런 게 아닐까요?"

그 소년은 물건이 팔리지 않으면 가난해진다고 생각해서 전부 사버린 건가? 그리고 백성이 살 수 있는 걸 만들어서 팔고 있는 건가? 고작 30명밖에 안 되는 소년 소녀가 그 전 재산으로 모든 일을 하면서, 변경 전토를 다시 태어나게 할 만큼 풍족하게 해준 건가? 그래서 자신들은 자금이 고갈된 채로 생활하는 건가?

이게 무슨 소리인가——. 하지만, 그렇다면 들어온 세금으로 아무리 사례금을 보내도 부족하겠지. 변경에서 나오는 부의 일부를 모은 세금 따위는, 변경 전토에 보내는 막대한 금액에 비하면 미미한 것이다.

이게 어떻게 된 일인가. 여전히 무엇 하나 보답해 주고 있지 못하는데 무거운 일만 짊어지게 하고, 그게 매일매일 계속 늘어나고만 있다.

하지만 은혜를 갚으려고 하면 막대한 은혜를 또 받고, 그 막대한 은혜를 갚으려고 하면…… 더욱 막대한 은혜를 가져다준다.

"분명 또 성대하게 착각하고 계시는 것 같지만, 그 소년은 그저 즐겁고 행복하게 살고 싶은 것뿐일걸요?

그저 주변이 불행해지거나, 가난해지면 자신이 곤란하니까 행복하고 풍족하게 해 주고 있을 뿐이에요. 그래서 도시가 풍족해진 거죠.

그리고 도시가 행복해져도 변경이 불행하면 역시 행복하지 않으니까 변경까지 행복하게 해 줬을 뿐이에요.

그 소년이 하는 일에는 의미가 없어요. '방해되니까 불행이나 가난이나 재앙을 죽이고 돌아다닐 뿐'이라고 하더라고요?

세상의 불행이나 가난이나 재앙을 죽이고 돌아다니면 대체로 행복해지는 법이에요. 거기에는 아무런 의미도 없어요. 그 소년에 관한 건 고민해 봤자 소용없어요."

그렇게 말하며 돌아갔다.

아무런 의미도 없이 변경 전토를 행복하게 해줄 수 있는 건가. 자신이 곤란하다고 해서 도시나 변경 전토를 행복하고 풍족하게 바꿀 수 있는 건가.

하지만, 설령 정말로 의미가 없다고 하더라도, 이 변경에 가져다준 행복에는 의미가 있다. 의미도 가치도 그리고 그 은혜도 지나칠 정도로 많으니까.

게다가, 설령 아무런 의미가 없고, 보답을 바라지도 않더라도, 이 변경의 영주로서 쓸모없는 머리 따위는 몇 번이라도 숙일 수 있다. 아무리 부탁할 말이 없더라도, 해줄 말은 감사 말고는 아무 것도 없다고 하더라도.

이름조차 기억하지 못하는 사람하고 전속 계약을 맺는 의미가 있는 걸까?

53일째 아침, 하얀 괴짜 여관

"줄무늬 니삭스가 없다니, 니삭스 모독 행위예요!"(빠각!)

"그리고 그 니삭스엔 줄무늬 팬티까지 세트여야 하지?!"(빠직!)

"아니, 니삭스에는 짐승 귀야말로 정의!"(퍼억!)

"너희는 대체 무슨 소리를 하는 거야. 니삭스는 어린 소녀!!"(투쾅!&신고!)

아…… 아침부터 오타쿠들이 짜증 난다. 그야말로 오덕오덕거리며 매달려서 주야장천 니삭스론을 설파하고 있단 말이지? 응. 이 녀석들 태워도 되겠지? 이미 걷어찼고, 아침에 일어나서 계속 걷어차고 있는데도 소용없는 모양이니까?

"왜 너희한테 니삭스가 필요한데? 신을 거야? 신으면 신고하기 전에 실형을 집행한다?"

""""안 신어요! 그래도 줄무늬 니삭스야말로 국보!!""""

아침부터 여자애들이 니삭스를 많이 신어서 자극이 너무 강했나?

응. 어젯밤에는 나도 갑옷 반장의 니삭스 차림이 준 자극이 너무 강해서, 그야말로 자극적으로 갑옷 반장에게 격렬하고 극적으로 감동에 몸을 실어 자극을 돌려줬다니…… 아침부터 혼났다!

"응. 그래도 근사한 내 인생 같은 자극이었으니까 어쩔 수 없지 않아? 그야 남자 고등학생이고? 뭐, 졸업할 것 같지도 않고?"

(뽀용뽀용)

그리고 지금은 여자애들에게 잔소리를 들으면서, 오타쿠들에게 붙들리면서, 바보들에게는 체육복을 달라는 재촉을 들었다.

어째서 내 개운하고 상쾌한 아침은 이렇게 매일매일 소란스러운 걸까? 아니, 개운하기는 했거든? 그야말로 하룻밤 내내 개운하고 자극적인 틈새를 돌진했었어! 왜냐하면 그것이 절대 영역이니까. 그리고 갑옷 반장의 절대 영역은 굉장한 에로스 영역이었어!

"하루카. 표범 마크 체육복 만들어 줘. 나 표범파거든."

"아니, 표범 마크라면 가짜고, 짝퉁이잖아! 표범파라고 해도 그건 위법이니까……. 잠깐, 네가 입은 건 퓨마 마크고, 표범 마크라면 표범 무늬잖아! 대체 어디 사는 무개념 종자야? 왜 이세계에서 표범 마크의 표범 무늬 체육복을 입고 어슬렁거리려는 거야? 밤중에 편의점에 모일 거야? 하룻밤 내내 찾아도 아마 이세계에 편의점은 없을걸? 애초에 왜 스폰서 계약까지 했던 메이커가 퓨마인지 팬서인지 레퍼드인지도 모르는 거야? 그 바보 같은 머리를 표범한테 깨물어달라고 하지 그래? 표범도 싫어하겠지만, 내가 부탁해 볼까? 진짜로!!"

왜 바보들은 이렇게 체육복을 좋아하는 거야? 그 주제에 '내가 애용하는 건 4선이야.' 라니, 바보 아니야? 왜 취향은 있는데 줄 숫자는 기억하지 못하는 거야? 1 이상은 셀 수 없어?

게다가 '나는 숙 하고 그은 거.' 라니, 슬래시의 의미도 이름도 모르는 바보잖아. 그리고 '마름모꼴 가문 문장 같은 거.' 라니.

"왜 이탈리아의 축구 회사가 다케다 마름모인 건데?! 왜 신겐 씨 어용 회사가 된 거야? 이런 바보 같은 녀석들하고 스폰서 계약을 맺은 건 대체 누구야?

애초에 '비둘기 마크' 같은 건 없어! 왜 벼슬이 있는데 비둘기라고 생각하는 거야?! 왜 아무도 자기가 계약한 메이커 이름을 기억 못하는데? 애초에 취향이고 애용이고 자시고 내가 만들면 그건 짝퉁이니까 조금도 취향이 아니잖아?!"

응. 너무나도 끈질겨서 가슴과 등에 '진짜 바보입니다.' 라고 적은 체육복 상하의를 만들어줬더니…… 좋아하면서 입더라? 그러고 보니 파티 나누면서 그룹명을 정할 때도 이 녀석들은 자기가 바보 그룹이라고 자칭했었지!

"응. 내가 열심히 생각한 심술을 좋아하고 있잖아. 진짜로 바보라니까!!"

(부들부들)

그리고 물론 오타쿠들에게 니삭스는 만들어 주지 않았다. 하지만 걷어차고 걷어차고 쓸어버려도 '줄무늬 니삭스!' 라고 말하면서 몰려들더란 말이지……. 오타쿠 해저드 상태야!

"역시 이 녀석들은 이제 태워버릴 수밖에 없어 보이네. 크리처라도 조금은 더 말귀를 알아듣지 않을까? 진짜로!"

"""그치만, 줄무늬 니삭스라고요!"""

그리고 잔소리에서는 도망칠 수 없었다. 휴일이 되었는데 어째서인지 잔소리는 쉬지 않는다. 연중무휴 24시간 체제의 근면한 잔소리 씨였다. 응. 부업 씨의 친구일까?

"그러니까 도시 여자애들의 영향도 잘 고려해서 옷을 만들어야 한다고!"

"맞아. 다들 열심히 일해서 돈을 모아 사고 있으니까?!"

"건전하고 귀여운 옷 말고는 안 되거든!!"

""" "줄무늬 니삭스……. 아니, 아무것도 아닙니다!" """

판매 허가가 난항 중이다. 재고는 전부 팔렸으니까 상관없지만, 망사 타이츠가 문제인가?

"거참. 도시 여자애들이 다들 망사 타이츠에 데님 핫팬츠를 입은 도시가 되어버리는 거야?!"

"맞아맞아. 뭔가 요염하고 천박한 도시가 되어버리잖아!"

""" "응. 너무 야한 건 금지!" """

영향이라고 해도, 도시 여자애들이 다들 망사 타이츠라면…… 기쁘잖아? 응. 무서우니까 말하지는 않겠지만!

그리고 잔소리하고는 있는데, 갑옷 반장은 20인분 망사 타이츠 주문표를 들고 돌아왔었다. 야한 무늬 스타킹 주문은 거의 100장을 넘겼거든?

물론 니삭스도 완판이었는데 나한테 잔소리는 하는 모양이다. 응. 역시 내 호감도는 이미 미립자 레벨조차도 없고, 소립자 레벨정도도 무리인 걸까?

하지만 나에게 비책이 있다. 죽음 속에 활로가 있다. 빠져나갈 비책을 준비해뒀지! 아무런 방책도 없이 잔소리에 도전할 만큼 어리석은 일은 하지 않는다. 괜히 매일 빠짐없이 근면하게 깨작깨작 매일매일 잔소리를 듣는 게 아니라고!

"아니, 딱히 야한 걸 만들고 있었을 리가 없잖아? 응, 건전한 남자 고등학생이 그런 짓만 하고 있다고 생각하다니 정말이지 유감이네. 건전한 남자 고등학생 침해 문제라고? 증거품이 있다니까? 그건 어디까지나 덤이고, 분명 마수 씨의 손이 미끄러졌을 뿐이야. 어쩌면 마수 씨라서 마가 낀 걸지도 모르지? 그러니까 나는 잘못 없거든? 응. 매일 60번 정도 말하고 있는 것 같지만 나는 잘못 없다고? 언제나 무고한, 죄 없는 남자 고등학생이라니까?"

그렇게 말하면서 증거품인 신제품을 늘어놨다. 변명용으로 개발한 저지 소재의 옷 시리즈다. 야한 건 숨겨놨으니까 괜찮다!

그렇다. 에로한 건 오늘 밤 갑옷 반장에게 초 스트레치 미니 원피스를 선물하면서 부탁할 거다! 물론 섹시 무늬 스타킹도 준비해 놨다! 완벽해!!

""""저지 소재!""""

"앗, 귀여워!"

"그보다 세련됐잖아?!"

"응. 신제품 스트레치 소재고, 스커트도 원피스도 신제품이니까 예약은 1인당 3개까지. 샘플은 1인당 2개라고? 그러니까 나는 잘못 없지? 선착순이고 싸움은 아무것도 낳을 수 없지만 내 무고함은 증명되었으니까 싸워도 된다고~? 랄까~? 그렇거든~?"

밑져 주는 척하고 바가지를 씌운다. 이 샘플에 달려들게 해서 사고를 광란시켜 이득이라고 착각하게 만드는 판매 전술. 응. 처음부터 5장 분량의 요금 계산을 해놨지!

""""꺄아아아, 내 거야!""""

"안 돼. 이 플레어스커트는 내 거야. 운명이 정해준 데스티니야! 앗! 이것도 데스티니다!"

"부탁이야. 이것만 양보해 줘. 파카는 내 트레이드 마크란 말이야! 오늘부터!!"

"미니는 없어?"

"어라? 누가 들고 도망쳤어?"

"그렇다면 스킬!"

"내 미니스커트는 절대로 놓치지 않아!"

"""꺄아아아!"""

(부들부들?!)

좋아. 오늘도 내 무고함이 QED(증명 종료)였다.

"그래도 체육복은 니트니까 너무 당기면 늘어난다? 그리고 스킬은 금지야? 다들 살육전을 시작하면 못 받을 거야? 응. 특히 도서위원. 은근슬쩍 환혹을 쓰고 있는데 기척탐지되고 있고, 누군가가 축지로 그 스커트를 빼앗으려고 노리고 있거든?"

""""꺄아아아아아아악!!""""

응. 사실은 다들 샌드 자이언트를 해치울 수 있지 않을까? 이 자리에 샌드 자이언트가 있었다면 먼지 한 톨 남기지 않고 압사당했을 거다. 다들 너무 처절하다고나 할까……. 아니, 바겐세일을 위해 다들 신기술을 숨기고 있었구나!

"잠깐, 지금 누가 분신 썼지! 왜 던전에서 숨기고 여기서 쓰는 거야!!"

"""추가 주문이야!"""

"맞아. 1인당 3장은 부당해. 못 골라!"

"응. 여자 학대야!"

(뽀용뽀용?)

응. 어째서 여관 식당에서 시위를 시작하는 거야? 대체 언제 플래카드를 만들었어?

니삭스를 신은 진상 시위대가 '미니스커트는 여자의 권리!' 라는 플래카드를 들고 행진하면서 '줄무늬 니삭스야말로 정의!' 라는 플래카드를 든 크리처들을 짓밟고 말았다! 응. 상관없지만.

"죄송합니다! 저기, 부탁이니까 이야기 좀 들어주세요~! 울어버릴 거예요~. 실은 이미 울 것 같거든요~? 아니, 왜 다들 제 이야기를 안 들어주는 거예요~. 계~속, 계~속 혼자 외치고 있는 거 너무 슬프거든요!! 그리고 저도 미니스커트가 갖고 싶어요!"

어라? 아가씨네. 응. 뭔가 이야기하고 있다. 그런데 시위대를 돌파하지 못해서 반쯤 울고 있다고나 할까, 그래서는 여자의 전쟁에서 살아남을 수 없다고? 응. 이건 아마 샌드 자이언트라도 2분 안에 죽겠네?

"그렇게 되어서, 광산 채굴을 위한 갱도 공사를 부탁드리고 싶어요. 이쪽이 계획서예요. 요금은 채굴권으로 대신해 주세요. 한가하신 날을 들으면 아버지인 영주님께서 정식 의뢰를 부탁하러 오신다고 해요. 언제가 괜찮으신가요? 빠른 편이 좋아요. 미니스커트도 빠른 편이 좋아요! 그리고, 그 긴 양말도 갖고 싶어요!"

역시 철이 부족해진 거겠지. 정식 수입이 끊겨서 크고 무거운 게 가장 먼저 부족해진 거다.

미행 여자애 일족의 밀수부대라도 철과 가축을 대량으로 들여오는 건 무리라고 말했으니까, 서두르지 않으면 산업 발전이 늦어진다. 그렇다. 산업 발전이 늦어지면 내 부업이 끝나지 않아!

만약 부업 씨가 말하게 된다면 '계속 내 턴!' 이라고 말할 것 같단 말이지?

이제 매일 밤 부업 카드를 놓을 때마다 실드 브레이크를 당해서 최근에는 방에 들어가면 트리거가 발동한단 말이지? 응. 이세계에서 부업이 무쌍이라고?

"으~음. 이것뿐이라면 오늘 해둘게. 마침 휴일이니까 시간도 있고. 응. 금속은 나도 필요하고? 그보다 굳이 메리메리 씨의 아버지인 메리 아버지가 안 와도 돼. 이야기 기니까. 응. 뭔가 언제나 사과하던데, 뭔가 나쁜 일이라도 했어? 대신 잔소리해 줄까? 해줄게. 20인분 정도."

계획서를 슬쩍 봐서는 의뢰한 분량도 대단하지 않은 것 같으니 시간도 별로 오래 걸리지는 않을 거다. 게다가 이 주변은 파내고 싶었던 곳이다. 깊은 곳에 뭔가 반응이 있던데, 굉장히 미스릴 같은 반응이었단 말이지……. 응. 요즘이 채굴권 지불이라면 철보다 미스릴이 이득이고 돈도 많이 번다. 그래. 미스릴이 나온다면 오랜만에 떼돈을 벌 수 있을 거다!

"저기, 나쁜 일은 하지 않았으니까 잔소리는 필요 없을 거예요. 게다가 아마 감사를 표하고 있는 거예요. 그리고 오늘 공사해 주신다면 감사하지만, 준비 같은 건 괜찮은 건가요? 그리고 최근에는 절대로 기억하지 못한다고 확신하고 있지만, 메리에르에요. 그리고 분명 모르시겠지만 이 도시는 오무이고요. 그러니까 저는 메리에르 심 오무이에요. 덤으로 아버지는 메리 아버지가 아니라 멜로트삼이었다고 생각하지만, 아무튼 저는, 저는 메리에르에요. 어째서 메리메리 씨만 잊지 않는 건가요? 울 거예요! 진짜로 울 거라고요!!"

뭐, 오늘이라도 괜찮나 보다. 오후에는 돌아올 테니까 갑옷 반장은 여자애들과 함께 있어도 되겠지. 그나저나 아직도 쇼핑 중이야? 던전을 모두 뭉개버리면 여자애들도 함께 뭉개지지 않을까. 경제적으로.

그치만 하루에 가볍게 5만 에레 이상, 일본 엔이라면 최소 10만 엔은 벌고 있는데 빚투성이라니……. 처음에는 한 달에 25만 에레를 버는 게 목표라고 말하지 않았어? 응. 어제와 오늘의 니삭스 소동과 신규 주문으로 가볍게 25만 에레 정도는 쓰지 않았나?

그건 전부 멀티 컬러라서 가격이 꽤 비싸거든? 슬슬 나와 마찬가지로 몰수당해서 용돈제가 되지 않을까?

> **이세계 채굴용 갱도가 워터 슬라이더더라면
> 채굴하기 힘든 모양이다.**

53일째 날 아침, 하얀 괴짜 여관

갑옷 반장은 여자애들과 쇼핑하는 게 결정되어서 열심히 꾸몄고, 용돈도 잔뜩 줬으니까 오늘 하루는 휴일을 만끽할 거다.

슬라임 씨는 마스코트 여자애와 미행 여자애와 피크닉을 간다고 한다. 밥을 한가득 주고 간식도 잔뜩 줬으니 즐기고 오겠지.

그리고 오타쿠들은 무기점 아저씨한테 가서 대장간 일을 한다고 한다. 뭐, 기대하지는 않지만 철을 잔뜩 줬고, 금속 가공 지식만큼은 이세계 제일이고 본직 대장장이인 아저씨까지 붙어있으니까…… 그래도 그 녀석들 손재주가 별로 없단 말이지? 응. 프라모델을 프로급으로 만들 수 있는데 공작은 서툴고, 만화가가 아닌가 싶을 만큼 그림을 잘 그리는데 미술은 글러먹었고, 그 녀석들은 증기선은 만들 수 있으면서도 못 하나도 못 만드는 게 아닐까? 응. 진지하게 말해서.

그리고 아무래도 좋지만 바보들은 체육복을 입고 떠나버렸다. 바보니까 뭘 하는지는 모른다. 알게 되면 바보가 될 것 같으니까?

하지만, 분명 지금쯤 엄청 바보 같은 일을 하고 있을 거다. 그것만큼은 틀림없는 사실이자 진실이다. 저번 휴일 때는 고블린과 프로레슬링을 하고 있었다. 역시 고블린들과 똑같은 레벨이라 분명 마음이 맞는 거겠지. 응. 같이 있어도 이상하게 안 보이니까, 분명 고블린이 체육복을 입어도 들키지 않을 거다. 어느 쪽도 다른 게 없어 보이네?!

"으음. 여기부터 파내서 이 마을까지 연결할까? 아니면 마을까지 가고 나서 팔까? 응. 땅을 보니까 여기서 사는 건 별로 추천할 수 없는데?"

그리고 단애절벽. 어째서인지 변경의 산은 전부 절벽이다.

"기본적으로는 모두 하루카 씨에게 맡기겠지만, 여기로 괜찮나요? 그리고 왜 갱도를 파고 사는 건가요? 정말 갱도가 뭔지 아시나요?"

도시에서 가장 가까운 바위산의 암벽 앞에서 메리메리 씨한테 물어봤다. 여기서 갱도를 연결하는 게 도시에서 제일 가깝고, 광산 마을에서 연결하면 유통하기도 편리하겠지. 그리고 금속 반응도 충분히 느껴지니까 다각적으로 봐도 여기에서 연결하는 게 베스트 포지션이다.

"아니, 필연적으로 철분이 특별히 많은 곳을 골랐으니까 살더라도 녹내가 날 거고, 벽도 검붉은데 살고 싶어? 응. 가출이야? 가출하면 골방지기가 될 수 없잖아?"

"그러니까 왜 채굴하면 사는 걸 전제로 삼는 건가요?!"

감지 범위를 넓히고 마력 반응을 느꼈다. ──깊나?

"그보다 영주는 귀족인데, 그런 집안의 아가씨가 마의 숲에 들어가고 바위산까지 오는 거야? 일단은 귀족 영애잖아? 바위산에서 메리메리하면 혼나지 않아?"

그렇다. 급거 따라오긴 했지만, 영애가 광산에서 메리메리하고 있어도 되는 건가?

"마의 숲에 들어가기 전에 마의 숲이 사라져버렸죠! 그 낫은 어디에서 나온 건가요?! 왜 갑자기 대낮이 날아와서 순식간에 벌채해버린 거죠? 마물까지? 그리고 왜 바위산에서 메리메리하는 건가요? 바위산을 메리메리 파는 건가요? 저는 채굴용 공구였나요? 그게 아니라 전 메리에르라고요? 왜 메리메리 파야 하는 건가요? 울 거예요? 꽤 진심이라고요!!"

데스 사이즈들이 벌채한 덕분에 도시로 가는 길도 생겼고 하니까, 역시 여기서부터 파는 게 빠를 것 같다. 계획서의 제1단계만 부탁받았지만, 제5단계인 여기서 잇는 더 빠르다. 먼 마을로 갔다가 중간 지점까지 파는 것보다, 여기서 파면서 가는 게 더 편하다. 응. 왜 5단계로 나눈 거지? 한 번이면 팔 수 있는데?

"자, 그럼."

마력은 회복했지만, 아이템 주머니의 마력 배터리는 여전히 꽉 차지 않았다. 그러니까 깨작깨작 성실하게 파자. 단번에 터널까지 만드는 게 빠르니까? 그리고 전체를 일괄 조형한다면 거리가 늘어나는 만큼 마력을 대량으로 소비한다. 그에 비하면 눈앞의 바위를 파면서 나아가는 축차 형성이라면 회복되는 양으로 충분히 에너지를 절약해가며 진행할 수 있다.

좋아. 좀 돌아가는 길이지만 여차할 때를 위해 배터리의 충전을 우선하자. 한가하니까?

"이영차?"

손을 대서 흘려버리고, 감싸며 조형했다. 터널의 형태가 되도록 마력으로 장악해서 흙 마법을 발동했다. 기본은 벽 자체의 장력으로 받치는 아치형이면 되겠지만, 채굴용으로 파도 되는 벽을 만들지 않으면 무너지니까 돌기둥과 대들보로 보강하자. 응, 이런 느낌?

"에에엑! 어째서 갱도가 있는 건가요? 어째서 갑자기 바위가 갱도로 변한 거죠? 무슨 일이 일어난 거죠? 어라? 바위산의 벽이었는데? 이건 뭔가요?"

역시 귀족 아가씨라서 터널을 모르는 모양이다.

"아니, 팠다? 랄까? 아니, 왜 갱도를 파는 의뢰라서 팠더니 놀라는 거야....... 헉, 그냥 터널이 재미없는 거구나! 응, 미끄럼틀로 해 볼까. 즐거울지도? 미끄러지는 채굴장? 돈 벌 수 있을까?"

그 생각은 없었다. 레크리에이션을 겸한 즐거운 직장. 역시 귀족 영애. 하지만 문제는 낙차를 만들면 오르막이 늘어나고 광물을 옮기기 힘들다는 거다. 그렇구나. 기왕 이렇게 됐으니 물이라도 끌어와서 수압으로 워터 슬라이더 광산!

"저기요, 들어주세요~. 무슨 생각인지는 모르겠지만 부탁이니까 그냥 터널로 해주세요~! 미끄럼틀이 되면 광부가 작업 중에 미끄러져서 큰일이 벌어지니까요. 즐기지 말아 주세요~! 휩쓸린 광부까지 울 거라고요~!? 지금은 제가 울 것 같거든요~?"

어라? 아가씨가 뭐라 말하고 있는 모양이다. 응. 미끄러지면 안되나 보네?

워터 슬라이더 계획은 단념하고 계속 팠다. 뭐, 확실히 워터 슬라이더로 미끄러지면서 채굴 작업하는 건 굉장히 어렵겠지. 채굴 중에 물이 들어와서 즐거워하는 사람이 미끄러져 오면 광부들도 방해될 거고, 광부들까지 같이 미끄러지면 즐겁기는 해도 전혀 채굴이 진행되지 않을 테니까?

생각보다 순조롭다. 그야 재미도 없는 그냥 터널이고, 설국으로도 이어지지 않으니까. 그리고 무희도 없지만 메리메리 씨는 즐거워 보이고, 저지 소재로 만든 미니스커트와 니삭스 조합도 마음에 든 모양이다.

그런데 귀족 영애는 미니스커트&니삭스 차림으로 터널을 파도 되는 건가? 이세계에서 미니스커트 차림을 한 사람은 본 적이 없다. 미인이 많은데 즐겁지 않다. 그러나 유통하면 혼날 것 같다! 응. 어째서인지 뭘 해도 대부분 마지막에는 내가 혼난다니까? 이건 1일 75회 정도 내 잘못이 아니라는 걸 알려야만 하는 걸까? 응. 돌아가면 나도 플래카드를 만들자.

"그나저나 지루하네. 그냥 터널이라 전혀 즐겁지 않잖아? 응. 계속 복도만 만드는 목수가 된 기분이야……. 아니지, 계속 이어지는 복도를 만드는 목수는 꽤 즐거워 보이네! 응. 바꿔 줬으면 좋겠어. 도시까지 복도로 이어버릴까? 응?"

원리는 모르겠지만 철이 바위보다 마력을 많이 함유하고 있고, 잘 흐르기도 한다. 그래서 살짝 마력을 발하며, 반응도 다르다.

"앗, 여기 안쪽이 철광석이니까 지도에도 확실히 적고, 건네준 분필로 벽에도 적어놔야 해? 응. 그쪽은 아마 구리겠지만, 구리 덩어리는 본 적이 없으니까 왠지 모르게 구리 같다고 적어줄래? 응. 나중에 은이었다고 화내면 싫으니까 '같은 느낌?'이라고 적어두면 되는 느낌? 이랄까? 라고 적어줄래?"

응. 종류까지는 잘 모르겠다.

"아까부터 광맥 위치를 알게 되어서 굉장히 도움이 되고는 있는데, 철 말고는 '은 같은 느낌의 무언가지만 은이 아니라도 난 모른다? 진짜로. 진짜거든?' 이라거나 '구리랄까, 구리 같은 분위기를 풍기는 것처럼 보이는 구리스러운 무언가. 같은 느낌? 아니 필링?' 이라거나, 설명이 길어서 다 적을 수가 없어요. 틀리더라도 화내지 않을 테니까 변명까지 적지 말아 주세요. 터널 지도보다 변명이 더 많아요. 왠지 지도가 보기 힘들어지잖아요!"

응. 터널 안이 낙서장 같다. 치안이 안 좋은가?

"으~음?"

이제는 여기에서 오른쪽으로 돌면서 광산 마을을 향해 똑바로 나아가면 되겠지. 나신안으로 보고, 지도 스킬로 확인하고, 공간 파악으로 광맥을 찾으면서 파낸다고나 할까. 하는 일은 개장 작업과 똑같다.

광맥이 있는 곳은 벽을 얇게 만들어서 아치 형태로 보강 작업을 하고, 드문드문 넓은 작업 장소도 준비하면서 파냈다. 이 갱도 코스라면 광맥 안을 가로지르게 되니까 파기 쉬울 거다.

이후에는 제철소가 남았는데, 설계도를 줬으니까 메리 아버지가 만들고 있을지도 모르고, 나는 연금으로 가공하니까 필요 없고? 응. 문제는 오타쿠들이 뭘 하고 있느냐다. 일본도를 만들려고 하다가 용광로가 생기더라도 놀라지 않을 거거든? 일본도가 생긴다면 놀라겠지만. 그 녀석들의 이상한 손재주는 초상 현상 수준이다. 그야 이세계에 와서 텐트를 치고 울타리를 만들고 거점까지 만들 수 있는데 나무 테이블은 못 만드니까. 어째서인지 의자도 못 만든다더라고?

그런고로 곧 완성이다. 결승점은 가까운데…… 반응이?

"채굴권을 준다고 했으니까, 잠깐 여기 채굴해도 될까? 그보다 채굴권 지불은 50%로 괜찮아? 뭔가 들은 거 있어?"

아마 이 아래가 내 목표다. 지하에는 거대 철광맥이 있고 더 아래에 뭔가 강한 반응이 있다. 아마 지금까지 탐지한 것 중에서 가장 마력이 깨끗하게 흐른다. 즉, 미스릴에 가까운 반응이라는 거다.

동급생의 장비는 모두 미스릴로 바꿨지만, 그래서 재고가 부족하다. 그래서 찾던 와중에 여기가 제일 유력한 후보였는데, 분배 비율 10%로는 부족할 것 같았다. 그때는 사지 않으면 미스릴이 부족해진다. 그래. 여기서부터는 끈기 있는 교섭이 필요하기에 강경하게 50%부터 밀어붙였다. 응. 30%, 아니 20%는 필요하다. 최소 20%. 응, 15%는 양보할 수 없어!

"들었어요. 채굴권 지불은 비율이지만, 하루카 씨의 제안이라면 하루카 씨가 채굴한 광석의 50%인 절반을 가져가시게 되는데, 아버지께서 말씀하시기를 '전부 줘라. 파낸 건 하루카 군에게 모두 줘라. 더 뭔가 받을 필요는 없다!' 라고 하셨으니까 전부 하루카 씨의 것이에요. 덤으로 '원할 때 원하는 곳을 원하는 만큼 파도 좋다!' 라고 해요. 관료도 양해했으니 문제는 없어요."

끈기 있는 교섭은 불필요했다.

"바보냐고! 잠깐, 내 원대한 교섭 계획이 날아갔잖아?! 그보다, 생각이 너무 무른 거 아니야? 잠깐 돌아가서 아버지하고 관료들이 끝장날 때까지 감개무량하게 두들겨 패는 게 좋지 않아? 응, 곤봉 필요해?"

채굴권 50%를 들먹이면서 교섭을 시작하려고 했는데, 더 강경하게 100%를 내주는 플랜이었다! 내가 몽땅 남김없이 채굴해버리면 도대체 어쩔 작정이야? 응. 갱도까지 만들었는데 아무것도 남지 않으면 채굴권이 손해잖아? 다음에 측근에게 못을 박아두자. 변경에는 철이 절대적으로 필요한데 영주의 어설프기 짝이 없는 판단은 변경을 멸망시킬 수 있다고?

"주신다면 곤봉은 받겠지만요. 그리고 측근이 '어차피 오무이 님이 전부 주시더라도 화내면서 전부 떠넘길걸요.' 라고 말씀하셨으니까, 필요하다면 전부 양보하고 남으면 받을 생각이 넘치시는 것 같아요."

응. 그 측근이 있다면 괜찮아 보인다. 오히려 그 측근 말고는 전부 글러먹은 놈들이다! 대대로 섬긴 측근이라니까 고생이 심해서 우수하게 진화한 거겠지. 우리 바보들은 근육뇌로 퇴화했으니까 부러울 따름이다.

"뭐, 괜찮다면 상관없지만? 응."

뭐, 실제로 내가 원하는 건 미스릴이니까 철은 별로 필요 없고, 구리나 은 같은 건 볼일이 없다. 그리고 변경에 필요한 건 대량의 철이다. 이 아래에는 대량의 철과 소량의 미스릴……일지도 모르는 물건이니까 어느 쪽이든 손해는 되지 않는다.

"그리고 관료들이 아는 수준의 채굴 개념이 오늘 중으로 뒤집힐 테니까, 아마 또 너무 많이 받았다면서 난리가 날걸요? 채굴이란 좀 더 깨작깨작 천천히 하는 거니까요?"

내가 원하는 미스릴이 손에 들어온다. 게다가 몽땅. 그리고 변경은 무료로 갱도를 만들고, 아무것도 안 했는데도 철을 대량으로 채굴할 수 있다. 응. 이제는 측근한테 영지 관리를 시키는 게 낫지 않을까?

뭐, 평시에 우수한 사람과 난세에 우수한 사람은 비교할 이유가 없다. 좋은 콤비일지도 모른다. ——왕국과의 사무적인 교섭은 측근이 낫겠지만, 서로 으르렁대는 건 메리 아버지밖에 할 수 없겠지.

"아니, 착실하게 지면을 툭툭 두드리면서 단번에 확장하는, 수수하고 착실하고 견실한 작업 중이잖아? 깨작깨작?"

아직 왕국과의 교섭은 진전이 없는 모양이다. 서로가 자신의 조건을 내세우는 단계이고 아직 그럴듯한 매듭을 찾기 전에 고집을 부리는 도중이다. 먼저 인내심이 떨어지는 건 마석을 입수할 수 없는 왕국 측일 테니까 그때까지는 자급자족하면서 충분히 발전하여 경제 규모를 키우지 않으면 상호 교섭이 되지 않는다.

"그거, 두드리고 있을 뿐이잖아요! 게다가 두드리고 있는 곳하고는 상관없이 갱도를 넓히고 확장하고 있잖아요!!"

유일하게 위험한 건 암살이지만, 그 미행 여자애 일족이 아군이 되었기에 첩보전에서도 대항할 수 있다. 압도할 수 있겠지. 전투 능력이 없다고 한탄했지만, 정보 수집 능력과 첩보 능력이 높다면 그건 어엿한 전투 능력이다. 전투는 근육뇌가 많으니까 다른 데 맡겨도 되지만, 정보 수집 능력과 첩보 능력은 얻기 힘들다.

암살자가 오더라도 발견하고 보고한다면 아무것도 하지 못하고 붙잡힐 뿐이다. 그래. 미인 암살자가 왔을 때는 내 방으로 안내해

달라고 하자! 응. 여관방에서 미인과 싸우는 건 라이프워크니까 맡겨달라고 하는 거다. 매일 밤 단련하고 있다고? 완벽하게?

마침내 준비된 미인 암살자용 안내 광고가 나설 차례다. 500장 인쇄했는데 충분할까?

"아. 또 이야기 안 듣고 있죠? 울 거예요? 갱도가 눈물로 넘쳐서 워터 슬라이더가 될 거라고요!!"

> **경기 자극책으로 귀여운 옷은 정의지만 지반은 자극하면 안 된다.**

53일째 오전, 터널

겨우 찾아온 메리메리 씨 전속 병사들이 확인 작업을 시작했다.

응. 기왕이면 문관들도 와 줬으면 좋겠다. 메리메리 씨는 이번 계획을 자세히 조사했다지만, 조금 전 계획까지는 몰랐다고 하니까?

"으음. 철은 나무 상자 하나 치를 1년에 100개 쓴다고 했고, 한 상자가 640kg 정도니까 6만 4000kg에 연간 64톤이면…… 지금 채굴해서 주머니에 넣은 게 아마 상자로 600개 분량 정도니까 6년 치고, 아직 철 광맥은 절반 정도 남았는데 어떻게 할 거야? 채굴해? 놔둘까? 지금만이라도 700톤 가까이 있지만 나머지도 그 정도? 랄까?"

일단 철 광맥의 절반 정도는 채굴해서 아이템 상자에 수납했다. 그 아래에 있는 미스릴일지도 모르는 광맥을 파기 위해서라도 절반은 파내야만 했으니까? 아직 철이 절반 정도 남았지만, 놔둘 곳이 문제고 중량도 있으니까 건물이 일그러져서 붕괴할 위험이 있다. 뭐, 캐낼 만큼 캐내서 맡겨도 상관은 없지만?

"6년 치라니, 6년간 쓸 예정인 철인가요? 700톤이라니 70만kg의 철을 놔둘 장소? 처, 처, 철이 상자로 600개라니…… 으에에에엑?!"

"계획에서 6년이라고 했어도 부족해질 수도 있잖아? 지금은 상상할 수 없는 단위라도 생산량이 나날이 늘어나면 사용량도 늘어나는 법이라, 아마 보통 3년 정도 버틸걸? 발전 중이니까 수요가 늘어나는 조건은 얼마든지 있지만 생산이 늦었을 뿐이니까, 제철소가 가동한다면 1년 버틸지도 의심스럽네? 응. 계획이란 그런 법이야?"

뭔가 고민하고 있네? 응. 놔둘 곳이 없나? 단위가 제대로 번역되고 있긴 한가?

"아니, 창고 정도는 덤으로 지어줄 수 있는데, 지반 침하가 일어나지 않으려나?"

그렇다. 경험자인 내가 말하는 거니까 틀림없다. 아무리 충실하게 준비하더라도 전혀 충분한 적이 없다! 응. 물론 샘플은 누구라고는 말하지 않아도 모 여자 고등학생 20명이 랜덤으로 전부 골라간 모양이더라고? 참고로 계획 방법은 여자 20명에게 충분한 숫자인 60개의 스타킹을 준비했더니 100개 이상의 추가 주문이 오더란 말이지? 왔다니까? 니삭스와 망사 타이츠는 별도고, 마력이 통하는 멀티 컬러니까 튼튼하고 오래 버티고 아직 소모하지도 않았는데 1인당 최소 8개는 필요하다고 주장하더란 말이지? 아마 새로운 무늬를 만들면 또 살 거다!

아무리 여유를 두고 잉여 분량을 계산하더라도 부업이 끝나지 않는다. 오늘은 던전 공략을 쉬는 날이지만, 부업에 휴일은 없단 말이지?

"시급하게 용지 확인을 부탁드려요. 뭔가 더 늘어날지도 모른다고 전해주세요!"

"네. 즉시."

병사들이 달려갔다. 역시 워터 슬라이더가 편리할지도? 뭐, 일단 충분하고도 남아서 놔둘 곳이 없는 모양이니까 철은 이제 됐겠지. 나도 30톤 정도 가져갔고, 부족해지면 또 오면 된다. 도시에 가까운 광맥도 손대지 않았으니까 수백 톤 단위라면 하루 만에 채굴할 수 있다. 응, 이토록 순도가 높다면 연성해 봤자 가치가 떨어질 뿐이니까, 이제는 미스릴 같은 금속만 남았다. 깊은 위치에 있는 금속에 마력을 주입해서 흘려 넣으며 장악했다. 그걸 중력 마법으로 천천히 변형시키면서 옮기는 작업. 위험한 전이 같은 건 쓰지 않는다. 연금으로 불순물을 줄이면서 필요한 것만 끄집어낸다——.

좋아. 나왔다. 미스릴 같네? 색은 없지만 칙칙하다. 하지만 정련하기 전이라서 그런지 감정해 봐도 '금속'이다. 아직 불순물이 너무 많아서 단일 금속으로 보지 않는 거겠지.

그래도 아마 대박일 것이다. 마력의 흐름이 다르고, 얼마든지 마력을 받아들일 수 있다. 그리고 마력을 주입할 때마다 광채가 늘어나는 회색 은, 미스릴이다.

"좋아. 마구 파내자!"

분명 아무리 많아도 부족할 거다. 장비를 갱신하면 또 새로 미스릴화할 필요가 있는데, 아마도 원래는 더 고순도로 가공할 수 있을 것이다. 그러나 지금은 내 기술이 후달리고, 장비 성능이 더 올라가면 너무 고성능이라 MP가 부족해진다.

미스릴화하지 못할 만큼 최상급품을 갖추는 게 이상적이겠지만, 그 인원에게 전부 줄 때까지는 미스릴이 필수다. 그리고 상성도 있으니까, 30명 모두가 온몸에 최고급 장비를 갖추게 되는 날이 과연 올지도 알 수 없다. 그러니까 아무리 채굴해도 분명 충분해질 날은 없다. 응. 부업도 끝나지 않을 거고?!

"응. 이걸로 전부 뽑아냈나? 진짜로 누락된 거 없겠지? 배고프기도 하고 슬슬 정오잖아? 이제 끝낼까?"

"저기요! 왜 제 이야기는 안 듣고 광맥과 이야기하고 있는 건가요? 실은 친구인가요? 슬슬 정오인데요. 왜 정오 전에 몇 년 치 공사를 끝내버리는 건가요?"

홋. 친구가 있었다면 외톨이라는 칭호는 받지 않았을 거라고? 아차, 눈물이!

그러나 광맥은 지하 깊이 묻혀 있다. 그렇다면 내 호감도의 친구일 가능성이 있을지도? 그래. 내 호감도의 친구라면 친구가 될 수 있을 것 같지만, 나는 내 호감도를 만나본 적이 없단 말이지? 응.

여전히 초대면조차 아닌데 그 친구와 친구가 될 수 있을 리가 없잖아. 분명 무리다……. 그리고 모조리 뽑아냈고? 뭐, 게다가 친구가 지하 광맥인 남자 고등학생이라니…… 왠지 너무 슬프지 않아? 진짜로?

"전혀 안 듣고 있네요! 어째서 광맥과 이야기하면서 슬프게 웃고 있는 건가요?!"

이제는 채굴촌까지 연결하기만 하면 된다. 공간 파악으로 채굴촌의 갱도는 봐뒀으니까 거기까지 연장해서 연결하면 끝. 그래. 연결하면 돌아가서 잠발라야 만들자!

아침밥은 잔소리와 데모 부대 때문에 마음 편히 먹을 수 없었다. 그 상황에서 릴랙스하며 모닝하는 건 불가능하잖아? 그리고 생각보다 니삭스 데모 부대의 파괴력이 강력했다. 그 절대적인 영역은 남자 고등학생에게는 위험 영역이었다는 건 말할 것도 없다. 응. 분명 망사 타이즈였다면 추가 주문은 피할 수 없었어!

"으음. 이제 얼마 안 남았네."

개조, 아니 갱도 제작 속도를 늦췄다. 반대쪽 갱도의 강도를 알 수 없으니까 지반을 너무 자극하고 싶지는 않다. 그리고 어째서인지 발을 구르고 있는 메리메리 씨 때문에 지반이 자극되고 있는데, 갱도는 튼튼한 구조니까 괜찮겠지. 그나저나 메리메리 씨가 미니스커트 니삭스로 자극하고 있는 건 지반에는 문제없지만…… 함께 따라온 병사들은 눈 둘 곳이 곤란하다고?

"잘 연결해 보고 싶……다고나 할까? 덤으로 보강해둘게. 무너지면 또 파러 와야 하고, 내 휴일은 멸종 위기종이니까 취급 주의인 덧없는 휴일 씨란 말이지. 진짜야!"

"그러니까 왜 제 말은 안 들으면서 갱도에 말을 거는 건가요! 울 거예요. 엉엉 울 거라고요!! 그대로 워터 슬라이더가 만들어질 거예요?!"

응. 워터 슬라이더를 설명했을 때부터 물고 늘어지고 있는데, 역시 원하는 건가? 응. 갱도가 워터 슬라이더가 되면 광부들이 화내지 않을까?

그리고 갱도를 접속하고 보강하면서 광산 마을로 나오는 것으로 일은 끝. 채굴권 지불이니까 현금은 없었지만, 미스릴은 월등하게 이익이다. 떼돈 벌었다!

뭐, 있다고 해서 팔지는 않겠지만~?

그리고 촌장에게 메리메리 씨가 이야기하러 간 사이, 마을의 작은 상점을 들여다봤다.

"아저씨, 아저씨. 이 마을의 특산품이나 희귀한 거, 뭔가 남은 거 없어? 철밖에 없다고? 철 먹어? 이빨에 안 좋은데? 응. 잘 씹어도 더더욱 안 좋지 않을까?"

"안 먹어! 그보다 씹을 수도 없어!! 우리 마을은 부족한 건 있어도 남는 건 금속과 돌뿐이야. 남아있는 신기한 광석 장식물이 특산품이지. 볼 거냐?"

안 먹는 모양이다. 마의 숲에서 떨어져 있기는 해도 바위산 옆이고 강과도 거리가 있으니까 농업에는 어울리지 않는 거겠지. 그나저나 이세계에 오고 나서 언제나 생각하는 건데, 이번에도 굳이 말해 보자. ——또 아저씨냐!

응. 내 주변은 아저씨 비율 너무 높지 않아? 만나면 대부분 아저씨라고? 좀 더 이세계답계 미소녀와의 만남은 없어?!

"보통 이런 전개는 말이지~. 점원이 미소녀라든가, 촌장이 미녀라든가, 마을의 미소녀와 만나거나 이것저것 있잖아? 왜 전부 아저씨야? 아직 이 마을에서 아저씨밖에 못 봤거든? 특산품이야? 됐거든요!"

"아저씨는 안 팔아! 팔지도 않는데 됐다고 완전 부정이냐!!"

그리고 메리메리 씨가 돌아와서 촌장 일행을 안내하며 갱도를 지나 도시로 돌아왔다. 터널을 빠져나왔지만 설국도, 아름다운 경치도, 새로운 발견도, 신기한 물건도 전혀 없이 아저씨와 터널…… 만나고 싶지 않다고?!

그러나 마을에서 발견한 건 있었다. 그보다 산더미처럼 있던 장식품을 전부 사들였다. 그야말로 어른의 구매다.

왜냐하면 미스릴이나 뭔지 모를 금속이 마구 섞였는데 마을의 화로에서는 전혀 녹지 않아서 신기한 장식품 취급을 받던 희소 금속이었으니까. 하물며 화로에서 녹지 않았다는 건 녹는점이 높다는 거니까 강도나 내구성은 기대할 수 있다.

일단 수수께끼 금속의 정기 구매 계약을 체결했으니까 계속 모을 수 있을 거다. 구매 계약의 착수금으로 밀이나 식용유, 어째서인지 만들어놨던 통이나 바구니하고 교환하고 남은 건 현금으로 냈다. 응. 귀중한 금속이 들어오고, 또 무일푼이 되어버렸네?

돌아가면 반장에게 용돈을 부탁하자. 또 여관비도 식비도 없단 말이지?

"이, 이런 갱도가 하루 만에!"

"아뇨. 실질적으로는 아침에 부탁해서 점심 먹을 무렵에는 돌아간다고 해서 여기까지 만든 모양이에요. 그리고 말은 전혀 안 듣더라고요?"

""""네에?""""

아침에 도시에서 나오기 전에 모험가 길드와 잡화점과 무기점에서 의기양양하게 돈을 몽땅 수거해서 부자였는데 없어졌네? 응. 쌀의 대량 구매 계약과 간장과 천이나 실 구매, 그리고 왠지 그때의 분위기를 타서 이것저것 주문한 기억은 있고, 희소 금속의 구매는 필요한 지출이었다.

그보다 매일 뭔가 지출이 있어서 항상 돈이 필요하단 말이지? 그러나 반장이 몰수해간 저금이 없다면 매일 여관비가 위태롭다. 마스코트 여자애를 과자로 매수해서 선불로 낸 여관비를 쓰고 있다는 게 들키면 혼날 것 같다.

그래. 잠깐 매일 파산하다 보니까 마석 대금이 몰수당했고, 매일 나와 갑옷 반장과 슬라임 씨가 나란히 반장에게 용돈을 받고 있단 말이지?

하지만 잡화점 누님과 무기점 아저씨한테 납품비와 할부금을 매일 받으니까 아침에는 부자지만, 밤에는 여관비가 없네?

응. 없긴 하지만, 일단 다들 잊고 있을지도 모르지만, 나도 사역자니까 갑옷 반장이나 슬라임 씨에게 돈을 빌리는 건 피하고 싶단 말이지? 그래. 그러니까 추가 용돈을 청구한다!

아마 대안으로 추가 주문이 들어오겠지. 그리고 강행 채결된다.

그렇게 용돈을 받을 때마다 부업이 늘고, 부업을 하면 여자애들의 빚이 늘고, 빚을 갚아서 들어온 돈은 또 몰수당하고, 또 용돈을 받으러 간다는 수수께끼의 전원 가난뱅이 스파이럴에서 벗어날 수가 없네?

"""순식간에 새로운 갱도가?!"""

"네. 그래도 말을 전혀 들어주지 않아요. 갱도를 더 늘려도 그만한 광부는 없다고 아무리 외쳐도 안 들어준다고요!!"

요전에도 알을 대량으로 발주했더니 빈털털이가 되어서 혼났다. 하지만 알이 없으면 맛있는 밥을 만드는데 지장이 생긴다. 게다가 이세계의 알은 진짜로 맛있다!

뭐, 이세계란 사실을 그냥 넘어가더라도, 중세에서 현대 사회와 비슷한 생활 수준을 누리려면 돈이 든다. 게다가 투자하지 않으면 풍부한 식재료나 물자가 손에 들어오지 않는다.

이게 가난뱅이 스파이럴의 원인이고, 변경이 발전해서 풍족해질 때까지 투자한 돈은 회수되지 않는다. 그래도 투자하지 않으면 발전하지 못한다.

그리고 현금을 조금씩밖에 늘릴 수 없는 이유는, 가짜 던전을 통해 왕국의 상인에게 마석이나 버섯을 팔아서 현금을 손에 넣고는 있지만 발전 속도에 비해 화폐 유입이 전혀 따라잡지 못하고 있기 때문이다. 그렇다고 변경 화폐 같은 걸 발행하면 환율이 발생하고, 그 번잡함이 상업 활동의 족쇄가 된다. 그리고 그건 왕국과 결별할 때나 생각할 일이다.

"역시 왕도로 가서 거기 돈을 몽땅 뜯어낼 수밖에 없나?"

"뭔가 갱도를 확장하면서 굉장히 뒤숭숭한 혼잣말을 하는 게 들리는데요?"

"신경 쓰면 지는 거라더라고요. 그리고 따져도 어차피 안 들어줘요!!"

"""네에?"""

메리메리 씨도 지금은 변경이 왕도보다 낫다고 말했다. 즉, 왕도의 상업 활동 수준은 내 부업 제조 수준보다 떨어진다. 그래. 품질과 요금에서 앞서니까 마구 뜯어낼 수 있다.

왕도의 돈을 모조리 긁어모으면 화폐 부족도 해결되겠지. 그러나 왕도에서 현금을 더 찍어내기라도 했다간 왕국도 망한다. 응. 남자 고등학생은 화폐 경제를 컨트롤할 수 없지……. 그래, 평범한 남자 고등학생에게는 무리거든?

아무개 군이 살아있었다면 가능했겠지만, 그 아무개 군이 동료가 되는 길을 골랐다면 무력과 생산과 경제로 어떻게든 됐겠지만.

하지만 그 아무개 군은 동료를 죽이고 최강이 되는 길을 골랐다. 그리고— 그 아무개 군은 내가 죽였으니까 이제 없다.

그래서 우리 30명은 고도의 화폐 경제를 굴릴 수 없다. 그야 5명은 바보고 4명은 오타쿠니까?

응. 그 바보들은 물물교환도 이해하지 못할 가능성이 있으니까 말이지?

"도착하긴 했는데, 여기서 해산하면 돼? 메리 아버지는 이야기가 길고 언제나 나쁜 짓을 저질러서 머리 숙이러 오니까 귀찮단 말이지? 응. 철만 창고에 두면 되겠지?"

"창고에 넣어주시면 고맙겠네요. 900톤이나 옮기는 건 싫으니까요. 그리고 딱히 아버지를 만날 필요는 없지만 나쁜 짓은 하지 않았거든요? 그건 사과하는 게 아니라 감사하고 있는 거라니까요? 그건 감사의 인사라고요!"

자, 그럼 일도 끝났으니까 도시로 가자. 돈은 없지만. 좋아. 반장에게 용돈 교섭이다!

"역시 전혀 안 듣잖아요?!"

?일째, 디오렐 왕국 왕성

왕도와 왕성을 수호하는 근위사단이 왕도에서 나가는 것도 모자라…… 변경을, 오무이령을 제압하라는 말도 안 되는 명령이 내려왔다.

"그러하다면, 적어도 폐하의 칙명을 받고 싶다."

원래는 왕궁은 물론이고 왕도에서 근위사단이 이탈하는 건 있을 수 없는 사태. 그런데 폐하의 칙명도 없이 명령뿐이라니……. 하지만, 이 일을 다른 사단에게 맡길 수는 없나……. 어떤 형태이든 변경백님을 만날 수밖에 없다.

"지금은 어려운 시기, 한시라도 빨리 변경을 평정하는 것이 급선무입니다."

"제1사단이 움직일 수 없는 이상, 근위라고 해도 최정예가 가야

합니다. 이건 나라의 칙명입니다."

제1사단은 국경으로 나가서 움직일 수 없다. 다행히 제2사단이 왕도 방위를 맡는다고 한다. 그렇다면 어지간하면 왕궁이 위험에 처할 일은 없겠지. 하지만 수상한 건 귀족의 입김이 닿는 제3사단과 귀족 직할군. 그리고…… 교회인가.

"칙명이라면 삼가 받들겠지만, 적어도 폐하를 알현하고 싶다."

"국왕 폐하께서는 옥체가 편치 않으십니다. 긴급한 일이 진정되지 않는다면 마음고생이 늘어나기만 할 뿐이겠지요."

"그렇기에 문안하려는 거다."

모든 것이 이상하고, 그리고 급박하다. 어째서 제대로 된 정보도 없이 연락조차 늦어지는 건가.

"긴급하기에 나온 칙명, 따르지 않겠다면 근위사단을 해체하고 재편성할 수밖에 없습니다."

"사태가 특수하기에 편성 및 행동의 자유는 보장받아야……."

"그것은 일임하겠습니다. 아무튼 한시라도 빨리 출정하시길. 국가의 명운이 걸려있습니다."

왕궁에서, 왕도에서 단절된 채 정보조차도 제대로 입수할 수 없다니……. 하지만 지금 마석 공급이 지체되면 왕국은 파멸한다. 다른 나라에 진 부채가 너무 많다. 그리고 무엇보다 교회와의 알력이 치명적으로 벌어지면 주변국에서 아군은 없어진다.

"칙명, 받들겠습니다."

왕국은 버틸 수 없을 것이다. 그러나 사태가 왕실만으로 끝날지도 의심스럽다. 나아가면 지옥, 그래도 달리 길은 없다. 그저 일방적으로 떠들기만 한 사자들은 안도하며 나갔다. 그 의미도, 무모하다는 것조차 이해하지 못한 채. 그래서인가. 귀족 녀석들은 변경을 이해하지 못하는 거겠지.

"어쩌시겠습니까?"

"우선은 모험가 길드다. 정보가 진실이라면 나로기를 지나 변경으로 향하는 유일한 길은…… 던전이니까."

싸움은 일어나지 않았다. 적어도 군사 충돌은 없었다. 그러나 닫혀버린 길을 지나야만 진실에 도달할 수 있다면, 미궁 공략에 박식한 모험가가 필요해진다.

"하지만…… 변경으로."

"말하지 마라. 그건 누구보다도 잘 이해하고 있으니."

"실례했습니다."

왕국과 변경—— 그것은 영지 운운하는 형식만이 아니라, 본래는 같은 뜻을 가진 공동체여야 했건만……. 그러나, 그걸 말하기에는 우리는 너무나도 오랫동안 변경을 배신하고 살았다.

그렇다. 이제 사태는 피를 흘리지 않고는 수습할 수 없을 만큼 최악인 거다.

> **만약 철봉을 가열해서 때렸더니 증기기관이 되었다고 한다면,
> 내일부터는 오타쿠 선생님이라고 부르겠어.**

53일째 낮, 오무이

　그곳에서 본 건 무시무시한 광경이었다. 이미 어떤 말도 나오지 않을 만큼 경악스러웠다. 응. 이제 싫거든?!

　"""앗. 하루카다!"""

　"좋을 때 왔네요. 대장간에서 내보낼 수가 없었거든요?"

　"응. 너무 크니까?"

　"무겁고?"

　"맞아요 맞아요. 이거 잠깐 아이템 주머니에 넣어주지 않을래요? 강에서 꺼내주기만 하면 돼요."

　너무 크고 무겁다고 한다. 대장간 반출구보다 커서 내보낼 수가 없어서 곤란한 모양이다.

　"응. 너희는 왜 일본도를 만들러 가서 증기선을 만든 거야? 응. 요전의 테이블 만들러 갔더니 의자가 나온 건 뭐 괜찮았거든? 도대체 왜 일본도에 증기기관이 필요한데? 어떻게 순서가 틀려야 일본도가 증기선이 되는 거냐고?! 안 되잖아! 철을 망치로 두들겼더니 증기선이 되었다면 오히려 굉장하네! 무조건 고의지? 게다가 증기기관이라니, 마력식 동력이라도 되는데 왜 증기기관을 만드는 거냐고!"

대장간 지하실에 꽉 들어찬 증기선. 그야 당연히 지하실에서 내보낼 수 없겠지. 응. 놔두고 가자!

"잠깐만. 두고 가면 민폐잖아! 오무이 님한테서 생산 의뢰가 왔다고. 대장간을 써야 하니까 두고 가지 마!"

중형 목조 외륜선── 도대체 어째서 테이블은 못 만들면서 배는 만드는 거야? 응. 의자를 만들게 시켰어도 배가 되었을까? 그리고 목조지만 외곽과 외륜의 요소요소는 철로 만든 철갑선이고, 안쪽에 있는 증기기관도 철이겠지. 응. 목조 증기기관이라면 정말 존경하자!

"아니, 아저씨도 왜 안 막은 거야? 이거 분명 도와준 거지?"

완성도가 너무 깔끔하잖아. 배는 곡면 구조체니까 숙련되지 않으면 선체가 울퉁불퉁해진단 말이지. 이거, 분명히 도와줬지? 고개를 돌리고 상관없다는 표정을 짓고 있지만 공범이지?

그로부터 강에 띄운 증기선에 오타쿠들을 싣고 방류한 뒤에 상공에서 대량의 메테오를 퍼부은 건 말할 것도 없었다. 응, 모처럼 마력을 절약하고 있었는데 단숨에 써버렸다! 그런데 가라앉지를 않더라? 큭, 결계 장치를 썼구나!!

안전책을 위해 결계사의 결계 마법을 마석화해서 간이 결계 장치 제조를 시도해 봤다가 무겁고 너무 커서 여전히 실용화하진 못하고 있었는데……. 증기선에 실어버렸다. 즉, 메테오에 맞을 생각이 가득했다는 거지?! 그냥 원자 붕괴 해버릴까?

그리고 상공으로 나올 때 숲속에서 코볼트들과 술래잡기를 하는 바보들의 모습이 보였는데——못 본 걸로 치자. 응. 아무래도 그 녀석들은 이세계에 적응하지 않고 마의 숲에 적응한 거겠지. 분명, 아마 직업도 야만인 A 같은 게 되었을 거다. 바보네?!

"그나저나, 뭐 괜찮다면 괜찮은가?"

철이나 목재 운반선은 나도 생각해본 적이 있지만, 철갑선이라니 뭐하고 싸울 셈이야? 은근슬쩍 타지 않게 대책을 세워둔 점도 더더욱 열 받네? 그나저나 여전히 너무 커서 사용할 수 없었던 간이 결계 장치를 배에 실은 건 좋은 생각이다. 하지만 그런 대책을 세우고 있었다는 게 더더욱 열 받아. 진짜로 울컥하거든!!

"뭔가 휴일인데 정신적으로 평소보다 피곤해. 휴일은 정신을 쉬게 하려고 있는 게 아니었나?"

갑옷 반장은 잡화점에 갔겠지……. 분명 여자애들은 돈도 없는데 신제품 가방에 몰렸을 것 같단 말이지. 응. 왜 내가 여관에서 부업을 뛰며 잡화점에 납품하고 있는데 차례차례 사서 여관으로 가지고 돌아오는 거야? 내가 매일 아침 납품하는 의미는 대체 뭔데?

"""꺄아아아아아아아아아아아아!!!!!"""

이제는 완전히 쇼핑 중독자들입니다.

그것은 원래 세계의 그리운 생활을 쫓아가는 듯한 쟁탈전, 원래 세계보다 행복해지려고 조바심을 내는 듯한 날치기, 이 세계에 오면서 잃어버린 걸 되찾으려는 듯한…… 난동?

"""그건 내 거야!"""

"하지만 거절한다!"

"가져가면 안 돼!"

"""꺄아~!"""

분명 이 정도밖에 하지 못하는 거겠지. 옷과 밥 말고는 무리니까. 응. 지금은 억지로 필사적으로 즐길 수밖에 없으니까 맛있는 걸 조르고, 귀여운 옷을 마구 사는 거다. 벌써 두 달 가까이 지나버렸으니까. 원래 세계에서 살아가던 나날로부터——. 뭔가 적응해버린 것 같지만!!

그래도, 오히려 필사적으로 웃는 모습이 비장해 보일 때가 있다. 정신적으로 한계에 가까울 때는 살아남는 것밖에 생각하지 못한다. 그러나…… 여유가 생겨버리면 떠올리게 된다. 우리와 다르게 잃어버린 것이 너무나 많으니까.

응. 남자는 괜찮다고? 그야 오타쿠들은 원래 세계에 있었을 때도 줄곧 이세계를 꿈꿔왔으니까. 오히려 원래 세계에서 꿈인지 생시인지 애매하게 살았을 테니 문제없다. 굳이 따지자면 원래 세계에서가 문제고, 이세계에 와서 겨우 전력을 다하게 된 거다.

그리고 바보들은 더 문제없다. 그 녀석들은 여기 주민이다. 숲 속에서 사는 게 딱 좋다.

그 녀석들은 원래 세계에 있었으니까 스포츠를 하고 우수한 선수가 된 거다. 그것뿐이다. 분명 그대로 원래 세계에 있었다면 프로스포츠 선수라도 해서 유명해져 부자가 되었겠지.

그러나, 분명 돌아가고 싶다고 생각하지는 않을 거다. 겨우 이세계에 돌아왔으니까. 이제 룰을 지켜가며 안전하게 경쟁하는 싸움을 하지 않아도 된다. 마음 가는 대로, 본능이 명하는 대로 진심으로 생사를 걸고, 전력을 다해 온갖 수단을 써서 싸울 수 있다. 원래 세계에서 지루함을 주체하지 못하던 전투민족이 겨우 진지하게 싸울 수 있게 된 거니까—— 바보는 낫지 않았지만, 오히려 악화 일로지만. 응. 바보네?

그리고 나는 그쪽에 아무것도 없다. 미련이 남은 건 서점 정도다. 그건, 그것만큼은 미련도 애석도 애착도 집착도 있고 아쉬운 마음으로 가득하다.

하지만 이쪽에는 갑옷 반장이 있다. 내가 데리고 나왔으니까 즐겁게 살게 해 주고, 기쁜 일로 가득하고, 행복하게 해 주고 싶다.

원래 세계에는 소중한 것도, 행복하기를 바라는 사람도, 웃기를 바라는 사람도, 잃고 싶지 않은 것도 이제 아무것도 없다.

응. 이쪽이 좋다. 슬라임 씨도 따라와 줬으니까 지금은 이쪽에 미련이 넘친다.

그러나 여자애들은 다르다. 이 세계에 있는 것에 아무런 기쁨도 없다. 잃어버린 것이 너무나 크고, 원하는 것도 전혀 없는데 끌려온 거니까.

"""꺄아아아아아아아아아아——!"""

"""안 돼————에!"""

"""아아아아————앙!"""

"""으랴아아아아아압——!"""

——그렇겠지? 아마도?

그러니까 쇼핑 중독에 어리광쟁이에 떼쟁이에 없는 걸 조르는 것만으로도 충분히, 충분하고도 남을 만큼 애쓰고 있는 거다. 오히려 좋은 정신적 균형을 유지하고 있는 거라니까?

발광하고, 날뛰고, 울고불고 아우성치더라도 전혀 이상하지 않다. 현실 도피하는 것도 당연하다. 그래도 그 아무개 군처럼 미치지 않았으니까 30명이나 살아남았다. 차라리 미치는 게 나을 텐데도 견디고 있다. 여자 모임의 우정력은 초인급인 거겠지……. 응. 쇼핑에도 초인이 나타나고 있는 건 기분 탓이다!

"""응. 대화로 해결하자!"""

"그러자. 그러니까 그 손은 놔!"

"내 거야!"

"""좋아. 트레이드다!"""

"아니, 아직 사지도 않았는데?"

그러니까 오늘 밤도 부업이다. 이제 먹을 수 없다고 생각하던 음식이나 이제 입을 수 없다고 생각하던 옷, 16년 동안 중요했던 것들을 고작 두 달 안에 메울 수 있을 리는 없지만. 분명 절망한 채 숲속으로 사라지는 것이 지금만큼 괴롭지 않을 테니까 더 나았을지도 모르지만…… 내가 그게 싫어서 도와준 거니까, 괴로움을 아주 조금이라도 줄이는 것 정도는, 그 정도밖에는 해줄 수 없단 말이지? 응. 그러니까 이렇게 웃어준다면 부업도…… 조금은 어떻게 안 되는 걸까?

"까아아! 이 가방은 가게에서 본 적 있어! 갖고 싶었어!"

응. 표절이니까 다니엘 씨와 밥 씨에게 들키면 사과하자. 그야 나도 갖고 싶었으니까! 그런데 그거 장비품이거든?

그렇다. 만들고 나서 잘 생각해 보니 세련된 걸 만들어봤자 검은 망토에는 안 어울린다! 게다가 천 주머니도, 나무 작대기도 떼어 놓을 수가 없어! 즉, 내가 들어봤자 전혀 세련되지 않——다고?!

"으~음. 너무 큰가?"

"응. 딱 좋은 크기가 없네!"

"맞아맞아. 제작자를 불러~!"

"""사과와 할인을!!"""

"응. 부르지 마. 귀찮으니까 일일이 부르지 말고 여관에서 말해 줄래?"

"""아, 어서 와."""

그리고 가방이 큰 게 아니라 네가 조그만 거야. 응. 소동물이라 고……. 왜 조그만 애가 어른 코너로 간 거야?

"으으으. 스포티한 수납량을 고를까, 귀엽고 파티에 어울리는 미니백을 고를까?"

"그래도 파티에 초대받을 일은 없지 않아?"

"""응. 파티를 맺고 있긴 하지만?"""

응. 나도 초대받은 적은 없지만, 맺은 적도 없거든? 하지만 고블 린들과 함께 사이좋게 '렛츠 파티!' 같은 것도 하고 싶지는 않다 고……. 응. 바보는 저지를 것 같지만. 바로 지금?

"""으으으, 전부 갖고 싶어!"""

"그렇지? 잠깐…… 마물 때려잡고 올까?"

““"좋네!"””

즐기고 있다고 해야 할까, 상품을 독점하고 있다고 해야 할까. 응. 사실 휴일이 적은 이유는 돈벌이가 따라잡지 못하고 있기 때문인가? 옷을 위해서라면 마물을 마구 잡고 다닐 기세인데, 실은 이세계에 어울리는 인재였어? 응. 혹시 적응했나? 어라? 실은 정신적 균형 같은 건 상관없이, 그냥 탐욕 씨와 그 동료들이었나? 응. 쇼핑에 관해서는 다른 문제가 발생해서 정신적으로 괜찮지 않게 된 모양이다.

““"꺄아아아아아아아아~ 이쪽도 신상!"””

"진짜잖아! 필요해. 살래!!"

응. 진짜로.

도시에서는 피크닉이 붐이라는데, 숲속 동굴 생활의 붐은 안 오는 걸까?

53일째 낮, 오무이

잡화점에서는 갑옷 반장도 여자애들에 둘러싸여 즐겁게 쇼핑 중이다. 조심조심 손수건을 들고 고민하고 있더라고? 응. 갑주를 닦는 건가?

"어~이. 갑옷 반장, 돌아왔어. 응. 배고플 테니까 잠발라야. 새우는 없으니까 수수께끼 새 고기지만, 아마 달걀이 있으면 오 므라이스와 뭐가 다른지도 모를걸? 응. 만든 사람도 모르겠는데,

치킨 라이스하고는 다른 건가?"

　뭐, 잠발라야라고 주장하면 분명 다들 모를 거다.

　"""아, 어서 와."""

　그리고 슬라임 씨가 피크닉을 간 곳까지 이동해서 들판에서 늦은 점심을 먹었다. 시간이 남으니까 가짜 던전 개조라도 하러 갈까? 아니면 슬라임 씨를 숲의 우리 집(동굴)으로 데려가 줄까……. 으~음. 서로 반대 방향이라 곤란하다.

　분명 진심으로 고속 이동하면 돌 수 있겠지만, 뭐가 슬퍼서 휴일에 고속 이동을 위해 내달려야 하는데? 뭐, 어딘가에는 코볼트와 술래잡기나 하는 슬픈 두뇌의 소유자들이 있지만, 신경 쓰지 말자. 신경 안 쓴다면 안 쓰는 거다.

　"""잘 먹겠습니다~(뽀용뽀용)!"""

　좋은 날씨에 전망도 좋다. 피크닉이라는 느낌이네……. 잠발라야지만?

　"바깥에서 점심 먹는 것도 좋네."

　"그러게. 더 맛있나?"

　(부들부들!)

　마스코트 여자애 말에 따르면, 도시 주변이 안전해져서 피크닉 붐이라고 한다. 좋아. 피크닉 굿즈를 개발하자. 떼돈을 벌 예감이 든다!

　"마시써, 꿀맛꿀맛!"

　"응. 오므라이스가 그리워지긴 하지만."

(뿌용뿌용)

확실히 지금까지는 마의 숲이 가깝고 마물도 많으니까 피크닉 같은 건 위험해서 불가능했겠지. 그래도 지금이라면 마의 숲 벌채도 진행되었고, 덤으로 마물도 벌채 중이라 안심 안전, 하물며 지금은 도시 사람들도 곤봉 장비. 응. 고블린과 정면에서 맞붙는 수라의 도시니까 분명 안전하달까, 오히려 고블린들이 위험을 느끼고 있겠지!

역시 어린 여자(여고생은 제외!)끼리 피크닉을 가는 건 위험하지만, 슬라임 씨가 있으니까 문제는 없다. 반대로 슬라임 씨가 있는데도 위험한 상황이라면 그건 성벽 안이라도 위험하다. 그야 한없이 미궁황에 가까운 미궁왕이 해치울 수 없는 마물이 나온다면 그건 미궁 최하층 수준의 위험도니까……. 도시를 짓고 살아갈 상황이 아니라고. 그래. 나도 미궁 최하층 대혼욕 온천탕 계획은 포기했다. 조금 미련은 남지만, 지하 100층은 목욕물이 식을 것 같단 말이지?

지금도 데스 사이즈 부대가 근처에서 순회하고 있고, 미행 여자애는 전투력은 없지만 고레벨 기척 감지를 보유하고 있고, 마스코트 여자애도 은근히 레벨이 높다.

뭐, 슬라임 씨가 있다면 오크 킹이라도 피크닉 습격은 불가능하고, 데몬 사이즈들도 마의 숲 벌채를 부탁했을 뿐인데 레벨이 쭉쭉 올라갔단 말이지? 응. 분명 고블린을 벌채하며 놀고 있는 거겠지? 응. 고블린이나 코볼트하고 너무 놀면 바보가 되지 않을까 걱정되지만, 분명 바보들은 지금도 고블린이나 코볼트와 놀고 있을 거다. 오타쿠들은 배로 도망쳤고? 칫, 기습은 실패였다!

"휴일도 좋네~."

"""그러게. 느긋하게 쉬고……. 어라? 최근 던전에서?"""

"""말하지 마! 왠지 악영향이 심각하다는 걸 다들 깨닫고 있으니까!"""

가짜 던전에서 『마핵의 보구 : 마핵 제작/조작』으로 마물을 만드는 실험도 해 봤지만, 여전히 전혀 해석이 끝나지 않은 데다 웬일로 탐욕의 화신이 아니라 식욕의 화신 슬라임 씨가 『마핵의 보구』를 원했는지라…… 줘버렸다. 응, 맛있는 건가?

여자애들은 이대로 피크닉에 참가한다고 해서 간식으로 과자를 나눠줬다. 세 시까지 참을 수 있을지는 모른다. 벌써 참지 못하는 기색이었지만 못 본 걸로 하자! 그리고 마스코트 여자애와 미행 여자애는 과자를 노려보고 있었으니까 그쪽도 시간 문제겠지.

"간다?"

(뽀용뽀용)

(끄덕끄덕)

그리고 갑옷 반장과 슬라임 씨는 따라오려는 모양이다. 휴일이니까 마음대로 지내도 된다고 했는데, 부들부들 뽀용뽀용하더라니까?

"응. 요즘 갑옷 반장이 슬라임 씨를 닮아가네? 제대로 말하지 않으면 능숙해지지 않는데?"

"네."

(부들부들)

그렇다. 아침 잔소리만큼은 엄청난 기세로 숙달되고 있다. 아무래도 매일 여자애들의 어휘력 풍부한 노도와 같은 장황한 잔소리로 학습한 모양이고, 여자 모임에서는 말이 제법 능숙해졌다고 하는데, 무슨 이야기를 하는지 몇 번을 물어도 여자애들의 비밀에 저촉된다고 하더라고?

그리고 가짜 던전을 개조하면서 일단 빠져나와 이웃 도시에 침입했다. 벽 정도는 몰래 날아서 넘을 수 있지만, 마침 미행 여자애 일족 사람이 있어서 도움을 받았다.

그리고 이웃 도시의 모험가 길드에 들러 정보를 수집해 보니, 상당한 숫자의 모험가가 가짜 던전에 도전했다가 처참한 꼴을 당했고, 지금은 아무도 가짜 던전 의뢰를 받지 않는다고 한다.

"잠깐만. 모처럼 진심을 담아서 새로운 장치를 만들었는데, 정말 의욕과 모험심이 없는 모험가들이네!"

(끄덕끄덕)

(뿌용뿌용!)

뭐, 무기나 장비가 부서지거나 녹으니 엄청난 적자고, 덤으로 커플로 갔다가 헤어졌다는 소문이 돌던데…… 그 커플은 옷이 녹은 뒤에 대체 무슨 일이 있었던 걸까? 보고 싶네!

"그보다 커플이 데이트하러 던전에 가면 안 되잖아? 응. 그런 녀석은 차이는 법이지! 이거 던전은 무죄네!"

(부들부들)

참고로 현재 최고 기록 보유자는 용해액 늪 위쪽 바위를 3단 뛰기로 넘어가는 부분까지 갔었다고 하는데, 3단에 발라둔 기름에 미끄러져 떨어졌다는 모양이다.

"아무래도 이세계인은 예고를 이해하지 못하나 보네? 3단 뛰기라면 3단에 분명 뭔가 있다는 뜻이잖아? 왜 전부 걸리는 거야?"

(뽀용뽀용)

그리고 병사들도 무기와 장비를 대부분 잃어서 포기했다고 한다. 뭐, 무기와 장비가 없는 아저씨들이 과연 병사인지 의문이 든다. 응. 그야 천 옷에 나무 작대기만 들고 있는데 병사라니……. 나랑 똑같잖아! 응, 전혀 기쁘지 않아. 룩이 똑같은 상대가 아저씨라니 싫다고!!

"그나저나…… 과소화?"

뭐, 주민이 변경으로 많이 이사 와서 그런지 뭔가 고스트 타운처럼 여기도 저기도 빈집투성이고 인파도 거의 없다.

실제로 지금도 미행 여자애 일족이 변경으로 이사 오고 싶은 사람을 속속 보내고 있으니까, 인구 감소가 멈추지 않는 거겠지.

"뭐, 변경은 인원 부족에 호경기니까 다들 그쪽으로 가고 싶겠지? 당연히 비인기겠지. 그야 여기는 영주가 오크였으니까?"

(끄덕끄덕!)

(뽀용뽀용?!)

그래서 가게도 대부분 폐점이고, 문을 연 가게도 상품이 적다. 조금 비쌌지만, 눈에 띄는 물건은 몽땅 사들였다. 응. 아까 용돈을 받았는데 또 무일푼이네?

돌아가면 혼나겠지만, 돌아가서 생각하자. 응. 여관비는 받았는데 여관에 갈 때까지 버티지 못했으니까 내 잘못은 아니지?

그리고 만약을 위해 작아져서 망토 안에 숨은 슬라임 씨가 지루하게 꾸물거리고 있다. 응. 아까는 갑자기 하반신이 부풀어서 깜짝 놀랐다니까! 그리고 어째서인지 갑옷 반장이 엄청 쫄았다. 미궁황이었으면서?

"뭔가, 모처럼 새로 만든 끈끈이 트랩은 나설 차례가 없어 보이네?"

그렇다. 구멍 함정을 화려하게 회피해서 벽의 툭 튀어나온 곳으로 뛰어오르면 끈끈이에 걸린다는 근사한 아이디어여서 채용했는데 도전자가 없어 보인다.

그리고 천장에 마물 그림을 그려서 그걸 공격하면 붕괴하는 것도 만들어 봤는데, 개인적으로는 끈끈이와 비교하면 임팩트가 별로다. 응. 역시 우쭐대는 얼굴로 끈끈이에 붙잡히는 게 최고지?

(뽀용뽀용)

슬라임 씨도 불만인가? 역시 촉수 마물이 필요할지도 모르겠지만, 현재 촉수 씨는 나 말고는 없단 말이지? 옷과 장비가 녹은 여자 모험가를 내가 촉수를 써서 덮치면 그냥 사건 발생이잖아? 응. 그리고 난 마물이 아니라고?

"역시 속임수 그림 구멍을 뛰어넘을 때 진짜로 구멍 함정이 있는 게 모험가에게는 대인기 같네?"

점검을 겸해서 가짜 던전을 얼추 확인해 봤는데, 보수도 완전히 끝났고 함정도 전부 제대로 가동했다. 응. 관리 골렘은 성실하게 일하고 있는 모양이다. 포상으로 마력을 많이 충전해 주자.

이웃 영지 도시까지 왕국의 사절단이 왔다고 하던데, 굳이 보러 가지는 않아도 되겠지. 그야 단장이 여기사라고 해서 가볼까 생각했을 뿐이고……. 물리적으로 눈빛이 따끔따끔 꽂힌단 말이지! 응. 갑옷 반장도 매일 눈흘김이 숙달되고 있다!!

"역시 여기사라는 게 겹쳐서 문제인 건가?"

(뽀용뽀용)

그러나 역시 귀중한 큭죽여 씨인 걸까? 그래. 내 주변에는 '큭, 죽인다!'라는 여자밖에 없으니까 엄청 귀중하다고?

"응. 죽인다면 '큭'은 필요 없잖아? 그리고 추가 주문을 받아주지 않는 정도로 죽이지 말아 달라고? 응. 그 여고생들은 대체 어디의 노부나가 씨인 거야! 왜 이에야스 씨가 안 되는 거야? 그리고 반장도 히데요시 씨 작전은 그만두라고? 나, 두견새처럼 우는 게 아니라 눈물이 나올 것 같거든?"

미련은 남지만, 시선이 따끔따끔해서 울 것 같으니까 돌아가자.

"아니, 그야 여기사라고 말하니까 신경 쓰이잖아? 응. 나도 오늘은 갱도 마을에서도, 이웃 도시에서도 아저씨밖에 만나지 않았거든? 응. 아무런 인연도 만들지 못했다고? 그보다 아저씨가 인연이면 태워버렸을 거야! 내가 울어버릴걸?"

(뽀용뽀용)

(토닥토닥)

뭔가 등을 다정하게 토닥토닥 두드려 주고 있다. 이것도 가짜 던전의 함정인가……. 아무래도 이 이세계는 눈물이 가득한 모양이다. 자, 그럼. 따끔따끔하니까 돌아가자.

"오늘은 이제 돌아가기만 하면 되니까 잠깐 샛길로 빠졌다가 돌아갈까. 마을이 있다면 식재료가 있을지도 모르고, 돈이 없으니까 물물교환이지만, 밀이나 버섯이 꽤 통한단 말이지……. 그냥 버섯을 화폐로 해도 되지 않나? 응. 마음껏 캘 수 있고?"

(끄덕끄덕)

(부들부들)

끄덕끄덕과 부들부들이라고 하니 샛길로 빠졌다 돌아가자. 그나저나 혼자서 말하고 있어서 불쌍하니까 대답은 제대로 해 줄래? 지금 투구 안 쓰고 있잖아? 응. 뭔가 슬라임 씨의 영향을 너무 많이 받고 있는데. 선배잖아? 옛날 상사 아니야?

그나저나── 슬라임 씨의 고속 이동이 빨라졌다. 레벨이 올라간 것처럼 보이지는 않는데 성장기가 온 건가? 헉. 한창 먹을 시기가 와서 또 먹게 되는 건가!!

응. 부업은 역시 필요해 보인다. 탐욕 씨도 용돈을 전부 써버린 모양이니까. 분명 손수건은 잡화점에서 사는 것보다 내가 만든 게 싸다는 건 비밀이다. 분명 모두 함께 쇼핑하는 게 즐거운 거니까. 돈을 벌어야겠지……. 아니, 휴일이 짧네!

53일째 낮, 피크닉

다들 하루카가 있을 때는 기운이 가득하지만, 그래도 없어지면 쓸쓸해 보인다.

지금은 다들 사이좋고, 친구와 있으니까 괜찮지만……. 전원이 간당간당하고 여유가 없다. 응석을 부릴 수 있는 상대는 하루카 뿐이다. 혼자서 살아남고, 혼자서 싸우고, 혼자서 구해준 하루카 에게 응석을 부리고 있는 거다. 그 강함에 응석을 부리고, 애태우 고 있다.

그건 어린 시절부터 보호해 주고 응석을 받아주던 가족과 떨어 져 버린 쓸쓸함, 그리고 고독. 그 마음을 하루카에 겹쳐보고 있는 거다. ……무조건으로 지켜주고, 응석을 받아주는 그 등에.

"가버렸네. 휴일인데?"

"응. 이제 채굴도 끝났다고 했고?"

"아침부터 스타킹도 줬으니까, 부업도 뛰고 있었지?"

"그보다, 우리 장비의 미스릴화를 진행하려고 채굴하러 갔던 것 같고?"

"아~ 오늘은 내 로브를 바꿀 차례네~? 으~음. 가슴이 답답했 으니까 고쳐 달라고 부탁할까~."

"""그런가요. 참 힘들겠네요~."""

하루카는 가짜 던전에 새 함정을 설치하러 갔다. 휴일인데도 일한다. 배려하려고 해도 배려받는다. 그리고 쭉 쉬지 않는다. 정말로, 쭉.

본인은 칭호의 효과 같다고 말했고, 분명 효과는 있겠지만……그래도 자지 않게 된 건, 쉬지 않게 된 건 한참 전부터다.

분명 오늘 밤도 바쁘다고, 자고 싶다고 투덜대면서 하룻밤 내내 부업을 뛸 거다. 그리고 우리가 울 것 같을 때는 '신제품이거든? 떼돈 벌겠어!' 라고 말하면서 격려해 준다.

그렇게 거의 잠을 안 잔다고 한다……. 타나카를 죽였을 때부터 쭉.

그리고, 마을 두 개가 멸망하고 나서부터 쭉.

모두가 웃으면 기뻐한다. 오다 그룹이나 카키자키 그룹과 바보짓을 할 때는 즐거워 보인다. 안젤리카 씨나 슬라임 씨가 언제나 곁에 있어 준다. 그러니까 시간이 해결해 줄지도 모른다.

하지만 하루카는 시간이 갈수록 지키고 싶은 게 늘어나고, 지금은 변경까지 지키려 하고 있다. 어린 시절부터 차례차례 가족을 잃은 하루카는, 누군가가 죽는 걸 견디지 못한다.

그러니까 모두가 웃지 않으면 고통을 느낀다. 그래서 친구를 만들려고 하지도 않았다.

그래도 지금은 모두에게 둘러싸여 행복해 보이지만, 모두가 웃을 때까지 뼈를 깎아서라도 기쁘게 해주려고 한다.

사람이 죽는 걸 견디지 못해서 사람을 죽여버린 하루카는, 가족을 모두 잃었을 때의 하루카로 돌아가 버리고 말았다. 웃으면서 강박적으로 자신을 학대하고, 모든 사람을 도우려 하던 그 시절로 돌아가 버렸다.

혼자였던 하루카에게 지키고 싶은 게 생겨서 다행이다. 하지만 지키기 위해서는 수단을 가리지 않는다. 그래서 자기 몸도 목숨도 마음 편히, 간단히 내던진다.

시간이 해결해 주더라도, 그 시간이 부족하다. 그야, 이 세계는 목숨의 위기로 이어지는 일이 너무 많으니까.

가족을 떠올리며 하루카에게 응석을 부리는 여자와, 잃어버린 가족과 겹쳐보면서 과도하게 지켜주려는 하루카. 강해져서 하루카를 지켜주는 것 말고는 해결책이 없지만, 시간이 너무 부족하다. 아직 고작 두 달도 안 됐는데도 너무 많은 일이 있었으니까.

여관으로 돌아가면 귀찮다는 시늉을 하면서 '저녁밥이야~.' 라고 말하며 다시 모두를 기쁘게 해 주겠지.

그리고 '고마워.' 라는 감사를 받지 않으려고 '떼돈 벌었다~.' 라고 말하며 나쁜 놈인 척을 한다.

절대로 감사의 말을 들으려 하지 않는다. 하루카는 자신이 감사의 말을 듣는 걸 용납하지 않는다. 자신은 감사의 말 같은 걸 들어서는 안 된다고 굳게 생각하고 있다. 분명 아직 자신의 무력함을 용서하지 않고 있다.

그래서겠지. 스킬도 스테이터스도 약한데 계속 이기고 있다. 지키기 위해서는 그 어떤 수단이라도 다 써가면서, 온갖 방법으로 발버둥 치고 있다. 자신의 무력함을 결코 용납하지 않는다.

더 싸우게 해서는 안 될지도 모르지만, 만약 그러다 누군가가 목숨을 잃는다면 하루카는 망가지게 될 거다.

하지만, 이러다가 하루카가 목숨을 잃는다면…… 모두가 망가지겠지. 나는 망가지고 말 거다.

"돌아오면, 과자 증량 결의안을 내야지."

"저녁밥은 뭘까~?"

"다음 신제품은 뭘까? 안젤리카 씨한테 조사해 달라고 하자!"

""왜 스타킹은 만들면서 속옷은 안 되는 거야?""

지켜내야 한다. 그걸 위해서 강해져야 한다. 하루카는 해냈다. 누구보다도 약한데 모두를 도와줬다. 그러니까, 그러니까 우리도.

"유감이지만 한동안 장비 우선이야. 모두의 장비를 미스릴로 바꾸는 게 최우선이거든?"

""에에에엑~?""

""너무해. 횡포야!""

아주 조금씩이지만, 다들 회복하고 있다. 체념이 아니라, 각오가 생기기 시작했다.

지금은 아직 조금씩, 정말 미약하지만――응석을 부리면서. 그래도 이 세계에서 살아갈 각오를 확실히 다지고 있다. 하루카에게 보호받으면서, 이번에야말로 하루카를 지켜주려고.

"아직, 안 돌아오는 건가?"

"뭐, 거리가 꽤 되니까. 빠르긴 해도."

응. 그래도 응석받이는 한동안 안 나으려나? 캐릭터가 변했다니까. 다들 은근히 쿨한 느낌이었는데…… 유아 회귀한 거 아냐? 하지만…… 그래도, 그 옷이나 과자는 너무 매혹적이니까. 여자의 마음이 녹아버려!

"다녀왔어~ 라고 할까? 그보다 저녁밥은 도중에 들른 마을에서 호박을 찾았으니까 펌프킨 축제인데? 트릭 오어 트라이던트!"

"""어서 와~. 호박이라니 저녁밥은 뭔데?"""

응. 왜 장난치면 안 된다고 삼지창(트라이던트)으로 찌르는 거야? 보통 삼지창으로 찌르는 시점에서 그건 그냥 전투잖아? 그리고, 과자를 주면서 장난쳐도 되는지 물어보면 신고당할걸?

변함없이 모든 게 잘못되어 있고, 태클 걸 구석이…… 그치만, 대체 '다녀왔어.'에 '~라고 할까?' 같은 의문형이 붙을 여지가 어디에 있는데? 어째서 그 의문이 '트라이던트!'로 가지 않는 거야! 감탄사까지 붙여서 '트라이던트!'라니 찌를 생각이 넘치고, 그건 장난으로 끝날 소동이 아니잖아!!

뭐, 돌아왔다. 다들 오늘도 떠들썩하고, 하루카는 여자애들의 장난에 시달려서 도망치고 있다. 응, 역시 오늘도 하루카다.

피크닉도 끝나고 다들 여관으로 돌아왔다. 와글와글 왁자지껄 야단법석 소란을 부리면서 다들 걸어간다.

그리고 여관으로 돌아가자 호박 축제가 개최되었고, 버섯을 내고 대량으로 사왔다고 자백하면서 또 용돈을 전부 썼다고 자백했다. 응. 여관비라고 말했었지? 잔소리할 거야!

"""호박 파이다!"""

"""오오~!"""

"""호박 축제다!"""

"찜, 찜!"

"수프도 호박 수프라니 호박밖에 없네!!"

만면에 웃음. 분명 안젤리카 씨에게 들어서 기운을 차리게 해주려는 호박 축제. 그야, 호박은 부반장 C가 좋아하니까.

오늘은 즐거운 쇼핑이었다. 모두가 웃고, 부반장 C도 즐겁게 콧노래를 섞어가며 옷을 보고 있었다. ──그렇게 흥얼거렸다.

그것은, 멀리 떨어진 사람을 생각하는 노래. 무심코 흥얼거리게 되어서, 그래서 떠올리고 말았다. ──추억을 떠올리는 걸 멈추지 못했다.

그리고 그걸 들어버린 모두가 오열을 참았다. 열심히 미소를 지으면서.

그래서 호박 축제가 개최 중이다. 사뭇 우연이라는 듯 천연덕스러운 얼굴로, "한 조각에 500에레니까 떼돈 벌겠어~!"라고 말하고 있지만……. 분명 안젤리카 씨에게 들었으니까 호박을 찾고 있었던 거다. 분명 이 거짓말쟁이에 고집불통에 허풍쟁이인 위악주의자는 인정하지 않겠지. 하지만, 분명 그럴 거다. 그야, 언제나 항상 범인이니까.

"응. 호박찜도 확실히 있긴 한데. 어째서인지 호박 파이와는 사이가 안 좋아 보이지만 있긴 하거든? 아니. 내가 만들긴 했는데, 나는 잘못 없다고? 난 호박찜과 호박 파이의 복잡한 대립 관계는 몰랐단 말이지? 그러니까 나는 잘못 없어."

맛있었지만, 호박찜과 호박 파이의 복잡하고 미묘한 적대관계는 해결되지 않았다. 그래도 호박 칩은 대인기 작품이었고, 호박 수프도 호박 케이크도 호평 속에서 매진되었다. 그래도 하루카는 치즈와 크림이나 미림이나 적포도주가 없어서 메뉴를 정하기 힘들다고 했다. 맛있었는데?

그리고 부반장 C는 몰래 눈물을 흘리며 호박찜을 먹었다.

> **시험 삼아 학술적 기술 시험을 해 볼까 했는데,**
> **동물 실험은 불쌍해서 마물 실험을 하려고 했더니 마물이 없다.**

54일째 아침, 하얀 괴짜 여관

오늘도 개운하게 눈을 떠서 상쾌하고 처절한 눈총을 사며 잔소리를 들었다. 응. 5회전이 문제였던 걸까. 아니면 아침의 리턴매치에서 너무 노력한 걸까?

그리고 식당에서는 여자애들이 잔소리했다. 그렇다. 여관비가 없어서 외상으로 달아둔 게 들켰다!

다음에 모험가 길드에서 내는 할부금을 몰수하겠다고 한다. 이번에는 이틀밖에 안 됐는데 너무하다. 또 부자 생활을 못 하게 되잖아! 뭐, 여관비 외상도 전부 내줬고, 모두의 돈 관리를 맡고 있으니까 불평할 수는 없지만, 맛있는 밥은 중요하다고? 응. 잔뜩 먹었잖아? 그보다 호박 파이를 그렇게 많이 먹고서 체중 문제는 괜찮은 걸까⋯⋯. 무서우니까 절대로 말하지 않을 거지만. 아니, 아무 생각도 안 했거든? 응. 배를 보지도 않았어? 정말이라고?

도망치는 중이다. 아니, 그게 아니야. 이건 던전으로 가고 있는 거라고! 그래. 그럴 게 분명해. 그렇게 정했어!

그치만 실제로 30인분의 지출을 관리하고 있어서 고개를 들 수 없는 살림꾼 반장한테 식비나 재료비를 너무 많이 쓴다고 혼났단 말이지? 응. 배 같은 건 보지 않았습니다.

"뭐, 예산 오버는 확실히 그렇지만, 말은 그렇게 하면서 예산 바깥의 할증 요금부터 별도 요금으로 만든 것까지 전부 좋아하면서 먹어놓고 화내는 건 횡포 아니야?"

(뽀용뽀용?)

아마 마을의 남은 호박을 전부 다 사들인 게 들킨 거겠지. 그야 어른스럽게 대량 구매하고 싶은 나이란 말이지?

"아이템 주머니에 넣어두면 안심할 수 있고 오래 버티니까 호박 칩도 추가 주문한 건데⋯⋯. 그런데 그건 칼로리 높지 않나?"

(부들부들?!)

그러나 반장이 돈을 관리하지 않았다면 파산했을 거다. 여자애들도 대부분 그렇다니까. 분명 쇼핑을 과다하게 했을 거다. 응. 동료지?

"서, 설마 반장의 출납 장부 때문에 멀티 컬러 시리즈의 바가지 가격이 들켜버린 건가? 큰일이야. 가격을 낮추자!"

그래도 인건비가 든단 말이지? 응. 그 부업을 하는 사람은 분명 급료가 잔뜩 필요할걸? 응. 엄청 필요하거든? 그야 바가지를 씌웠는데도—— 무일푼이니까? 아니, 삼베 소재도 필요하거든?

"앗, 몰래 무기점에 가서 있는 돈을 전부 거둬들이자."

그러니까 강제 임시 수입이다. 울어도 뜯어내자! 응. 실은 벌채하러 간 데몬 사이즈들이 버는 돈은 아직 들키지 않았고, 가짜 던전에서도 수입이 조금은 들어오고 있다는 건 비밀이야?

"자, 그럼. 오늘 예정은 48층 도중에 동아리 활동 여자애들이 도망친 던전이고, 도망친 이유는 때려도 죽지 않아서라고 했던가?"

(끄덕끄덕)

(부들부들)

역시 운동부는 여자도 근육뇌였던 모양이다!

뭐, 오늘은 시험 목적도 있다. 공간 마법이 나왔는데, 쓰는 방법을 전혀 모르니까 일단 두르고 나서 두들겨 패보자는 학술적인 기술 시험이다. 전이와는 다르니까 다른 효과가 있을 거고, 하지만 차이점을 모르니까 직접 두르는 건 무섭다. 그래서 『수목의 지팡이?』에만 두르고 팰 거다. 동물 실험은 동물이 불쌍하니까 마물 실험이다. 즉석 실험은 요전의 원자 진동 때문에 지긋지긋하다고.

저층에서 두들겨 패고 다녀 봤지만 변화는 보이지 않았다. 잘 두르지 못한 건지, 효과가 없는 건지 모르겠다.

"실험할 거거든?"

(끄덕끄덕)

(부들부들)

대답은 굉장히 좋다. 하지만 실험이 시작되기 전에 학살해버린 단 말이지? 어라? 실은 의사소통이 안 되고 있나?

그러나 밥도 간식도 한마디만 하면 달려온다. 그보다 애초에 갑옷 반장은 언어를 알고 있으니까 분명 알면서도 하는 거지?! 이건 아침 일에 대한 앙갚음인가? 아니면 밤중의 일에 대한 복수인가? 설마 목욕탕에서 막 나왔을 때의 보복인가?!

그런고로 마물에게 돌진해 봤다. ──그야, 서두르지 않으면 한 방도 못 때리니까!

구타. 섣불리 베었다가 차원참 같은 게 나오면 곤란하니까 팼다. 초심으로 돌아간 거다. 초심을 잊지 말아야지. 아까는 "히얏호~!"라고 외쳐버렸지만, 그건 초심이었을까? 응. 꺼림칙한 초심이다. 잊어버리자.

"잠깐. 뭔가 유령 같은 게 보인 듯도 하고 안 보인 듯도 한 느낌이 드는데 전멸! 역시 유령 같은 건 없었구나……. 아니, 보기도 전에 참살당했어?!"

(뽀용뽀용 ♪)

단숨에 중층까지 돌파했다. 왠지 슬라임 씨가 강해졌달까, 싸우는 방식이 뭔가 다르다고나 할까. 뭔가 슬랏해버렸나?

갑옷 반장은 지금까지 전혀 전력을 발휘하고 있지 않다. 아마도 나는 전력을 본 적이 없을 것이다. 그러니까 진정한 강함도 한계도 모르지만, 지금은 슬라임 씨도 모르겠다. 뭐, 그 이전에 싸우는 방식이나 변칙적인 움직임을 보면 모르는 건 아니거든? 응. 아마 다른 걸로 변했고, 바닥이 전혀 보이지 않게 되었고, 그리고 전력도 아니다. 그야, 이건 미궁황 클래스로밖에 안 보이거든? 그러니까──.

"전혀 시험해 볼 수 없잖아?! 응. 한 마리 패는 게 고작이었어!"

왠지 갑옷 반장까지 슬라임 씨하고 경쟁해버려서, 두 사람 다 너무 강해졌단 말이지.

그리고 이미 지하 48층. 여기는 솎아내지 않았으니까 진짜 중층이다. 시험이나 실험 같은 말을 할 때가 아니다. 전투다.

"전투가 아니었어?!"

응. 은은한 빛과 함께 나타나지 않았던 무언가! 응. 목격하기도 전에 괴기 현상이 일어나서 괴멸했다!

"수고했어~. 그런데 내 차례는 어디? 지금 멋지게 자세 잡았는데 적이 없어졌지? 전멸했잖아? 이 자세는 어떻게 하지? 응. 꽤 멋있지 않아? 진짜로?"

(부들부들)

(부들부들)

퇴짜를 맞았어! 아무래도 이세계는 아직 중2적인 미학을 이해하지 못하는 모양이다. 응. 이 자세의 쓸데없음이 멋있단 말이지? 진짜라고?

그리고 가까스로 자취를 통해 감정한 건, 동아리 활동 여자애들이 도망쳤던 「글러트니 레이스 Lv48」. 응. 대식가 망령은 대식하기도 전에 사라졌다. 정말로 사라졌다. 갑옷 반장의 시시한 칼질 한 방에 사라졌고, 그리고 대식 당했다. 아무래도 슬라임 씨는 글러트니 씨보다 대식가였던 모양이다. 맛있었나?

"저기, 뭔가 의욕적이네. 그런 느낌?"

두 사람 다 왜 그래? 걱정 끼친 건가? 그 샌드 자이언트전 이후에는 코피도 나왔고, 현기증도 났고, 햄버그도 반죽해야 해서 휘청휘청하며 섞기는 했다. 그래서 노력하고 있는 건가……. 괜찮거든? 오늘은 햄버그 만들지도 않으니까.

응. 저녁밥은 뭘 할까? 아침에는 가지 않는데 달걀은 가게에 들어왔을까? 돌아가는 길에 들러보자.

지금으로서는 44계층에서 『듀얼 로브 : InT 50% 상승, 이중 마법』이라는 그런대로 괜찮은 게 나왔고, 이 층에서는 『마방의 앵클릿 : 마법 내성 증가(중)』이 비밀 방에 있었다. 은근히 괜찮다.

응. 대박은 『듀얼 로브 : InT 50% 상승, 이중 마법』이겠지. 이 50% 상승이 대박이지만, 그보다도 『이중 마법』이다. 아마 내가 쓰는 병렬 마법과 똑같은 효과겠지. 단발로 쏘는 마법이 두 발이 되는 거니까 마법직은 무조건 원할 거다. MP 소비가 빨라지지만, 두 방향을 동시에 쏘거나 단발 화력이 두 배로 올라가니까 굉장한 강화다.

불길한 예감이 드는—— 미궁. 이건 아무래도 좋지만, 어제는 밤을 새워서 부반장 B의 로브를 미스릴로 바꿨다. 말 그대로 가슴이 답답하다고 해서 수선도 했는데, 장비 수선은 어렵단 말이지. 응. 확실히 치수도 쟀다고?

그래. 큰일이었다니까? 치수를 잴 때 흔들림이 야단 나서, 성장도 무시무시할 정도로 엄청난 사태였는데, 남자 고등학생으로서도 대단히 큰일이었다. 응. 물론 나중에 잔소리를 들었다.

"진짜냐~ 타이밍이…… 응?"

그래도 이 『듀얼 로브』는 아마 MP 소비가 굉장히 심할 거다. 왜냐하면 병렬 마법은 파괴력도 연사성도 높지만 연비가 나빠서, 일제 포화 같은 걸 하면 MP 소비가 어마어마하게 빨라진다. 그리고 신기하게도 MP가 가장 풍부한 건 부반장 B라고 한다. 마법을 쓰는 모습을 본 적도 없는데 월등히 풍부하다는 모양이다. 응. 가슴에 모으는 걸까? 어마어마하게 풍부해 보인다아아아아──!(어흠어흠)

아── 눈을 흘기는 걸 보니 왠지 진정되네.

"이건 역시 부B 장비인가?"

(끄덕끄덕)

(부들부들)

또 그 악몽의 재림으로 한밤중에 폭주해서 피해를 보는 건 갑옷 반장이란 말이지? 뭐, 아침에 얻어맞지만?

그리고 『마방의 앵클릿 : 마법 내성 증가(중)』의 효과는 그럭저럭 나쁘지는 않다. 그래도 대발견이다!

"다리에도 장착할 수 있구나……. 지금까지 앵클릿 장비는 한 번도 안 나와서 예상하지 못했어!"

(뿌용뿌용?!)

그렇다. 몰랐으니까 아무도 발목에는 장비하지 않았었다. 아무도 몰랐던 장비칸이 지금 발견된 거다. 그렇다. 초라한 장비지만, 그 존재야말로 대발견이라고?

뭐, 굳이 강하게 설명하자면, 딱히 내 취미라거나 그런 건 아니라고? 아니, 만들 거거든? 응. 내 취미로 소란을 부리는 건 아니지만, 스타킹이나 앵클릿은 취향에 완전 꽂힌단 말이지! 그야말로 굉장히, 상당히 취향이라서, 지금도 갑옷 반장의 갑주를 벗기고 당장에라도 그 아름다운 발목에 채우고 싶은 기분으로 가득하지만, 아마 채우는 것만으로 끝날 것 같지는 않다. 응. 흘겨보고 있으니까?!

"뭐, 그건 넘어가고. 장비품을 하나 더 장비할 수 있는 건 굉장한 강점이잖아? 다리라면 두 개 달 수 있을지도?"

(부들부들?)

극히 개인적인 견해로 주석을 단다면 한쪽 다리만 다는 게 취향이지만……. 두 겹이나 세 겹으로 장착할 수는 있으려나!

"이건 정말로 대발견이야! 이건 부업을 띌 가치가 있어. 모두의 안전성과도 얽히니까. 그리고 전투력을 끌어올릴 수도 있고, 무엇보다 갑옷 반장에게 입혀야 해! 남자 고등학생의 이름을 걸고 무조건 입힐 거야! 거야! 야아아아! ……(광란 중)"

(뽀용뽀용…….)

혼났다.

"그래도 오타쿠들하고 바보들 걸 만들어 주는 건 뭔가 굉장히 싫단 말이지. 응. 앵클릿에 철구가 붙은 사슬을 달아주자. 그거라면 어울려 보여!"

좋아. 오타쿠들이 좋아하는 무늬도 붙여주자.

뭐, 왠지 던전에서 받는 도끼눈은 감회가 깊고 마음이 편안해지네. 생각지도 못한 일로 시간을 빼앗기고(격노) 말았지만, 당연히 후회는 없다. 자, 49층이다.

여전히 내 레벨은 21. 49층은 이미 위험 영역이다. 그러니까 신중하게 가야 한다. ──그런 척하고 뛰어든다!

"아니, 잠깐! 슬라임 씨, 그건 반칙이야! 너무 빠르잖아! 갑옷 반장도 내가 천천히 가자고 말했는데 왜 고속 이동하고 있어?"

(부들부들)

어째서 사역당하고 있는데 믿지도 않고, 말도 안 들어주는 거야?! 그러고 보니 「데몬 사이즈」들도 숲을 벌채하고 오라고 했는데 뭔가 레벨이 꽤 올라가 있었다. 그거 무조건 마물 사냥하던 거지?

"응. 어째서 아무도 말을 안 듣는 걸까? 사역주가 무시당하고 멀뚱하게 남고 있거든? 헉. 식비를 낼 때만 사역주?!"

(뽀용뽀용♪)

마전까지 써서 달렸는데 「다크 팬서 Lv49」는 어둠 속으로 사라졌다. 아니, 어둠 속으로 사라지는 스킬을 보유하고 있기는 했는데, 두 번 다시 나올 수 없는 어둠 속으로 사라졌는데? 응. 한 마리 정도는 어둠에서 나와주지 않으려나 해서 계속 기다려 봤는데도 여전히 어둠 속에 있단 말이지?

"왜 그림자에 숨어드는 능력을 가진 표범을 그림자와 함께 베어버리거나 먹는 거야? 난 두 층 연속으로 멋있게 자세만 잡았을 뿐이거든? 이 자세 대체 언제까지 해야 해? 조금 무리한 포즈니까 빡세거든? 다리 저릴 것 같아…… 아야야얏."

(부들부들)

갑옷 반장과 슬라임 씨에게 조물조물 다리 주무름을 받으면서 50층으로 향했다. 나만 받으면 미안하니까 나도 주물러 주려고 했는데, 갑주잖아? 응. 공간 마법으로 주무를 수 없으려나……. 그, 그 방법이 있었나! 역시 나는 천부의 공간 마법 재능을 갖고 있었다. 돌아가면 연습하자! 반드시 이 갑주를 공간과 함께 넘어주 겠어!

──혼났다?!

그리고 계층주가 있는 지하 50층에 도달했다. 조금 긴장이 풀린 것 같다. 여기서부터는 격렬한 전투다. 분명 이번에야말로 그럴 게 분명하다!

"지하 50층은 계층주전이니까 긴장의 끈을 조이자. 진짜로 조 이는 거야. 이 조여드는 느낌을 참을 수 없다고 할 만큼 조여야 해? 그런 느낌? 느낌까지 조여도 되거든? 이랄까?"

사역주로서 지시는 확실히 내려야지. 응. 어차피 아무도 안 듣 겠지만 말은 해둬야지? 그보다 놔두고 가지 말아 줄래?

"그러니까 기다려. 왜 이야기하는데 먼저 가는 거야? 아니, 진 짜로 중요한 이야기거든? 이긴 뒤에 투구 끈을 조이면 그 조여드 는 느낌을 참을 수 없다는 이야기잖아? 듣고 있어? 안 듣지?"

응. 그냥 가자. 기다려 주지 않으니까.

54일째 오전, 던전 지하 50층

이건 이제 안 되는 패턴이다. 이제 절망적이다. 그야, 말밖에 안 남았으니까.

지하 50층의 계층주 「듀라한 Lv50」은 이미 몸이 썰려버렸고, 그 조각난 파편까지 세심하게 썰리는 참이었다. 응. 떨어진 머리는 슬라임 씨가 먹었다. (뽀용뽀용)

그렇다. 나와 말만이 기겁하면서 서로 바라보고 있다. ──앗! 말도 먹혔다!

"아뿔싸. 말은 주는 건가 싶어서 방심했어! 그랬지. 탐욕과 폭식의 콤비는 인정사정 같은 게 없었지? 지금도 내가 자세를 잡은 순간 먹었잖아? 이거 분명 일부러 그러는 거지!!"

(부들부들~ ♪)

던전 안에서 심각한 사역주 왕따 문제가 발발한 모양이다. 분명 학폭 상담소로 가도 상담소가 먹혀버리겠지? 응. 상담소 폭력이야.

"수고했다고나 할까, 나도 피곤하다고나 할까, 피곤해지려고 했는데 피곤하지 못하게 된 마음을 노래로 불러버릴 정도로 시무룩해졌거든? 이제 지루하니까 미궁 온 스테이지를 시작해버린다? 그런데 내가 노래했다가 마물이 죽으면 내 마음과 호감도가 깊은 상처를 입을 테니까 안 부를 거야? 거야~ ♪ 랄까~ ♪ (오페라풍?)"

노래해 봤다? 랄까?

마석과 드롭 아이템을 슬라임 씨가 가져다줬다. 그래. 가져다줬다고 말하면 듣기에는 좋지만 토해냈다. 응. 먹다 남긴 건가? 편식 기질이 있어? 뭐, 먹어도 곤란하지만, 그런 느낌으로 가져다줬다. 응. 물론 노래는 무시당했다!

드롭 아이템은 갑옷 같았지만, 갑옷 반장은 흥미가 없어 보인다. 탐욕 씨는 지하 50층 장비 따위는 성에 안 차는 모양이었다.

그런데 갑옷 반장도 옛날에는 듀라한이었지? 겸업으로 세 종류를 더 들고 다녔지만. 듀라한에 애착은 없는 모양이다. 인정사정도 없었다. 노래도 못 들은 걸로 한 모양이다. 울어도 돼?

"여기도 꽤 깊어 보이네? 뭐, 깊을수록 미궁 아이템도 드롭도 기대할 수 있지만, 던전 순회는 시간이 꽤 걸릴 것 같네~?"

(뽀용뽀용)

그런 것치고는 좋은 물건이 없단 말이지? 응. 어제도 결국 여관비를 외상으로 달았다. 그리고 아침부터 길드 할부금을 몰수당했고, 슬픔에 젖어서 잡화점과 무기점에서 돈을 몽땅 강탈했지만, 푼돈밖에 되지 않았다……. 응, 부자가 되는 길은 험하고 멀다.

(부들부들)

슬라임 씨에게 인생 상담을 하고, 위로를 받으면서 51층으로 향했다.

갑옷 반장은 상대해 주지 않는다. 화났나? 왜 화난 거지? 짐작 가는 바는 산더미처럼 잔뜩 쌓여있지만, 화내는 이유를 찾는 건 모래 행성에서 한 알의 모래를 찾기보다 먼저 그 행성부터 찾기 시작할 만큼 곤란해 보이지만, 역시 전신 망사 타이츠가 부끄러 웠던 건가……. 앗, 우오오오오오!

"아니! 아무것도 떠올리지 않았어! 응. 검은 집어넣어……. 잠 깐, 아니 던전이니까 넣으면 안 되지만, 갑자기 베지는 말라고? 내 전이 레벨이 올라간 원인은 이거거든?"

이제 순간 이동 아니면 회피하지 못하니까 벨 때는 미리 한마디 쯤 해 줬으면 좋겠는데, 그래도 '벤다~.' 라고 말하고 베이는 것 도 뭔가 싫다!

응. 눈을 흘겨도 내 결백함은 변하지 않는다. 그야 눈에 새겨져 서 한시도 잊을 수 없으니까 떠올리거나 그러지는 않았다고! 응, 무고해! 이야~ 나신안은 진짜로 편리하다니까…… 영구 보존했 단 말이지!

역시 어제의 전신 망사 타이츠부터 5차전 이후 리턴매치가 문제 였던 모양이지만, 생각해 봤으면 좋겠다. 난 갑옷 반장이 다운되 고 나서 심야에 혼자 쓸쓸하게 부업을 뛰었단 말이지? 그런데 침 대에서 전신 망사 타이츠의 등이 나를 유혹했다니까? 그래도 아 침까지 참고 열심히 노력해서 욕망이 소용돌이치는 번뇌와 싸웠 는데, 이불이 틀어지는 바람에 전신 망사 타이츠의 등에서 엉덩 이까지 드러났다니까! 응, 남자 고등학생에게 불가능이라는 단어는 오자야! 탈자도 있어! 싸우고 있던 번뇌하고 화해하고 의기투합하고 서로 격려하며 끌어올려 주면서 절차탁마하여 번뇌 씨와 함께 돌격했어!

그래. 왜냐하면 그건 좋은 것이었다. 그 부드럽고 풍만한 동그란 곡선이 망사에 붙잡혀서 실룩실룩 흔들리니까…… 우와아아악!

"그러니까 한마디 말이라도 해줘! 지금 엄청 집중하고 있어서 위험했다고!"

하마터면 찔릴 뻔했다……. 오늘 밤에는 내가 찔러주자. 매일 밤 욕망과 복수의 연쇄가 벌어지고 있으니까.

"아니라니까. 정말로 떠올리거나 한 게 아니라 그냥 리플레이 영상이었고, 제대로 집중해서 빤히 봤으니까 괜찮…… 앗, 꺄아아아아악!"

혼났다(=언어맞았다)!

그래도 꽤 부끄러워하면서도 즐겁게 받아줬었는데, 그 말을 하면 분명 회피 불가 참격이 날아올 테니까 입 다물자. 응. 이미 뒤에서 노리고 있는 느낌이 드네! 그래. 던전의 진정한 무서움은 아군에게 있는 거야!

그리고 변함없이 공간 파악과 지도 덕분에 던전 탐색을 하는 기분이 전혀 들지 않을 만큼 순조롭다. 응. 여관에서 모두의 이야기를 들으면 뭔가 조금 즐거워 보이더란 말이지?

길을 헤매고, '막다른 길이었다' 라든가 '세 갈래 길이 많아서 혼란스러웠다' 라든가. 그러다 문득 깨달은 건데, 갑옷 반장도 슬라임 씨도 헤매지 않는다. 마치 지도를 아는 것처럼 행동하고 있단 말이지? 아니, 이 두 사람이라면 스킬이 있어도 이상하지 않지만, 「데몬 사이즈」들도 마치 동굴의 위치를 아는 것처럼 마의 숲을 날아다니고 있었다……. 지도 스킬이 공유되고 있나?

원래 이 의혹은 『검호』를 얻었을 때부터 있었다. 검술 스킬 같은 건 없었는데 칭호가 검호라니 이상하지 않아? 아니, 베고는 있지만…… 작대기잖아? 그리고 사역하고 있는 백은색 사람은 『검신』 보유자다. 아마 최상위 칭호 『천검』을 갖고 있겠지. 그게 나한테 역분배된 건가?

지금까지는 내 경험치만이 사역하는 대상에 분배되는 파티 같은 상태라고 생각했는데, 지도를 볼 수 있다면 정보가 공유되고 있는 건가? 그리고 스킬도 분배되어 공유되나?

"으음?"

(부들부들?)

생각해 봐도 조사할 방법이 없다. 그러나 기척감지나 색적을 가장 빨리 익힌 것도 날라리 애들이었다.

"뭐, 진동 마법은 다들 빨랐지만, 역시 여자애들은 어깨결림이 많나? 하지만 전혀 어깨가 결려 보이지 않는 사람 몇 명도 엄청난 기세로 숙달된 건 어째서일까?"

(뿌용뿌용)

응. 몇 번을 물어봐도 화내더라고?

모르는 일이 너무 많다. 그러나 모른다는 걸 알지 못하면 안 된다. 내 스킬은 속이거나 숨기거나 몰래 나왔던 전과가 있으니까.

그래. 깨닫지 못하면, 의심하지 못하면, 수수께끼를 풀지 못하면 발견하지 못할 가능성이 있다.

"설마 하던 이세계 추리 전개로 자기 스킬을 찾는 여행이라니, 대체 뭐야?"

(부들부들?)

의심한다면 전부 의심스럽다. 그야 멀쩡한 스킬이 전혀 없으니까 전부 다 수상하잖아!

신체 제어계의 상위 아종 같은 『조신』은 처음에는 『체조』였다. 그래. 속아 넘어간 나는 매일 아침마다 라디오 체조를 하고 있었어! 응. 건강에는 좋았지?

그러나 레벨 9에서 멈춘 『건강』도 상당히 수상하다. 대미궁 최하층까지 떨어져서 하층 마물과 몇 번이나 격전을⋯⋯. 뭐, 싸운 기억은 별로 없지만 만났는데도 줄곧 건강했다. 레벨 10 정도로는 레벨의 벽에 막혀서 저항할 수 없는 상태이상 공격을 보유한 마물들과 만났는데도 줄곧 건강했다.

그래. 돌이켜보면 아무개 군이 확률을 완벽하게 계산해서 사용한 『즉사』 공격 얍삽이를 전부 맞는데도 건강했고, 이세계에서 나만 독에 당한 적이 없다.

뭐, 약하니까 당하면 죽겠지만, 레벨 97인 베놈 모스나 레벨 96인 베놈 크로울러의 인분이나 독액 속을 건강하게 걸어서 통과했었다. 그건 너무나도 건강하지 않나? 설마 라디오 체조의 효과인가? 그건 독에도 통하는 거였어?

"심심해!"

던전에서 수수께끼 풀이를 할 만큼 심심하다니, 대체 뭔데?!

그나저나 모두가 수상하다니, 크리스티 씨인지 엘러리 씨인지 모를 만큼 모두가 수상하다. 그리고 확실히 들었다——. 영감 (신)이 스킬은 이해하지 않으면 능숙하게 구사하지 못한다고 말했던 것을. 그 의미와 살아온 모습을 이해하고, 이 수수께끼 스킬이 된 영혼의 의미를——. 그런데 벼랑 끝에 선 사람의 영혼은 필요 없잖아? 응. 구멍에서 떨어졌으니까 충분하지 않아? 이제는 뜨거워지면 원자 붕괴의 위험이 있으니까 충분합니다.

"그보다 왜 던전에서 마물과 만나지 않는 거야? 만남을 추구하면 안 되는 거야?! 아니, 만나면 전부 마석이 되는데 만남을 추구하는 것도 뭔가 안 되는 것 아닐까?"

응. 마물을 만나지 않는 던전이 잘못됐다고 생각해. 그야, 그건 그냥 동굴이잖아?

"아무리 고민하면서 계속 걸어도, 천천히 걸어가게 되는, 편안한 던전. 아니, 어디의 분양 광고야? 대체 어디서 분양하고 있어? 왜 나한테만 안내가 안 오는 거야? 모델하우스 방문 거부야? 전에 멋대로 개조한 게 문제였나?!"

만남이 없이 지하 55층에 왔는데, 계층주는 없었다. 대미궁 때는 75층 아래부터는 5층마다 계층주가 있었다. 왠지 모르게 한 마리밖에 없는 계층주가 더 편했던 기억이 나는데……. 서비스였던 건가?

뭐, 여기는 지하 100층까지 없을 거다. 대미궁 같은 무게감이 없다. 분명 최하층에 미녀도 없겠지. 예비 망사 타이츠는 헛수고였던 모양이다!

"그런데 갑옷 반장도 해골이었지⋯⋯. 어라? 스켈레톤도 죽이기 전에 미인인지 아닌지 조사하는 게 나은가? 그런데 그건 자기 신고를 해도 믿을 수 없을 것 같고, 주변의 스켈레톤이 귀엽다 귀엽다고 말해도 속으면 안 돼. 그건 누구라도 귀엽다고 말하지! 그래. 스티커 사진도 믿으면 안 돼! 그건 영상 매직 이상으로 위험한 함정이야!!"(부들부들!!)

뭐, 스켈레톤이 스티커 사진을 들고 와도 속지는 않겠지만⋯⋯. 그야, 다들 뼈니까? 그보다 스티커 사진을 들고 오기 전에 전멸해 버린다. 역시 던전에 만남은 없나 보네? 외톨이 확정?!

슬라임 씨의 부들부들은 귀엽지만,
갑옷 반장의 실룩실룩은 굉장해 보인다.

54일째 오전, 던전, 지하 59층

생각보다 깊었다. 정오 전에 끝나면 슬라임 씨에게 숲속 동굴(우리 집)을 소개해주려고 했는데, 아무래도 탐색이 길어질 낌새다. 응. 좀처럼 우리 집으로 돌아가지 못하네? 하지만 거품 목욕에 쓸 거품탕용 액체비누도 시제품을 만드는 중이라는 건 비밀이다. 그 곡선미로 형성되는 매끄럽고 윤기 나는 피부가 거품에 감싸이는…… 아차! 살기가 느껴진다. 마물은 없는데!

"여기라면 반장네의 레벨업에 최적이지 않았을까. 고레벨인데 너무 강하지 않은 정통파가 많아서?"

실수했나……. 역시 슬라임 씨와 샌드 자이언트가 특수 개체?

(끄덕끄덕, 부들부들)

역시 여기는 싸우기 쉬운지, 갑옷 반장과 슬라임 씨도 그렇게 생각하나 보네?

그나저나 갑옷 반장의 대답이 슬라임 씨한테 물들고 있어! 뭔가 대답이 똑같은 틀이었다고?!

응. 조만간 부들부들이라고 말하지 않을까? 매번 부들부들하고 있지만, 그야말로 출렁출렁……. 응, 검을 들고 있으니 앞으로 가자. 분명 마물과 싸우고 싶은 거겠지. 칼끝이 이쪽을 겨누고 있지만.

"그나저나, 아까웠네."

돌격을 반복하며 사라졌다 나타나는 듀라한은 강했지만, 그래도 상성은 나쁘지 않았을 거다. 오히려 49층 다크 팬서의 그림자로 숨는 능력이 더 위험했지만, 빛 마법으로 그림자를 없애면 그냥 강한 표범이었다. 역시 과하게 경계한 건가. 슬라임 씨가 특수 개체고, 샌드 자이언트는 『마핵의 보구』가 가진 능력 때문이었던 걸까?

60층까지라면 3파티가 있으면 가능해 보인다. 아니, 하지만 레벨 50부터는 강함이 한 단계 올라간다. 원래 전투란 편하고 반드시 이길 수 있는 상대하고만 싸워야 한다. 만에 하나라는 게 있다면 싸워서는 안 된다. 그래. 만에 하나가 있다면 도망치고, 여관으로 돌아가서 방에 틀어박혀 어젯밤 하던 일을 계속하는 게 남자 고등학생의 정의야! 응. 슬슬 성기술 같은 게 스킬로 있으면 얻지 않을까 하는 기분이 들지만, 분배되면 혼나겠지?!

"앗, 발견."

(뽀용뽀용)

비밀 방의 보물상자는 대박이 이어지고 있어서, 솔직히 던전을 죽이지 않고 단골로 다니고 싶을 정도다. 여기서 최하층에 수상한 가게 같은 게 있다면 단골이 되겠어!

그나저나 비밀 방의 보물상자는 열어버리면 보충되지 않는 모양이다. 적어도 단시간에는 되지 않았다. 게다가 50층을 넘은 이상 마물 범람의 위험이 있다. 아까 49층에 있던 다크 팬서 같은 게 밖으로 나가서 야간전 같은 게 벌어지면 너무 위험하다.

"뭐, 나설 차례는 없어도 성과는 있었고, 성과(性過)는…… 하면 죽겠네!!"

무섭잖아! 하지만 『공간의 망토 : 회피(중), 물리 마법 흡수, 수납』은 굉장했다. 57층에서 나왔는데, 공간 마법이 부여돼서 마법이나 충격을 흡수해 주고, 여기에 공간계 회피까지 부여해 준다.

그렇다. 굉장히 갖고 싶지만, 더욱 편리한 『수납』까지 붙어있다. 그리고 색은 검정이지만 광택 있는 칠흑이고, 뒷면은 진홍의 선명함을 발하는 고급감……. 리버서블인가?

응. 이건 멋있으니까 분명 원하겠지. 어울릴 테니까. 그래. 요즘 강탈하지 않아서 그런지 화를 잘 내게 됐다. 어쩐지 자주 베려고 덤벼든다 했다니까? 그래. 역시 나는 잘못한 게 없어──. 응. 오늘밤을 위해 헌상하자!

"자. 이쪽이 분명 잘 어울릴 거야. 수납도 붙어있고. 응. 뭔가 리버서블이라 이득 본 느낌이 2배랄까? 게다가 천의 질감으로 보니까 이쪽이 훨씬 고급품 같거든."

어라? 천의 질감으로 따지면 내 장비가 제일 싸구려인가? 잠깐, 이세계는 격차 사회였어……? 아니, 뭐 귀족도 있으니까 봉건사회?

갑옷 반장은 계속 나보고 장비하라고 권했지만, 내 『망토?』에 복합하면 그냥 검은 망토가 되어버리거든? 응. 모처럼 고급감이 있는데 아깝잖아?

그런데 어머나, 이게 어떻게 된 일일까요──. 내가 싸구려 같은 평소의 검은 망토와 고급감 넘치는 칠흑의 망토를 입고 비교해보니…… 싸구려 검은 망토밖에 어울리지 않네? 응. 대체 어째서지? 잠깐, 어떻게 된 거야?!

"응. 이세계는 나한테 뭔가 하고 싶은 말이라도 있는 걸까? 아니, 원래 세계에서도 똑같았던 것 같은데……. 크흑, 이세계에서 망토한테 디스당하고 있어?!"

그런 연유로 갑옷 반장은 기뻐하며 새 망토를 걸쳤고, 검을 수납해서……. 슬라임 씨에게 자랑하고 있다!! 어른스럽지 않네?

"응. 중고가 된 『수납 망토 : 아이템 수납, 회피 10% 상승, 마법 방어 10% 상승, 참격 내성, 찌르기 내성, 타격 감소』는 내가 써도 되겠지만…… 경매에 내놔서 반 애들한테 주는 게 좋겠지?"

역시 30명이나 되면 장비가 좀처럼 분배되지 않는다. 좋은 건 전부 내가 가져간다. 나는 복합하고 있으니까 문제없지만, 직접 장비한다면 부담이 너무 클지도?

그리고 지금은 요전에 얻은 『페어리 링 : 환혹 효과(중), 회피 (중), SpE 20% 상승』이 있으니까 회피계는 충분하고도 남는다. 그래. 오늘만 해도 17회의 참격을 피했다! 물론 마물의 공격은 아니거든?

"내가 마물의 공격을 맞지 않는 건, 분명 평소가 더 위험하기 때문이라고 생각하거든?"

(뽀용뽀용)

응. 이세계 최강 최속의 부끄러움 감추기보다 위험한 공격은 거의 없겠지. 응. 엄청 진지하다고?

그렇게 겨우 지하 60층. 아직 최하층이 아니라니, 깊네~?

번개에 세계가 타버렸다. ──느닷없는 뇌격.

섬광과 함께 날아온 뇌격은 피할 수 없다. 심안으로 미래시를 해도 늦다…… 그래서 후려쳤다.

"아니, 코스와 타이밍은 맞았고, 지팡이에 『마기 흡수』가 있었으니까 후려쳐서 해결했거든? 응. 세상의 어지간한 문제는 문제가 문제가 아니게 될 때까지 후려치면 해결된다니까? 요령은 마음껏, 몇 번이고 몇 번이고 몇 번이고 후려치면 문제되는 문제가 문제로 움직이지 않게 되거든? 응. 움직이지 못할 때까지 계속 후려치는 게 요령이란 말이지? 보라고?『선더볼트 불 Lv60』도 움직이지 못하게 되었으니까 틀림없지? 게다가 음머음머 울면서 먹히고 있잖아? 도나도나?"

(부들부들♪)

검붉고 두꺼운 근육의 갑옷에 감싸인 거대한 체구, 비틀린 거대한 뿔을 가졌고, 번개를 두른 거대 소는 뇌격을 날리면서 돌진해 올 때 갑옷 반장에게 다리가 썰리고 슬라임 씨에게 붙잡혀서 머리를 퍽퍽 두들겨 맞아 사망했다.

그래. 역시 이러니저러니 말하면서도 갑옷 반장은 새 망토가 마음에 든 모양이다.

"응. 그거 분명 망토를 휘날리고 싶었을 뿐이지? 그런 거들먹거리는 움직임, 평소엔 안 하잖아?"

(뾰용뾰용)

응. 쓸데없이 빙글빙글 화려하게 돌면서 잔뜩 거들먹거리며 베었다. 승리 포즈까지 있었다! 응. 아마 저 소도 꽤 강했겠지만, 음머음머 하는 사이 사라졌다…… 맛있었나? 응. 다행이네. 식비에도 도움이 되고. 괜찮아 보이네?

그리고 슬라임 씨가 꺼내준 마석과 드롭품.

"왜 소한테 장비품이 있는 거야?"

(부들부들?)

보석은 『뇌수(雷獸)의 석옥 : 뇌격, 번개(대), 마력 흡수』. …… 아니, 돌? 어? 결석이 있었어? 응. 병이 있었으니까 잠깐 출연하고 끝난 거구나? 오랜만에 본 마수여서 강해 보이는 외모였는데,

건강하지 않아서 결석이 있던 모양이다. 몸조리는 잘해야지? 아니, 이미 늦었네. 먹혔으니까.

(뿌요뿌요 ♪)

"어? 갖고 싶어? 더럽지 않아? 병 걸리지 않으려나~. 결석이 생긴다거나, 괜찮을까……. 아니, 슬라임이니까 괜찮나! 응. 막힐 곳이 없었지?!"

(뿌용뿌용)

그래. 전부 유동체니까 막힐 걱정은 조금도 없었다! 응. 막히기 전에 흘러가니까.

뭐, 건강해 보이니까 주겠지만……. 그런데 『뇌수의 석옥』이라니, 슬라임 씨는 짐승인가? 케모린이야? 밤에 방까지 바래다주면 위험해? 같은 방이지만. 수수께끼가 깊어지지만, 뿌용뿌용 기뻐하고 있으니까 괜찮겠지.

"그러고 보니, 확실히 처음 만났을 때는 노랗게 되어서 번개를 두르고 몸통 박치기를 하려고 했으니까, 도움이 되는 건가? 마력 흡수도 붙어있으니까 식비도 덜 나올지도 모르고?"

그런데 맛있는 것만 원하니까 다른 배일 가능성도 있다! 응. 몸도 거대화시키거나, 작게 줄어드는 등 자유자재라서 여자애들이 부러워하며 바라봤었지──. 아니, 너무 먹는다니까. 응. 물론 무서우니까 말하지는 않는다고? 무조건이거든? 진짜 무섭다니까?

"역시 여기는 대박 던전이라 떼돈을 벌 수 있나? 이거 떼부자 리턴인가? 그래도 이건 잘 팔릴 예감. 경매 개최할까?"

(부들부들)

여기는 드롭도 괜찮고, 비밀 방의 보물상자는 대박이 많다. 그냥 100층까지 성장할 때까지 1층을 개조해서 눌러앉고 싶기도 하지만, 구조가 미묘하단 말이지.

63계층의 보물상자에서는 『마중(魔重)의 모닝스타 : 중량 변화, PoW 30% 상승+ATT』. 드디어 새 무기다. 모닝스타다. 다들 무기를 꽤 바꾸고 있지만, 모닝스타는 아무도 없었다. 그리고 단골 고액 입찰자인 방패 여자애가 원할 것 같으니, 이건 고액 상품이 될 기대감이 크다!

"어라? 나는 떼부자? 이제 떼부자 확정이야? 좋아. 돌아가면 일반 서민들한테 과자라도 나눠줄까? 떼부자 오블리주다!"

(부들부들 ♪)

그래. 이제는 분명 슬슬 푸딩이 나설 차례다. 그러나 문제는 달걀 공급량이 조금씩밖에 늘지 않는다는 점이니까, 대량 투자가 필요한가? 아이스크림도 만들고 싶지만, 우선은 푸딩! 그래. 푸딩은 양보할 수 없고, 갑옷 반장에게도 푸딩을 먹여주고 싶고, 답례로 오늘 밤 푸딩푸딩해달라고 하는 거야! 그래. 푸딩푸딩이야! 그야 두 개나 필요…… 으아아아아아아아악!

"아니, 잠깐, 기다려! 아니, 모닝스타는 안 된다고? 그건 왠지 피하기 힘들거든? 게다가 지금의 일격은 중량 최대였지? 지면이 거미집 같잖아? 맞으면 나도 거미집이 되었겠지? 진짜 위험하거든?"

(이하 잔소리)

혼났다. 그러나 지금 이건 중요한 힌트였다! 그래. 거미집이다. 거미집 무늬였어! 좋아! 거미집 무늬 스타킹과 망사 타이츠다! 그리고 갑옷 반장에게는 거미집 무늬 전신 망사 타이츠로 푸딩푸딩을…… 우와아악!

"그러니까 모닝스타는 안 된다니까……. 아니, 그거 사슬이 너무 길어서 뭔가 다른 무기가 되었잖아?! 응. 그건 진짜 피하는 타이밍이 어렵거든? ……네. 죄송합니다."

혼났다. 진짜로 화가 났네? 응. 왜 들킨 거지? 어라. 내 망상 장면도 분배되고 있나? 응. 그러면 굉장히 화내겠지. 그건 위험하다. 초 위험 영상이라 발매 금지가 될 게 분명하다……. 뭔가 얼굴이 빨가니까?

아무래도 영원한 17세에게 18금은 화가 나는 모양이다. 막지는 않겠지만. 안 막을 거거든? 응.

**사과하면서 전진하는 것을,
일부 지역에서는 도망친다고 말하는 모양이다.**

54일째 오후, 던전 지하 68층

고생했는데도 보상이 없으면 허망한 법이다. 마음의 상처가 치유되지 않으니까 슬라임 씨에게 뿌요뿌요해달라고 하자. 사실은 갑옷 반장도 뿌요뿌요해 줬으면 좋겠지만, 목숨이 위험해서 위태롭단 말이지. 응. 생각하기만 해도 살기가 층에 가득 차거든?

"조금 미묘? 랄까?"

(뽀용뽀용?)

아니, 지금까지가 너무 좋긴 했지. 그런데 너무 좋은 것보다 하층에서 나온 거니까 기대감이 너무 컸단 말이지?

"응. 그야말로 엄청난 크기였지. 도쿄돔 몇 개 크기인지는 도쿄돔에 가본 적이 없어서 모르지만, 엄청나게 컸다니까? 그래. 분명 도쿄돔도 크겠지? 아마도? 아니, 가본 적이 없어서 모르지만? 이랄까?"

(부들부들)

그래. 무심코 투덜댈 만큼 미묘했다. 그도 그럴 것이, 지하 68층의 적은 강적이었다. 뭐니 뭐니 해도 강적의 정석 중 철판의 철인 같은 「도플갱어 Lv68」이었으니까! 똑같은 모습, 똑같은 강함이니까 초 강적이었다. 무조건 강했을 거라니까.

"그야 평범하게 생각하면 갑옷 반장의 도플갱어가 몇 마리나 있는 거잖아? 그건 그야말로 무적 아냐? 굉장하지 않아? 응. 도플 씨가 일도양단이었어⋯⋯. 똑같은 강함이었던 초 강적들이 한 방에 죽었다니까⋯⋯. 불량품이었나?"

그렇다. 나 혼자서 엄청 흥분했었거든? '우오! 도플 씨라고?!'라면서⋯⋯ 응. 흥분했었거든?

그리고 슬라임 씨는 괜찮은가 해서 봤더니 식사 중이었다. 아니, 도플 씨 일행도 힘냈거든? 진짜로 엄청 힘냈거든? 열심히 『의태』했다고? 그래도 슬라임 씨, 부정형이니까⋯⋯. 그래. 도플 씨는 단 한 번의 기회도 인정받지 못했나? 맛있었어?

그리고 내 주변에는…….

"웃기지 마 웃기지 마 웃기지 마 웃기지 마 웃기지 마 웃기지 마 웃기지 마 웃기지 마 웃기지 마! 하아악하아악하아악!"

내 주변에는 나와 똑같을 텐데 초 흉악하고 사악하고 저승의 심연 같은 눈빛을 한 검은 망토 사람들이 있었다.

"이거 누구야? 이딴 녀석은 없다고! 이런 눈을 한 녀석이 걸어다니면 지나가던 보행자들이 다들 심장마비에 걸리잖아! 말도 안되지 않아? 내 눈은 이렇지 않거든? 이건 너무하잖아! 이건 사람의 눈이 아니니까, 이런 눈은 아니야! 안 하고 있지? 이런 눈은 너무 심하잖아? 이런 눈을 하면 친구 안 생기잖아? 어라? 그러고 보니 없었네?! 그래그래. 외톨이지 외톨이. 아니지? 아니라고. 정말이거든? 정말로 아니거든? 아니, 진짜로?"

두들겨 팼다. 어째서인지 뒤에서 토닥이려고 준비하는 사람이 있는데. 슬라임 씨도 있네? 준비 중? 아, 그럼 잠깐 부탁해.

(폼폼폼폼. 폼폼폼폼…….)

그런 쓰라린 일이 있었는데도 보물상자에서 나온 건 『파괴의 에스터크 : PoW, SpE, Dex 30% 상승, 장비/무기 파괴』.

성능은 좋다. 3종 30% 상승이다. 그렇지만 효과가 무기, 장비 파괴라니 이건 좀 아니네.

"그야, 마물은 알몸뚱이인 나체족 여자애의 동료가 많고, 무기도 알아서 자급자족해서 장비하지 않는 일이 많잖아. 아니, 나체족 여자애는 제대로 장비하거든? 벗어버리지만? 뭐, 미묘하네?"

(뽀용뽀용)

거기에 더더욱 미묘한 것이 에스터크. 찌르기 전용에 가까운 가느다란 검으로, 갑옷 틈새를 찌르기 위한 찌르기 검. 베거나 받아내는 데는 어울리지 않는 대인전용 검이다.

"대인전이라니, 찌를 상대는 오타쿠들밖에 없잖아? 뭐, 기왕 얻었으니까 돌아가면 찔러볼까?"

(부들부들)

이게 만약 효과가 『의복 파괴』였다면 내가 가졌을 텐데 유감이다. 그러나 지금까지 대인전은 전부 아저씨였던 기억이 있다. 그보다, 아저씨밖에 안 나왔잖아?!

"의복 파괴하면 큰일이 벌어지잖아!!"

응. 내 정신이 파괴됐을 거야! 뭐가 슬퍼서 알몸 아저씨와 칼부림을 벌어야 하는데?! 왜 이세계인데 아저씨만 우글우글 튀어나오는 거야?

이세계 전이인데 등장인물이 전부 아저씨인 세계는, 이세계 전이 같은 걸 하지 말고 멸망해버리는 편이 낫잖아? 응. 완전 괜찮은데? 저지를까?

"아아아아~ 아직도 열 받네! 대체 뭐야, 그 허무의 심연을 엿본 듯한 섬뜩한 눈은? 그런 녀석은 없어! 있으면 두 눈에 안대를 찰 거야! 그래도 그건 눈이 가려지잖아!"

이세계 던전은 사람의 마음을 망가뜨린다고 들었는데, 내 평판이나 호감도가 망가질 것 같다!

"눈 가리기, 눈 가리기 플레이…… 괜찮네……. 아니, 아무것도 아니니까 찌르면 안 되거든? 그리고 오른손에 모닝스타고 왼손에 에스터크라니, 그건 회피 불가잖아? 그거 진짜로 무리거든? 안 된다고? 정말로. 엄살이 아니라니까? 이건 '베지 마, 베지 마' 같은 게 아니니까 진짜로 좀 봐주십쇼!"

사과해 봤다. 괜찮겠지. 사과하는 건 특기다! 응, 대개 언제나 사과하고 있어! 이제 오해조차도 어긋나서 오용할 만큼 특기라니까? 뭔가 꽤 진지하거든?

찔리는 걸 화려하게 회피하고 사과하면서, 눈 가리기 플레이를 상상하며 지하 69층으로 전진했다. 일부 지역에서는 도망친다고 말하는 모양이지만, 전진하고 있다. 전진하는 거다! 응. 안 그러면 진짜로 위험하다고! 그야 어쩔 수 없잖아. 어젯밤의 전신 망사 타이츠의 자극이 남자 고등학생에게는 위험물이었는데, 눈 가리기라니 진짜로 섞으면 위험하거든? 응. 섞으면 안 된단 말이지? 그래. 눈 가리기 플레이와 전신 망사 타이츠를 섞어버리면 위험이 가득해서 남자 고등학생의 로망이야! 앗…… 끄아아악!

(이하 치료 중)

찔릴 줄 알았는데 철구였던 사건? 응. 진짜 아팠거든?

"잠깐, 스쳤을 뿐인데 날아가 버렸네? 왼손의 『모순의 건틀릿』으로 무효화해버렸잖아? 이건 갑옷 반장의 공격을 막기 위한 거였어?!"

그렇구나. 잘 생각해 보면 대미궁에서 나온 장비품은 갑옷 반장과 싸우기 위한 물건이 맞았다. 그러니까 틀리지는 않은 모양이네? 뭐, 오늘 밤도 싸울 거다. 그래. 매일 하고 있지만 역습이다! 섞어버리는 거다!! 그리고 이런 곳을 그런……. 아니, 아무것도 아니거든? 자, 가자? 우리의 싸움은 지금부터다? 랄까?

두르고, 벤다. 한 호흡에 두르고, 한 걸음만 내디뎠을 때 벤다. 그야 『허실』밖에 쓰지 못하거든? 왜냐하면 레벨이 70에 가까운 마물은 때려도 좀처럼 안 죽는다. 응. '또 그거야?' 라며 디스당하더라도 그것밖에 없다.

사실은 레벨 20을 넘어서 웨폰 스킬 『슬래시』를 쓸 수 있다. 쓸 수는 있다고? 뭐라 외치면서 찌르는 웨폰 스킬도 쓸 수 있을 텐데 이름이 뭐였더라?

"아니, 말하지 않으면 발동하지 않으니까 이름을 모르면 발동할 수 없지만, 쓸 수는 있다고? 아니, 뭐 쓸 수 없지만? 그게, 웨폰 스킬은 쓸 수 있지만 웨폰 스킬을 쓸 수가 없다고? 아니라니까, 쓸 수 있지만 이름을 까먹었을 뿐이니까 쓸 수 없지만 쓸 수 있다고?"

(부들부들?)

그러나 웨폰 스킬은 쓸 수 없다. 사용은 할 수 있지만 사용할 수 없다. ——아까랑 똑같잖아!

그게~ 웨폰 스킬을 쓰면 몸이 자동으로 멋대로 움직인다. 웨폰 스킬에 의해 강제로 움직이게 된다. 반대로 말하자면, 그 이외의 행동을 전혀 하지 못하게 되고 잠깐이나마 경직한다. 그래. 강력하긴 해도, 웨폰 스킬은 서로 전력으로 치고받을 때를 위한 기술이다. 일격에 죽어버릴 만큼 약하면 너무 위험해서 쓸 수 없다. 그러니까 쓸 수 없다. 쓰면 죽는다. 응. 진짜로 못 써!

그러니까 몸을 날리면서 왼발을 내디뎠다. 동시에 베는 동작을 끝냈다.

왜냐하면 이것밖에 할 수 없으니까. 이걸로 먼저 죽이지 않으면 죽어버리니까.

그러니까 지팡이를 휘두르며 한 걸음. 또 한 걸음, 다시 한 걸음 나아갔다.

그것밖에 할 수 없으니까 계속한다. 하지 않으면 죽으니까 먼저 죽인다.

한 걸음, 또 한 걸음 계속 죽였다. 헛된 동작을 줄이고, 잘라낸다. 그저 정밀하게, 정확하게 조사한다. 이것밖에 할 수 없으니까 그것의 궁극으로 나아간다. 한 걸음씩, 한 걸음씩 나아갔다. ──
멈추면 죽으니까.

"끝났나? 레벨 69 정도 되면 스테이터스 700 전후니까 내 두 배는 빠르고, 두 배는 힘세고, 두 배는 튼튼해서 꽤 위험한데, 게다가 마물이라니 진짜 위험하지 않아?"

(뽀용뽀용)

응. 스테이터스가 똑같아도 인간과 마물이면…… 인간이 져버리잖아?

"인간족은 원래부터 약해서 야수한테도 못 이기는데, 『플레임 쿠거』는 무리잖아! 인간과 쿠거는 싸울 수 없다고? 싸운다면, 그건 인간이 습격당한 거잖아? 응. 그런데 불타고 스테이터스가 두 배라니 맞붙을 수가 없잖아? 모에하고 치유 두 배라면 모집 중이 거든? 응. 전단지를 뿌리자!"

(부들부들)

치유해 주는 마물은 모집 광고를 보고 와줄까? 그래. 지금으로 서는 치유 요소가 있는 마물은 슬라임 씨밖에 없고, 나머지는 날라리, 낫, 바위산이라니까?

"응. 낫이나 바위산에 치유되는 건 위험한 것 같네. 남자 고등학 생이 대낫을 쓰다듬으며 웃고 있으면 조금 맛이 간 사람으로밖에 안 보이거든?"

그리고 갑옷 반장은 치유계가 아니라 야한 쪽에서 애쓰고 있단 말이지? 그래 봬도 꽤…… 아뇨. 아무것도 아닙니다. 자, 여러분. 앞으로 갑시다(어색).

역시라고 해야 할지, 당연하다고 해야 할지, 하층은 강하다. 「플레임 쿠거 Lv69」는 불타는 쿠거였고, 이상하게 빠른 속도와 민첩성에 유연하고 매끄럽지만 폭신하지는 않은 강인한 탄력을 가졌고, 휘두르는 발톱과 이빨…… 응. 발바닥 젤리가 좋네?

"뭐, 강했지만, 뒤에서 모닝스타를 빙글빙글 돌리며 눈을 흘기는 사람에 비하면 훨씬 괜찮았거든? 응. 여느 때보다 붕붕 돌리고 있어……. 앗, 마음에 든 거야?! 아니, 정말로 생각하지 않았다니까! 정말이야. 조금뿐이라고?"

아니, 그야 로션도 좋지 않아? 전신 망사 타이츠인데? 그래. 눈 가리개도 있어──. 응. 만들었지. 어느새?

(부들부들!)

네. 바로 가겠습니다. 네, 죄송합니다.

혼났다……. 어라? 내 치유는 어디로 간 걸까? 응. 바위산에 있는 건가? 다음에 만들면 쓰다듬어 주자. 치유되려나?

잡화점 누님의 소녀 시대는 한참 전에 끝……
아뇨, 아무것도 아닙니다!

54일째 아침, 하얀 괴짜 여관

도망쳐버렸다. 역시 또 돈을 뿌리고 있었다. 안젤리카 씨가 있으니까 들킬 게 뻔한데……. 그보다 같은 여관이니까 여관비가 없으면 당연히 들키잖아?

"왜 내준 여관비까지 다 써버리는 거야!"

"""워워."""

이유는 안다. 그야, 마을을 찾았을 때 호박밖에 없었다고 하니까. 다른 농산물은 병으로 전멸했다고 한다. 그리고 그걸 또 전부 사들였다. 앞으로 수확되는 분량까지 모조리 예약해서 사들였다……. 이세계에서 선물 매매를 시작하고, 처음 간 마을에서 모르는 사람과 신용 거래를 해버렸다. 대량의 밀과 약용 버섯, 그 밖의 식재료를 사기 위해 가진 돈을 몽땅 써서 몇 년 치 호박까지 예약 구매해버렸다. 그래서 여관비가 없어졌다. 또 무일푼으로 돌아갔다.

"알고는 있었지만…… 말이지?"

"응. 쉬어야 하는데."

"또 일을 늘려버렸어."

"""뭐, 주문해버리긴 했지만?"""

"천천히 해도 되잖아. 왜 파산해서는 밤에 일하는 거야!!"

"""그러게~."""

이제 마을만 따져도 몇 개째일까. 아는 것만 해도 두 자릿수는 이미 넘었다. 대책 없는 엉망진창 행동이지만 화낼 수 없다. 그 마을도 호박 말고는 먹을 게 없었다고 하니까.

그곳은 예전 감자류 마을과 똑같을 만큼 가난한 마을이고, 병에 쓸 약조차 없었다고 한다.

배추밖에 없던 마을에서 그랬듯이, 유통이 안 돼서 가난하고 힘든 마을. 거기서 대량 구매를 한다. 그때마다 막대한 금액을 투자한다.

그리고 화낼 수 없는 이유 중 하나는…… 거기서 막대한 이익을 거두고 있다. 엉망진창인데도 하루카의 대량 구매 덕분에 잡화점을 중심으로 변경의 크고 작은 마을에서 물류가 생기기 시작했다. 그런데 그 막대한 이익도 전부 써버린다. 영주님이 걱정하던 그대로다.

혼자서 변경을 풍족하게 바꾸고 있다. 그래서 본인은 가난하다. 또 여관비를 외상으로 달았다! 몰수당하는 게 싫어서 또 숨겼다. 왜 매일 수백만 에레를 벌면서 여관비 1만 에레를 못 내는데? 3인분인데도 특별 서비스 가격이잖아? 그런데 그 상습범은 또 저질렀다. 그러니까 몰수해서 저금하고 있지만……. 그렇게나 일하는데도 현금은 없다. 그러니까 자꾸 일한다……. 돈이 없다면서.

처음에는 마석 판매 대금의 20%를 모두의 생활비와 비상금으로 모았는데, 부반장 B와 C와 하루카가 첫날에 파산해서 세 명만 30%가 되었다. 그래도 다음 날에는 부반장 B와 하루카가 파산해서 40%가 되었는데도 반성하지 않았다. 응. 50%가 되었다.

그로부터 하루카는 매일 빠짐없이, 단 하루도 쉬지 않고 파산해서 돌아왔다. 돈이 들어오는 걸 발견할 때마다 몰수하지만 또 저지른다.

"설마 마스코트 여자애를 과자 빵으로 매수해서 미리 낸 여관비를 써버리다니?"

식비는 전원 균등하게 나눠주지만, 추가는 유료고 디저트도 판매하고 있다. 그리고 옷도 팔고, 무기도 방어구도 판다. 아마 여자애들이 모은 돈은 대부분 돌고 돌아서 하루카에게 흘러간다. 그야 잡화점도 하루카의 자금줄이니까.

""""남자들도 돈 주지 마!"""

"너희도 먹고 있잖아?!"

"여자는 괜찮다고!"

남자도 꽤 바가지를 쓰고 있다. 오늘도 줄무늬 니삭스가 일반적인 가격의 10배 금액으로 팔렸다고 한다. 미행 여자애의 정보도 있다. 오다!

매일 굉장한 돈을 받고 있다. 던전에서 버는 수입도 최고니까 일반적으로는 매일 적어도 수백만은 벌고 있을 거고, 장비 매각 때는 한 자릿수 위의 금액도 충분히 버는데……. 가난하다니까?

응. 매번 파산해서는 아침 용돈이나 매수한 돈으로 여관비를 내고, 때때로 물물교환으로 내는 모양이지만…… 여관비를 나무통으로 내는 건 대체 뭐야?

"많이 벌어도, 막대하게 쓰고 있으니까?"

"아마 다른 곳에서도 수입이 잔뜩 있겠지?"

"분명 그 무기점도 그럴 거야. 급격하게 커졌잖아."

변경은 넓고, 바로 얼마 전까지는 가난했다. 그게 이렇게 단숨에 풍족해질 리가 없는데…… 풍족해지고 있다.

"역시 장부를 봐도 여자애들이 번 돈은 전부 하루카한테 흘러가고 있네."

"옷하고 맛있는 밥을 독점 판매하는 상태니까?"

"""응. 당연한 결과네?"""

까놓고 말해서 우리는 막대한 금액을 벌고 있다. 그야 매일 아무도 가지 않는 미궁 중층까지 들어가고 있으니까. 그런데, 그래도 부족하다. 아마 자신을 위한 건 전혀 산 적이 없다.

"우리가 보충하는 건 싫어하잖아~?"

"""응. 단번에 뜯어가면서 말이지~."""

누가 풀이 죽으면 맛있는 밥을 준비해 주고, 그 마을이 곤란하면 가진 돈을 전부 써버리고, 누가 슬퍼하면 신상 옷이 나온다……. 그리고 보충하려고 하면 부업으로 만든 물건으로 돈을 뜯어 간단 말이지?

"사기는 하지만, 그 천을 사러 간 도시가 곤란하면 또 전부 투자 해버리겠지?"

"아무리 많이 벌어도 가난하지?"

그러니까 아무리 부업을 뛰어도 충분할 리가 없다. 변경 전체는 굉장히 넓으니까, 많은 사람이 있으니까…… 엄청난 기세로 풍족 해지고 있지만, 당장 모든 이들에게 닿지는 않는다. 그래도 그건 혼자 짊어질 일이 아니다. 그런 걸 짊어질 수 있을 리가 없다. 무너 져버릴 게 당연하다.

"주문하지 않으면 돈이 없으니까?"

"그러면 쉬지도 않고 일하니까?"

"그래도 써버리잖아~?"

"""응!"""

주면 전부 쓴다. 여관비까지 전부 남김없이. 하지만 확실히 식 재료는 평생 곤란하지 않을 만큼 쌓아둔 것 같고, 동굴로 돌아가 면 여관비도 집세도 필요 없다. 아마 그렇게 생각하고 있을 거다. 돈에 전혀 집착하지 않는다. 그냥 원하는 게 있고, 먹고 싶은 게 있 으니까 뿌리고, 전부 써버린다……. 아무리 화내도 들어주지 않 는다.

"그래 봬도, 안젤리카 씨와 슬라임 씨한테는 용돈을 팍팍 주고 있으니까."

"오랫동안 던전에 있었으니까 그렇게 해준다고 했지~?"

아마 또 어딘가에서 가난한 마을을 발견하거나, 누군가가 숨어서 울고 있다면 똑같은 일을 할 거다. 돈도 몸도 깎아가면서 어떻게든 하겠지. 이제 아무도 울지 않게 될 때까지 계속.

"변경 전체가 풍족해질 때까지 안 잘 생각이야?"

"""분명 몸에 안 좋을 거야!"""

"좋을 리가 없지?"

"그래도, 아무리 화내도 안 듣는데……."

그렇다. 마지막에는 '난 잘못한 거 없는데?' 라고 말하며 안 듣는다.

알고 있어! 다들 안다고! 모두에게 나쁜 척하며 '바가지다~.' 라든가 '떼돈이다~.' 라고 말하지만, 다들 알고 있거든? 전혀 나쁘지 않아. 하지만 모두를 무슨 수를 써서라도 구하고, 돕고, 행복하게 해주면서 왜 자기만 내팽개치는 거야? 어째서야?

우리는 괜찮아. 하루카한테 옷을 잔뜩 사더라도, 맛있는 걸 잔뜩 먹으니까 돈은 어지간하면 괜찮아. 그건 하루카가 내주니까. 그리고 던전에서 번 돈을 전부 쓰더라도 레벨은 올라간다. 그게 모험가의 자산이니까. 그건 분명 돈을 벌 수 있게 해주는 투자니까. 그러니까 괜찮아. 어라? 너무 쓰고 있나?

(장부와 심의 중……! ……?!)

하루카는 레벨이 거의 오르지 않는다. 모험가조차 되지 못한다. 그토록 무모한 싸움을 계속해서 이제야 겨우 레벨 20이 되었다.

그러니까 모험가 등록만이라면 가능하다. 그래도 파티를 짤 수 없으니까 의뢰를 받을 수 없다. 사실은 여전히 던전에 들어갈 허가조차 받지 못했다.

그런데, 던전이나 마의 숲에서 벌어들인 막대한 돈을 전혀 남기지 않는다……. 레벨도 남지 않는다.

변경을 위해 마의 숲도 벌채하고 있다. 그건 하루카의 최대 수입원인 버섯을 줄이는 것과 똑같은 일이다. 그러면 정말로 아무것도 남지 않는다. 그런데도 전혀 모으지 않는다.

"왜 안 받는 걸까?"

"스테이터스 칭호에 『기둥서방』이 붙을 것 같아서 싫다던데?"

"""붙을 것 같네!!"""

우리 여자애들은 목적도 목표도 없다. 모두가 위험한 던전에 계속 들어가서 열심히 레벨을 올리는 이유는, 강해져서 돈을 벌기 위해서다. 하루카는 모두의 신변을 걱정해서 레벨을 올려 주려고 하지만, 그런 건 덤이다.

모두 강해져서 돈을 벌고, 지켜주고 부양할 생각이 넘쳐난다. 그 목표만큼은 동굴에 있을 때부터 전혀 변하지 않았다. 다들 칭호에 『기둥서방』이 붙어도 좋으니까 부양할 생각이 가득하다. 은혜를 갚고 싶다.

하지만 아직은 시간이 걸린다. 레벨 100을 넘기고, 하루카를 지켜줄 수 있게 되면 굉장히 시간이 걸린다.

하지만 변경이 정말로 풍족해질 때까지는 굉장히 시간이 걸린다. 영주님도 필사적으로 일하고 있다. 모두가 하루카에게 더 부담을 주지 않으려고 한다……. 그러나, 아무리 서둘러도 따라잡을 수 없다. 너무 엄청난 하루카의 속도를, 그리고 막대한 예산과 폭발적인 생산 능력을.

"재우는 방법은…… 짓뭉개버릴까?"

"""그건 기절이잖아?"""

한 영지 전체가 뭉쳐서 진행하는 내정과 경제가 단 한 명의 부업과 쇼핑을 따라잡지 못한다. 변경 영지의 모든 세금 수입으로도 예산에서 완전히 밀리고, 경제 규모가 너무 달라서 전혀 따라잡지 못한다. 이상한 발전 속도에 행정이 따라잡지 못하고 있다.

"뭐, 오다의 말로는 '하루카는 1인 국가 같은 거라고요?' 라던데?"

"그러게. 무력과 생산과 유통이 이미 개인의 수준을 벗어났으니까."

"""아니, 너무 남 일 같지 않아? 남자란 정말!"""

"그래도, 말은 그렇게 하면서 배를 준비해서 뭔가 하려는 모양이더라?"

"카키자키네도 휴일에도 레벨업하고 있었고?"

그 카키자키는 '하루카는 쫓아가거나 목표로 삼거나 하면 안 돼. 발목을 잡아당기는 편이 좋아. 넘어지니까.' 라고 말하면서 전투 훈련에 몰두하고 있다.

"역시 못 하는 모양이더라?"

"응. 레벨이 올라갈수록 특히 안 되다던데?"

여자는 연금이나 마술로 생산에 도전하고 있지만, 여전히 손수건이 고작이고 양산은 꿈같은 이야기다. 그런데 요즘 어딘가에 방적기 공방이라고 해야 할지, 공장이 생겼다고 한다. 멋대로 산업혁명을 시작한 사람은 대체 누구야?!

"전투직 제약이라~. 성가시네~?"

"하지만 연습으로 어느 정도 극복할 수는 있다고 해요."

"""할 수밖에 없나!"""

"""그러게!"""

그리고 하루카가 언제나 도와주고 있는 요리나 재봉 연습. ……
응, 그래도 그 대마술 요리나 촉수제 가내수공업은 돕는 게 가능
하긴 할까?

영주님의 염려대로, 역시 잡화점 언니와 하루카의 콤비는 너무
나도 위험했다. 그야, 너무 닮은꼴이니까.

──이건 영주님에게 들은 이야기다.

옛날, 이 도시에 몸이 허약한 여자애가 있었다. 병약하고 집도
가난해서 누워만 있던 여자애.

그러나 도움을 받았다. 버섯을 가져온 모험가 집단에게. 돈도
내지 못하는데 출세하면 갚으라면서 비싼 버섯을 받았다.

그래서 여자애는 기운을 차렸고, 출세해서 갚기 위해 온갖 일을
다 했다. 약했던 몸을 혹사하면서 단련했고, 매달리듯이 지식을
갈구했다. 모험가가 되어 자신을 도와준 사람의 도움이 되고, 이
번에는 자신이 누군가를 돕고 싶어서.

그리고, 여자애를 구해준 사람의 파티에 들어가서 부쩍부쩍 두
각을 드러냈다.

그렇게 위험한 마의 숲에서 버섯을 채집해서 가난한 사람들에
게 나눠줬다.

그리고── 어느 날 그 파티는 전멸했다. 살아남은 건 그 여자애뿐이었다.

그것도 의식도 없이, 빈사 상태로 우연히 숲 근처에서 다른 모험가들에게 구출됐다.

다른 사람은 아무도 돌아오지 못했다.

그 소녀를 구하기 위해, 버섯을 받았던 사람들이 모여 남아있던 약간의 버섯을 제공했다고 한다.

그리고 소녀는 목숨을 건져서 겨우 의식을 되찾았다.

약간의 버섯을 제공한 그 사람들은 그때 이미 모두 세상을 떠났다.

도시에 있는 마지막 버섯을 긁어모아 소녀를 구했기에, 도시에서 버섯이 없어졌으니까.

결국 그녀는 완치되지 않은 몸을 학대하듯 단련해서, 저주라도 받은 것처럼 위험한 행상을 시작했다.

장비고 뭐고 죄다 팔아치운 돈으로 작은 가게를 만들어 장사를 시작했다.

그리고 가난한 사람들에게 식량이나 약을 나눠줬다.

게다가 자유롭지 않은 몸으로 단련도 이어갔다. 제대로 움직이지 않는 몸으로 다시 마의 숲으로 가기 위해서. 모두가 막는데도 듣지 않고 장비를 모아, 준비를 이어갔다.

그 무렵에는 이미 소녀가 아니게 되었다.

자신만 몇 번이고 도움을 받고, 자신은 아무도 구하지 못했다는 것을 용납할 수 없었으니까. 자기 자신을 용서할 수 없었으니까.

그러던 어느 날, 검은 머리 소년이 가게에 찾아왔다.

버섯을 가진 소년이 나타나고 말았다. 만나고 말았다.

본 적도 없을 만큼 막대한 양의 버섯을 가지고 나타난 검은 머리 소년에게 전 재산을 퍼부어서 버섯을 샀다. 도시 사람들을, 변경 사람들을 구할 대량의 버섯을 구하고자.

그리고…… 그 소년은 이렇게 말했다고 한다. '주면 그걸로 끝이잖아. 이익을 확실하게 낼 수 있다면 버섯은 이것의 수백 배라도 줄게.' 라고——.

그 말에 거짓은 없었다. 매일 이익을 거두면 다음에는 더 많은 버섯을 받았다. 아무리 벌어도 값을 다 치를 수 없는 버섯을.

그리고 지금은 언니가 된 소녀는 장비도 팔아버렸다. 마침내 필요가 없어졌으니까.

마침내 누군가를 구할 수 있었으니까. 마침내 받은 은혜를 갚을 수 있었으니까. 이제야 필요가 없어졌다. 그리고 지금도 언니는 마차 끄는 말처럼 일해서 돈을 벌고, 가난한 사람들에게는 무상으로 나눠주고 있다. 출세하고 갚으라며 웃으면서——. 그 언니가 잡화점 언니다.

그러니까 잡화점 언니와 하루카의 콤비는 위험하다. 너무 닮은 꼴이니까.

분명 모든 사람을 구하지 않으면 용납하지 않는 사람과, 모두가 웃지 않으면 직성이 풀리지 않는 사람이 만나버린 거다.

그도 그럴 것이, 분명 그 언니도 무일푼일 거다. 듣지 않아도 안다. 이 도시에서, 자칫하면 이 나라 최대급 상회의 경영자가 되었지만, 분명 가난하겠지. 그야 매일 외상으로 하루카에게 밥을 주문하고 있으니까? 응. 너무 닮은꼴이네?

그리고…… 그 이야기를 해주면서 진심으로 걱정하던 영주님도 수상하다……. 변경백님인데 화려함이 조금도 없다. 실용적이라거나 소박하다는 수준이 아니라 검소, 검약 같은 느낌이 든다. 무척 자주 나오는 '내 몸을 버려서라도.' 라든가 '이 목숨으로 보상할 수 있다면.' 같은 문제 발언 온 퍼레이드가 어마어마하게 신경 쓰인다. 게다가 역대 백작가 당주가 대대로 마물의 숲에서 마물에게 살해당했다는 가문 내력……. 이쪽도 너무 닮은꼴이라서 위험이 가득하다!

그래서 백작가 사람들은 오무이 님을 지키기 위해 잠시도 눈을 떼지 않는다.

잡화점 언니는 도시 사람 모두가 막고 있었다.

그러니까 오늘도 우리는 강해지기 위해 간다. 하루카를 지키고 막아낼 수 있도록. 곁에 있을 수 있을 만큼 강해질 거다. 분명 또 응석을 부리겠지만, 반드시 따라잡는다. 그리고 추월할 거다.

응. 강해져서 추월하면 하루카를 지켜주고, 부양할 거니까.

안젤리카 씨하고도 약속했다. 그리고 안젤리카 씨도 그때까지는 반드시 지켜주겠다고 약속했다.

그러니까 오늘도 던전에 간다. 잔뜩 벌어서 하루카에게 옷을 사고, 맛있는 걸 만들어달라고 한다. 그리고 언젠가 안전한 전업주부에 전념하는 미래를 바라면서.

분명 우리가 지켜주고, 행복하게 해줄 힘을 가지게 된다면 하루카가 싸울 이유는 없어질 테니까.

그렇다. 문제는 우리가 부양할 수 있게 되는 게 먼저일지, 빚 때문에 하루카에게 몸까지 팔아버리는 게 먼저일지……. 제일 위험한 건 사역당할 수도 있다는 것. 은근히 진심으로 모두가 매일 아침 체크하고 있다.

왜냐하면 안젤리카 씨도, 슬라임 씨도 굉장히 행복해 보여서 다들 조금 부러워하니까.

하루카가 응석을 받아주는 꿈만 같은 나날에서 눈을 뜨고, 현실과 똑바로 마주할 수 있게 우리는 강해지고 싶다. 그야, 그것이야말로 꿈이니까.

➤ 누군지는 모르겠지만 상식적인 마법직 관계자인 모양이다.

54일째 저녁, 하얀 괴짜 여관

미궁 최하층에는 죽을 위험이 있다. 이 위험과 공포는 저녁밥 회의에서 설명해야겠지── 무서웠으니까!

"아니, 진짜로 갑옷 반장이 위험했다니까, 모닝스타도 위험했어! 정말 필사적으로 도망치고 필사적으로 피하고 필사적으로 전이하다가, 우연히 최하층에 있던 뭔가 불행한 얼굴이었던 것 같은 지나가던 미궁왕이 불행하게 말려들어 피해를 봐서 안쓰럽더라! 응. 갑옷 반장과 모닝스타의 조합은 피해가 심대했다고?!"

어째서일까. 도끼눈이 마치 탄막 같다.

"으~음, 다시 말해서 미궁 최하층에서 사랑 싸움이나 하다가, 우연히 최하층을 지나가던 미궁왕이 말려들었다는 거야?"

"그게…… 미궁왕은 보통 지나가지 않고, 그 미궁왕은 계속 최하층에 있었잖아! 전혀, 하나도 우연이 아니야!"

"아니라니까. 끝나지 않는 밤은 없다고 하지만, 새벽의 명성에 말려들었단 말이지? 응. 돌아가셨거든? 감정해 보려고 했는데 마석이었다고? 랄까?"

끝나지 않는 밤은 없지만 새벽의 명성 사고라니, 뜨이지 않는 반 도끼눈은 있는 모양이다!

"굳이 따지자면, 지나가던 바보 커플의 사랑 싸움이 미궁왕을 급사시킬 만큼 위험하다는 것 자체가 위험하지 않을까?"

"응. 게다가 '돌아가셨거든?' 이라니 범인이잖아!"

"응. 돌아가신 게 아니라 원래부터 해치우러 간 거잖아? 혹시 사랑 싸움이나 하고 장난치러 간 거야?"

어째서지? 혹시 도끼눈 유성군이 습격 중인 건가?

"어라? 나는 목숨을 걸고 싸웠거든? 응. 비명을 지르며 다가오는 철구를 순간 이동과 분신으로 피하면서 대단히 고생했다고 들었거든? 응. 말했어, 말했어. 내가 말하는 거니까 틀림없다고? 진짜로."

그러니까 전이의 치명적인 약점도 알아냈다. 한 번뿐인 한순간이라 뒤가 없다. 그렇다. 두 번째에서 얻어맞는다!

　"즉, 70층에 미궁왕이 있었지만 불행한 사고로 돌아가셨고, 뭐였는지는 모른다?"

　"""응. 또 모른대!"""

　"그보다, 하루에 50층에서 70층까지 가서 미궁왕을 죽였어?! 혹시 바보 커플이 철구를 휘두르면 던전이 죽는 거야?!"

　"아아~ 또 죽여버렸어……."

　"게다가 던전을 죽이러 갔을 텐데 미궁왕은 덤터기를 써서 죽어버렸고?"

　"으음. 분명 미궁왕도 '리얼충 폭발해라~!' 라고 말하려고 했다가 터져버린 거겠지~이~?"

　"""응. 말할 여유도 없었네(눈물).""."

　결국 던전은 70층까지 있었다. 미궁왕 하나에 계층주가 둘, 그리고 70층 분량의 마물들. 그게 범람했다면 멸망했다. 쫓아가서 죽이기 전에 변경이 망했을걸?

　마의 숲 스탬피드는 드물게 일어나지만, 대부분은 소규모라고 한다.

　그렇다. 오크 킹으로도 대재해였다. 응. 안쪽에 고블린 엠퍼러가 있었던 건 비밀로 해두자.

　그리고 던전의 범람은 아주 드물지만, 일어났을 때는 그 일대가 멸망한다고 한다. 즉, 그게 대미궁이었다면 대륙이 멸망했을 거다. 응. 전직 주범 예정자 두 명 정도가 남 일처럼 끄덕끄덕 뽀용뽀용하고 있지만, 비밀로 해두자.

"이름 없는 미궁왕이 뭐였는지는 모르겠지만, 드롭품은 『레어 트렌트의 지팡이 : 마법력 30% 상승, 속성 증가(중), 마력 제어 상승』이었으니까 마법직 관계자였다고 생각하거든? 응. 분명 지팡이로 마법을 썼던 거야. 마물도 의외로 상식적이라서, 어딘가의 거대한 무언가를 휘두르는 사람보다는 상식이 있단 말이지?"

그 드롭품인 『레어 트렌트의 지팡이』는 내가 가진 『엘더 트렌트의 지팡이 : 마법력 50% 상승, 속성 증가(대), 마력 제어 상승』의 하위호환이었다. 레벨 70 클래스의 드롭 아이템으로는 충분히 좋은 물건이지만, 비교하면 역시 뒤떨어진다.

"""아아…… 레벨 70 클래스의 미궁왕도 마법직이라면 모닝스타의 직격은 견디지 못하는 거구나?"""

"게다가 저쪽을 보고 있지만 그 일격은 미궁황이 날린 거였고?"

"""응. 안젤리카 씨, 휘파람 못 부는구나?!"""

"휘익, 휘익~ ♪"

응. 그래도 대박이다. 『엘더 트렌트의 지팡이』가 너무 잘난 거고, 그만큼 대미궁이 특수했다는 뜻이다. ──그 미궁황은 휘파람을 못 부는 모양이지만? 응, 그거 그냥 말하고만 있는 거지?

그렇다. 그 특출난 곳의 미궁황을 하던 사람이 휘두르는 철구는 아무리 방패직 미궁왕이라도 무리일 거야. 참고로 몸매도 잘 빠져서 큰일이라고? 응. 매일 과하게 빼고 있어!

"자, 그럼……. 가난하고 이름 없는 일반 서민인, 어중이떠중이

고등학생 제군! 부자가 자선을 베푼다고나 할까~? 그보다 푸딩이거든? 부자 오블리주지만 1인 1개 한정인 자선이고, 두 개부터는 1000에레지만 두 개 먹는 시점에서 실은 이미 부자고 떼돈을 번다는 건 부자만의 비밀이라고? 랄까?"

일단 180개 만들었다. 그중 10개는 슬라임 씨를 위한 특대 사이즈다. 푸딩과 나란히 슬라임 씨가 부들부들하고 있네? 귀여워라!

"""푸딩이다~!"""

"그런데 다들 이름 있거든!"

"""맞아맞아. 이제 슬슬 기억해 줘!"""

(부들부들!)

그나저나 푸딩과 의기투합했는지 남처럼 보이지 않는 친분을 다지고 있네?

"어라? 슬라임 씨가 노랗게 변했는데, 머리는 검네? 이, 이건 도플갱어의 『의태』를 흡수한 건가?"

(뽀용뽀용)

거대한 푸딩이 두 개 나란히 부들부들하고 있다.

"응. 그런데 푸딩 의태를 익혀도 용도가 없지 않을까? 그야 여자애들에게 먹히잖아? 응. 날라리라면 씹어먹을 수 있을 것 같아!"

(부들부들?!)

대호평이었다. 각종 수수께끼 알과 각종 수수께끼 우유를 섞은 깊은 맛의 포로가 된 모양이다. 응. 벌써 세 개째에 돌입하고 있다!

"원래 세계에서 먹었던 것보다 맛있네?"

"응. 농후해. 이건 이세계 소재의 맛과 하모니를 이룬 건가?"

"뭔가 맛이 진하면서도 산뜻하다고 해야 할까, 끈덕진 느낌이 없네?"

"""맛있어, 굉장히 맛있어!"""

"아아우우~. 정말, 푸딩푸딩하고 있네~♥"

(뽀용뽀용♥)

그렇다. 부자 오블리주가 떼돈을 번 모양이다. 사실 과자는 이익률이 엄청 높다는 건 비밀이지만, 칼로리도 어마어마하게 높다. 응. 다들 알고 있을 거다. 그런데도 무조건, 전부, 전력으로 먹으면서 떠들썩한단 말이지?

"""잘 먹었어. 맛있었어."""

"""잘 먹음!"""

"그보다 언어를 이해할 수 있다면 말해. 그리고 공기가 되어 사라지지 마!"

"거기로 들어가면 죽어!"

"""푸딩, 위험해!"""

(부들부들)

그리고 푸딩으로 돈을 몽땅 거둬들인 참에 경매까지 열어서 비상금까지 거둬간다. 부자란 1바가지로 만족하지 않는 법이다!

"""크윽, 여기서 신상?!"""

"하지만 성능 좋아!"

"""그러게!!"""

다들 행렬을 만들어서 반장 앞에서 가불 신청 중이라 나도 줄을

섰더니 혼났다. 응. 차별인가?

역시라고 해야 할지, 사실 무기를 모으는 게 취미냐고 해야 할지, 역할 때문이라고 해야 할지, 『마중의 모닝스타』는 방패 여자애가 고액 낙찰자로 정해졌다. 그 흐름을 타서 여자애들도 매물을 얻고 싶었는지 출품만 하면 낙찰됐고, 낙찰하면 중고를 출품하고, 교환회까지 시작되면서 대성황이었다. 그런데 매일 30명이 미궁 아이템을 줍고 있는데 어째서 단 한 번도 『페로몬의 반지』 같은 호감도 시리즈가 안 나오는 걸까?

물론 내가 출품한 건 다 팔렸다. 모두 대인기 상품이어서 에스터크도 비싸게 가격으로 팔렸고, 무엇보다 모닝스타를 털 수 있었다! 응, 모닝스타는 위험해. 갑옷 반장은 천검인데 모닝스타 다루는 게 너무 능숙하지 않아? 응. 주면 위험해!

확실히 던전 안에서 야한 생각을 하던 건 위험했을지도 모른다. 그러나 남자 고등학생에게서 야한 걸 뺀다면 분명 학생수첩 정도밖에 안 남을 거다. 그리고 야한 생각을 하는 위험은 분명 철구보다는 안전하지 않을까? 응. 그건 갑옷 반장에게 줘서는 안 되는 최종병기(잔소리)인 거다!

자, 그럼. 슬라임 씨와 목욕하고 나와서 부업 시간이다. 그래. 앵클릿 시제품을 만들 건데, 우선은 초 최우선으로 갑옷 반장용을 제작한다! 응. 서둘러야만 한다. 오늘 밤의 결전용 최종병기(에로스)니까!

"그런데 겉보기 우선이라도 효과는 붙이고 싶고, 그러면 마석제 앵클릿이 무난?"

그렇다. 그 가늘고 탄탄하고 요염한 발목에 빛나는 앵클릿을 장비해서 장식하는 거니까 디자인도 중요하다! 응. 우선은 시제품 제작이다.

"으~음. 사슬 세공이나 고리 형태가 무난하겠지만, 효과를 고려하면 탄력성 있는 링 모양? 응, 모두 그 예쁜 다리에는 그야말로 근사하게 잘 어울릴 테니까 평상시용하고 장비용하고 심야용하고 심심용으로 나눠야 하나?! 헉, 심심심야용도 괜찮네!!"

그러나 종류를 늘리면 추가 주문의 폭풍이 휘몰아친다. 이미 내 부업 활동이 폭풍 속의 조각배보다 위태롭고, 이미 가라앉아 잠수함이 되지 않을까 싶을 만큼 위험하단 말이지.

그치만—— "잡화점의 주문이 백과사전 특대호처럼 되고 있네? 대체 몇 페이지나 되는 거야? 오히려 이걸 하루 만에 쓴 게 굉장해! 읽는 것도 하루 걸리잖아! 읽다가 부업 시간이 사라지겠어! 게다가 역시 버섯 꼬치가 1페이지! 또 제일 급하다는 마크야! 스탬프 만들었어? 도시락만을 위해서? 응. 그럴 시간에 일이나 해!!"라고 한밤중에 방 중심에서 외쳐 봤다.

잽싸게 시제품을 늘어놓고 재조정하며 손봤다. 장식을 붙이는 것도 좋지만, 세 줄도 버리기 힘들다. 그래. 이건 좋은 것이다!

이미 100개는 가볍게 넘겼지만, 아직 보지 못한 예쁜 다리를 장식할 근사한 앵클릿이 있을지도 모른다. 체인 T스트랩도 괜찮네!

"큭, 만들 때마다 이미지 영상이 예쁜 다리와 오버랩해서, 매혹적인 곡선미의 유혹이 덮쳐드니까 위험해!"

그렇다. 갑옷 반장이 한 번이라도 착용한다면 상상하기 쉽지만, 착용하게 되면 부업이고 뭐고 할 수 없게 된다. 응. 대단한 일이 벌어지거든? 그야말로 분명 격렬하고 굉장한 일이 벌어질 거야! 응. 그야 이건 근사한 것이니까──!!

(뽀용뽀용~!)

죄송합니다. 응. 시끄러웠던 모양이다.

"어라아? 목소리로 나왔었나? 언제부터 말했던 거지. '칭찬해서~' 부터였나? '좋지 않은가~' 부터였나? 설마 '봐라, 여기가 $%&#!(검열삭제)' 였나?!"

응. 출간 금지 확정이네!

여자애들의 목욕탕 여자 모임의 정황을 매일 구구절절하고 자세히 묘사하는 것도 남자 고등학생에게는 큰일이거든?

54일째 저녁, 하얀 괴짜 여관

어둠 속에 서 있는 백은의 갑옷이 새벽의 아련한 빛을 받아 미약하게 반짝이고 있다. 미동도 하지 않고 그저 조용히 관찰했다. 완전히 둘러쌌고, 사각도 점유했다. 하지만 부족하다. 연계가 끊긴다면…… 허망할 정도로 단숨에 무너진다.

"6연격~ 앗, 엑! 꺄아아! (풀썩)"

"크으윽, 육도류인가! 하아앗! (털썩)"

"빈틈 발견! 아니, 아니었잖아~! (꽈당)"

"플레임 제일, 앗, 어라? (까앙)"

"으~랴~압~? 어어라아아아~. (뽀요용?)"

무너졌다. ──그런데 뽀용이라니 뭐야?! 응, 뽀용이라니. 어딘가에 슬라임 씨가 숨어있었나? 두 마리 정도!

"으라라라라라라라라라라라, 앗, 어라라라라라라라? (꽈직)"

"받아봐라, 내 스킬…… 앗, 받아냈잖아?! 끄헥! (퍼억!)"

"가속! 아니, 못 따라잡겠어어어어! 잠깐, 끄아아악 (뚜둑)"

남자들도 애쓰고 있지만…… 연계해 줄래? 응. 끊임없는 연속 공격으로 밀어붙이고 있는데 필살기 같은 걸 쓰면 안 되잖아?

좋아. 여기다!『축지』, 앗? 꺄아아아아아아아. (꽈쾅)

오늘도 괴멸, 5전 전패. 나날이 싸우는 시간이 늘어나고 있지만, 그저 그것뿐. 강해지면 강해질수록 굉장히 멀다.

"후…… 끝내고 목욕하러 갈까?"

"""찬성~! 이제 무리."""

후위직도 마력이 다 떨어졌고, 이미 섬멸당했으니까……. 집단전(레기온)인데도 버티지 못한다. 아직은 연계 이전에 개인의 능력이 너무나도 부족하다.

그리고 연속된 연계조차도 무너져서 유지하지 못하고 있다. 방어만 해도 막히니까 후수로 몰리게 되는 건 어쩔 수 없지만, 전혀 생각대로 진행되지 않는다.

"여유롭게 유도하더라?"

"네. 알면서도 몰리고 말았어요."

"오늘 전술은 자신 있었는데."

"이야~ 끌려들어 가더라."

"""그렇지?"""

이기지 못하는 건 괜찮지는 않지만, 괜찮다. 그래도 방패직의 방어진이 움직임을 잠깐이나마 늦추는데도 공격력에서 밀어붙이지 못하는 건 실책이다. 연계가 끊기는 게 너무 빠르다. 힘이 속도에 밀리고 있다.

"안젤리카 씨. 문제점이 뭘까? 무너지는 원인을 모르겠어."

"뛰어든…… 뒤에, 방해돼요. 빠지는 게 느리……니까? 시마자키, 다들 좋았, 어요."

손짓으로 포메이션을 설명해 줬다. 앗, 전후위가 교체될 때를 노린 거구나. 연계를 잇는 시마자키 그룹을 제외하면 겹치는 순간에 무너져서 끊겼다.

"공격. 강함……보다는, 잔뜩? 필요해요."

"""공격 횟수구나!"""

연격이 끊기는 부분이 많다. 그래서 한 명씩 쓰러진다. 그리고 숫자가 부족해지면 끝이다.

인원이나 공격 횟수가 부족하니까 속도에 압도당해서 버틸 수가 없어진다. 기술이나 무기, 무언가로 보충할 방법이 필요하다는 거다. 그렇다. 노리는 건 두 곳, 오다 그룹과 도서위원이 이끄는 문화부였다.

모두 중위에서 연결하는 역할이다. 특히 문화부 팀은 방해(재

머)를 일임하고 있으니까 앞으로 나가면 안젤리카 씨가 자유로워
진다. 그러니까 주저하고 만다.

　오다 그룹은 큰 기술까지 이어가는 연계는 완벽에 가깝다. 그리
고 노리는 때는 큰 기술. 순간적으로 밀어붙이고, 다음 수로 이어
가기 위한 피니시를 날릴 때가 바로 빈틈이었다!

　"""그런데도 아직 빈틈이 있어?!"""

　"완벽해 보였는데!"

　"순간적으로 타이밍이 틀리면 불발이 돼요."

　"그래서 자멸했습니다."

　"""응, 이제 무리.""""

　"""규우우우우!"""

　눈이 X표가 된 애들을 짊어지고 돌아왔다. 카키자키 그룹만큼
은 얻어맞는데도 기뻐 보이네? 그런 속성인가?

　"큭, 커다란 무기로는 따라잡을 수 없어."

　"하지만, 위력이 없으면 기술을 능가할 수 없어."

　"""강해에에에에에!"""

　이렇게 말하는 건 농담이고, 줄곧 자기보다 강한 사람에 굶주려
왔다. 그러니까 지금 만족하고 있는 거겠지. 줄곧 굶주려왔던 전
혀 닿지 않는 고지를 발견해서 전심전력으로 분통해하고 있는 거
다. ──기쁜 표정으로. 응. 농담이라니까?

　"맞지 않는 건 그렇다 치더라도, 왜 빗나가는 거야?"

　"빗나가고 튕겨났어요."

　"막히는 것보다 무서워."

""""응. 그걸로 유도되니까!""""

부반장 C는 쌍수 도끼의 회전 베기로 뛰어들고 나서 도끼 투척, 그리고 거기서 쌍수 단검으로 뛰어들었는데…… 기다리고 있었다는 듯이 격추당한 게 못마땅하고 불만스러워 보였다.

"나아간다, 벤다. 물러나는 거, 못, 해요……. 다들, 똑같아요."

스킬이 아닌 기술, 안젤리카 씨나 하루카가 가진 기술.

카키자키 그룹은 어찌어찌 형태를 잡고는 있지만, 우리는 스킬 말고는 기술이 연결되지 않는다.

오다 그룹은 스킬 자체를 연결하려 하고 있다. 기술은 완전히 버렸다. 응. 훌륭한 체념이네?

그리고 여자 운동부는 공방 일체라서 무너지지 않지만…… 그렇기에 물러나는 게 느리다. 아마 여기서 연계가 막히고 있다. 그러니까 후위를 앞으로 보내지 않으려면 거기서 우리 임원이 한 번 더 앞으로 나가거나, 시마자키 그룹과 교대(스위치)하면서 연결하지 않으면 늦어지는 거다.

하지만 그러면 뛰어드는 이동 방패가 방패 여자애 혼자라서 위험하고……. 방패를 살까? 스킬을 익힐까?

"봐봐, 4면 결계로는 못 버텨. 두 장 더 추가할 수 없으려나?"

"무리. 모으면 돌파당해."

""""맞아맞아. 속도로 겨뤘다간 죽잖아?""""

오다 그룹은 수호자를 앞에 세우고 결계로 보호하면서 반격으로 연결하고 싶어 하지만, 작은 기술이라면 다 막지 못하고, 큰 기술로 전환할 때를 찔린 게 분한 모양이다. 그래도 스킬을 겹쳐서 콤보를 노리는, 빈틈없는 스킬 연계 플랜을 세우고 있다.

　"""수고했습니다~!"""
　해산해서 목욕탕으로 향했다. 여자 모임에서 반성회가 필요하다. 우리는 언제나 함께 있는 일이 많고, 하물며 남자는 전투 특화형이라서 여자가 연결해야 한다. 그리고 아직 올라운더로 움직일 수 있는 건 우리 임원과 시마자키 그룹 사역팀뿐.
　그렇다면—— 시마자키 그룹은 합격점을 받았다. 그럼 우리가 전투 스타일을 바꾸거나 늘릴 필요가 있다.
　"우리가 앞으로 나갈까?"
　"""에이, 지휘는 어쩔 거야?"""
　"""응. 반장이잖아."""
　"보통 어느 학교에서도 반장한테 전투 지휘를 요구하지 않거든?! 그리고 이제 학급은 고사하고 학교가 없잖아!!"
　"뭐, 지휘 계통 하나로는 따라잡지 못했으니까요."
　"그래도, 나누면 혼란스럽지 않을까?"
　"""그렇지?"""
　목욕탕에서 차분하게 상의했다. 더욱 강해지기 위한 개선점이나 개혁안을 내고, 전술과 연계를 모두 재검토한다. 강해지기 위해, 그리고 자신들의 존재의의를 만들기 위해.
　다음 편성도 정해졌고, 각 파트의 절충도 끝났다. 하나씩 거듭해나가고, 하나씩 익힐 수밖에 없으니까. 그리고 그 이후의 이야기는 진짜 여자 모임으로 변해갔다.

"잠깐! 그건, 에에에에엑! (부글부글)"

"다섯 번! 5차전!! 아니, 거기서 또!! (부글부글부글)"

"""그, 그런 곳을 깨물다니이! (뽀글뽀글)"""

안 되겠어! 이대로 가면 전멸할 거야. 이미 30%는 욕조에 가라앉았어! 이건 방까지 긴급하게 전략적 후퇴야!

자기 전에 마력 조작 연습을 할 만큼의 마력은 아직 회복되지 않았다. 이대로 가면 마력 강습회까지 기다리지 못하고 전멸해버린다! 아니, 물어보는 애들도 너무하지만 말이지? 응. 몸짓 손짓을 곁들여서 현장감 넘치고 자세하게, 엉성한 말로 진지하고 집요하고 세세하게, 그야말로 굉장했다 무서웠다 미칠 것 같았다면서 울상을 짓는 것치고는…… 왠지, 굉장히 기뻐 보인단 말이지?

그리고 무서운 건, 도중부터 눈빛이 풀어지고 구구절절 자세한 묘사가 들어가는데, 추억하는 듯한 표정이 여자가 봐도 요염했다. 그리고 굉장히 기쁜 듯이 말을 마치고는 부지런히 옷을 입고 방으로 가버렸고, 모두는—— 쓰러졌나? 응. 사실 정말 야한 애였구나!

그렇다. 하루카는 저 에로 소녀에게 어쩜 그렇게 무서운 걸 만들어준 걸까……. 전신 망사 타이츠라니?! 아니, 사지는 않지만? 정말이거든?

?일째, 오무이 영주관

왕국은 어떻게 되어버린 건가……. 이 땅을 벗어나지 못한 채 상황은 계속 악화되었고, 지금은 문서가 멀쩡하게 오가고 있는지조차 의심스러운 상황. 둑이었던 나로기가 겨우 사라진 뒤부터 왕국의 상황은 변하고 있었다.

"왕실의 정보는?"

"아뇨, 전혀."

"공식 사절을 보내도 습격당해서 돌아올 뿐입니다."

"으음. 왕국 사단의 깃발을 내걸고 있으니, 슬쩍 베어버리고 돌파할 수도 없나."

"이쪽에서 전쟁을 걸어서 어쩌려고요……. 그것조차 노림수일지도 모릅니다."

이 변경은 고립된 입지이기에, 이웃 영지 나로기를 지나지 않으면 정보를 얻을 수 없지만……. 대체 무슨 일이 일어나는 거지? 어째서 왕실과의 연락조차 정체되고 있는 거냐. 적어도 이쪽에서 보낸 사절을 녀석들이 확인조차 하지 않을 리가 없건만.

"우리는 행운의 도움을 받았을 뿐이고, 불온한 정세는 전혀 변하지 않았습니다. 아마 왕국은 이미……."

"말도 안 된다. 적어도 말도 없이 이런 일이 생길 리가 없어!"

적어도 동부 공작가와 연락이 된다면 상황을 파악할 수 있을 텐데. 전투에서 입은 상처가 악화되어서 움직이지 못한다고 들었다. 그렇다고 변경에서 이탈하는 것도 위험하겠지. 그 녀석이 허락할 리가 없다. ——설마.

"그렇기에 정보가 차단되었을 가능성도 생각해 볼 때겠지요."

왕국은 그 정도로……. 머나먼 변경의 땅에서 마물과 싸우는 나날에 쫓기는 사이, 왕도의 귀족들은 그 정도까지. 이 나라가 그렇게까지 몰락하고 말았다면, 변경백으로서 백성을 지키는 것이 책무. 그리고 은인에게 해를 끼칠 수는 없다.

"시노 일족 덕분에 겨우 상황이 보이나 싶더니, 이건…… 대체 무슨 일이 일어나는 것이냐."

"최악을 고려해야 할 만큼 사태가 악화되었을지도……. 유감이지만, 군의 움직임은 이제 무시할 수 없습니다."

주력인 제1사단을 국경 방어에서 움직이게 할 것 같지는 않지만, 왕도 방어에 특화된 제2사단은 공격에는 적합하지 않다.

"저기, 제3사단 정도라면 방치해도 되지 않을까?"

"과소평가는 금물이겠죠. 하지만 여전히 귀족 자제들이 속하는 곳이라면 쉬울 겁니다."

국내의 치안 유지 부대라는 명목으로 귀족 자제에게 돈을 주는 그곳이 위험을 무릅쓸 것 같지는 않지만……. 하지만 설마 최강의 근위사단을 보내올 줄이야. 아마 왕국은 이미…….

"무얼 하는 것인가. 왕이여……."

이세계에서도 아저씨가 정리해고 당하면 대우가 비참해지는 모양이다.

55일째 아침, 하얀 괴짜 여관

호출당했다. ——뭐, 오늘은 어딘가 적당한 파티를 따라가기만 하면 되니까 딱히 나설 차례는 없었지만.

모두 30층 정도니까 위험도 없고, 나설 차례도 없겠지. 그러니까 확실히 없어도 괜찮기는 하지만, 분명 자기들만 마석을 모아 떼돈을 벌고 역으로 부자가 되는 하극상 남자 고등학생 학대 부업 대주문을 노리고 있을 게 틀림없어! 그래. 마침내 부자 하극상 전란의 개막이다. 알기 쉽게 말하면 바가지 가격이 들킨 거야!

대빈민 여자 고등학생 혁명이 발발했지만, 그렇게 돈을 벌어도 가진 돈은 다 거둬갈 거다.

"훗. 어젯밤에 앵클릿 대량 생산에 성공했다고. 역부자 하극상 혁명으로 레볼루션이다!"

(뽀용뽀용!)

자, 그럼. 그런 관계로 가짜 던전까지 고속 이동.

"응. 그저께 갔었으니까 헛걸음하는 데다, 이웃 영지 도시에는 살 것도 없는데 말이지?"

그렇다. 이미 물자는 떨어졌을 거다. 현지에서는 메리 아버지가 기다리고 있다고 한다.

만약을 위해 미궁황 콤비는 반장 일행에게 보내주려고 했지만, 싫다고 해서 데려왔다.

일단 세간에는 사역한 스켈레톤과 슬라임으로 통하니까 문제없겠지만, 아무리 봐도 그렇게 안 보이는 건 어째서일까? 응. 지금도 빨리 가라면서 화내고 있단 말이지?

(뽀용뽀용!)

갑옷 반장은 때때로 휴일에 사복을 입고 외출하니까 들켰을 가능성은 있다. 응. 스켈레톤에서 종족 불명의 인간족이 된 경우에는 신고가 필요한 걸까?

"잘 생각해 보니 나만 어디에도 등록하지 않아서 신고하려고 해도 신분이 없단 말이지? 응. 즉, 나는 잘못한 게 없네!"

(부들부들)

뭐, 괜찮겠지. 뭔가 꽤 우대받고 있는 모양이니까. 모험가는 마석 매매 때 세금을 거두니까 따로 세금 같은 건 없다고 하는데, 나는 모험가가 아닌데도 면세 허가증을 받았다. 그래서 모험가 길드에서는 10%를 가져가지만, 잡화점이나 무기점의 배당에서도 세금은 면제다. 그러니까 갑옷 반장이 사람이라도 어떻게든 되겠지. 사역하고 있는 건 사실이니까?

"어라? 날라리 애들도 면세 대상인가? 날라리인데? 뜯길지도 모른다고?"

(부들부들)

개인적으로는 갑옷 반장이 등록상이라도 마물 취급을 받는 건 싫다. 그리고, 아무리 그래도 '얘가 미궁왕이고, 얘는 미궁황이야.' 라고 말하면 혼날 것 같다. 응. 전직이니까 입 다물고 있자.

그래. 그야 문지기도 아무 말도 하지 않고 평범하게 슬라임 씨를 쓰다듬고 있었으니까 문제는 없다. 즉, 나는 잘못한 게 없다. 좋아. 무슨 말을 들으면 문지기 탓으로 돌리자!

"하루카 군, 일부러 오게 해서 미안하네. 먼저 말해두지만 오무이의 영주 멜로트삼 심 오무이라네. 메리 아버지가 아니거든? 그냥 멜로트삼이라고 편하게 불러도 되니까 확실하게 기억해 줬으면 좋겠는데 말이지. 그리고 자네가 지금 사는 곳은 오무이거든? 간판도 달지 않았나. 크게 만들었는데 안 보이는 건가?"

메리 아버지가 맞이해 줬다. 즉, 또 아저씨다. 굉장하지 않아? 이세계의 위협적인 아저씨 비율? 아마 이세계 인구를 조사하면 열에 여덟은 아저씨일 거다. 그야 만나는 사람의 80% 이상이 아저씨니까? 응. 수수께끼의 출산율과 중년화 문제인지, 어째서인지 아저씨가 많이 나온단 말이야?

좋아. 뭉개러 가자. 분명 최하층에 아저씨왕이 있을 거다. 드롭품은 기대할 수 없다. 그야 『쉰내 나는 반지』 같은 게 나올 것 같으니까. 호감도가 도주하더라도 불평할 수 없겠지── 응. 나라도 도망친다!

"이봐. 내 말이 들리나? 멜로트삼 심 오무이라네."

"저기, 부르니까 왔는데 이웃 도시를 멸망시킬 거야? 왕국을 멸망시킬 거야? 응. 아저씨를 섬멸한다고 한다면, 나도 마침 아저씨를 멸망시키는 게 낫다고 생각하고 있었거든? 태울까? 갈아버릴까? 의복 파괴는 싫거든? 굉장히 싫어!!"

설마 대미궁보다도 무서운 아저씨 소굴이 존재한다니. 응. 대미궁은 아무리 위험하더라도 미인 미궁황이 있어서 반반 수준도 아니고 이익이었지만, 아저씨 소굴은 멸망시킬 수밖에 없어! 그래. 옛날의 높으신 분이 말했다고. '아저씨는 소독한다!' 라고.

"부탁이니 너무 아저씨를 괴롭히지 말아주겠나? 병사도 기겁해서 떨고 있으니까 말이지? 그리고, 아저씨를 태워버린다고 말할 때 힐끔힐끔 나를 보면서 말하는 것도 그만둬 줬으면 좋겠고, 그리고 갈아버리지 않아도 되거든?! 그리고 이웃 도시를 멸망시키지는 않고, 덤이라는 듯이 왕국을 멸망시키지는 말아 주겠나?"

아닌가? 어라? 그러면 왜 부른 거지? 그러고 보니 반장 일행의 말로는, 이 변경 영주는 엄격하지만 훌륭한 사람이라서 '우리 도시의 은인에게 감사를 표하고 싶다. 처음 보는군~.' 이라고 예의 바르게 인사했다더라고?

응. "이봐, 하루카 군?"이라며 손을 흔들고 있는데, 메리 아버지는 영주에서 잘려서 정리해고를 당한 건가?

——그렇다면, 무직 동료인가? 아니, 아저씨 동료는 필요 없거든. 응. 뭔가 지금부터 멸망시킨다고 하니까?

"잘 오셨습니다. 불러서 죄송합니다. 이쪽으로 오시죠."

측근이다. 아마 이 측근은 정리해고 당하지 않을 거다. 그야 일하는 다른 사람을 본 적이 없으니까?

"어라? 나는 마중을 나왔는데 부르지 않는 건가? 영주인데 놔두고 가는 건가? 앗, 잠깐. 가신이 보면 울 거니까 그만둬! 아니, 너 가신이잖아?!"

역시 정리해고 당한 건가. 측근도 버린 모양이다. 정말이지, 넘어온 이세계는 마물투성이지만, 뭔가 살벌한 고부갈등 문제보다는 평화로워 보이네?

응. 마물을 두들겨 패는 게 건전해 보인다고?

"정말이지, 건전한 걸 좋아한다면 만화나 게임의 살인 장면 같은 걸 금지하기 전에 공공방송 서스펜스 드라마의 살인을 금지하면 된다고. 응. 가정부가 보기 전에 살인을 막는 서스펜스가 근사해 보이네! 가정부 무쌍?"

(부들부들)

"그럼, 여기에 앉으시죠."

"나에게는 없는 건가. 자리가 없나? 진짜 가신 맞지?!"

역시 정리해고 당해서 자리가 없어진 거겠지. 응. 아무래도 창가에도 자리가 없었던 모양이다. 응. 돌아가면 메리메리 씨한테 부업을 소개해 주자.

그리고 부른 이유는 이웃 영지의 도시에 국왕의 사절이 왔는데, 모험가를 많이 모으고 있다고 한다. 즉, 대화하기 전에 가짜 던전 돌파를 시도할 생각이다.

"이쪽이 현재 들어온 정보입니다."

가짜 던전이 있는 한 교섭은 압도적으로 변경 측이 유리. 이대로 교섭에 들어가면 왕국 측은 조건을 붙일 수조차 없다. 그러나 가짜 던전만 없다면 무력을 교섭에 끼워넣을 수 있다. 그러니까 왕국군이 침공하기 위해서는 가짜 던전을 무조건 없애버릴 필요가 있다.

"왕국 측은 모험가 길드의 상위진이 모두 모였네……. 진심인가 봐."

그러나 군대는 미궁전에 적합하지 않다. 숫자가 많고 진형을 짜서 지휘관의 명령으로 움직이는 군대는 좁은 던전에서는 과녁이 될 뿐이다. 그러니까 임기응변으로 움직이는 모험가가 미궁전에서는 강하다.

애초에 군대는 대인전 특화, 모험가는 마물 특화고, 던전 지식과 경험이 없다면 던전에서 싸우기는 힘들겠지.

응. 그렇단 말이지? 왜 나만 지식도 경험도 없는데 갑자기 던전 첫 체험의 첫 전투에서 미궁황을 만난 걸까? 그건 지식이나 경험을 쌓을 새도 없이 즉시 최종결전이었잖아?

"응. 병사들은 너무 물러터졌어. 구멍에서 떨어뜨리면 된다고! 애초에 구멍에서 지하 100층까지 떨어지면 올라오지 못할 것 같기도 하지만, 나만 당하는 건 치사하잖아? 응. 어차피 아저씨니까 상관없고, 팍팍 떨어뜨리면 분명 최하층의 아저씨왕도 뭉개지겠지!"

아니 뭐, 가짜 던전이니까 하층도 없고, 아저씨왕도 없지만? 그야 아저씨왕은 사역하고 싶지 않으니까? 응. 싫거든?

"이봐, 듣고 있는 건가~? 사람 말을 들어주지 않는 건 알고 있었지만, 이름만이라도 좋으니 기억해 줬으면 하는데, 적어도 앉게 해 주지 않겠나? 음. 왜 영주만 서 있는 거지? 이제 멋대로 나가지 않을 테니까 자리라도 준비해 주지 않겠나? 혼자 서 있는 건 꽤 슬픈 느낌이 들거든?"

아무래도 이웃 영지의 도시에 고랭크 모험가와 용병단이 모이고 있다는 모양이다.

"아니, 방어하는 것보다 불태우는 게 빠르지 않아? 왜냐하면 전원 아저씨일 테니까?"

"교섭이라고 했잖아! 공격해서 불태우는 게 아니라고?!"

정화 전쟁을 하는 게 낫다고 생각하는데, 안 되나 보네? 아니, 아저씨들이 눈을 흘기는 건 필요 없어. 응, 눈 태워버린다? 진짜 수요 없다니까!

"그보다, 기다려도 안 오지 않을까? 응. 그 가짜 던전은 던전이 아니니까 죽일 수 없고, 모험가만 돌파해도 의미는 없고, 병사, 아니 군대가 통과하는 건 무리라고 생각하거든?"

그래. 위험하다. 주로 영상이라는 의미로! 응. 장비가 파괴돼서 알몸이 된 아저씨 군단이라니 수요 없잖아? 역시 태울까?

"그렇게 말해도 숙련된 이들이고, 군도 최정예라서 말이지."

이미 이웃 영지 도시에 민간인은 한 명도 없을 거다. 미행 여자애 일족이 보고할 때까지는 모르겠지만, 이미 그 도시는 생활 물자가 떨어졌다. 상점이 사라지고, 폐허화가 진행되고 있는데 물건을 철저하게 사재기했으니까 살 수 있을 리가 없다. 이미 함락됐다.

게다가 미행 여자애 일족이 사람을 변경으로 이주시키고, 도시나 인근의 크고 작은 마을의 물자를 모조리 사재기하고, 게다가 멀리서 오는 물자는 방해해서 지연시키고 있다. 관리나 병사도 도망치고 있으니까, 이미 도시가 아니게 되었다.

"아니, 안올걸?"

그러니까 지구전이 불가능한 속공. 즉, 초짜 상태로 가짜 던전에 도전하게 된다. 응. 공략법도 모르는데 함락할 수 있을 만큼 어슬프지는 않아……. 응, 즐거워져서 함정을 잔뜩 깔아놨거든?

그야 이웃 영지 도시를 불태우거나, 영주에게 손대거나, 병사를 죽이거나 하면 왕국법에 걸린다. 그러니까 나를 감싸면 변경 측에 불리한 조건이 생기고 만다.

그래서 안 했단 말이지——. 하지만, 경제 활동이나 물류를 죽여서는 안 된다는 말은 하지 않았고, 왕국 법률에도 없었다. 도시 사람은 물론이고 영주도 병사도 죽일 수 없으니까 도시를 죽였다. 응. 저 도시는 이미 죽었다.

"유리한 조건으로 교섭에 임하고 싶은 건 너무 뻔뻔한 이야기라는 건 알고 있네만, 그래도 왕실에는 생각하는 바가 있는지라…… 살아서 나올 수 있을 것 같나?"

늦든 이르든 생길 문제였으니까 문제없다. 어차피 이웃 영지는 변경의 마석을 매매하거나 고액의 통행세를 매기는 것 말고는 수입이 없다. 그리고 슬금슬금 죽어가면 부담은 아랫사람에게, 약하고 가난한 사람에게 간다. 그래. 그래서 당장 죽여버리고, 약하고 가난한 사람들은 모두 변경에서 받았다. 응. 인원 부족이니까?

"아니, 살아서 몇 번이나 도전하게 만들려고 설계했는데, 내 설계 사상을 이해하지 못해서 공략이 전혀 진행되지 않는다니까! 내가 얼마나 고생해서 그 마지막 함정에 꿈을 맡겼는지 전혀 이해해 주지 않아!!"

(부들부들?!)

그렇다. 어차피 저 가짜 던전은 고랭크 모험가라도 통과할 수 없다. 저건 너무나도…… 생각한 녀석 대체 누구야!

출구라고 생각해서 나가려고 하면 미끄럼틀에 실려 입구로 돌아간다니, 마음이 꺾이기 전에 모험심이 꺾여버리잖아! 모험가의 모험심이 꺾여버리면, 모험하지 못해서 무직이 되어버리잖아?

"응. 스테이터스가 무직이라는 건 마음이 꽤 꺾인다니까? 마음이 과도하게 꺾이는 오버 하트 브레이크란 말이지? 저도 모르게 내 슬픔을 알아달라며 왁스를 마구 발라놨으니까, 그건 반들반들하게 미끄러지는 거야!"

그렇다. 갑옷 반장과 슬라임 씨도 즐겁게 16번이나 미끄러졌으니까, 돌아가는 게 늦어지고 말았다. 뭐, 즐거웠다면 상관없지만.

""틀렸어. 전혀 안 듣고 있잖아?!""

◆ 이세계는 좀 더 속임수를 이해하고 행동하게 노력해야 한다.

55일째 아침, 가짜 던전

내가 받은 지령은 이 변경으로 가는 길을 막는 던전을 죽이는 것. 그리고 그 안에 숨어있는 변경백에게 최종통고를 하는 것이다. 서둘러야 한다. 이제 왕국에는 시간이 없다.

그러나 왕국은 변경과 변경백을 너무 얕보고 있다. 그래도 교섭을 시작하지 않으면 왕국이 파탄 난다. 그러니 변경백을 만난다. 그러려면 먼저 이 던전을 죽여야 한다.

"가능한가?"

"네!"

A랭크 모험가를 중심으로 한 던전 전문가들을 이끌고 수수께끼의 던전으로 발을 들였다.

이들을 B랭크 모험가들이 뒤에서 서포트하는 호화로운 진용이다.

그러나 이건 격전도 사투도 아닌 무언가였다. 솔직히 웃어서는 안 되는 던전 돌파였다. 왕국의 요청으로 바로 연락을 보내서 손이 빈 고랭크 모험가들을 모두 소집했다. 고액의 보수를 제시하며 즉시 오라고 했다.

그만큼 이 던전을 함락하는 건 급선무였다. 왕국의 존망이 걸린 중대사다. 인원도 전력도 아끼지 않았다.

그런데…… 그 엄선된 정예들이…… 안 돼. 웃으면 안 돼! 그래. 그들은 죽음을 각오하고 왕국의 의뢰를 받아준 거다…… 푸흐으으읍──!

"우와아아아아아아아아악…………."

깊은, 바닥도 보이지 않는 큰 구멍에 놓인 하나의 좁은 통로. 복잡하게 구불구불 꺾인, 깎아지르는 바위의 길은 대군으로는 지나갈 수 없다. 양면의 벽에서 튀어나오는 바위에 맞고 떨어지러 가는 셈이다. 그러니까 던전을 죽여서 장치를 막는 게 임무다.

화려한 몸놀림으로 바위탄을 피하며 민첩하게 나아가는 모험가가…… 미끄러져서 떨어졌다.

그 미끄러운 길을 피해서 도약해 던전 천장의 바위를 붙잡은 모험가가…… 붙잡은 바위와 함께 떨어졌다.

그리고 동료를 구하고자 손을 뻗으며 멈추면 바위탄에 맞아서 떨어지고, 방심하고 있다가는 극히 드물게 위에서도 바위가 쏟아진다.

그곳에는 검술 실력도, 마법 능력도, 모험가의 기술조차 상관없었다. 미끄러지고, 넘어지고, 그저 굴러떨어지는 모험가들. 그리고 얼마 안 남았다며 신체 강화를 써서 건너편까지 도약하면⋯⋯ 보이지 않는 실에 걸려서 낙하한다.

그리고 구멍 밑에는 끊임없이 물소리가 들리고 있기에 목숨에 지장은 없다. 그러나 들려오는 건 "장비가 녹아.", "옷이 녹아." 라는 아비규환의 절규.

이 좁은 통로를 넘어서 바위 사출을 막기까지 대체 얼마나 많은 모험가를 잃었는가. 그리고 그 너머에 있는 광장에서는 천장을 가득 메우는 거미 마물들. 마법을 쓰는 자를 모아서 일제히 공격하자 천장이 무너져서 전위에 있던 용병단이 탈락했다. 부상은 크지 않지만 장비가 파괴되어서 전투 속행은 불가. 그리고——거미 마물은 그저 천장에 그려진 그림이었다.

그 이후의 통로도, 구멍함정을 피해 통로 건너편으로 일제히 뛰어들면⋯⋯ 벽이었다. 그건 벽에 그려진 통로였다. 그리고 바로 아래에 있던 구멍 함정에 모두가 사라졌다.

"대체 뭐냐. 이건."

"모르겠습니다. 우리가 아는 던전과는 너무 다릅니다."

어째서인지 집단으로 군사 행동을 보이는 골렘과의 전투를 피해 좁은 길을 나아가 돌파하려고 했는데——. 그 평범한 통로를 지나갈 수 없다. 그 평범한 통로가 무서웠다.

그리고 무엇이 무섭냐면, 이제는 군에서도 남은 자들의 절반 이상이 무기나 장비가 파괴되었고, 옷도 녹아서 반라에 가깝다는 사실이었다. 이제는 도저히 전력으로 칠 수가 없다.

이런 꼴로 미궁왕에게 덤비는 건 불가능하다. 당연히 옷이 녹아 버린 여자 모험가들은 전원이 도망쳐서 돌아갔다. 조금 남……으으읍! 무사히 귀환했다.

"퇴각은 용납할 수 없지만, 이래서는 전멸하러 가는 것과 같다. 미궁왕전에선 모험가들을 피하게 하고, 우리만 싸울 수밖에 없겠어. 젊은 병사부터 무기와 장비를 풀고 퇴각하게 해라. 개죽음만큼은 용납하지 마라."

"""알겠습니다."""

무기와 장비를 들지 않으면 전력이 될 수 없다. 퇴각시키더라도 책임을 추궁받지는 않겠지.

"괜찮으시겠습니까? 그래서는……."

"내가 남으면 문제없다. 내가 돌아가지 않으면 전멸로 보겠지."

이건 왕국이 멸망할 수밖에 없겠군. 이 왕국이, 왕국의 귀족들이 지금까지 변경에 저질러온 행위를 감안한다면, 변경백은 용서하지 않을 거다. 그렇다. 이건 당연한 일이다.

"사과할 수도 없나."

왕국 귀족의 목을 전부 내놓으라고 해도 놀랄 일은 아니다. 우리 왕국은 변경에게 죽으라고 명하러 온 거니까. 변경을 원조해야

하는 왕국이 오히려 착취하고, 괴롭힌 거니까, 용서를 구하는 것조차 인정받을 일은 없을 거다.

그러나 중앙의 그 비열한 귀족들은 설령 왕국의 멸망으로 이어지더라도 재산이나 목숨을 내놓을 리가 없다. 그렇다면 이제는 왕국이 멸망하는 것 말고는 길이 없어졌다.

"들어갈까."

""""네!""""

그렇게 약간의 병사들과 나아갔지만, 함정뿐이고 마물은 없었다. 하층으로 가는 계단조차 없다니, 통로형의 특수한 던전인 걸까. 그렇다면 안쪽에 미궁왕이 있을 거다. 남은 숫자는 여덟 명.

이 숫자로 해치울 수 있다는 생각은 조금도 없다. 그러나 싸우지도 못하고 함정에 걸려 미궁왕조차 보지 못한 채 쓰러진다면 나를 감싸며 사라진 병사들을 볼 낯이 없다. 그러나 남은 숫자는 다섯 명.

충분히 주의했는데도 불구하고 문을 연 병사는 절규와 함께 사라졌다. 문손잡이 자체가 함정이었던 거다. 손을 떼놓지 못한 채 문에 끌려가듯 지하로 사라졌다.

이제 나 혼자 남았다.

그러나 이미 명운은 다했다. 이미 양손과 양다리가 바닥에 밀착되어 비참하게 네 발로 엎드린 채 움직일 수 없다. 마치 사로잡힌 짐승처럼 처참하게 지면에 엎어져서 나아가지도, 싸우지도 못하고, 물러나기는커녕 일어나지도 못한 채——처참하게 운명을 다했다.

이미 검을 잡지도 못하고, 갑주도 부식되어 썩어버렸다.

그리고 암벽이 꿈틀대며 움직였다. 차례차례 벽에서 벗겨져 나오는 바위 거인들, 「스톤 골렘」!

이런 비참한 모습으로, 싸우는 것조차 허락받지 못한 채 시체가 된다는 굴욕. 그러나 여기서 죽는다면 적어도 왕국의 멸망은 보지 않을 수 있으니 행운일지도 모른다.

그런 비관을 제쳐놓은 채, 스톤 골렘들은 내가 달라붙은 바닥을…… 나와 함께 머리 높이 들었다?

"큭!"

순간적인 부유감이 들자 바닥에 내리꽂힐 줄 알았지만, 오르내리기만 하지 내리꽂지는 않았고 공격할 기색도 없었다. 그저 내가 달라붙은 바닥까지 위아래로 흔들며 행진했다. 설마 미궁왕에게 바치는 산 제물? 처참하게, 싸우지도 못한 채 마물의 먹이가 되어 산 채로 먹히는 건가.

그러나, 아무리 생각해도 저항할 방도가 없다.

어두운 통로를 계속 위아래로 흔들리며 천천히 실려 갔다. 이건 모종의 의식인가? 여전히 미궁왕은 보이지도 않고, 마물에게 붙잡혀 먹히지도 않았으니 알 리가 없었다.

불빛이 보인다. 저곳이 목적지…… 튼튼한 스톤 골렘들의 엄숙한 행진. 그리고 마치 과시하듯이, 비참하게 네 발로 엎드린 채 웅크린 내 모습이 높이 올라간 채 공개되었다.

그 밝은 햇살에 순간 눈이 어질거렸지만, 설령 산 채로 검 한 번 휘두르지 못한 채 처참하게 먹히더라도, 적어도 노려보려고 하자 —— 바깥이었다.

그리고 멀리서는 성벽이 포위하듯 둘러싸고 있고, 그 앞에 전개된 건 왕국에서도 최강이라고 두려움을 받는 변경군. 그리고 그걸 이끄는 건 영웅의 일족이라 불리며 수많은 전설을 남긴 오무이가의 현 변경백. 왕국 백성은 변경왕으로 부르고, 외국의 군세는 남몰래 군신이라 두려워하며, 왕도에서는 무패의 검사로 알려진 영웅 멜로트삼 심 오무이.

모두의 시선이 쏟아졌다……. 지금의 차림새는 반라…… 내 몸은 녹다 남은 누더기를 가까스로 걸친 모습이고, 네 발로 엎드려 웅크린 자세로 높이 올라가 있다——.

"큭, 죽…… 꺄아아아아아아아아아아아아아아아아악!"

과자를 먹으면서 자꾸 괜찮아, 괜찮아, 라고 말하니까 문제 상황으로밖에 들리지 않는다.

55일째 저녁, 가짜 던전 앞

이 눈빛은 다르다. 그야 눈이 허무에 빠진 공동처럼 깊은 어둠이니까?

알고 있는 건 세상의 진리. 그렇다. 나는 잘못이 없다는 것. 하지만 역시 반라가 문제였던 건가……. 하지만 오타쿠들의 계획에서는 전부 녹일 생각이 넘쳐났다. 게다가 촉수까지 첨부였다. 그래도 만에 하나 발동하는 일이 생기면 문제고, 어차피 십중팔구는 거의 틀림없이 아저씨일 것으로 예상했으니까 반라로 설정을 바꿨단 말이지? 응. 그래서 중요한 부분은 괜찮았다. 꽤 아슬아슬했지만, 심야 방송이라면 분명 가까스로 세이프다!

그래도 눈이 죽었다. 역시 스톤 골렘들이 영차영차 들고 온 게 문제였나. 봐봐, 눈이 혹 가버렸잖아……. 어딘가로?

"저기…… 괜찮아? 아니, 상황으로는 전혀, 조금도, 완전히 괜찮음이 느껴지지 않을 만큼 괜찮지 않아 보이지만, 그래도 분명 뭔가의 착오니까 괜찮거든? 아마도? 응. 안 보였으니까? 랄까?"

어째서인지 옷을 입혀준 갑옷 반장 뒤에 숨어서 이쪽을 보고 있네? 앗, 보고는 있지만 눈은 글렀다.

"으으으…… 용서해 주세요. 죄송해요. 심한 짓은 하지 말아 주세요. 관용을 베풀어 주세요. 죄송해요. 심한 짓은 하지 말아 주세요. 용서해 주세요. 죄송해요. 그러니까 야한 짓도 하지 말아 주세요. 용서해 주세요. 죄송해요. 죄송해요……."

응. 망가진 모양이네?

"으음?"

상황을 정리하면, 나는 잘못이 없지만, 이건 분명 잔소리가 처음으로 20명에 의한 48시간 마라톤으로 개최되고, 자칫하면 교대제 잔소리 릴레이가 개막될 만큼 혼날 것 같다. 뭐, 그래도 이 중

에서 46시간하고도 52분 정도는 오타쿠들 때문이니까 맡기자. 분명 내 분량은 7분 정도다. 응. 나머지 계산이 안 맞는 부분은 영차영차 트랩에 대찬성한 바보들이 혼나게 될 거다. 응. 나는 잘못 없다고?

(흘금—————————!)

그리고 눈을 흘기고 뜨고 뒤에 숨어있지만, 그 사람이 바로 던전 최강 최악 최하층 출신의 미궁황이고, 나는 평범하고 좋은 인간족 남자 고등학생이거든? 응. 보통 무서운 건 그쪽이거든? 왠지 익숙한 손짓으로 등을 토닥토닥 두드려 주고 있어도, 그 사람이 제일 무섭거든? 응. 나는 평범하고 좋은 인간족의 무섭지 않은 남자 고등학생이라니까? 아마도?

"아니, 아무것도 안 하거든? 뭐, 괜찮다고나 할까, 일종의 함정 오작동이니까. 확실히, 정확하게, 완벽하게 동작했지만, 분명 오해니까 오작동이었을 거야?"

그야, 오해니까. 그래, 이 세계는 120% 정도의 확률로 아저씨였고, 지금까지 세상의 250% 정도는 아저씨였잖아?!

"응. 그러니까 분명 오작동으로 오해가 작동해서 오인 체포의 위기였지만, 나는 잘못 없다고? 그래그래. 나는 잘못하지 않았는데 언제나 유죄 판결이 내려오지만, 무고한 죄 없는 남자 고등학생이니까 괜찮다고? 아마도?"

"……안 괴롭혀?"

그래. 분명 나쁜 건 아저씨다. 분명 아저씨왕 때문이다. 응. 뭔가 그런 느낌이 드니까 그럴 게 틀림없다.

"아니, 괴롭히기는커녕 매일 끊임없이 괴롭힘당하고 있으니까 괴롭히거나 그런 일은 없어! 응. 지금까지도 불쌍한 나에게 갖가지 심리 트랩을 걸어서 괴롭히던 오타쿠들의 머리를 매일 불태우고 있을 만큼 전혀 괴롭히지 않으니까 괜찮아. 응. 일단은 과자 먹을래?"

먹고 있다. 좋아. 해결이다!

그래. 세상은 과자를 주면 대부분의 문제는 해결되고, 요령은 과자를 먹여주면서 몇 번이나 괜찮다, 괜찮다고 말해주는 거다! 응. 왠지 문제 상황으로밖에 들리지 않지만, 분명 괜찮을 거다. 여전히 뭔가 그리 괜찮은 건지는 모르겠지만, 분명 괜찮을 거다. 그야, 맛있어하고 있으니까?

(뽀용뽀용)

보아하니 갑옷 반장과 똑같거나 조금 나이가 많나. 이세계에서 금발은 자주 보이지만, 왠지 이게 백금발이구나~ 라는 느낌으로 호화롭다. 응. 굉장히 미인이지만, 매우 유감스럽게도 아직도 눈이 죽은 채로 과자를 맛있게 먹고 있네? 응. 또 하나 주면 눈에 빛이 돌아올까? 줘보자.

(부들부들)

그러나 아저씨가 나타났다. 응, 범인?

"대단히 실례가 많았습니다. 사절을 보내주셨다면 마중을 나갔을 텐데요. 이런 변경에까지 직접 찾아와주시다니 영광입니다. 이 멜로트삼 심 오무이. 다시 뵙게 된 것을 기쁘게 생각합니다. 샤리세레스 왕녀 전하."

메리 아버지가 고개를 깊이 숙이며 호들갑스럽게 인사하는 걸 보니, 아무래도 왕녀님이었던 것 같다. 응. 왕녀님의 반라 영차영차 사건이었던 모양이다. 오타쿠들은 교수형 학정이네. 좋아, 돌아가면 붙잡아서 넘기자. 그냥 목도 조여두자. 그렇게 하자.

"지금은 군무가 있어 근위사단으로 찾아왔습니다. 그리고 사로잡힌 패잔군의 장수죠. 그런 예의를 차리실 필요는 없습니다. 그리고 이미 사자라는 역할조차 맡지 못하는 몸이니, 왕녀라 해도 이 변경에서 고개 숙인 인사를 받을 신분이 아닙니다. 아무쪼록 고개를 들어 주세요. 오무이 경. 오랜만입니다."

아는 사이인 모양인데, 서로의 처지가 미묘해서 이야기가 진전되지 않네? 응. 돌아가도 될까?

분명 가짜 던전도 무기를 잔뜩 주워서 떼돈을 벌었을 거고, 도시의 모험가 길드에서 팔아치우면 기뻐할 거다.

뭐, 무기점은 재고가 가득하고, 반 아이들이 쓰기엔 초라하다. 그리고 대부분 파괴되었거나 녹았겠지만, 그래도 대량의 손님이 들어왔으니까 기대할 수 있겠지……. 응, 입장료라도 받을까? 그래. 그 가짜 던전은 클리어하면 경품이 나오니까, 받아도 괜찮지 않을까? 아, 떠올랐다!

"저기, 왕녀 여자애는 던전 첫 탈출자니까 기념으로 호화 경품이 나오는데, 수세미 1년 치 필요해? 아니면, 과자를 좋아하는 모양이니까 과자로 할까?"

응. 그래도 1년 치 과자는 무리라고.

"과자는 소비량이 무한에 가까우니까 수요 과다라서 공급자가 부업에 잔업으로 언제나 울고 있으니까 불쌍하거든? 떼돈을 벌고 있지만 불쌍하단 말이지? 떼돈을 벌어도 금방 없어지니까 부업이 끝나지 않는 수수께끼의 과자 제작이라고. 그리고 1년 동안 계속 먹으면 살찌거든? 살이 쪄서 나한테 화내면 안 된다? 그러니까 수세미가 좋겠지?”

과자가 좋은 모양이다. 그런데 도시에서는 수세미가 인기 폭발이거든? 수세미가 없으면 유행에 뒤처진다? 나도 필요 없지만.

“으~음. 하루카 군. 나는 괜찮지만 이분은 이 나라의 왕녀님이니까…… 가능하면, 가능한 수준이라도 좋으니까, 뭐랄까, 예의 같은 걸 부탁하고 싶네만? 아니, 무리하게 요구하는 건 아닌데 말이지? 조금이라도 경의가 느껴지는 말을 써 주면…… 안 되나?”

너무하네. 예절을 중시하는 것에 관해서는 나를 웃도는 사람이 없을 텐데? 너무나도 예의 바른 나머지 예의를 정말 소중하고 귀중하게 절약해서, 놀랍게도 한 번도 쓴 적이 없다니까? 응. 분명 내 예의는 엄청 쌓여있어서 이미 이자만으로도 초 예절 상태일 거야. 완벽하다니까.

“이거이거 대단히 실례했습니다. 왕녀님이었다니 미처 몰랐네요. 과자를 줬으니까 장난쳐도 되나? 아니, 트릭 오어 트라이였으니까, 계속 장난쳐도 되는 거였나? 음, 그게, 저는 멀리서 찾아온

먼 곳의 사람입니다? 만나 뵙게 되어 지극히 영광 좋을 대로 하거라 수고가 많구나 같은 느낌입니다. 왕녀 여자애님, 그보다 샤리 샤리 씨? 랄까이옵니다?"

"장난치는 건 안 돼요. 계속 장난치는 건 더 안 돼요. 용서해 주세요. 죄송해요. 심한 짓은 하지 말아 주세요. 야한 짓도 심한 짓도 하지 말아 주세요. 용서해 주세요. 죄송해요. 엄청 야한 짓도 하지 말아 주세요. 야한 장난도 용서해 주세요. 트릭 오어 트라이도 안 돼요. 용서해 주세요. 죄송해요. 죄송해요……."

어라? 또 눈에서 광택이 사라져 공동이 되었고, 도가니 같은 허무로 직통해버렸다. 응. 심연이 보이네?

(부들부들!)

꾸짖는 건가?

"하루카 군……. 저기, 랄까이옵니다? 라니……. 무리한 부탁을 해서 미안하네. 뭔가 평범하게 의미불명인 편이 평범했어. 랄까만 경어가 되었지만, 그건 그렇게 중요한 부분이 아니지 않나?"

어라? 설마 내 너무 정중해서 정중한 분위기에 지장을 준다는 말까지 나오던 경어와, 너무나도 자기를 낮춰서 발을 붙들려 나락으로 떨어진다고까지 불리던 겸양어가 불만이라는 건가?

응. 측근이 날 격려했네? 아니, 평범하게 못 말린다는 티를 내는 두 사람은 미궁황과 미궁왕인데, 왜 평범한 인간족인 내가 격려당하는 거야? 응. 오히려 내가 불만이라 시무룩해지거든?

그리고 기나긴 설명을 들었다. 왕녀 여자애, 샤리샤리 씨는 왕녀지만 장군이고 메리 아버지에게서 지도를 받은 적도 있는 제자라는 모양이네? 응. 그래도 메리 아버지는 도적의 습격을 당했는데도 측근에게 억눌리고 있었단 말이지……. 도적을 덮치려고 했으니까? 응. 그 사람은 지휘하지 않고 도적 무리에게 돌격하려고 했으니까, 절대로 따라 하면 안 되는 사람 아니야? 응. 아마 돌격밖에 안 할 것 같거든?

그리고 왕녀님 반라 영차영차 사건은 방어로 인한 사고라며 책임을 묻지 않고 끝났다. 즉, 분명 전라 촉수 첨부 영차영차였다면 그걸로 끝나지는 않았겠지. 역시 오타쿠들의 목을 조이고 살짝 태워서 출두시키자. 그 녀석들이 진짜 범인이라니까?

"아니, 뭐 서서 이야기하기도 그렇고, 기왕 이렇게 되었으니 성 안에서 이야기하자. 정말이지, 왕녀 여자애님을 밖에서 이야기하게 하다니 실례이기 그지없을 만큼 잃어버린 예절의 절약이 절제 중이잖아. 응. 그러니까 필연적으로 입구는 이쪽이거든? 저쪽은 함정이니까."

다들 왜 성이 있는데 밖에서 이야기하는 걸까?

"으~음…… 들여보내도 되겠나? 하루카 군."

"어째서 오무이 경이. 이 훌륭한 성채는 오무이 경의 성 아닙니까? 어째서 물어보시는 거죠?"

아니, 빨리 들어가자고. 그야 성에 들어오지 않으면 돌아갈 수가 없잖아. 슬슬 저녁밥 시간이거든?

"응. 알현실은 여기고, 저쪽은 통행용 통로로 나가니까 또 바깥이거든? 지도를 그리는 건 귀찮으니까 탐색해서 조사해 주면 고맙겠는데 함정은 조심해? 이쪽은 알몸 함정이니까."

"알몸…… 죄송해요. 심한 짓은 하지 말아 주세요. 용서해 주세요. 죄송해요. 알몸은 안 돼요. 용서해 주세요. 죄송해요. 죄송해요……."

(폼폼!)

응. 길 안내만 했는데 혼났다. 어째서지? 랄까?

미인 암살자라면 전부 녹이고 촉수를 보내도 용서해 줄지도 모른다.

55일째 저녁, 가짜 던전 앞의 성

알현실용 방까지 안내하고 돌아가려고 했는데 측근이 막았다.

"어라? 격퇴했으니 일은 끝난 거 아냐? 응. 이제 아무도 안 오잖아. 기대해 봤자 알몸 아저씨도 안 나온다고? 아니, 기대하고 있었어?!"

측근만큼은 나와 같은 멀쩡한 사람이라고 생각했는데, 제일 위험한 사람이었어?! 도망치자, 위험이 위험해!

"샤리세레스 왕녀 전하. 이쪽이 알현실입니다. 누추한 곳……은 아니야! 전혀 아무런 불만도 없는, 대단히 훌륭한 알현실입니다. 감사합니다. 최고입니다! 응. 하루카 군이 만든 알현실에 불만은 조금도 없거든? 그렇거든?"

"아니, 화 안 났어. 불만이 있으면 수선하려고 생각했을 뿐이거든? 왜 백작과 왕녀가 겁먹은 거야? 요구가 있으면 고쳐 줄게? 함정 같은 거 설치해 볼까?"

확실히 부주의했을지도 모른다. 적의 간자가 들어온다면 여기일 거다. 즉, 암살자 대책이 필요하다. 분명 미인 암살자용 함정도 잔뜩 필요할 게 틀림없다! 그리고 분명 미인 암살자라면 전부 녹여도 혼나지 않겠지…… 그래, 촉수도 용서해 줄지도 몰라!

아저씨용은 구멍 함정이면 충분해. 영원히 안 나와도 되고.

"함정을 설치하는 겁니까. 또 녹이려는 건가요?! 용서해 주세요. 죄송해요. 심한 짓은 하지 말아 주세요. 녹이지 말아 주세요. 녹여서 야한 짓도 하지 말아 주세요. 죄송해요. 야한 짓도 하지 말아 주세요. 용서해 주세요. 죄송해요. 야한 짓은 안 돼요. 용서해 주세요. 죄송해요. 죄송해요……."

(번뜩!)

갑옷 반장이 눈빛으로 화를 내네?

(뽀용뽀용!)

그리고 꾸짖고 있다!

"어라? 성의 수선 요청을 들으려고 했을 뿐인데 왕녀 여자애가 겁먹어서 혼나다니……. 리폼이 싫은 건가. 헉. 설마 여기에도 신축파 사람이!"

아니, 그래도 여기 신축이잖아? 응. 지은 지 얼마 안 되었으니까, 갓 지은 따끈따끈한 신축 건물인데 뭐가 문제인 건지 모르겠지만, 나는 잘못한 게 없겠지. 응. 잘못한 적이 없으니까?

"조금 전에도 여쭤봤지만, 이 훌륭한 성채는 오무이 경의 성이 잖습니까. 어째서 저기 있는…… 멀리서 온 사람에게 물어보는 겁니까? 그리고 오무이 경까지 말투가 부서져서 산산이 박살이 났는데, 여기 하루카라고 불리는 사람은 지위가 높은 분입니까? 야한 분이라면 죄송해요. 야한 짓은 하지 말아 주세요. 용서해 주세요. 죄송해요. 용서해 주세요. 죄송해요……."

"잠깐만. 사과하는 것처럼 보이고 있지만, 뭔가 야한 분이라고 까이고 있네? 응. 나신안으로 발견해서 즉시 갑옷 반장을 시켜서 옷을 배달했고, 슬라임 씨가 벽이 되어서 아무한테도 보여주지 않았거든? 뭐, 그야 오늘 밤 그 드레스로 야한 짓을 밤새도록 올 나잇할 예정이었던 건 비밀이야. 피버~랄까?"

"역시 내가 이 야한 드레스를 입은 건 오늘 밤 이 드레스를 입고 야한 짓을 밤새도록 올나잇할 예정이었던 건가요. 누구한테 비밀인 거죠? 죄송해요. 야한 짓은 하지 말아 주세요. 야한 드레스로 야한 짓을 하룻밤 내내 하는 건 용서해 주세요. 죄송해요. 야한 짓은 안 돼요. 용서해 주세요. 아니 피버하는 거야? 죄송해요. 죄송해요. 죄송해요……."

갑옷 반장이 왕녀 여자애를 토닥토닥 두드리면서 눈을 흘기고 나를 바라봤다. 아니, 난 딱히 틀린 말은 하지 않았잖아? 확실히 커버도 쳐줬잖아?

그리고 메리 아버지도 한숨이나 쉬지 말고 내 심각한 누명을 어떻게 좀 해 주지 않으려나?

응. 이걸 보면 엄청 화낼 것 같거든? 누명으로 유죄가 되어 죄인 취급을 당한다고.

"아니, 이 이름 모를 토지에 생긴 이름 모를 성의 이름은 모르겠지만, 궁금하지 않으니까 나는 필요 없어. 응. 이름 모를 메리 아버지한테 준다고나 할까, 떠넘겼다고나 할까, 있으면 편리하거든? 뭐, 아마도 이름이 있으면 더 편리하겠지만, 메리메리 씨한테 맡기고 메리메리 성이라고 할까? 그래도 메리메리 성이라면 메리메리 부서질 것 같아서 재수도 없고 토라질 것 같으니까, 메리 어머니한테 맡기고 무리무리 성…… 오오. 강해 보여! 함락하는 것도 무리무리 같아. 이제 부부싸움에서도 난공불락이야!"

가짜 던전과 성채의 2단 방비, 여기가 돌파당하면 배후의 변경 영지는 무방비하니까.

"잠깐, 그만둬 주지 않겠나?! 부부싸움에서는 언제나 지고 있는데 성까지 넘겨주는 말아주게! 음. 이 성에 틀어박히면 사과하러 온 변경군까지 망해버리니까, 그만두자고? 그리고, 이름은 있으니까 신경 써서 기억해 줬으면 좋겠는데, 그렇게나 자주 말했는데도 메리와 무리만 기억하는 건가? 그리고 내 이름은 안 들어갔는데? 나도 이름이 있거든?"

왕녀 여자애가 메리 아버지가 무패의 기사로 불렸다고 했는데, 부부싸움에서 언제나 지고 있는 무패의 기사는 기사에 어울리지 않는 게 아닐까……. 헉, 혹시 부부싸움에서 혼나니까 화풀이로 무패의 기사! 응. 마음은 잘 알겠다.

"아, 잘 생각해 보면 알현실, 메리 아버지는 괜찮아도 우리가 앉을 자리는 없네? 맞아맞아. 옆에 회의실이 있으니까 거기 앉아서 이야기하면 되겠어. 그보다 어째서 내가 돌아갈 수 없는지는 모르겠지만, 돌아갈 수 없다면 저녁밥이라도 만들 테니까 이야기나 하자. 응. 분명 밥을 만들지 않았으니까 슬라임 씨가 질책한 거겠지. 여기야 여기?"

　겨우 함께 의자에 앉아서 대화를 시작하게 되었다. 아무래도 이 세계에서는 이야기가 복잡해서 진전이 안 되는데, 이세계 언어 문법이 이상한 걸지도 모른다. 그도 그럴 것이, 모두가 내가 하는 말을 반장한테 통역해달라고 한단 말이지?

　"……응?"

　"이…… 이건."

　역시 알현실은 우호적이면서도 개방적으로 두고, 인접한 회의실에서 위압을 걸어야 한다.

　교섭하는 자리에서 말은 무기. 그러니까 분위기로 위압하고, 입을 다물게 해서 단숨에 밀어붙인다. 높은 천장에 정밀하게 늘어선 기둥과 중앙에 있는 원탁. 이것만으로도 간접적으로 둘러싸인 듯한 착각에 빠지는, 디자인을 사용한 압박 면접이다. 응. 완성도가 괜찮네? 아무도 칭찬해 주지 않아서 직접 묘사해 봤다고? 그야 아무도 칭찬해 주지 않으니까?

　"자자, 멀리서 찾아왔으니까 앉아서 쉬어주세요, 랄까? 그러니까 서 있지 말고 앉으라고? 열심히 제대로 만들었거든? 아마도? 아니, 나도 처음 보지만?"

　응. 설계하기는 했지만, 형성할 때는 모조리 연금을 사용했다.

마력 배터리의 막대한 마력을 써서 강제로 형태를 만들고 강화한 바위 구조체. 응. 세부는 아직 미묘하네?

그렇게 겨우 회의랄까, 상의랄까, 정보를 들었다고나 할까, 사과와 질책이랄까……. 뭔가 잘 모르는 게 시작되었다.

결국 여전히 왕국이라고 해야 할지, 중앙 귀족이라고 해야 할지, 왕국의 중추가 변경을 위협하려고 으르렁대고 있는 모양이다. 그리고 왕녀 여자애조차 왕을 알현하지 못했고, 군대는 헛수고라는 걸 알면서도 명령에 따라 최선을 다하다…… 괴멸할 생각이었다고 한다.

바보네. 바보들보다 심한 바보가 있었다. 이세계에는 바보와 아저씨밖에 없는 건가──. 왜 이기지 못한다는 걸 알면서도 명령을 들어?

지키기 위해서는 싸움을 피할 수 없다는 거라면야 이해한다. 그러나 지기 위해서 공격하는 건 의미가 없다. 적어도 목숨을 걸 만큼의 가치가 없다.

바보들보다도 심한 바보가 있다. 그 바보들도 이런 바보 같은 짓은 하지 않는다. 죽음에서 의미도 찾아내지 못했는데 죽으려는 바보는 없다. 그 바보들이라면 죽더라도 싸울 거고, 죽어도……. 음. 바보니까 눈치채지 못할지도?

"하루카 군. 샤리세레스 왕녀님이 우실 것 같으니까……. 그보다, 실은 울고 있으니까 노려보지 말아주겠나? 음. 나도 무서우니까 노려보지 말아주게. 왕녀님은…… 샤리세레스 왕녀 전하는 최고의 정예군으로 나섰다 괴멸하는 것으로 왕국을 막고 변경을 지켜주려고 하신 것이야. 자신의 몸과 목숨을 걸고 전쟁을 막고자 하신 것이지. 그러니 부탁하네. 용서해 주지 않겠나? 부탁하네, 하루카 군."

"오무이 경!"

메리 아버지가 무릎을 꿇고 고개를 숙였다. 화내고 있는 나와 울고 있는 왕녀님에게.

왕국의 왕녀가 이끄는 최정예군이 괴멸하는 것으로 바보 귀족들에게 이기지 못한다는 걸 깨닫게 해주려고 했다니. 어느 쪽도 바보다.

어차피 싸워서 괴멸할 거라면 상대는 바보 귀족으로 했어야지. 변경에서 자멸해 봤자 왕국의 손실밖에 되지 않는다. 바보들이라면 그렇게 했을 거다. 그리고 그게 올바르다. 바보지만.

"아니, 부탁하지 않아도 되고, 사과하지 않아도 되고, 아무것도 안 할 건데? 그냥 바보 취급하고 어이없어하고 깔보고 화내고 있을 뿐이니까 신경 쓰지 말라고? 응. 아무것도 할 생각 없으니까. 그야, 할 가치가 없잖아? 응. 죽으려는 사람한테 뭔가 해줄 가치는 없어. 살려고 하니까 구해주거나 도와주거나 과자를 주거나 하는 거지, 죽으려는 사람은 어쩔 도리가 없으니까 상관없어. 그러니 아무래도 좋으니까 이만 돌아가도 될까?"

"어리석더라도 이것밖에는 없습니다! 이것밖에…… 이것밖에는 없었다고요! 귀족과 싸우면 나라가 쪼개지고, 왕족조차 쪼개

지고 맙니다. 이제, 왕국에는 이것밖에 없었습니다. 뭘 어쩌라는
겁니까. 어찌할 수가 없잖습니까……. 스스로 죽고 싶은 사람이
대체 어디에 있다는 겁니까!"

검에 살고, 검에 긍지를 가진 흔들림 없는 삶……. 응, 부러지자
고? 그보다, 갑옷 반장은 호위라고 했으면서 대체 왜 알몸 영차영
차 여자애에게 검을 주는 건지 모르겠지만. 그건 넘어가더라도,
슬라임 씨까지 뽀용뽀용 응원하고 있잖아. 울고 있는 남자 고등
학생에게도 '부러질 때까지 울지 마.'라고 강요하는 듯한 예리한
참격.
　"뭐, 근육뇌는 검이 아니라면 납득하지 못한다는 소리는 모르는
바도 아니지만, 그럼 메리 아버지를 찌르면 명령도 지킬 수 있고,
아저씨도 줄어드니까 일거양득이잖아……. 응, 도와줄게!"
　"도와주지 말아주겠나?! 아니, 그 진지한 눈은 그만둬 주게!!"
　강하고 날카롭고, 칼끝에 망설임이 없는 세련된 참격. 높은 스
테이터스와 스킬이 어째서인지 메리 아버지가 아니라 나를 향하
네? 응. 뒤에서 꽉 붙잡고 방패로 삼을까?
　"싸우지도 못하고, 소원도 이루지 못하고…… 알몸 영차영차.
베이는 것도 당연, 하죠?"
　(뽀용뽀용)
　검사의 고집과 기사의 긍지와 왕족의 의무감, 그리고 야한 드레
스라면 남자 고등학생으로서 받아줄 수밖에 없겠지……. 응, 예
쁜 다리가 좋네. 응. 물론 허벅지도 근사하다!

"귀족한테 못 이긴다고 누가 정했어? 왕국이 쪼개지더라도 압승하면 전부 해결되고, 강해지면 그걸로 해결되잖아? 응. 죽는 건 의미도 없고 무의미하고, 죽으면 아무것도 못하거든? 아니, 고스트화라면 기회가 있을지도?"

힘 조절—— 분노에 미쳐 날뛰면서 울부짖어도, 여유를 보일 만큼 안 맞는단 말이지? 그런 죽어도 된다는 검이 닿을 리가 없다니까. 봐봐. 유도했는데 메리 아버지도 피하고 있잖아?

"어째서 이쪽으로! 아니, 방패로 쓰지 말아 주겠나?! 그리고 미안하지만, 상대 좀 해주게. 그 진심 어린 마음을 보여줬으면 하네. 포기하지 않는 그 너머를."

"아니, 포기하고 희생하면 만사 해결 만만세 아니야?"

서서히 예리함이 늘어나고, 기백이 담긴 참격이 춤췄다. 응. 메리 아버지도 회피하려고 춤추네?

"부탁하네. 나로는 납득해 주지 않을 걸세. 그러니…… 우선은, 방패로 삼지 말아주겠나! 보수도 낼 테니까!"

보너스다!

"홋. 임시 수입(메리 아버지)은 죽일 수 없어!"

"하루카 군 말고는 아무도 죽이려 하지 않거든?! 그리고 지금 호칭이 좀 이상하지 않았나?!"

"웃기지 마! 어째서…… 어째서, 이런 어린애에게!"

마물에게도 이기지 못하고, 귀족들을 압도할 무력도 없다……. 응. 강해지면 되잖아. 레벨 같은 게 있고 반드시 강해질 수 있는 검과 마법의 세계에서 비극이라니 바보 아니야? 서, 설마 근육뇌는 바보 동료?!

"왜, 어째서?!"

연격에 위력이 더해지고, 젖은 눈동자에 불꽃이 깃들었다. 응. 트라우마는 벗어난 건가……. 역시 근육뇌?

"전하. 우리도 진심으로 체념하고 있었습니다. 언젠가 멸망할 미래에 고집을 부리며 저항하고 있었지요……. 하지만, 그것이 용납되지 않는다는 걸 알았을 뿐입니다. 전하라면, 그 소년의 레벨은 보이시겠죠?"

던전의 함정으로 입은 심적 외상 후 스트레스 장해. 즉, 트라우마는 말에 걸어차이지도 않고 개도 안 먹고 슬라임 씨가 응원까지 해 줬다는 복잡한 사정이 있지만── 드레스가 야하네!

"따라와 준 근위사단도 모두가 죽음을 각오하고 도전했습니다. 그 심정은, 그 마음을 지휘관이 헛되이 할 수는 없는 겁니다! 그런데, 어째서!!"

"아니, 레벨이 낮으면 죽어야만 한다고 말하면 나도 곤란한데, 법률에도 없잖아? 응. 있어도 싫거든?"

맞부딪치면 이길 수 없을 만큼 강하다면 피하고, 압도적인 방어력이 상대라면 약한 부위를 빠르고 정확하게 두들겨 팬다. 그게 당연한 싸움이다. 레벨 같은 건 목숨 건 사투에서는 의미가 없어. 그런데 참 뇌쇄 드레스네?!

・・・

　강해지셨군. 대체 얼마나 많은 단련을 쌓고, 싸워온 것일까. 끝없는 연격이 이어지면서 눈물은 말랐고, 그 눈동자는 경악으로 변했다.

　"어째서, 왜……!"

　그것은 옛날, 언젠가 변경에서 싸우겠다고 약속했던 공주님의 마음과 같은, 순수하고 강한 마음이 깃든 검.

　그렇기에 닿지 않는다.

　그렇기에 쫓을 수 없다.

　여기에 있는 건 대삼림 깊은 곳에서도, 대미궁 최하층에서도 포기하지 않고 모조리 죽여버린 자. 우리가 포기하고 꺾여온 절망 따위로는 흔들 수도 없는 유아독존.

　"아니, 그런데 여기서 두들겨 패면 나는 알몸 영차영차에 에로 드레스를 입은 누나를 작대기로 두들겨 패는 남자 고등학생 취급이니까, 호감도를 강간도로 착각해서 교환될 것 같은 느낌이?!"

　압도적—— 원래는 일합이면 끝나버릴 절망적인 역량 차이. 그것을 믿는 자는 마음이 꺾이고, 그것을 믿지 않는 오만불손한 자만이 절망조차 압도한다.

　"웃기지 마. 우리가 어떤 심정으로, 어떤 마음으로 여기에 왔는지……!"

　"여기에 왔다니…… 오모이에?"

　"오무이라네! 아깝긴 하지만 이야기가 탈선하지 않나!!"

왕가도 외적과 왕국 내부의 적에 갉아 먹혀서, 언제부턴가 불가능하다고 절망하게 된 거겠지. 곧 찾아올 멸망 앞에서 미래를 믿지 못했던 거다. 변경이 그랬듯이, 싸우고는 있었지만 언제부턴가 포기하고 저항하는 시늉만 해왔던 거다.

그리고 전력을 다한 검이 가볍게 흘러가 버리고, 추가타는 경쾌한 보법 앞에서 그림자조차 건들지 못하게 되자 눈을 부릅떴다. 그 의미를 깨닫고, 그 무서움을 깨달은 거겠지.

싸우지 못하니까 죽인다는 부조리한 의미를, 레벨로 안 된다면 죽이면 된다는, 결코 포기하지 않는 마음의 무서움을.

"큭, 어째서! 왜!!"

이 소년만이 누구도 닿지 못했던 절망에 닿았다. 닿지 못한다는 생각을 절대 하지 않았기에 닿은 거다. 포기하면서 꾸는 꿈은, 그런 건 아무리 바라더라도 이루어질 리가 없었다. 그건 죽음으로도 변명할 수가 없다. 이것은 사선(死線), 목숨을 걸고 이루고 싶다면 죽이면 된다고 유혹하는 일선 너머에 있다.

"듣던 것 이상이군. 그 메리에르조차도 건드릴 수 없다고 듣기는 했지만, 이 정도일 줄이야."

압도적인 레벨 차이가 있는데도 닿지 않는다. 그 스킬도 흘려버려서 통하지 않는다. 죽이기 위해 이기지 못하는 부분은 버리고, 그 틈새를 뚫고 죽이러 온다는 공포. 절대적인 차이 따위에 포기하지 않고, 그저 죽이는 방법만을 추구한 끝에 나온 이형의 강함.

"단련했어요, 강해요. 그저, 그것뿐이에요."

(부들부들)

강함을 믿고, 추구해왔다. 그것이 약함을 변명으로 삼고 매달려 왔을 뿐이라는 걸 알게 되었을 때의 절망감은 가늠할 수가 없다. 그렇다. 강하지만, 그저 그것뿐이다.

검사이기에 알 수 있다. 저 찰나적인, 죽음과 함께하는 덧없음 과 무서움. 이것은 고도의 기술이나 기법과는 다르다. 이런 사지 (死地)에 몸을 두면서 싸우는 것의 공포를 깨닫게 하고, 보여준 다.——우리가 두려워하는 것, 그런 건 목숨을 건 싸움에는 아무 런 의미가 없다는 것을.

날카로운 소리와 함께 대검이 부러졌고, 그는 목덜미에 지팡이 의 끝을 들이밀면서 그저 조용히 물었다.——"죽고 싶어?"라고.

잔혹한 질문이다. 왜냐하면, 지금은 이미 말할 수 없을 테니 까…… 죽음은 도주나 다름없다는 것을. 바로 지금 눈앞에서 사 선 너머를 보게 되었으니까.

· · ·

위험했다. 응. 저 에로 드레스는 에로 지수가 한없이 높아서 위 험했다! 응. 저절로 눈길이 가서 회피가 아슬아슬했는데도 떨어 지고 싶지 않은 에로스 함정이었다! 응. 신작도 생각해야겠어!!

"살고…… 싶어요. 싸우고 싶어요……. 왕국을, 백성을 지키기 위해……."

그렇게도 죽고 싶은 건가 싶었는데, 아닌가 보네? 아니라면 과자를 주자. 응. 살아있다면, 살아있기에 맛있는 과자를 먹을 수 있는 거니까.

"어쩔 도리가 없는 일은 어쩔 도리가 없거든? 응. 어떻게 하냐고 물어봐도, 어쩔 도리가 없단 말이지? 내던질 수밖에 없잖아? 뭐, 어쩔 도리가 없는 왕국이 쪼개지든, 어쩔 도리가 없는 왕족이 쪼개지든, 아무래도 좋다고……. 그야, 모이지 않으니까. 모이지 않아서 어쩔 도리가 없는 건데, 이제 와서 쪼개져 봤자 그게 어쨌다는 거야? 이미 쪼개져 있는데 쪼개지고 부서지는 게 싫다면 처음부터 쪼개지지 않게 하고, 부서지지 않게 했어야지.

그런 걸 나중이 되어서야 소중히 깨지지 않게 지켜서 어쩔 거야? 그러니까 개죽음을 당하는 거잖아? 응. 죽고 싶지 않다면 죽여버리는 게 언제나, 분명히 올바르거든? 그야 죽으면 죽어버리니까. 이제 과자도 먹을 수 없잖아? 자, 과자."

응. 맛있는 건 살아있기에 느낄 수 있는 거다. 죽어서 후세에 이름을 남기든, 역사에 이름을 새기든, 그건 결과일 뿐이지 죽으려 하는 변명이 되지는 않는단 말이지?

"응. 이건 스위트 포테이토고, 미행 여자애의 말로는 달고 맛있다더라고? 요전에는 미행 여자애도 죽으러 갔지만, 죽지 않았으니까 매일 과자를 먹으면서 웃고 있단 말이지. 죽어버리면 먹을 수 없었을 거야. 그러니까 죽음인 거야. 몸을 버린다든가, 목숨을 건다든가, 왕국을 위해서라든가 그런 건 아무래도 좋아. 죽으면 끝이니까. 뭐, 가끔은 살아서 돌아오는 모양이지만?"

그렇다. 보통은 죽으면 끝이고, 어찌할 수가 없지만…… 옆에서 끄덕끄덕하는 사람은 죽어서 스켈레톤이었는데 기운차게 되살아나서 지금도 매일 과자를 먹고 있단 말이지. 죽어도 죽지 않았으니까 본받았으면 좋겠다.

정말이지, 다들 누구나 죽고 싶지 않을 텐데. 이 변경의 땅속에는 죽어서도 포기하지 않고 계속, 계속 싸운 사람이 있었는데, 간단히 죽지 말았으면 좋겠다.

> **머나먼 미래에 근대화된 이세계에서도**
> **남자 고등학생이 나타난다면 수업에 집중할 수 없겠지.**

55일째 저녁, 가짜 던전 앞의 성

계속 우는 왕녀님과 토닥토닥해 주는 전직 미궁황과 뽀용뽀용 격려해 주는 전직 미궁왕과, 저녁밥을 만드는 나. 카오스네?

뭐, 이제는 상관없어 보이고, 볼일이 생기면 부르겠지. 나는 왕국 사람도 아니고, 여전히 아무도 이 나라의 이름조차 알려 주지 않으니까 모른단 말이지?

게다가 메리 아버지한테 듣고 말았다. "다음 일은 맡겨주지 않겠나? 나나 변경군은 미덥지 못할지도 모르지만, 그래도 이 땅의 영주이자 왕국 귀족이라네. 매듭을 짓는 건 왕녀님이 아니라 내가, 오무이의 영주가 짊어져야 할 책무겠지. 그것이 영지를 맡는다는 것이니까. 변경을 구해줄 수도, 풍족하게 해줄 수도 없었던 무능한 영주지만, 왕국과의 매듭을 짓는 일을 다른 사람에게 맡길 수는 없지 않겠나. 부탁하네."라고……. 응. 그렇다면 괜히 나서지 않아도 된다고 해야 할까── 나는 불려서 여기 왔을 뿐이지 원래는 전혀 상관없거든? 응. 이야기도 길거든?

그렇다. 가짜 던전을 점검하러 왔을 뿐이고, 이후고 자시고 무슨 왕국인지도 모르는 데다 애초에 여기는 어디? 랄까?

게다가 섣불리 전쟁에 끼어들면 여자애들이 나서게 된다. 그건 분명 집단 대인전 준비였다. ──그렇다. 전쟁용 훈련이다.

마물과는 달리 인간족의 스킬은 다채롭고 지혜를 써서 다루니까 그렇겠지. 그건 나와 가장 상성이 안 좋은 집단 대인전. 즉, 전쟁이다. 그래서 줄곧 그걸 내다보고 훈련했던 거겠지.

그리고…… 내가 동급생 아무개 군을 죽인 것에 줄곧 미안한 감정을 품고 있다. 그래서 자기 손을 더럽히려고 한다. 분명 같은 살인자가 되려고 하고 있다.

오타쿠들은 수상전 준비를 하고, 바보들은 삼림전 훈련을 하고 있다.

그렇다면 나도 모르는 장래를 대비하는 사람이 있다. ──그렇다면 도서위원이다!

"잠깐, 부업으로 가방을 10개나 만들어 줬는데 배신당했어! 응, 제일 고급스러운 가죽으로 만들어 줬는데 암약하고 있었다고!!"

그래서 이제 나는 전쟁에 참가할 수 없다. 하면 말려든다. 즉, 외통수다. 완전히 선수를 빼앗겨서 무너졌다. 좋아. 가방은 무조건 가격 인상이다!

그리고, 듣고 말았다.

"나는 하루카 군이 강하다는 걸 아네. 그래도 전쟁에 말려드는 건 바라지 않아.

어울리지 않으니까. 하루카 군은 절망적일 정도로 전쟁에 어울리지 않네. 아무리 강하더라도, 나는 하루카 군을 군에 부를 생각이 없어. 자네한테는 안 어울리니까.

자네는 뭐든지 구하려고 해. 모르는 누군가에게도 도움의 손을 내밀지. 그러니 모르는 누군가를 죽이는 것에는 잔혹할 만큼 어울리지 않아.

자네는 죽이기만 해도 자신을 상처입히네. 강할수록 자신을 상처투성이로 만들어. 그리고 자네의 동료도 그렇지. 이 세상과는 너무 동떨어지게 다정해. 자네들은 아무리 강하더라도 살육전에는 어울리지 않아. 이 잔혹한 세계에서 살아가기에는 너무나도 다정한 걸세.

그리고, 그렇기에 자네들에게는 우리가 잃어버린 꿈같은 희망이 있어. 그리고 그것이 변경을 구해주었으니 아무리 감사해도 지나치지 않겠지.

그러나 동시에, 자네들에게 있는 꿈같은 희망은, 사람과 사람의 살육전에는 어울리지 않아. 그건 자네들에게는 너무나도 잔혹한 일이야.

그러니 맡겨주게. 그리고 우리가 잃어버린 꿈같은 희망을 잃지 말아주게. 우리 변경은 그 희망에 구원받았고, 희망을 볼 수 있게 되었으니까."

——응. 지나친 생각이야. 그리고 이야기 너무 길거든? 하지만 여자애들에게는 어울리지 않는다.

뭐, 남자는 괜찮다. 특히 바보들은 대인전이 벌어지면 괴물이고, 집단도 그저 사냥감이다. 그리고 숲에서 그 녀석들하고 싸울 바에는 지옥으로 가는 게 훨씬 안전하고 쾌적하고 평화롭게 지낼 수 있을 거고, 악몽도 별로 심하지는 않을걸? 그리고…… 녀석들은 적이라면 아무리 죽여도 눈 하나 깜빡하지 않을 거다.

그리고 오타쿠들은 원래부터 싸움을 싫어한다. 그래도 스스로 결정하고, 결정했다면 울면서도 싸우고, 그리고 꺾이지 않는다.

괜히 한평생 괴롭힘당한 게 아니다. 걔들만큼 남을 신용하지 않고, 걔들만큼 남을 신뢰하는 녀석은 없다. 걔들은 자신들이 인정한 사람을 위해서라면 절대로 꺾이지 않는다. 그건 죽지 않는 한 멈추지 않는다.

그러나 여자애들은 평범한 소녀들이다. 필사적으로 강해지면서도 가족을 생각하고, 우는 얼굴을 감추면서 친구를 생각하고, 걱정을 끼치지 않으려고 센 척한다. 필사적으로 센 척한다는 건 약한 거다. 마음이 약한 거다.

남자는 누구 하나 가정 사정이라든가, 남겨두고 온 친구를 염두에 두지 않는다. 원래 정상적이지 않았으니까. 이미 원래 세계에서 있었던 일은 과거고, 끝났고, 완결됐다.

각오한다는 건 그렇게 간단한 일이 아니다.

처음부터 각오할 필요가 없는, 우리 같은 원래 세계의 낙오자와는 다르다.

그러나 최악은 여자애들을 말려들지 않게 하려고 내가 변경에 틀어박힌 사이 오타쿠 바보들이 전쟁에 말려드는 일이다. 전쟁이라면 괜찮다. 그러나…… 그놈들은 아직 괴물을 못 이기고, 죽일 수 없다.

(뽀용뽀용)

응. 밥 만드는 데 집중하자.

"다 됐어~. 뭐, 돈가스 버거니까 병사들에게도 나눠주라고. 그보다 대식당에 놔두고 갈 테니까 몰려들어서 싸우며 먹으라고. 아저씨들끼리?"

우선은 병사들을 대식당으로 안내하자. 지도 스킬 가진 사람이 아무도 없으니까 일일이 안내할 필요가 있어서 불편하단 말이지.

"왕녀 여자애나 메리 아버지는 어디서 먹을래? 여기서도 먹을 수 있고, 손에 들고 먹을 수 있으니까 메리 아버지만 성 꼭대기에 서서 먹어도 되지만, 경치는 좋아도 떨어지면 아플걸? 응. 떨어지면 진짜 아프지만, 뭔가에 부딪히면 굉장히 아프지 않을까? 응. 나는 엄청 잘 안다고?"

쓴웃음을 짓고 있다. 그런 쓴웃음이라도 웃고 있으면 된다. 이런 잔혹한 세계는 진지한 표정으로 성실하게 임해 봤자 피곤하기만 하니까. 이런 세계는 반쯤 장난치는 것조차 아깝다. 그야 이렇게 웃기는 곳이니까.

그나저나 변경만이라면 방어전으로 충분하다. 가짜 던전을 돌파하고 이 성을 함락하는 건 무모하기 그지없다. 무엇보다 채산이 안 맞는다.

왕국군을 총동원해 변경을 뭉개버리려 해도, 그 목적인 마석은 마물을 잡지 않으면 손에 넣을 수 없다. 군이 괴멸되면 불가능하다. 애초에 그렇다면 처음부터 변경에 마물을 사냥하러 오면 되는 거다. 그래. 그러면 된다.

변경에 마물을 사냥하러 오지도 않으면서 변경을 함락하면, 이제는 자기들이 변경에서 싸워야만 한다. 아무것도 안 하고 돈만 벌고 싶은데, 뭔가를 하면 채산이 안 맞아서 파탄이 난다.

이미 외통수에 몰렸으면서 인정하지 않는다. 그리고 왕녀 여자애가 움직이면 메리 아버지가 움직일 가능성이 생겼다. 정말이지 예상 밖이었다.

설마 반라 영차영차 때문에 이런 일이 벌어질 줄은 몰랐어!

만약 왕국에서 전쟁이, 내전이 벌어진다면 원인은 반라 영차영차니까 '반라 영차영차 전쟁'이라는 이름이 붙어버리잖아? 응. 반라 영차영차 전쟁의 피해자나 전사자는 불쌍하겠지만, 반라 영차영차 전쟁의 승자나 패자도 싫겠지. 응. 헛된 전쟁이다!

그렇기에 전쟁을 막지 않으면 역사에 터무니없는 사실이 생기고 만다. 그리고 머나먼 미래에 근대화되어 이세계에서도 남자 고등학생이 나타난다면, 분명 고등학교 수업에서 반라 영차영차 전쟁을 배우게 될 거다!

잠깐, 이러면 분명 이세계의 남자 고등학생들은 수업에 집중할 수가 없잖아. 그야 남자 고등학생이니까? 응. 교과서에 나온 반라 영차영차가 신경 쓰여서 그럴 경황이 아니게 될 거다.

반드시? 삽화를 희망하겠지?!

> **뭐시기 왕국의 뭐시기 왕의 목은 180도까지 되고 360도는 국제문제다.**

55일째 밤, 하얀 괴짜 여관

때때로 정보는 정확함보다, 정보량보다 속도가 우선된다. 그렇다. 정보를 먼저 제압한 자가 이긴다. 그리고 정보를 앞서 흘린 자가 압도적으로 유리하다.

그렇다. 저질렀구나, 미행 여자애?! 응. 반라 영차영차 사건이 속보로 알려지고 말았다! 게다가 정보의 정확함과 양이 너무 대충대충이었다!!

"""도대체 공주님을 반라로 만들고 영차영차 데리고 돌아다녔다니 뭐야!"""

"""뭘 하고 왔어! 자수해. 면회 갈 테니까!"""

"잠깐, 그건 내가 한 게 아니야! 그건 골렘이 영차영차 옮겨온 거니까, 아니라고……. 봐봐. 슬라임 씨도 부들부들하고 있으니까 나는 무고하거든? 보라고?"

미행 여자애는 정보료인 과자를 맛있게 먹고 있다. 내가 만든 건데 말이지?

""슬라임 씨는 언제나 부들부들하고 있으니까!""

""그리고, 왕녀님을 네 발로 엎드리게 하고, 반라로 만들어서 뭘 한 거야! 움직이지 못하게 해서 뭘 해버린 거냐고! 해버렸어?!""

"아니라니까. 한 게 아니고, 되어버려서 영차영차 옮긴 거야. 그보다 갑옷 반장도 말해 줘. 나는 잘못한 게 없다니까?"

아, 눈을 돌렸다! 잠깐, 목격자가 증언을 거부하다니. 이래서는 내가 잘못한 것 같잖아?!

""공주님이 '야한 짓은 하지 말아 주세요.' 하고 울었다고 들었어! 그리고, 야한 짓을 밤새도록 피~버~는 뭐야!""

"아닌데…… 아니, 말했었지! 아, 말하기는 했고, 뭔가 연호하기도 했지만 아니거든? 응. 그야 야한 짓은 하지 않았으니까 아니고, 과자를 줬으니까 무죄고, 괜찮잖아? 응. 경험상 대체로 과자를 줘서 울음을 그쳤으니까 정의라니까? 진짜로!"

그래. 진정하자, 나!

"아니, 보라고. 나는 구해준 사람이니까 무죄고, 함정에 걸린 왕녀 여자애를 나신안으로 확실하게 보고 갑옷 반장한테 바로 옷을 배달해 달라고 했고, 슬라임 씨를 벽으로 만들어서 보호했으니까 아무도 반라를 보지 않을 수 있었다고. 응. 즉각 실행했으니까 드레스가 야한 건 신경 쓰면 안 되거든? 그러니까 아무도 안 봤으니 괜찮았어."

"""나신안으로 발견…… 봤구나!"""

들켰나?!

"""게다가 남 일처럼 말하지만, 그 함정을 만든 건 누구야!"""

혼났다?!

"그래도 설계와 아이디어는 오타쿠들이 했고, 찬성하고 가결한 건 바보들이잖아? 게다가 그 녀석들이 제안한 걸 그대로 썼다면…… 알몸으로 촉수 마물의 습격을 받았을걸?"

"오다…… 앗, 도망쳤다! 쫓아가!!"

"""알았어!"""

도망쳤다. 하지만 추격자도 나갔다. 훗, 사냥이나 당하라고.

응. 나도 사냥하고 싶은데 아직도 무릎 꿇고 있어야 해? 아니, 나는 잘못한 게 없고, 나쁜 진범들은 도망 중이잖아?

그러나 그 함정은 복잡한 조건이 겹치지 않으면 발동하지 않는다. 발동 자체가 곤란할 만큼 특수한 순서와 조건이 있었다.

"그치만 너희가 옷이 녹은 여자를 남자와 함께 두지 말라고 해서 출구로 보내지 못한 거잖아? 응. 다른 사람은 전부 남자고 함정에 걸렸으니까 출구도 만원이었고, 그런데 마지막 한 명이 왕녀 여자애였으니까…… 보통은 절대로 발동하지 않는 오타쿠 트랩이 발동해서 반라 영차영차로 반출된 거야. 응. 어쩔 수 없네?"

그렇다. 확률로 말하면 복권 1등보다 압도적으로 낮은, 거의 운명의 기적을 뽑은 수준인 궁극의 반라 영차영차였다! 즉, 나 때문은 아니거든?

"""이런 상황에서 대체 어디에 무죄 가능성이 있는 거야?!"""

"응. 유죄 온리!!"

하물며 이 복잡한 배열과 말도 안 되는 순서로 열린 문. 게다가 다른 모든 함정에 남자가 걸린 상태에서 여자가 마지막 문을 열지 않으면 발동하지 않는다는 계산. 게다가 지휘관만 영차영차한다는, 그 모든 게 기적처럼 맞물리다니 말도 안 되는 확률이잖아?

응. 왕녀 여자애는 뽑기 운이 강한 걸까? 에로 운? 응. 다가가지 말고 멀리서 지켜보자. 그야 말려들면 무조건 혼날 테니까?

그리고 왕국의 근황을 보고하고 대응을 협의하자고? 아니, 나한테 물어봐도 그 왕국은 모르는 왕국이거든?

"아니, 아무것도 안 할 거야. 관계없으니까? 응. 여관에 장기 체류하고 있을 뿐이지 지나가는 사람이니까, 변경의 뭐시기 영지와 뭐시기 왕국의 뭐시기 껄렁왕이 '텐션 올리자고, 예이~ ♪'라고 말해도 상관없지만, 잠깐 껄렁왕을 비틀고 올게. 아니, 목만 말이지? 응. 괜찮아. 들키지 않게 360도 비틀고 오면 원래 상태랑 똑같잖아? 응. 국왕이 '렛츠 파티!'라는 소리나 하니까 나라라든가 풍기가 문란해지는 거야. 좋아, 비틀고 돌려버리자. 해결이야!"

좋아. 왠지 갑자기 원흉을 알게 되었다! 그래, 껄렁왕이다!!

"안 되거든?! 국왕이 어떤 사람인지는 모르지만, 멋대로 껄렁왕으로 만들어서 비틀고 돌려서 해결하지 마!"

"맞아! 그래도…… '텐션 올리자고'라고 말하면, 비트는 것 정도는 괜찮을지도?"

"그래도 180도까지야. 360도는 국제문제니까!"

"왜 전쟁 위기에서 국왕의 목을 비틀려는 거야? 뭐가 해결되는 건데?"

"뭐시기 왕이니까, 껄렁왕은 아닐지도 모르잖아. 확실히 확인하고 나서 죽여야 해."

"그래도 사실은 좋은 껄렁왕이고, 이야기해 보면 '전쟁은 안 돼 YO~.' 라고 말할지도 모르잖아? 응. 역시 비틀어버릴까?"

(부들부들)

역시 원흉은 껄렁왕인가! 분명 이세계 소환의 이유는 텐션 올라간 놈들을 멸망시키기 위해서겠지.

"즉, 그 껄렁왕을 죽이면 껄렁남들도 나오지 않게 되니까, 왕궁을 돌파해서 최하층에 있는 껄렁왕을 죽이면 왕궁이 죽고, 이제 껄렁남도 안 나오게 되니까 섬멸하면 해결되는 느낌?"

"""뭔가 리듬이 맞아 보이지만 틀렸어!"""

"어째서 하루카는 왕궁과 던전의 차이를 모르는 거야?"

"그야, 던전과 빌라의 차이도 모르기 때문 아닐까?"

"네. 이웃 도시에서도 오크 같은 영주와 오크가 영주인 것의 차이를 모르는 것 같았어요."

"우선은 대화와 살해의 차이를 가르쳐야 해요. 어째서 그렇게 책을 많이 읽는데 말이 이렇게까지 이상한 건가요? 정보가 전혀 없는데 할 수 있는 일이 있을 리가 없잖아요. 왕녀님에게 정보를 수집하는 걸 우선하고, 적과 아군과 중립에 있는 귀족들을 가려

내고, 적만 끄집어내고 나서 상의해야죠. 지금 이야기해 봤자 소용없어요."

올바르다. 하지만 좋은 말을 하고 있지만, 여자애들한테 전쟁 훈련을 시킨 배신자 도서위원이란 말이지! 응. 가방 10개로 매수했는데 배신당했어!

단, 말하는 건 잘못되지 않았다. 문제는 도서위원이 대체 무슨 생각을 하고 있는지다……. 어째서 내가 불가능하다고 보고 있는 전쟁을 계속 가능하다고 보고 준비하고 있는 거지. ──그리고 훈련하고 준비까지 진행하고 있다.

뭐, 메리 아버지도 움직이지 말라고 이야기하고 있고, 그러니 평소처럼 있어도 된다.

어떻게 굴러가든 50층급 던전은 전부 죽여야 하고, 경제 활동도 자립할 레벨까지 올려두지 않으면 전쟁이고 자시고 경제 전쟁에서 먹혀버린다. 응. 아직 호각이 된 건 아니란 말이지.

허세라도 독립할 수 있겠다고 보일 정도의 경제력과 자급률, 그리고 군사. 여기에 던전 범람이라는 리스크를 없애야지만 처음으로 호각 이상의 유리한 교섭을 할 수 있다. 그러니 여느 때처럼 오늘의 던전 탐색 이야기를 듣고, 내일 예정을 세웠다.

멀리서 붙잡힌 오타쿠 바보들의 비명이 들린다. ──시끄럽네?

후기

4권까지 어울려 주셔서 정말 감사합니다. 네. 분명 4권쯤 되었으니 "뭐야 이게~!"라고 말씀하실 일괄 구입&대폭사하신 분은…… 계신다면 정말 죄송합니다(땀).

그리고 이번 권에서는 "마침내 왕국이!"——라고 말하면서도 여전히 계속 변경에 있습니다. 그야말로 「골방지기」의 칭호에 부끄러움이 없을 만큼 틀어박혀 있어서, 1권에서 숲에서 도시로, 그리고 저번 권에서 겨우 이웃 영지까지 갔다가…… 또 도시입니다ㅋ

그리고 이번 권에서 겨우 소설가가 되자의 약속이랄까, 오버랩의 정석이라고 할까, 이제 와서 하냐는 이야기도 있습니다만, 겨우 애완동물이 등장했습니다. (네. 너무 많이 나와서 반대로 이름을 짓느라 고민이 많아진다는 소문이 도는 그것입니다.)

아마 4권까지 이어져서 놀라신 분도 많겠는데, 인터넷에서 일간 랭킹 1위에 들어 출판된 시점부터 쭉 놀라고 있고, 속권에 만화판 등등 경악이 이어지며 현재에 이르게 된지라, 저도 모르게 모폴나레프 상태가 되어 후기에 AA를 붙이려고 하면 혼나지 않을까 고민할 만큼 전전긍긍하면서 덜덜 부들부들하고있습니다.

그리고 3권 후기를 읽으신 분은 분명 무슨 일이 벌어진 건지 모르실지도 모르겠습니다만—— 1페이지 같은 그런 시시한 게 아니라, 5페이지나 되는 후기를 받았습니다! 네. 범인은 편집자 Y다 씨입니다. AA를 붙여도 될 여유로운 분량입니다.

그런고로 이 이야기는 웹사이트 〈소설가가 되자〉에, 소설가가 될 생각은 전혀, 조금도 없이 투고했다가 '야하잖아 바보야!' 라며 추방당해 현재는 같은 사이트의 성인판에 해당하는 〈녹턴〉에 투고하고 있으며, 만화판이 공개되고 있는 니코니코 정화에서도 '에로는 언제쯤!' 하고 많은 의견을 받고 있습니다만, 이번 이야기도 조금 에로한(편집자 Y다 씨는 '알몸 영차영차다!' 라면서 기뻐하셨습니다만) 것밖에 없습니다. 네. 에노마루 사쿠 씨의 붓질에 따라 모든 게 정해지겠죠! 이렇게 압박하기(웃음).

그런 중압을 걸면서, 4권에서도 근사한 그림을 그려 주셔서 감사하다고 에노마루 사쿠 님에게 감사의 멘트를 보냅니다. 정말로 매번 어느 쪽이 괜찮냐면서 몇 종류의 러프를 주시고, 그것들 모두가 좋아서 회의가 계속 늘어질 대로 늘어지게 됩니다만, 이번에도 근사한 그림을 잔뜩 그려 주셔서 감사합니다.

정말 부—타 씨부터 시작해서 만화판은 비비 씨, 그리고 에노마루 사쿠 씨라는 호화로운 멤버들이라서 모 게시판에서도 "그건 유능한 편집자가 붙은 건가?!" 라는 매우 잘못된 정보가 퍼지고 있을 만큼 축복받았습니다. 참고로 실은 본문이 없어도 팔리지 않을까 하는 말도 듣고 있습니다만, 아마 본문이 없었다면……더 많이 팔릴지도(웃음).

그리고 오버랩 문고와 코믹 가르드 편집부 여러분도 고맙습니다. 그보다…… 매번 죄송하다고나 할까(땀).

떡은 떡집―― 에도 시대에는 각 가정이나 이웃들이 합심해서 떡을 하는 게 일반적이었지만, 역시 떡집에서 하는 떡이 맛있었으니까 속담이 될 만큼 유명한 이야기가 되었죠. 바다에 관한 건 어부한테 물어라, 산에 대한 건 나무꾼에게 물어라, 말은 마방, 술은 술집에, 차는 찻집에 등등……. 뭐, 뱀의 길은 뱀이 아니까 몽땅 떠넘…… 어흠어흠! 네. 맡기게 되어서 죄송합니다. 그리고 고맙습니다.

그리고 그런 프로 편집자가 이런 건 본 적도 없다며 경악하는 목소리가 대합창으로 나올 만큼 대량의 교정 교열을 해주신 오라이도 님에게도 사과와 감사를. 원고에 빨간 줄을 그었더니 여백이 새빨개진 괴문서가……. 언제나 폐를 끼치고 있습니다(땀).

그런 '원고를 보내라고 했더니 괴문서가 도착했다!' 라는 말까지 듣는 이야기입니다만, 실은 인터넷 연재 때는 훨씬 굉장했는지라 독자님들이 막대한 오자 교정을 보내주셨고, 수정하다가 그 기세를 타서 새로 쓰고 고쳐 쓰다가 또 오자, 탈자, 연자에 오기까지 추가되는 혼돈의 상태였습니다만, 정말로 많은 오자 수정이나 감상을 보내주셔서 감사합니다.

이제 이토록 체크를 받는데도 고쳐지지 않는다는 건 오탈자가 본문이 아닐까 하는 계시일지도 모른다는 현실도피를 하면서 매일 쓰고 있습니다.

그리고 최근에 있었던 일인데요. 놀랍게도 sakuga999님께서 나로우계 소설 메모(seesaawiki)에 「외톨이의 이세계 공략 wiki」를 만들어 주셨습니다. 감사, 감격입니다. 그리고 대단히 큰 도움이 되었습니다. 네. 소설보다 자세하네요(웃음). (※문고보다 한참 나중인, 거의 인터넷 연재 최신화까지 실려있기에 약간 스포일러가 될 가능성이 있습니다)

그런 와중에 마침내 주변에서도 제가 책을 쓰고 있다는 소문이 퍼지기 시작해서 얼마 전 친구가 "서점에서 책을 팔고 있더라?!"라며 찾아왔고, "대체 넌 무슨 소리를 하는 거야?!"라는 수수께끼의 대화를 했습니다. 아무래도 서점에 진열되는 책이라고는 생각하지 않았던 모양입니다. 그러면 반대로 대체 어디에 진열하는 책이라고 생각했느냐는 수수께끼가 수수께끼를 부르는 혼미한 상태였습니다만…… . 네, 읽어보셨다면 아시겠지만 소설을 쓸만한 캐릭터가 아니었단 말이죠. 그리고 친구가 하루카의 모델 중 한 명이라서…… 이제 대화가(웃음).

이제는 후기도 네 번째이니만큼 매번 감사하는 것도 좀 어떤가 싶지만, 역시 감사와 사과는 끝이 없습니다. 분명 "페이지수가 딱 맞네요!"라며 네 번 들었던 편집자 Y다 씨의 말이 언젠가 진실이 될 때까지, 읽어 주셔서 감사하다는 말을 계속 쓰지 않을까 싶습니다.

네. 이번에도 전혀 믿지 않았습니다!

자, 그럼. 다음 권에는 나오려나?! 그리고 페이지수 딱 맞춰 끝낼 수 있을까!! 그런 스릴과 서스펜스가 본문 밖에 있는 수수께끼의 이야기입니다만, 이번 권에서도 어울려 주셔서 감사합니다. 그리고 다시 뵈면 좋겠습니다.

고지 쇼지

외톨이의 이세계 공략 Life.4 왕녀여 가짜 미궁에서 저물라

2024년 03월 25일 제1판 인쇄
2024년 04월 05일 제1판 발행

지음 고지 쇼지 | **일러스트** 에노마루 사쿠

옮김 이경인

발행 영상출판미디어(주)
등록번호 제 2002-000003호
주소 07551 서울특별시 강서구 양천로 570 NH서울타워 19층
대표전화 02-2013-5665

ISBN 979-11-380-4398-4
ISBN 979-11-6524-383-8 (세트)

Hitoribotchi no Isekai kouryaku Life.4
© 2020 Shoji Goji
First published in Japan in 2020 by OVERLAP, Inc.
Korean translation rights reserved by YOUNGSANG PUBLISHING MEDIA, INC.
Under the license from OVERLAP, Inc., Tokyo JAPAN

구매 시 파손된 도서는 구매처에서 교환하실 수 있습니다.
기타 불편사항, 문의사항이 있으신 독자님께서는 노블엔진 홈페이지
[http://novelengine.com] 에서 Q&A 게시판을 이용해 주시기 바랍니다.